ULTIME TÉMOIN

Jilliane Hoffman fut procureur adjoint à Miami avant de devenir conseillère juridique de l'État de Floride. Depuis la remise du manuscrit de son premier roman, Justice imminente, les traductions se sont multipliées à travers le monde et les droits d'adaptation cinématographique ont été achetés par Warner Bros. Jilliane Hoffman se consacre aujourd'hui entièrement à l'écriture.

DU MÊME AUTEUR

Justice imminente
Les Deux Terres, 2004
et « Points Thriller » n° P1478

Jilliane Hoffman

ULTIME TÉMOIN

ROMAN

Traduit de l'anglais (États-Unis)
par Jean Esch

Éditions des Deux Terres

TEXTE INTÉGRAL

TITRE ORIGINAL
Last Witness
ÉDITEUR ORIGINAL
G. P. Putnam's Sons

ISBN original : 0-399-15245-8

ISBN 978-2-7578-0359-2
(ISBN 2-84893-030-6, 1re publication)

Pour Rich, celui qui continue à ne pas douter.
Et, bien évidemment, pour Amanda et Katarina.

À la mémoire de Hank Hoffman

1

Les lourdes portes en bois de la salle de tribunal s'ouvrirent et l'un des battants cogna contre le dossier de la chaise sur laquelle le surveillant de prison jouait avec le bouton-pression de son coupe-vent vert. L'inspecteur entra dans la salle et remonta lentement l'allée centrale ; ses chaussures cirées produisaient un bruit sourd sur la moquette beige élimée. Il passa devant l'assistance impatiente pour aller s'asseoir à la table des témoins, à la gauche du trône en acajou du juge Leopold Chaskel.

L'assistante du procureur de Miami, C.J. Townsend, eut la bouche sèche tout à coup. Elle frotta ses lèvres l'une contre l'autre pour les humecter et masquer son angoisse face aux appareils photo, aux dessinateurs et aux journalistes qui suivaient ses moindres gestes. Son cœur s'emballa. Mais elle ne pouvait pas fuir, elle ne pouvait pas se lever et s'en aller. Impossible. Alors, elle s'obligea à garder les yeux fixés droit devant elle. Elle n'adressa même pas un regard à l'homme assis à la table opposée, dans son coûteux costume italien, son beau visage déformé par une expression de douleur.

Elle savait qu'il l'observait ; il guettait sa réaction. Pour elle, il affichait un sourire perplexe sous son apparente anxiété et ses doigts pianotaient lentement sur la table devant lui.

– La partie civile est-elle prête ? demanda le juge

Chaskel, fâché de voir revenir cette affaire dans *son* tribunal.

Il avait dirigé un procès presque parfait, pourtant. Celui-ci n'aurait jamais dû recommencer. Pas pour cette raison.

– Oui, répondit Rose Harris, adjointe du procureur, amie et collègue de C.J. au sein de la section des *Major Crimes*.

Elle se leva de son siège et dit :

– Veuillez décliner votre identité pour le procès-verbal.

– Agent spécial Dominick Falconetti, FDLE, services de police de l'État de Floride.

– Depuis quand exercez-vous ces fonctions ?

– Quinze ans au FDLE. Et avant cela, quatre ans au sein de la police de New York, dans le Bronx.

– Agent Falconetti, je vous prie de vous reporter à l'année 2000. À cette époque, vous étiez l'inspecteur principal chargé de l'affaire William Rupert Bantling ?

– Oui, madame. La police avait mis en place une brigade spéciale pour enquêter sur l'affaire du Vorace, comme on l'appelait. Cette brigade était composée d'inspecteurs provenant de différentes polices de Floride du Sud. Elle avait été créée en 1999 à la suite d'une série d'enlèvements et de meurtres violents perpétrés à Miami Beach. Le coupable avait été surnommé le Vorace, en raison de ce qu'il avait fait subir au cœur de ses victimes, et le nom était resté. Initialement, le FDLE m'avait confié l'affaire, et pour finir, je me suis retrouvé à la tête de l'enquête.

Rose Harris montra l'homme assis à la table située en face de C.J.

– Une enquête qui s'est conclue par l'arrestation d'un coupable, le dénommé William Rupert Bantling, le 19 septembre 2000 ?

– Exact.

Dominick suivit la direction indiquée par le doigt de Rose : William Rupert Bantling se mordillait la lèvre ; on aurait dit qu'il allait se mettre à pleurer.

– M. Bantling a été arrêté par des officiers de la police de Miami Beach sur la voie express McArthur, précisa-t-il. On a découvert dans le coffre de sa voiture le corps d'une victime : Anna Prado.

– À la suite de quoi, M. Bantling a été jugé pour ce meurtre ?

– Oui.

– Qui représentait l'accusation dans cette affaire, agent Falconetti ?

Le ton de Rose s'était légèrement durci.

Dominick hésita un court instant, le temps de jeter un regard en direction de C.J.

– L'assistante du procureur, C.J. Townsend, répondit-il à voix basse. Elle était également conseiller juridique auprès de la brigade spéciale, depuis plus d'un an.

– Au cours de ce procès, vous avez noué des relations sentimentales avec Mlle Townsend, est-ce exact ?

– Oui, répondit Dominick en regardant ses genoux d'un air gêné. Nous avons eu une aventure.

– Et à l'issue de ce procès, M. Bantling a été condamné, exact ?

– Oui. Il a été reconnu coupable et condamné à la peine de mort.

Rose Harris était venue se placer derrière Bantling. Elle posa la main sur son épaule et il baissa docilement la tête.

– Mais vous avez ensuite compris que M. Bantling n'était pas coupable de ce crime, n'est-ce pas, agent Falconetti ?

– Je ne peux pas l'affirmer avec certitude.

Dominick s'agita nerveusement sur sa chaise. C.J. sentait qu'il balayait la salle du regard pour croiser le sien, mais elle continuait à regarder droit devant elle. Ses jambes s'étaient mises à trembler sous la table.

– Agent Falconetti, vous avez découvert des éléments qui vous ont conduit à mettre en doute la culpabilité de M. Bantling. C'est bien cela ? Et à penser qu'il avait pu être victime d'un coup monté ?

– J'ai découvert des éléments qui m'ont conduit à me poser certaines questions, en effet.

– Qui vous ont conduit à penser que M. Bantling avait été victime d'un coup monté ?

– Oui. Je me suis interrogé, avoua finalement Dominick d'un ton résigné.

Ses yeux abandonnèrent leur quête inutile et plongèrent vers le sol.

– Veuillez montrer à la cour, je vous prie, l'élément que vous avez découvert et qui vous a amené à douter de la culpabilité de M. Bantling. Qui vous a amené à penser qu'il était victime d'un coup monté, ce qu'il n'a jamais cessé d'affirmer. (Rose Harris était comme un chien qui tient un os dans sa gueule.) Montrez à la cour la preuve que vous avez découverte, cette preuve qui n'a pas été retenue lors du premier procès, cette preuve qui vous a fait comprendre qu'un innocent avait été accusé à tort et envoyé dans le couloir de la mort !

Dominick hocha la tête d'un air sombre. Il paraissait abattu, comme s'il avait envie de pleurer, lui aussi. Il plongea la main sous la table et se redressa presque aussitôt en brandissant un sac-poubelle noir fermé hermétiquement par un bout de ruban adhésif rouge. Après avoir enfilé des gants en latex, il brisa le scellé avec un couteau aiguisé et, à l'aide d'une longue paire de pinces de laboratoire, il en extirpa le contenu. Un masque de clown en caoutchouc blanc jaillit du sac-poubelle, suspendu par une touffe de cheveux roux ; sa bouche écarlate tordue se balançait devant le jury et se contorsionnait lentement face aux objectifs des appareils photo. Un hoquet d'effroi saisit l'assistance.

C'en était trop pour C.J. Elle se leva d'un bond en hurlant :

– Il n'est pas innocent ! Il est coupable ! Il est coupable !

– Du calme, mademoiselle Townsend ! s'écria le juge Chaskel. En tant que magistrate, vous savez que votre attitude est inacceptable. Le jury ne tiendra pas compte de cette intervention !

C.J. se rassit et enfouit son visage dans ses mains. Elle sentait que l'homme l'observait, il se réjouissait de la voir s'effondrer. Comme il aurait aimé s'emparer du couteau que Dominick tenait dans sa main, pour pouvoir faire de nouvelles cicatrices sur ce corps. Peut-être même aurait-il pu emprunter le masque, juste pour une heure.

– Cet objet était dans le placard de Mlle Townsend. Rangé dans un carton avec de vieux rapports de la police de Miami Beach, conclut Dominick.

Rose Harris attendit que les murmures de stupéfaction aient fini de parcourir les rangs du public.

– Agent Falconetti, demanda-t-elle, Mlle Townsend est-elle présente dans cette salle de tribunal ?

– Oui.

– Veuillez la désigner, je vous prie.

Dominick leva la tête. Le masque de clown pendait toujours au bout des pinces dans sa main gauche. Avec son autre main, il montra l'aile où était assise C.J. Les déclics des appareils photo résonnèrent dans la salle.

– Elle est là. À cette table.

Rose hocha la tête avec gravité.

– Greffier, veuillez noter que l'agent Falconetti a correctement identifié l'accusée, C.J. Townsend.

C.J. se redressa d'un bond dans son lit, le visage ruisselant de sueur et de larmes. Le silence qui régnait dans la chambre obscure hurlait dans sa tête. Elle plaqua ses mains sur sa poitrine, comme pour essayer de calmer les battements de son cœur. Le réveil sur la commode indiquait 4:07. Elle tendit la main et sentit Dominick endormi à côté d'elle, la chaleur de son dos qui se soulevait et retombait au rythme de sa respiration.

Tout va bien. Rien à craindre. Ce n'était qu'un cauchemar. Ce n'était pas la réalité, se dit-elle en scrutant les ombres autour d'elle.

Au même moment, comme un fait exprès, son biper sonna dans l'obscurité.

C'est alors que le cauchemar commença pour de bon.

2

– Va te faire foutre, sale pourriture de flic ! brailla la prostituée obèse.

Elle avait encore le garrot en caoutchouc autour du bras depuis son dernier shoot et il se balançait dans tous les sens, au rythme de ses grands gestes vindicatifs.

– Quel langage ! Tu embrasses ta mère avec cette bouche ?

L'agent Victor Chavez n'était pas d'humeur. Déjà qu'il faisait une fleur à cette pute en ne l'embarquant pas, voilà qu'elle avait le culot de se plaindre par-dessus le marché. Bon Dieu, ce boulot lui sortait par les yeux parfois.

– Allez, dit-il, faut pas rester là.

– J'fais pas de mal. Je gagne un peu de fric, c'est tout. Une petite pipe, m'sieur l'agent ? Vingt dollars. Peut-être que ça décoincera votre cul de Blanc.

– Je compte jusqu'à dix. Si tu es encore là, c'est que tu as envie de passer la nuit au DCJ.

Le DCJ, Dade County Jail, c'était la prison du comté, vraiment le dernier endroit où il avait envie de mettre les pieds en cette belle soirée. Passer deux heures à remplir des paperasses dans ce trou à rats, tout ça pour une pute qui serait libérée à la première heure le lendemain matin par un juge débordé et de mauvais poil.

– J'veux pas aller en taule, espèce de sale raciste, marmonna-t-elle, les yeux mi-clos.

Elle finit par descendre du trottoir et manqua d'être renversée par une Mustang qui arrivait à fond. Un crissement de freins fut suivi d'un coup de klaxon et de puissantes injures.

– Je t'emmerde, connard ! vociféra la pute en s'éloignant d'une démarche vacillante.

Chavez la regardait disparaître en titubant lorsque le petit émetteur-récepteur fixé à la hauteur de son épaule crachota :

– Alpha 816. 38, 35 avec un couteau, dans une ruelle au niveau de la 79e Rue et de Biarritz Drive, derrière la Atlantic Cable Company. Homme de race blanche, environ 50 ans, barbe grise. On a reçu une plainte pour trouble à l'ordre public.

« 38 » était le code de la police désignant une personne suspecte. « 35 », c'était un ivrogne. Assemblez les deux et vous obtenez le jargon politiquement correct des flics pour désigner un sans-abri. Encore une mission merdique. Pour qui ? Victor Chavez, évidemment.

Il considéra le bordel harassant qu'était devenue sa vie quotidienne. Chasser les putes de la rue, renvoyer les junkies dans leurs tanières et expédier les sans-abri sur un autre banc, plus loin. Après cela, il pouvait s'attendre à devoir maîtriser un mari violent qui venait de tabasser sa femme, et peut-être se rendrait-il sur le lieu d'un accident de voiture provoqué par un imbécile imbibé qui essayait de retrouver le chemin de la maison. Il était à peine 1 heure du matin, il avait pris son service depuis deux heures seulement.

Victor détestait travailler la nuit. Il ne supportait pas d'être surveillé par les petits chefs de la police de Miami Beach, quasiment à chaque minute de son service, pendant dix heures d'affilée. Il détestait ces patrouilles de merde et les clodos qui pissaient à l'arrière de sa voiture, et il se demandait quand prendrait fin cette pénitence, quand il serait enfin quitte envers son sergent.

Depuis l'affaire du Vorace, il était affecté aux patrouilles de nuit, il n'avait pas le droit de faire des heures sup' et pour le choix des vacances, il passait en dernier. Quand est-ce que ça finirait ? Il était presque au bout du rouleau, aucun doute. La semaine prochaine, il faudrait qu'il aille parler au sergent Ribero pour exiger de reprendre des horaires normaux, une carrière normale. Y en avait marre de servir de baby-sitter aux sans-abri et aux cinglés en tout genre. Ce n'était pas pour ça qu'il s'était engagé dans la police, il y avait presque quatre ans. S'il le fallait, il se ferait muter à Hialeah, là où bossait son frère. Peut-être même qu'il pourrait devenir inspecteur après quelques années. Bye-bye Miami Beach. De toute façon, c'était plus aussi amusant qu'avant.

Il appuya sur le bouton de la radio pour répondre à l'appel du central :

– Alpha 816. QSL au niveau de la 20e et de Collins.

QSL signifiait « message reçu », mais dans le cas de Victor, c'était toujours synonyme de : « La merde dévale la colline et je suis tout en bas. »

Fini. Il n'en pouvait plus. En vérité, il n'avait même pas merdé dans l'affaire du Vorace, quand on y réfléchissait. C'était lui qui avait arrêté ce salopard, alors qu'il fonçait sur la voie express McArthur avec le cadavre d'une fille dans son coffre. Une des onze femmes que ce dingue avait charcutées. Mais aux yeux de son sergent et de cette salope de procureur, un corps mutilé dans un coffre de voiture, ça ne comptait pas. L'arrestation – *son arrestation* – n'était pas « justifiée », et durant trois longues années, il avait essayé de se racheter. Eh bien, c'était fini.

Victor Chavez remonta dans sa voiture de patrouille, heureux d'avoir pris cette décision. Heureux de se dire que dans un mois environ, peut-être, il recommencerait à *aimer* son boulot. *Advienne que pourra,* se dit-il.

Il alluma son gyrophare et prit la direction de la 79e et de Biarritz Drive pour aller secouer les plumes d'un pauvre type qui vivait dans une ruelle.

3

Bien que l'homme caché dans l'ombre ne puisse pas les voir, il se disait qu'en tendant suffisamment l'oreille, il pourrait entendre les fêtards d'Ocean Drive, à quelques kilomètres de là. Le murmure collectif et intense de centaines de voix qui flottaient dans l'air moite, le bruit des dizaines de terrasses de restaurants, le martèlement sourd de la musique qui s'échappait des bars et des clubs et, bien entendu, les insupportables klaxons et rugissements des Porsche, Mercedes et Bentley qui sillonnaient les environs d'Ocean en quête de l'impossible : trouver une place de parking un vendredi soir.

Ce n'est pas parce qu'on ne voit pas une chose qu'elle n'existe pas.

Miami Beach, là où tout est possible, où les gens riches et célèbres, et aussi les moins célèbres, viennent s'amuser. Et se faire remarquer, évidemment. Les jolies filles avec leurs faux seins et leurs jupes moulantes très très courtes, leur belle beau cuivrée exempte de ces détestables marques de bronzage. Ces beaux garçons avec leurs corps fermes et musclés, enveloppés de Lycra, de cuir, de peau de serpent et de Spandex. Tous ces gens se mêlaient et se mélangeaient en buvant des Cosmopolitans, des Chocolate Martinis ou des cocktails tropicaux chic genre mojitos. L'énergie sexuelle qui flottait dans l'air était presque palpable.

Il ferma les yeux un instant et se contenta d'écouter.

Il était là, dans son trou pourri, à quelques kilomètres seulement de cette décadence. La ruelle était jonchée d'ordures, de vieilles canettes de bière et de bouteilles d'alcool, de préservatifs usagés et d'emballages de fast-food. La plupart des lampadaires avaient été brisés depuis longtemps et la municipalité n'avait jamais pris la peine de les réparer car ce n'était pas dans ce quartier que les touristes venaient claquer leur fric. Cette ruelle était le refuge des ivrognes et des camés. Même si, présentement, elle était déserte. La police de Miami Beach avait déjà effectué un passage pour chasser les sans-abri et les indésirables.

Ce n'est pas parce qu'on ne voit pas une chose qu'elle n'existe pas.

Il entendit le bruit de la voiture avant de la voir. Le crissement des pneus qui roulent sur le bitume parsemé de débris de verre et de détritus. Le ronronnement du moteur, puis le grincement d'une portière qui s'ouvre. Le vacarme d'une radio, la portière qui claque, des pas lourds. Ils résonnaient dans la ruelle et rebondissaient contre les murs des commerces en faillite qui la bordaient. Mais les bruits de pas décrurent rapidement : l'homme avait fait demi-tour pour s'éloigner dans la direction opposée, ignorant la ruelle et ce qui attendait dans l'obscurité.

Son cœur s'emballa sous l'effet de l'excitation et il inspira l'odeur de la nuit. L'air humide emplit ses poumons, l'oxygène s'engouffra dans son sang et revigora aussitôt son cerveau. Il attendit patiemment que les bruits de pas aient disparu pour s'extraire de l'obscurité. Il s'approcha avec prudence de la voiture ; ses pieds silencieux évitaient habilement les boîtes rouillées et les tessons de bouteilles. À l'intérieur de sa veste, ses doigts gantés de latex trouvèrent le couteau ; il le caressa en souriant. Des lumières bleu électrique et rouges dansaient sur les murs de la ruelle ; leur rythme était presque hypnotique.

Que la fête commence.

4

– Alpha 816, dit Victor dans sa radio en balayant du regard la ruelle déserte, d'un air dégoûté. Je suis au niveau de la 79e et de Biarritz. On m'a signalé un 38, mais il n'y a personne à cet endroit.

– Alpha 816. L'individu en question a été repéré près de l'Atlantic Cable Company. Au nord-est de la 79e Rue et de Biarritz Drive. Un homme de race blanche armé d'un couteau. Une unité a été appelée sur place.

La voix grésillante du dispatcher envahit la ruelle, mais disparut dès que Victor appuya sur le bouton de la radio pour répondre. Le silence brutal lui rappela qu'il était seul.

– Alpha 816, il n'y a personne ici. J'ai même inspecté le parking et les deux commerces situés à cet endroit. RAS. Tout est calme.

– Alpha 816. Je me renseigne.

– Alpha 816. Je me mets en 12.

Il était 1 h 30 du matin et le code 12 signifiait que c'était l'heure de la pause dîner. Un bon hamburger bien gras pour l'aider à supporter cette nuit merdique s'imposait. Demain, il était de repos ; il l'éliminerait à la salle de sport en faisant quelques exercices de plus.

– Alpha 816. Je vous note en 12 jusqu'à 2 h 30, répondit la voix grésillante du dispatcher.

La radio se tut et Victor se retrouva seul de nouveau. Il

regagna sa voiture de patrouille en se disant qu'il pourrait peut-être retourner à SoBe pour manger un morceau à The Diner dans la 11e. Histoire de mater les jolies filles en dînant. Il les regarderait descendre de leurs limousines et entrer au Mynt d'un pas nonchalant, en combinaison léopard ou minijupe en cuir.

Il ouvrit la portière et s'assit au volant. Il avait laissé tourner le moteur pendant qu'il inspectait la ruelle immonde pour que la climatisation maintienne la fraîcheur à l'intérieur de la voiture. Bien qu'on soit en novembre, la température atteignait encore les 26 °C, avec un taux d'humidité de 90 %. C'était suffisant pour que même un bon petit Cubain comme lui ait besoin d'air sec.

En septembre, Jordan, le chef du MBPD, la police de Miami Beach, avait fait installer des ordinateurs dernier cri à bord des voitures de patrouille, pour bien montrer que la police vivait avec son temps. Peu importe que la police de la route de l'État de Floride et la police de Miami-Dade en soient déjà équipées depuis plus de deux ans. Ces ordinateurs étaient censés accélérer les procédures : vérifications des immatriculations, des permis de conduire et des personnes recherchées, rédaction des rapports, consultation des fichiers et demandes de mandats. Ces ordinateurs permettaient de scanner des documents, d'envoyer des e-mails et d'accéder à tous les sites Internet, y compris CJNet, le Criminal Justice Network. Victor estimait que la technologie permettait d'accéder à un trop grand nombre d'informations et donnait aux huiles de la police une parfaite excuse pour faire payer le prix fort à quelqu'un qui, comme lui, faisait une connerie ou ne prenait pas suffisamment de précautions.

Il appuya sur une touche du clavier pour rédiger un énième rapport inutile sur ce qu'il n'avait *pas* trouvé dans la ruelle. Le fond d'écran représentant l'insigne de la MBPD disparut. Quand il lut les mots en majuscules et en caractères gras qui lui faisaient face, sur la blancheur éclatante de l'écran qui illuminait l'obscurité de la voiture de patrouille, il demeura perplexe tout d'abord. Puis, brusquement, le sens de ce message devint évident. Mais c'était trop tard.

5

« SALUT, VICTOR. REGARDE DERRIÈRE TOI. »

L'arrière du crâne de Victor, rasé de près, et sa nuque épaisse à la peau olivâtre offraient des cibles bien charnues dans la lumière blanche qui irradiait de l'écran de l'ordinateur. La paroi de Plexiglas qui séparait l'avant du véhicule de la banquette arrière glissa lentement sur le sol et une main gantée de latex s'avança. Victor contemplait l'écran d'un air perplexe, tandis que les rouages de son cerveau tournaient au ralenti. Tel un boa constrictor, l'homme glissa habilement sa main sur le côté du visage de Victor, jusque sous le menton. Puis, il tira vers lui, d'un coup sec, juste au moment où le policier détachait son regard de l'ordinateur pour voir s'il y avait quelqu'un derrière.

Sa tête fut plaquée contre le siège. L'homme referma son bras autour de la gorge de Victor pour faire basculer son corps vers l'arrière, à travers le Plexiglas découpé. La lame du couteau transperça le tissu de l'uniforme, sans entailler la peau ; elle cloua simplement la chemise sur le dossier en vinyle, si bien que la tête de Victor pendait dans le vide, à cheval sur l'appuie-tête, les yeux levés vers l'arceau de sécurité au plafond, la gorge offerte. Il s'agita et, instinctivement, il eut un geste vers son arme, enfermée dans un étui sur le côté droit, mais l'homme tapi à l'arrière avait anticipé. Tout en comprimant le larynx du policier, il glissa une main le long de son corps vers le Sig-Sauer P-226. En quelques secondes, il s'empara de l'arme. D'une main, Victor palpait le vide pendant qu'avec l'autre, il tentait désespérément de desserrer l'étau des doigts qui enserraient sa gorge. Ses jambes s'agitèrent furieusement et son pied écrasa le klaxon qui résonna dans la nuit. L'ordinateur tomba de son support. Victor continuait à se démener avec rage pour essayer de s'arracher au siège, mais il était dans une mauvaise position et le couteau le clouait sur son siège.

Soudain, le canon du Sig-Sauer appuya sur sa tempe droite et la main enveloppée de latex relâcha lentement sa gorge.

– Chut, fit l'homme.

Le contact pesant du métal froid sur la peau mit immédiatement fin à la lutte. L'homme écoutait les halètements de Victor et c'était comme s'il entendait la pensée qui venait de jaillir dans son esprit.

– Tu n'y arriveras pas, dit-il. Je te ferai sauter la cervelle avant même que ta jambe ait atteint le siège.

Il savait que Victor cachait une petite surprise autour de sa cheville. Les yeux terrifiés du policier roulaient dans tous les sens, sans qu'il parvienne à distinguer le visage qui se trouvait derrière lui.

La radio fixée près de sa tête grésilla.

« Alpha 922, Alpha 459. 1 530 Collins. 332 probable. Homme de race noire inconscient au bord de la route. » Les réponses des autres unités, ponctuées de jargon de la police grésillèrent dans la radio. Ses collègues fonçaient vers le lieu de l'urgence. Malheureusement pour Victor, ce n'était pas lui.

– Qu'est-ce que… vous voulez ? bredouilla-t-il.

Il parlait d'une voix étouffée et l'homme devina que le grand, le méchant Victor était sur le point de pleurer.

– Ne pleure pas maintenant, Victor. Il faut qu'on discute, d'abord.

L'homme sortit un deuxième couteau de sous sa veste. Un couteau particulier. Il l'approcha du visage du policier, par le côté gauche, pour que celui-ci puisse le voir.

La peur écarquilla les yeux de Victor Chavez. Il sentit la chaleur humide de l'urine se répandre sur le devant de son pantalon. Il décocha de grands coups de pied, furieux et inutiles.

– Allez, Victor, dit l'homme avec un sourire. Ouvre grands les yeux.

6

La sonnerie du biper fit sursauter C.J. Dans le noir, elle le chercha à tâtons sur la table de chevet pour l'éteindre le plus vite possible.

– C'est le tien ? demanda Dominick d'une voix endormie.

Il la bouscula doucement en roulant sur le flanc, face à elle, sans ouvrir les yeux.

– Désolée de t'avoir réveillé. Je l'éteins tout de suite.

Ses doigts trouvèrent enfin le biper et elle appuya sur le bouton pour couper la sonnerie.

– Tu es de service cette semaine ? murmura-t-il en tendant le bras vers elle sous la couverture.

C. J. se recula et balança les pieds sur le sol, en écartant de son visage ses cheveux encore humides de transpiration à cause du cauchemar. Elle ne voulait pas que Dominick sache qu'elle avait recommencé.

– Eh oui, c'est moi l'heureuse gagnante, dit-elle.

Une partie de son travail consistait à venir en aide aux policiers après 17 heures, pour tout ce qui concernait les problèmes juridiques liés aux mandats et aux arrestations. Le procureur, Jerry Tigler, avait décidé que ses assistants devaient être disponibles vingt-quatre heures sur vingt-quatre et sept jours sur sept pour seconder les policiers dans leur tâche. Le comté avait donc été divisé en deux grands secteurs – le nord et le sud – et chacun des deux cent quarante adjoints du procureur se retrouvait de garde de nuit pendant une semaine, plusieurs fois par an.

Les procureurs A, B et C, ceux qui étaient chargés d'instruire les affaires criminelles de première, deuxième et troisième catégories, s'occupaient des questions les plus fréquentes : *Est-ce que j'ai besoin d'un mandat pour fouiller la maison de ce type si sa femme me laisse entrer ? Dois-je dire aux parents d'un mineur que j'interroge leur fils délinquant au sujet d'un vol qu'il aurait commis l'an dernier ? Puis-je fouiller une voiture si je soupçonne le conducteur d'avoir un 357 planqué sous son siège ?* Certaines questions étaient simples, d'autres plus complexes. Le plus délicat, c'était quand un policier régurgitait une succession de faits et d'événements, avant de demander au procureur encore endormi s'il possédait assez d'éléments à charge pour procéder à une arrestation. Délicat, car c'était au policier qu'il incombait, normalement de décider quelle quantité de faits justifiait une arrestation, et pas au procureur. Pouvait-on légitimement penser qu'un crime avait été commis et que le coupable était ce type ? Délicat, enfin, car les policiers avaient parfois tendance à déformer la réalité pour la faire coller au crime en question. Ou inversement, à éliminer des détails cruciaux.

Le rôle du procureur était d'intervenir *après* une arrestation afin de poursuivre le coupable. Afin de permettre à chaque administration d'opérer sans vivre dans la crainte permanente d'un procès, la loi de Floride conférait une immunité partielle aux policiers dans l'exercice de leur devoir et une certaine liberté d'action aux divers bureaux du procureur. Mais les deux fonctions n'étaient pas interchangeables, même si la frontière qui les séparait était ténue et dangereuse. Or, la politique de Tigler obligeait souvent le procureur réveillé à 3 heures du matin à jouer au flic lorsqu'il aurait dû se contenter de donner un conseil amical.

Les dix procureurs d'élite affectés à l'unité des *Major Crimes* géraient un moins grand nombre de dossiers, mais il s'agissait des affaires de meurtre les plus sensationnelles, les plus horribles aussi ; celles qui posaient les problèmes les plus compliqués. La plupart des accusés, pour ne pas dire tous, risquaient la peine de mort, par injection mortelle ou sur la chaise électrique. C.J. travaillait pour le bureau du procureur depuis douze ans, et pour les *Major Crimes* depuis sept ans.

Personne n'avait jamais été réveillé à 3 heures du matin pour une histoire de fraude fiscale, alors qu'il se commettait suffisamment de meurtres dans cette ville pour faire sonner à tous les coups le biper d'un procureur au beau milieu de la nuit. De plus, Tigler avait décrété que les affaires d'homicide devaient être traitées sur place. Conclusion, quand votre biper sonnait, vous saviez que non seulement vous deviez vous lever, mais qu'il vous faudrait aussi mettre le nez dehors. En tant que procureur affecté aux *Major Crimes*, C.J. était de garde au moins une fois tous les deux mois. Souvent, quand elle était réveillée à 3 heures du matin, elle songeait à se faire muter à la Brigade financière.

– Reste couché et cache tes yeux, dit-elle avant d'allumer la lampe de chevet.

Dominick grogna et plaqua un oreiller sur son visage pendant qu'elle composait le numéro qui s'affichait sur le biper.

Au bout du fil, une voix d'homme dit :

– Nicholsby, j'écoute.

C.J. reconnut ce nom. Police criminelle de Miami Beach.

– Bonsoir, inspecteur. C.J. Townsend, assistante du procureur. J'ai reçu un appel…

– Oui, oui, mademoiselle Townsend. On m'a dit que c'était vous qui vous occupiez des homicides cette nuit. Vous êtes aux *Major Crimes*, hein ?

À en juger par le son de sa voix, l'inspecteur Nicholsby semblait étonnamment nerveux. La découverte d'un cadavre en pleine nuit, c'était pourtant la routine pour un flic de la Criminelle. C.J. avait appris qu'il n'y avait pas grand-chose qui les déconcertait. Au contraire, ils aimaient bien se moquer des procureurs les plus sensibles en décrivant les détails épouvantables de leurs affaires, juste avant de passer à table.

– Exact, répondit-elle. Alors, de quoi s'agit-il ?

– C'est un homicide. Mais… (Il sembla hésiter.) Pas seulement.

– Un double meurtre ?

– Non. Juste un, mais… c'est moche.

En fond sonore, C. J. percevait les sifflements aigus de plusieurs sirènes de voitures de police qui se rendaient sur place. Vu leur nombre, c'était du sérieux. Elle entendit Nicholsby tirer sur sa cigarette avant d'ajouter :

– On a un cadavre de flic sur la plage, mademoiselle Townsend. Et c'est pas beau à voir.

7

– Merde, murmura-t-elle en se massant les tempes du bout des doigts pour chasser la migraine qu'elle pressentait.

Elle caressa tendrement le dos de Dominick.

– Il faut que j'y aille, Dom.

Dominick Falconetti comprit immédiatement, au son de sa voix, que les nouvelles n'étaient pas bonnes. Il sortit la tête de sous l'oreiller.

– Que se passe-t-il ?

La lumière crue obligeait Dominick à plisser ses yeux noisette ; ses cheveux poivre et sel étaient ébouriffés.

– Un problème avec un policier, dit-elle.

– Une fusillade ? Où ça ? Quel service ?

– Non, non, il ne s'agit pas d'une fusillade…

Elle inspira à fond. Elle savait que cette nouvelle lui ferait mal. Pour les flics, c'était toujours dur d'apprendre que l'un des leurs était tombé au champ d'honneur. Ils prenaient ça très à cœur, même s'ils ne connaissaient pas la victime.

– Il s'agit d'un homicide, Dom. En service. Je suis désolée. Je ne sais rien de plus, je ne connais même pas son identité.

Dominick se redressa dans le lit.

– Bon Dieu. Un flic ? Comment c'est arrivé ? Où ça ?

– J'ai eu Nicholsby au téléphone, de Miami Beach,

répondit C.J. en se dirigeant vers la penderie. Il ne m'a pas dit comment ça s'était passé ; il m'a juste demandé de venir.

Elle ressortit du dressing-room avec un pantalon marron clair à la main, en boutonnant un chemisier en soie couleur crème.

Dominick se frotta les yeux pour chasser les restes de sommeil et passa sa main dans ses cheveux.

– Je t'accompagne. Laisse-moi le temps de m'habiller, dit-il en la regardant enfiler son pantalon puis s'asseoir sur le banc au pied du lit pour se chausser.

– Pourquoi veux-tu m'accompagner ? La Criminelle de Miami Beach est sur place, ils prendront les choses en main.

– Parce qu'un flic assassiné, ça veut dire qu'on fera certainement appel au FDLE de toute façon. Parce qu'il est 4 heures du matin et que tu vas aller dans un coin qui craint, je parie… Et parce que je ne veux pas te savoir seule dehors à cette heure.

C.J., qui était en train de mettre ses chaussures, s'arrêta et lui sourit.

– Je te remercie, mais je n'ai pas besoin d'une escorte, monsieur le Prince Charmant. Je peux me débrouiller toute seule. D'autant que ce coin qui craint, comme tu dis, sera certainement quadrillé par une centaine d'uniformes bleus avec des Glock à la ceinture. D'après ce que j'ai entendu, ce meurtre a attiré du monde. Allez, rendors-toi. Avec un peu de chance, personne ne t'appellera et tu pourras t'offrir une bonne nuit.

Elle se rendit dans la salle de bains pour se brosser les dents.

Dominick savait qu'il était inutile de discuter. C.J. était une femme indépendante et entêtée. Bien qu'il lui soit arrivé dans la vie un tas de choses qui auraient pu rendre terrifiante l'idée de se retrouver seule dehors à 4 heures du matin, il savait qu'elle ferait ce qui devait être fait, en écartant sans rien dire, avec la puissance d'un bulldozer, toutes les peurs qui se dressaient sur son chemin. Ils sortaient ensemble depuis trois ans et, chose incroyable, il la trouvait plus forte maintenant qu'au début de leur liaison. Pourtant, depuis qu'il était dans la police, il en avait vu des victimes se faire engloutir. Paralysées par l'angoisse, elles n'osaient même plus ouvrir leur porte, elles se jetaient à couvert en entendant un bruit de pot d'échappement qu'elles prenaient pour une fusillade. Mais pas C.J. C'était comme si elle défiait ses peurs quotidiennement, pas seulement en sortant de chez elle, mais aussi en partant accomplir un travail qui lui faisait côtoyer les pires criminels que pouvait produire la société, en acceptant toujours plus d'affaires, plus de drames. Tel un parachutiste qui a subi un grave accident et qui, au lieu de renoncer à son sport, continue à sauter dans le vide, C.J. s'élançait de plus en plus haut.

– Un flic assassiné ? Bon Dieu, ça doit être la folie à Miami Beach. Nicholsby ne t'a pas dit qui ni comment ?

– Non. Il n'était pas très bavard. En fait, il avait même l'air très nerveux. Je ferais bien de me dépêcher.

Elle se pencha au-dessus du lit ; leurs lèvres se frôlèrent, ils échangèrent un baiser tendre. La bouche de C.J. était fraîche, elle sentait la menthe. La main de Dominick se referma dans sa nuque, ses doigts se perdirent dans ses cheveux châtain clair et il l'attira contre lui. Avec son autre main, il lui caressa le visage, son pouce massa délicatement sa joue. Quand elle s'en allait, elle lui manquait toujours autant. Et il était toujours aussi inquiet.

– Je suis désolée, lui glissa-t-elle à l'oreille. Je t'appellerai dès que j'en saurai plus. (Elle se releva.) On est samedi. J'achèterai des bagels en rentrant.

– Sois prudente, je t'en supplie. Appelle-moi quand tu seras sur place et reste sur la 95.

La I95 était la nationale qui allait de Ft. Lauderdale à Miami, un trajet de quarante kilomètres. Un tas de choses fort déplaisantes étaient arrivées aux automobilistes qui avaient pris la mauvaise sortie et s'étaient égarés en pleine nuit.

– Bien, papa, répondit-elle d'un ton joyeux en se dirigeant vers la porte de la chambre. Rendors-toi. Tu me raconteras comme c'est agréable, au petit déjeuner. Et n'oublie pas de sortir Lucy.

Lucy était la chienne de C.J.., un basset, sourde, et présentement roulée en une boule compacte de poils bruns à côté de Dominick, là où se trouvait sa maîtresse cinq minutes plus tôt. Celle-ci lui tapota la tête.

– Tu ne laisses jamais passer une occasion, hein, ma vieille Lucy ? Les draps n'ont même pas le temps de refroidir.

– Où vas-tu exactement ?

– Dans une ruelle derrière la 79e Rue. (Elle lui envoya un baiser.) Je t'aime, murmura-t-elle. À tout à l'heure.

La porte de la chambre se referma en douceur derrière elle. Voilà, elle était partie.

8

Dominick repoussa les couvertures et fit glisser doucement Lucy, qui ronflait, toujours roulée en boule, entre les draps. Tibby, le vieux chat obèse de C. J., sauta à son tour sur le lit et se coucha de tout son long à côté de la chienne. Dominick enfila sa chemise et se leva pour finir de s'habiller et faire du café. Il ne parviendrait pas à se rendormir, il le savait. Ce n'était qu'une question de temps avant que son portable sonne.

Un flic assassiné. Nom de Dieu. *Un des siens.*

Il était en colère. En colère, scandalisé et étonnamment triste en même temps. Il ne savait pas qui était le flic en question, ni comment il était mort – sans doute qu'il ne le connaissait pas, les flics étaient nombreux à Miami –, mais malgré tout… *Un des siens avait perdu la bataille.* Dans la lumière violente du néon de la cuisine, il secoua la tête d'un air dégoûté, en attendant que le café soit prêt.

Il existait une camaraderie unique entre les représentants de la loi. Dès la première semaine de formation à l'académie de police, le terrain favorable à l'éclosion de cette mentalité du « nous contre eux » est soigneusement préparé par des sergents et des lieutenants très expérimentés, et donc très pessimistes. Pendant ces neuf mois intenses et éreintants, les officiers instructeurs deviennent les seuls amis des nouvelles recrues, et la devise de l'école de police est: « Préparez-vous au pire. » Alors, c'est ce que vous faites. Chaque jour vous tirez sur des méchants en carton et on vous apprend à appeler les renforts dès que vous éternuez dans un sale quartier. Vous vous entraînez à effectuer des descentes dans des repaires de camés où, inévitablement, vous découvrez des otages innocents. Aucun méchant en carton ne réussit à s'échapper sans essuyer un tir nourri. Puis, après avoir vidé trente chargeurs et vous être fait tabasser pendant le cours d'autodéfense, vous finissez la journée en allant boire quelques bières avec les collègues. Toute votre vie tourne autour de votre métier: vous mangez, vous dormez, vous respirez et vous discutez avec d'autres flics. Vous parlez flic, 24 heures sur 24 et 7 jours sur 7, vos yeux de flic voient des crimes partout, avant même qu'ils se produisent. Personne ne vous connaît mieux que votre équipier. Savoir qu'un étranger est prêt à défier la mort pour vous défendre fait naître une loyauté inébranlable et totale entre les hommes en bleu. Quand l'un d'eux tombe, c'est tous les flics qui ressentent le coup, quelque part au fond d'eux-mêmes.

Ayant commencé sa carrière dans le poste de police le plus pourri du South Bronx, Dominick avait souvent connu ça, trop souvent. Il avait vu tomber trop d'uniformes devant lui.

En l'espace d'un an, il avait obtenu le grade de détective. Six mois après, il avait été muté à la Criminelle, mais il avait beau faire de la lèche, ses supérieurs ne voulaient pas le faire sortir du Bronx. Il était efficace. Sans doute trop. Au bout de quelques années, tous les méchants commençaient à se ressembler, même quand ce n'étaient pas de vrais méchants, et il avait compris qu'il était temps de tirer un trait. Un jour de pluie particulièrement glacial et déprimant, à New York, il avait déplié une carte des États-Unis et fermé les yeux en espérant que son doigt se poserait sur un endroit où les criminels portaient des chemises à manches courtes. Son index avait atterri à Miami : encore une métropole grouillante, mais avec un parfum plus exotique, plus tropical. Il avait reçu des offres diverses : police de Miami-Dade, police municipale de Miami, police de Miami Beach, Bureau du shérif de Broward, mais en tant qu'agent spécial affecté au FDLE, il ne se contenterait pas de changer de décor. Il commencerait une nouvelle carrière. C'était du moins ce que lui avait dit le chef du FDLE, il y a seize ans de cela, quand il avait proposé ce poste à Dominick.

Le FDLE, l'équivalent du FBI à l'échelle de la Floride, employait des agents hautement spécialisés et expérimentés pour mener de grandes enquêtes au niveau national, celles qui dépassaient les juridictions des services de police et des comtés, mais aussi pour seconder les agents fédéraux ou les enquêteurs locaux dans leurs affaires les plus complexes. L'État de Floride finançait des laboratoires dernier cri qui rivalisaient aisément avec ceux du FBI à Quantico. Finis donc les mandats de perquisition à minuit. Évidemment, c'était du boniment, des arguments de vente. Car, par la suite, le directeur du Centre régional des opérations, après avoir jeté un coup d'œil au CV de Dominick, l'avait rapidement affecté à la Brigade des crimes violents, chargée des affaires de meurtres. Et même si ça ne signifiait pas forcément avoir des horaires de vampire toutes les nuits, il n'était pas question de ranger ses affaires à 17 heures comme à la Brigade financière.

La cafetière s'arrêta en produisant des borborygmes et l'arôme puissant du café se répandit dans l'air. Lucy sortit de la chambre d'un pas nonchalant, en reniflant, à la recherche de quelque chose à manger. Dominick se servit une tasse de café et lança à la chienne un bâton de viande séchée. Lucy laissa échapper un petit jappement de joie et se coucha par terre pour grignoter sa friandise.

C'était un métier à risques. Tous les flics le savaient, et ils l'acceptaient. Ils enfilaient leur gilet pare-balles à chaque début de service ; cet accessoire encombrant leur rappelait en permanence l'existence de dangers potentiels. Le problème, c'était qu'aucun flic ne pensait vraiment que son matricule serait le prochain sur la liste des soldats morts au combat. Quand la balle arrivait, même pour un flic c'était une surprise totale.

Lucy le suivit sur le balcon et se coucha en boule à ses pieds pendant qu'il s'accoudait à la rambarde en sirotant son café d'un air sombre. Les eaux noires de l'Intercoastal bouillonnaient douze étages plus bas et venaient lécher la digue. Une légère brise faisait tinter les carillons. L'atmosphère commençait à se rafraîchir, on le sentait. L'hiver approchait. C'était l'époque des plages bondées, des embouteillages et des attentes de deux heures dans les restaurants. Il entendait presque les crissements des pneus, alors que les touristes migrateurs quittaient leurs allées givrées dans le Nord pour descendre vers le Sunshine State.

De l'autre côté de l'Intercoastal, derrière les innombrables résidences, les hôtels bon marché et les tours qui envahissaient Pompano Beach et Ft. Lauderdale, des bandes roses et orange traverseraient bientôt le ciel obscur. Encore un magnifique lever du soleil en perspective.

Dominick sirotait son café en attendant que le téléphone sonne.

9

À 4 heures du matin, il fallait à peine un peu plus d'un quart d'heure pour parcourir les quarante kilomètres jusqu'à Miami Beach, alors qu'à l'heure de pointe, on pouvait parfois mettre plusieurs jours. C. J. prit la sortie 95 au niveau de la 79e Rue et traversa la périphérie sombre de Liberty City, où la plupart des fenêtres et des portes des maisons ou des commerces modestes étaient munies d'épais barreaux. Même à cette heure, quelques boutiques de prêteurs sur gages, violemment éclairées, étaient ouvertes. C.J. entrevit des silhouettes sans visages qui s'affairaient dans la pénombre. Après quelques kilomètres, la 79e Rue cédait la place à la voie express John F. Kennedy qui traversait le quartier paisible de North Bay Village, avant de franchir les eaux noires de Biscayne Bay, pour finalement pénétrer au cœur de Miami Beach.

Arrivant par la voie express, C.J. aperçut immédiatement les lumières clignotantes bleues et rouges, qui formaient un rayon d'au moins deux pâtés de maisons derrière une station-service Chevron fermée. *Ça doit vraiment être grave*. Depuis douze ans qu'elle occupait ces fonctions, vingt policiers avaient été tués dans l'accomplissement de leur devoir à Miami. La vive réaction qui s'ensuivait était toujours la même : *Personne ne connaîtra le repos tant que quelqu'un n'aura pas payé pour ce meurtre*. Cela valait aussi bien pour les agents en uniforme que pour les inspecteurs et les procureurs, dans toutes les brigades, tous les services, toutes les juridictions. Les ordres officiels devenaient des vendettas personnelles.

C.J. trouva une place pour se garer derrière une voiture de patrouille vide dont le gyrophare tournoyait, sur le parking de la station-service, et se fraya un chemin au milieu des uniformes massés un peu plus loin. La police de Miami Beach et la police de Metro Dade étaient là. C.J. repéra également quelques véhicules de la police de la route. Derrière la station-service s'étendait un vaste terrain vague entouré d'une clôture de deux mètres de haut. Au-delà de cet espace dégagé, des policiers étaient en train de tendre des bandes de plastique jaune à l'arrière d'une boutique fermée, afin d'isoler la ruelle.

Une dizaine de radios crachotaient et braillaient autour d'elle. C.J. s'approcha d'un cercle de flics de Miami Beach qui bavardaient entre eux au bord du terrain vague. Le premier cordon.

Elle leur montra son insigne.

– Quelqu'un sait où je peux trouver Nicholsby, de la Criminelle ? Je travaille pour le bureau du procureur.

Le cercle s'écarta en silence pour la laisser passer. Une petite rue sans nom longeait la boutique, perpendiculairement à la ruelle. C.J. remarqua qu'une voiture du MBPD était stationnée à l'entrée de la ruelle ; les lumières rouges et bleues tournoyaient en silence sur le toit et rebondissaient contre une haute palissade plantée derrière la boutique et la Atlantic Cable Company voisine. De l'autre côté de la ruelle, au-delà d'un grillage coiffé de fils barbelés, se dressaient les trois énormes paraboles du câblo-opérateur.

Un jeune flic hocha la tête d'un air lugubre pour désigner la ruelle derrière lui.

– C'est le type là-bas, près de la voiture. En train de discuter avec les experts du labo.

– Merci.

À l'entrée de la ruelle, derrière les bandes de plastique jaune, se trouvaient deux enquêteurs vêtus de coupe-vent portant la mention POLICE SCIENTIFIQUE dans le dos en lettres jaune vif. Entre les deux, un inspecteur d'un certain âge, en polo et pantalon de toile, tirait sur une cigarette. La cinquantaine, les paupières et les épaules tombantes, il semblait avoir besoin d'un petit remontant.

C.J. lui tendit la main.

– Inspecteur Nicholsby ? C.J. Townsend, bureau du procureur.

– Ah, Townsend. Vous avez fait vite.

– Que se passe-t-il ?

Elle regarda en direction de la voiture de patrouille.

– Sur les coups de 4 heures, quelqu'un a signalé qu'un policier semblait dormir dans sa voiture. Ils ont envoyé un agent sur place, le bleu qui est là-bas, Schrader. Il a ouvert la portière pour réveiller son collègue et… (La voix de Nicholsby mourut.) Les gars du labo ont photographié l'extérieur, mais on attend le légiste. Il habite à Coral Spring.

La voiture de patrouille stationnait à l'entrée de la ruelle. La portière du conducteur était entrouverte, laissant dépasser le coin d'un drap blanc. Les vitres paraissaient étrangement opaques. Le pare-brise également.

– Qu'est-ce qu'elles ont, ces vitres ? demanda-t-elle. Elles sont teintées ?

– On les a peintes.

– Peintes ? Avec quoi ?

– Du sang. Ce taré a peint l'intérieur de la voiture avec le sang de ce pauvre gars ! C'est pour ça que personne n'a donné l'alerte avant. On ne voyait pas à l'intérieur. Les gens ont peut-être cru que le flic piquait un roupillon et qu'il avait laissé ses phares allumés pour donner le change.

Nicholsby la prit délicatement par le bras pour l'obliger à détacher son regard de la voiture et à le regarder. Il avait des yeux sombres, fiévreux. Il paraissait presque effrayé.

– Écoutez, dit-il… C'est pas beau à voir, mademoiselle Townsend.

– J'ai l'habitude, inspecteur, répondit-elle en essayant de se dégager d'un petit mouvement d'épaule.

– Non. (Il refusait de la lâcher.) C'est *vraiment* très moche. J'ai jamais rien vu d'aussi affreux, et pourtant j'en ai vu, croyez-moi. Certains de mes gars ne s'en sont pas encore remis, d'ailleurs.

Il tourna la tête pour désigner d'un mouvement du menton un jeune agent en uniforme en train de vomir dans les fourrés qui bordaient le terrain vague.

– Je parie qu'il va devoir aller rendre visite au psy de la police.

C.J. s'arracha à l'étau de la main de Nicholsby et le regarda droit dans les yeux.

– Merci pour la mise en garde, inspecteur. Ça ira.

– OK. (Il haussa les épaules et la lâcha enfin.) Faites comme chez vous. Le légiste devrait arriver d'une minute à l'autre.

– Qui est la victime ? On connaît son identité ?

– Non. En fait, il y a eu une confusion dans l'attribution des voitures de patrouille. La 8 354 devait être conduite par l'agent Gilroy, Vincent Gilroy. Mais c'est pas lui.

– Et son insigne ?

– Disparu. Idem pour son badge sur son uniforme. Le salopard l'a découpé.

– Et personne ici ne le connaît ?

– Il y a près de quatre cents flics à Miami Beach. Vous

les connaissez tous, vous ? D'ailleurs, la propre mère de ce type aurait du mal à le reconnaître, vu son état. On sait juste que c'est pas Gilroy parce que Gilroy est blond.

C.J. marcha vers la voiture. Impossible de voir à travers les vitres. Seul le coin de drap blanc dépassant de la portière laissait deviner le macabre spectacle qui l'attendait. Elle enfila les gants que lui avait remis Nicholsby et tendit la main vers la poignée, couverte de poudre noire.

– Ils ont relevé les empreintes ? lança-t-elle par-dessus son épaule.

– Oui, mais uniquement à l'extérieur pour l'instant. Ne touchez à rien à l'intérieur, s'il vous plaît.

Elle ouvrit lentement la portière et le reste du drap blanc, maculé de rouge, tomba à ses pieds, tel un tapis qu'on déroule.

Ses doigts gantés de latex hésitèrent juste une seconde, puis ils soulevèrent le drap qui masquait le corps affalé sur le siège. C.J. expira brutalement et plaqua ses mains sur sa bouche ; elle pivota sur elle-même pour se détourner de la voiture, de cette horreur qui était assise devant elle, attachée au volant avec ses propres menottes.

– Nom de Dieu ! s'exclama-t-elle, chancelante.

– Je vous l'avais dit, répondit Nicholsby.

– Non, non… murmurait-elle dans un souffle rauque, en se parlant à elle-même.

Soudain, une voix s'éleva au milieu des voitures de police rassemblées sur le parking. Un agent en uniforme courait vers eux en agitant une feuille blanche.

– Inspecteur ! Ça y est, on l'a identifié. On a interrogé le gars qui a attribué les voitures de patrouille ce soir. Il était dans un bar, il vient juste de rentrer chez lui. Apparemment, le central a interverti par erreur les numéros des voitures. Gilroy devait prendre la 8354, mais ils lui ont donné la 8534.

– Qui est censé avoir la 8354, alors ?

Sans laisser à l'agent le temps de répondre à la question, C.J. dit d'une voix blanche :

– Chavez. Je sais qui est cet homme… Victor Chavez.

10

Son esprit luttait pour maîtriser les pensées et les images frénétiques qui l'assaillaient. Elle n'était pas préparée à voir un flic mort, surtout dans cet état, sauvagement mutilé. Et encore moins préparée à voir un flic avec lequel elle avait étroitement collaboré à une époque. Un flic qui n'était pas un simple agent de patrouille comme les autres…

Victor Chavez était assis sur le siège du conducteur imbibé de sang, sa tête reposait sur le volant. On avait coupé le moteur, et donc la climatisation, laissant le corps dans l'étuve de l'habitacle. Il approchait de la raideur cadavérique ; les mains menottées serraient toujours le volant, si fortement que les jointures avaient blanchi. Ce qui restait de son visage avait été tourné sur le côté, sans doute par Schrader, le flic qui l'avait découvert, et ses yeux marron terrorisés contemplaient maintenant le vide par la vitre du conducteur. C'étaient ces yeux que C.J. avait reconnus instantanément. « Des yeux de menteur », comme elle les avait qualifiés un jour, deux tâches brunes liquides qui en disaient bien plus que ses paroles.

Maintenant, ils la regardaient fixement, après avoir capturé l'horreur des derniers instants de sa courte vie. On devinait aisément pourquoi ses collègues avaient eu du mal à le reconnaître. Du nez jusqu'au menton, le visage était réduit en bouillie. La voix du dispatcher grésillait dans la radio fixée sur son épaule. Ironie du sort, elle envoyait précisément des renforts sur le lieu même où Victor avait été assassiné.

C. J. s'était éloignée de la voiture de patrouille pour repasser derrière les bandes de plastique jaune. Assise sur le pare-chocs de la Taurus banalisée de Nicholsby, elle sirotait la bouteille d'eau qu'elle avait finalement acceptée, en espérant que la vague de nausée allait refluer. Une main se posa en douceur sur son épaule. Il s'agissait de Marlon Dorsett, un autre inspecteur de la Criminelle de Miami Beach. C.J. avait suivi plusieurs enquêtes en compagnie de Marlon et elle savait que c'était l'un des meilleurs. Il lui adressa un sourire débordant de dents blanches.

– C.J. ? Le lieutenant m'a dit que vous étiez de service cette nuit. Je me demandais si vous alliez venir.

– Moi ? répondit C. J. avec un petit sourire forcé. Je suis ici depuis le début des réjouissances. Je suis même arrivée avant la musique.

D'un mouvement de tête, elle désigna la voiture de patrouille. Le légiste était enfin là. Présentement, il mesurait la plaie profonde qui entaillait la gorge de Victor Chavez, à l'aide d'un mètre ruban orange fluorescent, pendant que les experts de la police scientifique attendaient nerveusement sur le côté. Quand le légiste aurait terminé, ils se jetteraient sur la voiture tels des vautours affamés et ils la démonteraient entièrement.

– Comment ça va, Marlon ?

– Moi ? Pas trop mal. Ma femme est gentille, mes gosses sont insupportables et mon métier me fait chier. Mais ne nous plaignons pas. Ça doit être le cas de n'importe quel type dans ce pays. (Il marqua un temps d'arrêt et secoua la tête d'un air sombre.) Quel carnage. Vous vous rendez compte ? Finir de cette façon ? (D'un mouvement du menton, il montra la bouteille d'eau que

C.J. tenait à la main.) Vous n'avez pas l'air bien, C.J. Vous êtes sûre que vous pouvez vous occuper de ça ?

– Oui, oui. Je le connaissais, c'est pour ça. Chavez. On a travaillé ensemble sur une affaire. Je crois que ça m'a surprise, voilà tout.

Marlon hocha la tête et regarda autour de lui.

– C'est un choc pour tout le monde. Comment va Dom ? Il est ici ?

Avant que C.J. puisse répondre, Nicholsby mit fin à la discussion animée qu'il avait avec son Nextel, son combiné téléphone portable / talkie-walkie. Il reporta son attention et sa colère grandissante sur l'inspecteur Dorsett.

– J'hallucine ! Le central a envoyé Chavez ici pour un 38 à 1 h 30. Il a jeté un coup d'œil et il s'est mis en code 12. C'est son dernier appel. Et personne n'a eu l'idée de nous informer, alors qu'on essayait depuis une demi-heure de l'identifier ! (Il se tourna vers la portière de la voiture, grande ouverte maintenant.) Vu la raideur du corps, on sait qu'il est mort depuis au moins deux heures. Autrement dit, ça ne sert à rien de boucler le secteur…

– Sauf si ce malade traîne dans les parages pour assister au spectacle, intervint Marlon.

Nicholsby parcourut du regard l'océan d'uniformes bleus.

– Ça m'étonnerait. À cette heure matinale, on n'attire pas la foule.

– Il y a des témoins ? demanda C.J.

– Personne, grogna Nicholsby.

– Pour quel 38 a-t-il été envoyé ici ?

– Un sans-abri. Aucun signalement. Avec une arme à la main. C'est tout. Je me suis fait envoyer l'enregistrement.

Nicholsby alluma une cigarette et cracha la fumée dans un soupir de frustration.

– Qui a appelé ? demanda C.J.

– On n'en sait rien. La personne n'a pas laissé son nom.

– Comme toujours. Les gens ne veulent pas se retrouver impliqués, commenta Marlon. (Après un moment de réflexion, il ajouta : À moins qu'il s'agisse d'un guet-apens.

– Hein ? fit C.J.

Nicholsby hocha la tête.

– C'est ce qu'on va vérifier. Ce type, Chavez, d'après ce que j'ai entendu dire, ne manquait pas d'ennemis. La cage de sa voiture a été découpée et apparemment, il a été tué par-derrière. On est obligés d'enquêter dans toutes les directions. Mais j'espère que M. l'Enfoiré a merdé et qu'il nous a laissé sa carte de visite dans la voiture. Une empreinte, un cheveu, même du sperme, je m'en fous. N'importe quoi. Ça me faciliterait la vie. Les gars de Miami Beach me harcèlent de questions.

– Le comté est sur le coup, dit Marlon. Et la ville aussi.

Le comté, c'était la police de Miami-Dade. La ville, c'était la police municipale de Miami.

– Le chef Jordan s'est entretenu avec les huiles de la municipalité. Dee affirme qu'il est prêt à envoyer toute la Criminelle s'il le faut.

– Les téléphones n'arrêtent pas de sonner, dit Nicholsby. J'ai reçu un appel de Tallahassee, il y a cinq minutes, pour me demander s'ils pouvaient filer un coup de main. Le gouverneur vient d'être informé. Tout le monde a été tiré de son lit et ça va chauffer avant même le lever du soleil. J'ai demandé à Costidas de me sortir les noms de tous ceux qui se sont fait épingler à Miami Beach. Les junkies, les putes, les dealers, les membres des gangs. N'importe qui. On va commencer par là.

– Quelqu'un finira bien par parler. C'est juste une question de temps, dit Marlon avec un profond soupir. On aura ce type.

– Ou *ces* types, grommela Nicholsby en écrasant sa cigarette sous sa chaussure.

Tous les trois demeurèrent plongés dans un silence tendu, tandis que les enquêteurs du bureau du légiste sortaient de la voiture de patrouille le corps de Victor qui approchait rapidement de l'état de raideur cadavérique complet ; les muscles s'étaient figés dans la position qui était la leur au moment de la mort. Il faudrait attendre entre douze et vingt-quatre heures avant que les muscles se détendent de nouveau. Recouvert d'un drap blanc, le cadavre pétrifié et déformé de Victor, que les hommes du légiste transportaient vers une civière, paraissait encore plus macabre.

C.J. les regarda charger le corps à bord de la fourgonnette. L'étiquette vert émeraude que le légiste avait accrochée au gros orteil de la victime dépassait de sous le drap blanc et se balançait doucement. Les hommes du légiste le déposèrent ensuite dans une housse en caoutchouc. Quand ils remontèrent la fermeture éclair, l'étiquette disparut.

– J'ai vu ce qu'on a fait à son visage, dit-elle.

Elle n'avait pas envie d'obtenir la confirmation de ses pensées les plus irrationnelles, pas pour l'instant, mais elle se surprit à poser la question malgré tout :

– À votre avis, ça veut dire quoi ?

– Vous parlez du coup de couteau dans la gorge qui l'a presque décapité ? Ça, c'était pour le tuer. Mais la langue arrachée, on pense qu'il s'agit d'une sorte de message.

– C'était pour le faire taire, dit Nicholsby en piochant la dernière cigarette dans son paquet de Newport.

À cet instant, la portière arrière de la fourgonnette des services de médecine légale du comté de Miami-Dade claqua et la marée des voitures de patrouille, dont les lumières tournoyaient en silence, s'écarta pour la laisser passer.

11

L'odeur écœurante de la mort pénètre même les meilleurs tissus, et aucun détergent, aucun détachant ni lavage à sec ne peut débarrasser les vêtements de cette odeur ; de même que rien ne peut effacer cette odeur de la mémoire d'une personne qui a vécu cette expérience. Peut-être s'agissait-il simplement d'une réaction psychosomatique ; une odeur fantomatique qui demeurait accrochée pour toujours à une image. Quoi qu'il en soit, C.J. savait qu'il était vain de tenter de la faire disparaître, c'est pourquoi elle lâcha dans le vide-ordures du onzième étage le sac-poubelle contenant son pantalon marron clair et son chemisier couleur crème, avant de rebrousser chemin dans le couloir, à pas feutrés, pour rentrer chez elle.

Heureusement, le savon, l'eau et une bonne dose d'huile de coude comme aurait dit son père, furent assez efficaces pour au moins enlever cette odeur sur sa peau. Évidemment, C.J. savait que ce n'était pas le scénario qu'imaginait son père quand il la gratifiait de ses paroles pleines de sagesse, debout sur la véranda de leur maison, alors que C.J., enfant, lavait les vitres, parce que son père était pris de cette frénésie de nettoyage qui revenait à chaque printemps et la privait d'au moins trois samedis au mois de mai. Ce souvenir lui fit penser à sa mère qu'elle avait oublié de rappeler hier, et elle nota dans un coin de sa tête qu'elle devait passer un coup de fil à ses parents. Elle dirait à son père qu'elle repensait à ses grands nettoyages de printemps. Sans lui préciser la raison, toutefois.

Le message de Dominick était posé sur le plan de travail de la cuisine ; elle le regarda d'un air vide pendant quelques instants. Le directeur régional du FDLE avait téléphoné, et comme Dominick l'avait prédit, tout le monde était sur cette affaire. Le tueur de flic. Sans doute avait-elle croisé Dominick sur la I95, alors qu'il se dirigeait vers le front, tandis qu'elle rentrait chez elle, avec les bagels qu'elle lui avait promis. Elle aurait aimé qu'il soit là.

Le *Sun Sentinel* traînait sur le comptoir du petit déjeuner. La nouvelle dont tout le monde parlerait très bientôt se faisait remarquer par son absence à la une ; le meurtre avait loupé de peu le bouclage. Elle se servit une tasse de café tout frais. Les scènes de crimes n'étaient jamais une partie de plaisir, mais celle-ci l'avait profondément ébranlée. Et pas uniquement parce que la victime de cette nuit était un policier, ou parce qu'elle l'avait côtoyée dans le cadre d'une enquête, comme elle l'avait expliqué à Marlon.

Maintenant qu'elle se retrouvait seule avec ses pensées, le calme qui régnait dans l'appartement la mettait mal à l'aise. Elle décrocha le téléphone pour appeler ses parents, mais elle raccrocha aussitôt. Il n'était pas encore 7 heures en Californie. Elle devrait attendre au moins une heure.

Victor Chavez. Le jeune flic effronté qui avait arrêté le serial killer le plus tristement célèbre de toute l'histoire de l'Amérique moderne. Un tueur féroce qui avait hérité d'un surnom macabre : le Vorace. Pendant dix-huit mois, à partir du printemps 1999, il avait traqué les jolies femmes qui fréquentaient les endroits nocturnes branchés de SoBe. Elles étaient toutes jeunes et d'une beauté exquise. Et blondes. Elles étaient toutes mortes depuis longtemps maintenant, le cœur arraché méthodiquement par un fou sanguinaire.

À la suite d'un banal contrôle routier, Victor Chavez avait interrompu cette vague de terreur et permis de mettre un nom et un visage sur un tueur: William Rupert Bantling. Pour beaucoup, Bantling, riche homme d'affaires aux yeux bleu acier et aux traits délicats, n'avait pas une tête de fou. Mais le cadavre raide et glacé qu'il transportait dans le coffre de sa voiture disait le contraire. Anna Prado, vingt-deux ans, future mannequin, était blonde et exceptionnellement belle. Quand l'agent de police Chavez et ses collègues avaient ouvert le coffre de la Jaguar, elle avait un gros trou dans la poitrine, à la place du cœur.

Une affaire apparemment parfaite, qu'on avait confiée à C.J., affectée à l'époque aux *Major Crimes*, et depuis plus d'un an, l'unique procureur désignée pour seconder la brigade spéciale chargée du dossier du Vorace. Après cette arrestation, des mandats de perquisition et un travail consciencieux de la part de la police avaient permis de découvrir de nouvelles preuves accablantes. C'était le signe que le système avait fonctionné: le coupable avait été arrêté et il ne serait pas relâché. Mais si la vie avait appris une chose à C.J., c'était que les choses ne se passaient pas toujours comme elles devraient.

Elle ferma les yeux, en essayant de chasser l'image de William Rupert Bantling dans cette salle de tribunal étouffante et surpeuplée, envahie par les journalistes et leurs caméras et par ses supérieurs. Au moment où elle avait découvert que ce n'était pas un simple accusé. Elle avait écouté Bantling beugler des injures au juge Katz et elle avait vu le chaos s'emparer de la salle de tribunal. Mais elle avait été incapable de bouger, tandis que des alarmes silencieuses lui déchiraient le corps et l'esprit, la transportant en arrière, en cette nuit d'orage de juin

1988. La nuit où un monstre sans visage l'avait sauvagement violée puis torturée, chez elle, dans sa propre chambre, la laissant pour morte dans ses draps imbibés de sang. Le monstre portait un masque de clown en caoutchouc pour cacher son visage, mais il ne pouvait pas travestir sa voix, et ses paroles murmurées, moqueuses, étaient une autre méthode de torture.

Elle était encore Chloé Larson quand elle avait entendu cette voix pour la première fois. Jeune, jolie et décontractée, âgée de vingt-quatre ans, elle allait devenir une avocate spécialisée dans les affaires d'erreurs médicales. Elle était sur le point d'entamer une carrière prometteuse, sur le point d'épouser un bel homme avec une belle situation, sur le point de débuter une vie merveilleusement normale. Mais toutes ces promesses s'étaient brutalement volatilisées et Chloé s'était retrouvée en train de regarder le monde qui continuait à tourner autour d'elle comme s'il ne lui était pas arrivé cette chose horrible et inconcevable. Pour elle, le temps s'était arrêté et elle était prisonnière d'un instant de ténèbres : une peur à vous glacer le sang courait dans ses veines et le bruit de la pluie qui martelait les fenêtres de sa chambre, pendant qu'un fou au sourire écarlate la tailladait avec son couteau. Le monstre n'avait jamais été arrêté et après des années passées à fuir dans les rues de New York, ravagée par l'angoisse, elle était partie s'installer à Miami afin de laisser Chloé Larson loin derrière elle. Mais bien qu'elle ait changé son nom en Townsend et qu'elle vive dans un décor plus verdoyant, elle avait vite compris qu'on ne pouvait pas laisser ses souvenirs derrière soi.

Et voilà que dans cette salle de tribunal, il y a presque trois ans de cela, le passé avait fini par rattraper C.J. Townsend. La justice avait effectué un tour complet sur elle-même et elle l'avait maintenant en ligne de mire. Justice pour elle, mais aussi pour les onze jeunes et jolies jeunes femmes qui la réclamaient à grands cris du fond de leurs tombes obscures six pieds sous terre. Et cette affaire parfaite lui avait été confiée.

Mais après toutes ces années d'expérience en tant que procureur, C.J. aurait dû savoir que les procès gagnés d'avance n'existaient pas. Les affaires avec un million de témoins oculaires, des aveux de douze pages et une montagne de prélèvements d'ADN concordants se transformaient inévitablement en verdicts à suspense, avec des années de procédures d'appel en perspective. Son procès idéal, comme elle l'avait rapidement découvert, n'était pas si parfait que ça. Apparemment, la justice risquait de se défiler encore une fois.

Dans les affaires de crimes mineurs – possession de cocaïne, vol qualifié, cambriolage… – une erreur de la police entraîne des conséquences juridiques. Des preuves peuvent être supprimées, des dépositions rejetées, le jury peut ignorer certains témoignages. Le 4e Amendement protège les droits des accusés, et parfois, pour cette raison, des coupables sont relâchés. Mais dans les affaires de crimes mineurs, les conséquences de ces actes, qui débouchent sur une libération de l'accusé, ne constituent pas une menace pour la vie d'autrui. En revanche, dans ce cas précis, une erreur se traduirait par une issue mortelle. Un fou enragé serait remis en liberté pour toujours. C'était une conséquence que C.J. Townsend, procureur impitoyable et victime, ne pouvait accepter.

C.J. était assise à la table de la cuisine ; les souvenirs s'enchaînaient comme des dominos qui tombent l'un sur l'autre, jusqu'à ce qu'ils forment un vaste tableau.

Le jeune Victor Chavez ne manquait peut-être pas d'ennemis, mais il ne manquait pas non plus de secrets. Et les dernières paroles de Nicholsby, prononcées au petit matin, résonnaient dans l'esprit de C.J., comme la bande-son de ses souvenirs.

C'était pour le faire taire.

12

– On a un problème, annonça Dominick dans le portable de C.J.

On était lundi matin et elle revenait du tribunal. Elle venait de passer deux heures à discuter avec le juge Goldstein, ronchon et surmené, pour le dissuader d'accorder à un homme accusé d'avoir assassiné ses trois collègues avec un AK-47 une journée de liberté pour aller voir sa mère mourante à la maison de retraite. C'était la troisième requête identique en l'espace de six mois, et sa chère maman semblait toujours remonter la pente, miraculeusement, chaque fois que la demande de son fils chéri était rejetée. C. J. sortit du palais de justice et descendit la rampe destinée aux handicapés, en tirant derrière elle un chariot rempli de dossiers.

– Ce n'est pas le genre de choses que j'aime entendre le lundi matin, répondit-elle en s'efforçant de tenir son énorme attaché-case en cuir d'une main tout en tirant le chariot, le téléphone coincé contre l'épaule. Où es-tu ? Dis-moi qu'ils t'ont enfin laissé rentrer à la maison.

– Non, toujours pas. Je suis encore à Miami Beach. Je viens d'avoir une réunion avec Black et Fulton au sujet du meurtre de Chavez. Pour l'instant, le FDLE se contente de donner un coup de main… ou plutôt, *je* donne un coup de main. Mais ils envisagent de créer une brigade spéciale s'ils ne découvrent pas rapidement une piste. Je rentrerai dans une heure environ, histoire de piquer un roupillon.

– Alors, c'est quoi ce problème ? demanda C. J. en traversant aussi vite que possible la 13e Rue en direction du Graham Building qui abritait les bureaux du procureur de Miami-Dade.

– On a reçu les résultats des examens de toxicologie de Chavez. Il avait de la coke dans le sang et les urines. Et il souffrait d'artériosclérose, un durcissement prématuré des artères. C'est fréquent chez un homme de soixante-dix ans, mais chez un homme de vingt-deux, ça trahit une consommation régulière de cocaïne ou d'héroïne.

– Merde, soupira C. J. Il se droguait. Est-ce que ça a contribué à son décès ?

Vu le spectacle qu'elle avait découvert à l'intérieur de la voiture de patrouille samedi à l'aube, elle en doutait.

– Absolument pas. Malheureusement pour lui, il n'est pas mort d'une crise cardiaque avant d'être quasiment décapité. Et là, on en vient au problème. Neilson a découvert autre chose. Les poumons de Chavez étaient tachetés de rouge et remplis de sang ; ça signifie qu'il est mort noyé.

Joe Neilson était le légiste qui s'occupait d'un grand nombre d'affaires traitées par C. J. Un peu excentrique, pour ne pas dire « bizarre », il était toujours consciencieux et circonspect dans son travail. Et parfois, il faisait des découvertes très intéressantes.

– Je suppose, dit-elle, que c'est plutôt rare dans les cas d'égorgement ?

– Quand il a vu l'état des poumons, Neilson est retourné examiner la plaie à la gorge. Au départ, il avait pensé que la carotide, la trachée et la jugulaire avaient été tranchées en même temps, d'un seul coup de couteau. Mais dans ce cas, Chavez se serait vidé de son sang, au lieu de se noyer. En observant l'entaille de plus près, Neilson a remarqué qu'il y en avait *deux* en fait. Lors du premier coup de couteau, seule la jugulaire et la trachée ont été sectionnées. La jugulaire transporte le sang du cerveau au cœur et apparemment, son débit est moins puissant que celui de la carotide. Si on la tranche, le sang suinte ; alors qu'avec la carotide, il gicle. Conclusion, le sang de Chavez s'est écoulé dans la trachée et il est mort noyé. Malheureusement pour lui, c'est beaucoup plus long et traumatisant que de se vider de son sang.

– Se peut-il que le tueur ait loupé son coup la première fois et qu'il ait dû achever le travail ?

– Peut-être. Mais ce n'est pas l'avis de Neilson. La profondeur, la largeur et l'emplacement de la première entaille lui laissent penser que la carotide a été évitée délibérément.

C.J. avait atteint l'ascenseur et s'apprêtait à utiliser sa carte d'accès pour ouvrir la porte de la section des *Major Crimes*. Elle s'arrêta et demanda :

– Et la langue ? La blessure est *post mortem* ?

– Toujours d'après Neilson, la langue a été tranchée en premier. Chavez devait se débattre, en remuant la tête de droite à gauche, ce qui explique les hématomes et les lacérations autour de la bouche et à l'intérieur des joues. Ensuite, le meurtrier a tranché la jugulaire et la trachée, avant d'achever le travail.

– Nom de Dieu… (C.J. resta muette un moment.) Les experts ont trouvé des indices dans la voiture ?

– Oui, un million d'empreintes appartenant à des individus qui ont eu la bonne idée de les déposer sur des fiches et ensuite dans leur casier judiciaire avant d'être incarcérés. Idem pour les cheveux et les fibres. La voiture est en service depuis trois ans et elle transporte la lie de l'humanité. Autrement dit, on a un million de types à interroger, mais aucun véritable suspect. À cause des résultats de toxicologie, il faut que j'examine le dossier de Chavez, et sans doute que je devrai mettre son appart sens dessus dessous.

– Toi ? Ce n'est pas la Criminelle de Miami Beach qui s'occupe de cette affaire officiellement ?

– Si, mais ils commencent à se dire, à tort, qu'il y a un conflit d'intérêt et que le FDLE est un élément neutre. Et comme Black est très pote avec Jordan, c'est moi le plombier qui doit colmater cette merde. (Black était le directeur régional du FDLE, le patron de Dominick donc. Jordan était le chef de la police de Miami Beach.) Chavez vivait avec son frère, un flic de Hialeah. Il risque de s'opposer à une fouille, j'aurai peut-être besoin d'un mandat.

– OK. C'est moi qui étais de garde, alors si ton baratin ne marche pas et si tu as besoin de quelque chose, tiens-moi au courant.

Elle était encore en train de parler quand elle entendit dans son dos un « Pffft ! » d'exaspération. Elle n'avait pas besoin de se retourner pour savoir que sa secrétaire, Marisol, s'impatientait derrière elle, en pianotant sur ses hanches gainées de Lycra rose avec ses ongles violets. C.J. s'écarta pour laisser passer la râleuse. Il s'agissait bien de Marisol, mais le spectacle était encore pire qu'elle l'avait imaginé. Aujourd'hui, elle portait une minijupe à fleurs fluo.

– Bonjour, Marisol.

Celle-ci balança ses cheveux en arrière d'un mouvement de tête, sans prendre la peine de répondre, et passa d'un pas décidé en tenant à la main un sachet de Doritos et un Coca light.

C.J. reporta son attention sur sa conversation téléphonique.

– Vous avez des pistes ?

– Oui. Trop. Mais rien de sérieux, pour l'instant. Apparemment, Chavez figurait sur pas mal de listes de personne à éliminer, particulièrement parmi les femmes avec qui il sortait. Je devrais plutôt dire les femmes qu'il baisait et qu'il trompait. Elles sont trop nombreuses pour qu'on puisse les compter. Il faut y ajouter le groupe de copains à qui il avait emprunté de l'argent sans jamais le leur rendre et ses vieux potes de lycée qui ont juré fidélité au gang des Latin Kings. Celui qui a fait ça avait une dent contre Chavez et la liste est sacrément longue.

C.J. sentit la tension qui faisait palpiter son cœur se relâcher légèrement. Ainsi, Victor avait la sale manie de garder des secrets. Ou d'en divulguer certains. Et il avait de très mauvaises fréquentations. Finalement, le secret qu'elle redoutait le plus n'était peut-être pas celui qui avait causé sa mort. Dominick changea de ton :

– Tu tiens le coup ? demanda-t-il avec douceur. Je sais que cette histoire t'a bouleversée.

C'était incroyable, ce pouvoir que Dominick exerçait sur elle. Sa simple présence dans une pièce suffisait à la rassurer, elle se sentait aussitôt en sécurité. Sa voix, même au téléphone, la réconfortait. C'était grâce à lui qu'elle n'avait pas perdu la raison ; il était la seule lumière qui brillait au milieu de cette folie qui avait failli l'emporter encore une fois. Alors, elle avait entrouvert, à peine, la porte de la façade impénétrable qu'elle présentait au monde pour le laisser entrer, avant de la claquer aussitôt derrière lui. Leur histoire avait débuté par une amitié avant d'évoluer lentement vers l'amour, et elle avait pour lui des sentiments plus profonds qu'elle ne l'aurait cru possible. Parfois, quand elle le laissait faire, il lui coupait le souffle, tout simplement.

Ils n'avaient jamais décidé officiellement de vivre ensemble, mais à un moment donné, au cours de ces trois années écoulées, Dominick avait cessé de rentrer chez lui et C.J. lui avait offert la moitié de sa penderie. Elle regarda le diamant qui brillait à sa main gauche et sourit. Comme le ferait un enfant avec sa couverture fétiche, elle glissa le pouce entre ses doigts pour caresser la pierre exquise. Ce contact lui permettait de s'accrocher à la réalité ; il lui rappelait le jour où Dominick lui avait glissé cette bague au doigt en lui demandant de partager sa vie pour toujours. Le jour où elle avait enfin pu lui dire oui.

– Le choc est passé, dit-elle. Chavez n'était pas une lumière, assurément, mais qui aurait pu imaginer…

Elle laissa sa phrase en suspens. L'instant de bonheur privé qu'elle venait de vivre avait été pulvérisé par des images dérangeantes. En tant qu'inspecteur principal de la brigade spéciale chargée de l'affaire du Vorace, Dominick connaissait bien les bouffonneries et les provocations de Victor Chavez. *Certaines*, du moins. C.J. chassa prestement ces pensées. Et elle dit :

– Tu me manques. Tu crois que tu pourras te libérer, ce soir ?

– Faut d'abord que je voie ce que m'a réservé Black. Toi aussi, tu me manques. Au fait, tu n'as pas rendez-vous avec le traiteur cet après-midi ?

Emportée par l'excitation épuisante de ces derniers jours, elle avait totalement oublié son rendez-vous avec le directeur de chez Turneberry Isles. Oublié ou, comme aurait dit Freud si on lui avait demandé son avis, volontairement omis. Leur mariage avait lieu dans un peu plus de six mois, mais ainsi que le lui avait expliqué le traiteur, tout excité : « C'est l'instant crucial ! » C.J. aurait aimé que ce soit déjà terminé. Elle détestait toute cette agitation, ce tralala, qui entourait le mariage. Et particulièrement ce projecteur violent braqué sur la mariée. Elle voulait quelque chose de simple et d'élégant, à l'image de sa bague de fiançailles, mais la situation était en train de dériver, à toute allure, vers quelque chose d'extravagant et d'excessif, grâce à l'intervention bien intentionnée de la famille et des amis. Impossible de fuir désormais, plus question de sauter dans un avion pour Las Vegas et de revenir comblée avec un certificat de mariage et un beau bronzage, alors qu'elle en rêvait secrètement.

– J'ai complètement oublié, avoua-t-elle. Je vais l'appeler pour déplacer le rendez-vous afin qu'on puisse profiter de ce moment tous les deux. Comme ça, tu pourras choisir personnellement le rouge des serviettes.

Elle l'entendit rire dans le téléphone.

– Quelle chance. Je te rappellerai plus tard. Je t'aime.

– Moi aussi, dit-elle, avant de refermer son portable.

Balayant le hall du regard, elle vit ses collègues courir avec leurs attachés-cases et leurs chariots chargés de dossiers dans le labyrinthe de couloirs qui partait des ascenseurs. Ils étaient accompagnés des policiers, des avocats de la défense, des victimes et des témoins concernés par leurs affaires. Les journées se déroulaient normalement, dans la précipitation et le stress, avec un million de choses à faire. Elle laissa échapper un long soupir en sentant disparaître un poids invisible sur ses épaules, et elle introduisit sa carte magnétique dans la serrure de la porte.

C'était un soulagement d'apprendre que Victor avait eu certains secrets pour certaines personnes. Peut-être parce qu'elle-même en avait conservé quelques-uns.

13

Après un simple coup d'œil au dossier personnel de Victor Chavez à la police de Miami Beach, la liste des individus à interroger, dressée par Dominick, avait doublé instantanément. Visiblement, Victor ne s'entendait avec personne, et personne ne s'entendait avec Victor. Que ce soit au sein de la police ou en dehors. Son sergent le décrivait comme quelqu'un de « revêche et insolent », et c'étaient là ses meilleurs côtés. Plusieurs plaintes avaient été déposées contre lui pour usage excessif de la force, mais ça n'avait jamais été plus loin car les plaignants étaient des sans-abri ou des vagabonds qui ne faisaient pas de bons témoins, ou bien des touristes, introuvables quand le Bureau des affaires internes se décidait enfin à ouvrir le dossier, un mois et demi plus tard.

Au cours de ces semaines qui avaient suivi la mort de Chavez, Dominick avait parcouru un nombre incalculable de fois un dossier étonnamment épais pour une jeune recrue, policïer depuis quatre ans seulement. De toute évidence, Victor avait stagné car il avait hérissé le poil de tous ses supérieurs, et s'il avait survécu, il aurait continué à assurer les patrouilles de nuit jusqu'à la prochaine ère glaciaire. À moins qu'une nouvelle administration lui pardonne ses péchés.

D'après les nombreux interrogatoires menés par Dominick, il apparaissait que Victor Chavez avait conservé son poste uniquement parce qu'il avait arrêté par hasard, un serial killer sur la voie express McArthur. Mais une chose stupéfait Dominick : à en croire Ernesto, le frère de Chavez, celui-ci allait se voir proposer un autre poste dans un avenir très proche, à Hialeah. Le népotisme mis à part, la police avait-elle tellement de mal à trouver de bons éléments de nos jours, ou la raison était-elle plus sinistre ? Peut-être était-ce la peur du procès monstrueux qui ne manquerait pas d'avoir lieu si la municipalité renvoyait un fonctionnaire ?

Ernesto Chavez avait présenté une histoire aussi propre et nette que son appartement quand Dominick était venu frapper à sa porte, la veille de l'enterrement de Victor. *Bien sûr qu'il pouvait regarder partout. Mais c'était une honte de fouiller la maison d'un pauvre policier assassiné, un héros, parfaitement ! comme si c'était un putain de criminel. Le FDLE et les salopards qui en avaient fait baver à Victor n'avaient aucun respect pour un putain de héros mort !* Apparemment, le même arbre avait donné deux pommes pourries. La litanie s'était poursuivie ainsi pendant une heure, le temps que Dominick et Marlon Dorsett, accompagnés de trois policiers en uniforme, fouillent le deux pièces exigu situé non loin de la voie express Palmetto. Ils ne trouvèrent pas un gramme de drogue.

Pendant plusieurs jours après l'enterrement, Ernesto avait continué à affirmer qu'il ignorait que son frère consommait de la cocaïne. Mais il avait changé de refrain quand ses propres tests de toxicologie, une surprise que lui avait faite son lieutenant, sur les conseils de Dominick, s'étaient révélés positifs. Il s'était inscrit au Programme de désintoxication de la police pour s'éviter une visite à l'Agence pour l'emploi, et il avait fini par avouer que Victor et lui aimaient faire la fête à Miami Beach, et que Victor avait eu des mots avec son fournisseur, un dealer surnommé Lil' Baby J, alias LBJ. De son vrai nom Jerome Sylvester Lightner. Un ancien camarade de lycée de Victor.

Conformément à son habitude, au lieu de choisir la solution la plus intelligente qui consistait à emprunter de l'argent à une fille, parmi la vingtaine qu'il se tapait, Victor était allé voir son ami Ricardo Brueto, un des lieutenants des Latin Kings. Ricky lui avait donné les cinq mille dollars dont il avait besoin pour se débarrasser de LBJ et de ses amis. Temporairement, du moins. Car, dans le monde des gangs, le retour sur investissements se fait parfois de manière brutale et les intérêts augmentent d'heure en heure.

Une fois que Victor avait été mis en terre – avec vingt et une salves d'honneur et tout le tintouin – le tableau était devenu presque transparent. Dominick supposait que lorsqu'ils retrouveraient LBJ – qui avait disparu le lendemain de la mort de Victor –, ils découvriraient que la dette de Victor était arrivée à échéance ; à moins que pour sauver sa peau, Victor ait cafardé son pote des Kings et que la nouvelle se soit répandue dans toute la ville. Les possibilités étaient infinies et toutes très désagréables, car quand vous couchiez avec des chiens, vous vous releviez avec des puces. Si vous vous releviez.

Ricardo Brueto avait décidé, très vite, qu'il n'était pas dans son intérêt de répondre aux questions des enquêteurs, et compte tenu de l'épaisseur de son casier, Dominick comprenait ses appréhensions. Comme la police n'avait aucun motif pour l'arrêter, le jeu se transforma en une longue attente. Il fallait attendre que LBJ refasse surface. Attendre de voir ce qu'il dirait en apprenant qu'il risquait la peine de mort pour le meurtre d'un flic.

De fait, la mort de Victor ressemblait de plus en plus à une exécution, de la part d'un gang, plutôt qu'à l'acte aveugle d'un sans-abri ou au geste violent et calculé d'une maîtresse bafouée, et cela atténuait une partie de la pression exercée sur les policiers chargés de l'enquête. Si la découverte du coupable demeurait la priorité numéro un, c'était maintenant une affaire de drogue et le meurtre de Victor avait rétrogradé de plusieurs places au hit-parade. Contrairement à d'autres gars en bleu assassinés dans l'exercice de leur devoir, Victor avait bien mérité cet aller simple pour voir saint Pierre.

La presse avait eu vent de cette histoire de drogue, et les journalistes eux-mêmes, malgré leur soif de sang et de sensationnel, s'étaient lassés. Les comptes rendus quotidiens au sujet de *L'enquête sur le tueur de flic!* avaient quitté la une pour se retrouver parmi les nouvelles locales, avant d'être mis au rebut au bout d'une semaine. Le logo composé d'un insigne du MBPD et d'un couteau avait lui aussi disparu de la bande-annonce du journal télévisé de Channel Seven.

Pauvre Victor. Autorisé à évoluer sur cette terre pendant une brève période, il avait accompli le strict minimum durant son séjour, sans avoir eu l'occasion d'améliorer sa condition. Un grand nombre de policiers avaient assisté à son enterrement, mais Dominick savait qu'ils étaient là par obligation, plus que par affection ou admiration. La plupart des cinq cents flics présents ne connaissaient même pas Victor Chavez, et ceux qui le connaissaient eurent la bonté de ne pas expliquer pourquoi, selon eux, il avait quitté ce monde de cette façon. Le joueur de cornemuse avait joué devant une église pleine à craquer, et pourtant, aux yeux de Dominick, qui avait assisté à la cérémonie avec l'état-major du FDLE, la cathédrale paraissait vide. Les larmes de la mère de Victor furent les seuls pleurs qu'on entendit ce jour-là.

Dominick déposa le dernier rapport qu'il venait de taper dans la corbeille « Enquêtes en cours » de la secrétaire de la brigade et se dirigea vers la sortie du bureau désert. Il essaya de chasser les toiles d'araignées qui encombraient son cerveau et passa ses mains dans ses cheveux en espérant rester suffisamment éveillé pour conduire jusque chez lui.

Il savait que les nuits blanches et les semaines de sept jours de boulot seraient bientôt terminées. Toutes les forces de police recherchaient Baby Jerome ; ce n'était qu'une question de temps avant que le meurtre de Victor Chavez soit officiellement résolu et que justice soit enfin rendue.

14

Caché derrière un petit bosquet de palmiers, l'homme observait le policier à travers la vitre de la voiture de patrouille, côté conducteur. L'agent Bruce Angelillo, de la police de Miami-Dade, semblait fatigué et déprimé. Des pluies sporadiques, mais violentes, avaient martelé la voiture durant toute la nuit et l'eau accumulée sur le toit de la voiture coulait lentement sur les vitres. Là-bas dans les Everglades, pas si lointains, des bandes mauves déchiquetées zébraient le ciel.

L'homme aux aguets inspira l'odeur de la pluie et du ciment frais qui flottait autour du tout nouveau méga centre commercial de Miami. À l'ouest, là où les éclairs frappaient la terre, l'autoroute continuait à s'étendre, indéfiniment semblait-il. Mais au-delà, des pins se dressaient encore dans le ciel et des cerfs couraient toujours dans les bois. Pour l'instant. Jusqu'à ce qu'ils coupent les herbes hautes et chassent les alligators pour commencer à construire. Car ils construiraient, c'était certain : de nouvelles maisons, de nouvelles résidences baptisées « domaines » dans de gigantesques campagnes publicitaires. Des maisons blotties douillettement les unes contre les autres et entourées de hauts murs, avec un poste de garde à l'entrée. C'était ainsi que la Floride répondait face à la criminalité moderne.

Le promoteur du centre commercial avait planté un

petit bosquet de plantes tropicales luxuriantes pour atténuer l'apparence austère de tout ce bitume noir représentant quatre mille places de parking. À deux cents mètres de là, des lumières éclatantes illuminaient les enseignes phares du centre, mais dans ce coin reculé du parking, il faisait sombre ; seule la lune, à peine visible derrière l'épaisse couche de nuages, dessinait d'immenses ombres entre les palmiers. De là où il se trouvait, derrière un grand et gros dattier de Californie, l'homme regardait l'agent de police tapoter sur le clavier de son ordinateur portable dans la lumière tamisée de la voiture de patrouille et s'interrompre pour masquer un bâillement avec sa paume.

C'était presque l'heure. Il aurait pratiquement pu régler sa montre en observant ce type.

Le vent se leva légèrement et une feuille de palmier morte, brunie et desséchée, glissa sur le parking désert. Le bruit sec du frottement se mêla au bruissement des palmes qui se balançaient dans la brise. La pluie n'allait pas tarder à revenir, avec force.

Voilà trois semaines que l'homme avait touché la mort, qu'il avait senti son pouls, chaud et visqueux, à travers ses doigts. Tout son corps s'était imprégné du sang d'un autre. Il se souvenait du cou épais de Victor entre ses mains, tout ce rouge qui s'échappait et inondait les sièges en vinyle bleu. Et les yeux marron de Victor, écarquillés, suppliants, cherchant à comprendre ; ses dernières paroles n'avaient été qu'un gargouillis étouffé. Et maintenant, c'était au tour de l'agent Bruce. Encore un qui portait son insigne avec un sourire corrompu. Encore un qui faisait honte à son uniforme. Sa disparition laisserait un vide, mais personne ne la pleurerait. Une fois que la vérité concernant l'agent Bruce aurait éclaté.

Ponctuel comme une horloge, l'agent Angelillo ouvrit sa portière et sortit dans la nuit en s'étirant. Il prit son paquet de Marlboro Light dans sa poche et en alluma une. Fumer dans la voiture était strictement interdit. Surtout lorsqu'on avait pour sergent un ancien fumeur rescapé du cancer. *Si votre boulot vous tue pas, vous pouvez compter sur ces putains de clopes pour s'en charger,* répétait-il à chaque début de service.

L'homme sortit du bosquet et traversa la brume de fumée. C'était amusant, cet air étonné qui traversa le visage rond de l'agent Bruce quand son cerveau indolent assimila enfin le bruit de pas dans son dos à un problème potentiel. Amusant car, en tant qu'officier de police, Bruce aurait dû être mieux préparé aux surprises. Mais comme l'agent Chavez, il avait encore besoin d'apprendre.

– Vous avez du feu, m'sieur l'agent ? demanda l'homme sorti de l'ombre.

La question semblait inutile car l'agent Bruce avait lâché sa cigarette en voyant l'homme. Ses yeux terrorisés balayaient le parking désert. Le son qui parvint à sortir de sa gorge ressemblait plus au couinement d'un porc qu'au cri d'un homme, et ses doigts tremblants ne parvenaient pas à dégainer le Glock qui pendait à sa ceinture.

C'était trop tard. La lame dentelée le terrassa et avec une force presque surhumaine, l'homme traîna le corps impuissant du policier jusqu'à la voiture de patrouille. Curieusement, la dernière pensée de Bruce Angelillo fut de se dire que le sergent avait raison finalement : le tabac le tuerait un jour.

La cigarette roula sur le trottoir en projetant quelques braises orangées, comme des larmes, avant de se noyer dans une flaque d'eau et de s'éteindre peu à peu.

15

À 5 heures du matin, le Nextel posé sur la commode se mit à gazouiller.

– Réponds, Dom. C'est Fulton.

Fulton était l'agent spécial responsable de la Brigade des crimes violents. La brigade de Dominick. Sa grosse voix, marquée par l'accent nasillard du Sud, résonna dans l'obscurité de la chambre. Des sirènes de voitures de police hurlaient en fond sonore à travers le haut-parleur du Nextel.

Dominick se réveilla instantanément. C.J. se redressa dans le lit à ses côtés. Au-dehors, la pluie cinglait les carreaux des fenêtres.

Il prit la communication.

– Fulton ? Dom à l'appareil.

Il s'était déjà levé et il enfilait son pantalon d'une main en tenant le téléphone de l'autre. Rien qu'en entendant le ton de Fulton, il sut qu'il allait devoir sortir.

– Que se passe-t-il ?

– On en a un deuxième, Dom, dit Fulton d'une voix tremblante, teintée d'écœurement et de fureur.

Et aussi… de peur, sans aucun doute. Fulton travaillait au FDLE depuis vingt-huit ans, dont dix-neuf en tant que responsable de différentes brigades, notamment les Stupéfiants. C'était un vétéran aguerri, il avait tout vu, tout fait. Et depuis quinze ans que Dominick le connaissait, jamais il n'avait entendu cette intonation et, dans sa voix, ces traces de peur.

– Encore un putain de flic assassiné, ajouta-t-il. Ici même, Dom, sous notre nez, bordel !

Dominick se figea, alors qu'il était en train d'enfiler sa chemise. Une envie de vomir déclencha des relents acides dans son estomac.

– Quoi ?

– Apparemment, on a affaire au salopard qui s'est payé le gars de Miami Beach. Celui-ci est de Miami-Dade. Il est salement amoché, Dom. Très salement. J'ai jamais vu quelqu'un dans cet état. Surtout un putain de flic ! (Sa voix s'étrangla et Dominick l'entendit s'éloigner du Nextel.) Bon Dieu…

Encore un. Un autre policier abattu. Astiquez le clairon et sortez les cornemuses.

– Nom de Dieu…, soupira Dominick en s'asseyant au bord du lit. C'est qui, Jimmy ? C'est qui ?

– Écoute, Dom… la tronche de ce pauvre gars ressemble à un steak haché. À priori, il s'agirait de Bruce Angelillo. Tu le connais ?

Dominick secoua la tête, tout en réfléchissant. Il essayait de mettre un visage sur ce nom. Il se leva de nouveau et traversa la pièce.

– Non, ça ne me dit rien.

Il écarta les lamelles du store en bois pour regarder dehors. Un rideau de pluie s'abattait sur les vitres et, en bas, l'Intercoastal bouillonnait. Sur la berge opposée, les lumières de Pompano Beach formaient des taches floues au lieu de scintiller. Même si, à en croire le réveil, le jour allait bientôt se lever, Dominick doutait de voir le soleil aujourd'hui. Un manteau de nuages s'était installé au-dessus du sud de la Floride depuis trois jours, noyant Miami sous des trombes d'eau et provoquant une succession d'accidents sur les routes glissantes.

– J'arrive, déclara-t-il. C'est où, Jimmy ?

– Fais comme si tu allais au bureau, dit Fulton. Et tu prends la sortie de la 12e Rue sur l'autoroute.

– Tu n'es pas sur place ?

Les sirènes continuaient à hurler en fond sonore. Plus nombreuses, plus fortes.

– Si. Je suis sur le parking du centre commercial Dolphin. Juste en face du MROC et du siège de la police de route. Comme je te le disais, ça s'est passé à notre porte ! (Il laissa échapper un soupir de frustration, après quoi il put continuer plus calmement.) Bon Dieu, si je coupais quelques arbres, je pourrais te dire si tu as oublié d'éteindre la lumière dans ton bureau, Dom.

Dominick sentit son estomac se nouer. MROC était l'acronyme désignant le Centre local des opérations du FDLE. Le quartier général, autrement dit. Quelques années plus tôt, l'État de Floride avait acheté un gros bout de terrain à Miami, le plus à l'ouest possible, et l'an dernier il avait fait construire un vaste complexe ultramoderne pour accueillir tous les services de police dépendant de l'État. Cela incluait un nouveau quartier général pour le FDLE, mais aussi pour la police de la route et le Bureau du procureur. On avait également érigé un centre de communications pour toutes les transmissions radio depuis Palm Beach jusqu'aux Keys, avec des antennes de plus de quinze mètres de haut et un système de liaisons par satellite. C'était une véritable forteresse qui abritait des policiers et des procureurs et fonctionnait vingt-quatre heures sur vingt-quatre, sept jours sur sept.

Dominick secoua la tête, pour essayer de chasser une sensation de vertige. Le MROC était entouré d'une plantation de pins, mais au nord, juste derrière les arbres, commençait le gigantesque parking du centre commercial Dolphin. Devenu une scène de crime pour l'un des leurs.

C.J. était toujours assise sur le lit ; tête baissée, le teint pâle, elle se massait les tempes du bout des doigts. Les mots étaient inutiles ; elle avait entendu toute l'histoire de la bouche même de Fulton, grâce au haut-parleur du Nextel. Comme lui, elle essayait encore de comprendre l'incompréhensible.

– OK. J'arrive, dit Dom.

Il coupa la communication et un silence assourdissant s'installa dans la chambre, brisé seulement par le martèlement de la pluie sur les carreaux.

Cette nuit, c'était au tour de C. J. de demander :

– Tu veux que je t'accompagne ?

– Non. Ton collègue qui est de garde s'en chargera. Tu en as assez vu le mois dernier.

– Je risque quand même d'être appelée, vu que je me suis occupée de Chavez.

– On verra bien. En attendant, ne bouge pas. Je t'appellerai dès que j'en saurai plus.

– D'accord.

Il se dirigea vers la porte de la chambre, puis s'arrêta et se retourna. Une vague d'émotion le submergea, de manière trop soudaine, et il s'assit au bord du lit. Il attira C.J. vers lui, il sentit son souffle chaud sur sa joue. Il déposa un baiser dans sa nuque douce et familière, discrètement parfumée par le lait pour le corps, et pendant un court instant, il enfouit son visage dans ses cheveux.

Puis, sans un mot, il se releva et sortit de la chambre à pas feutrés, en prenant soin d'éviter Lucy qui dormait encore.

16

Dominick n'eut qu'à regarder le corps mutilé et ensanglanté de l'agent Bruce Angelillo, sur le siège avant de la voiture verte et blanche de la police de Miami-Dade, pour savoir qu'ils avaient affaire au même tueur. Ou à un plagiaire qui possédait un grand sens de la mise en scène et disposait d'une taupe à l'intérieur de la police car la plupart des détails horribles relatifs à la mort violente de Chavez n'avaient pas été divulgués, précisément pour éviter cela. Les vitres étaient couvertes d'une sorte de croûte rouge : du sang en train de coaguler. La gorge tranchée et béante dessinait ce sourire macabre qui était devenu la signature d'un tueur pervers. Les mains menottées agrippaient le volant. Le badge marqué « Angelillo » avait été arraché sur l'uniforme et volé, ainsi que l'insigne et les papiers. Tous ces éléments racontaient la même histoire. À une exception près : l'agent Angelillo avait toujours sa langue, même si elle avait subi quelques modifications.

Les médias avaient fondu sur le lieu du crime tels des loups affamés, obligeant la police de la route et celle de Miami-Dade à bloquer les sorties de l'autoroute et de la voie express Dolphin au pire moment : pendant l'heure de pointe du lundi matin. Les hélicoptères des chaînes de télé survolaient la scène pour filmer sous tous les angles la horde d'inspecteurs vêtus de ponchos cirés, et leurs fourgonnettes s'arrêtaient où elles le pouvaient afin de dresser leurs antennes de dix mètres de long et essayer d'obtenir le meilleur point de vue pour leurs retransmissions en direct à destination de New York et Los Angeles. Cela se traduisait, pour les automobilistes les plus chanceux, par deux heures d'embouteillages avant d'atteindre le centre. Les moins chanceux se retrouvaient parmi les victimes des innombrables accidents provoqués par les curieux inconscients et la pluie incessante.

Celle-ci avait noyé tous les espoirs de découvrir des indices sur le parking ou aux alentours. Disparues les éventuelles traces de pneus, les empreintes de pas ou les taches de sang. Quant aux cheveux, aux fibres et à l'ADN que le meurtrier aurait pu laisser derrière lui en temps normal – accrochés à une branche, collés à un mégot de cigarette ou sur un chewing-gum –, ils avaient été emportés à tout jamais par les violents orages.

Le légiste était venu et reparti, dès 8 h 30, en emmenant avec lui à la morgue le corps d'Angelillo, et dans son sillage quelques fourgonnettes des chaînes de télé. Mais le parking demeura envahi toute la journée par les voitures de patrouille et les policiers. Des bandes de plastique jaune pendaient ici et là, telles des guirlandes de papier crépon dans une fête, secouées par les intempéries et piétinées par les enquêteurs.

La voiture de la victime avait été découverte à 4 h 45 ce matin par un agent de la police de la route qui était passé plusieurs fois et avait remarqué le véhicule de patrouille immobilisé, le moteur tournant au ralenti. Agacé à l'idée que le flic qui se trouvait à l'intérieur piquait un roupillon pendant que lui faisait la chasse aux chauffards, il avait décidé de dire sa façon de penser à ce fainéant et il avait ouvert la portière, sous la pluie battante. Dominick était prêt à parier que ce vétéran avec vingt-sept ans d'ancienneté allait demander sa retraite anticipée avant la fin de la journée.

À 10 heures, débutèrent les conférences de presse. Partout. La police de Miami-Dade, de Miami Beach, le FDLE, la police de la route… et quasiment tous les autres services de police de Miami calmèrent les peurs des habitants de leur juridiction en évoquant les avancées de l'enquête et les précautions prises désormais par tous les agents. Certains faits furent mal exposés et, pire encore, certains faits exacts furent révélés dans les moindres détails, ce qui provoqua une énorme pagaille. Les standards de tous les services furent submergés d'appels de citoyens angoissés, à mesure que la rumeur se répandait. *Était-ce l'œuvre de terroristes ? De gangs ? S'agissait-il d'un serial killer ?* Les rapports sur les suspects et les personnes louches s'empilaient ; chacun se sentait soudain obligé de dénoncer ce voisin étrange dont le chien aboyait toute la nuit, ou ce collègue aux yeux globuleux qui avait déclaré à l'heure du déjeuner que tous les flics étaient des salopards, après avoir écopé d'une amende pour excès de vitesse.

À midi, la véritable bataille interne débuta ; chaque département accusa l'autre d'avoir tout raconté à la presse, au mépris de ce code de conduite tacite des hommes en bleu : Unis, on tient le choc ; divisés, on est perdus. Le chaos avait suivi. Ces deux meurtres séparés, mais de toute évidence liés, étaient du ressort de deux polices différentes, et maintenant, aucune ne voulait partager ses informations. Et comme le redoutait Dominick, ces chamailleries attirèrent l'attention d'un puissant prédateur qui attendait que les autres s'entretuent pour récupérer ensuite la viande bien juteuse.

L'appel survint un peu après 13 heures. On tendit le téléphone au chef Black, dans la salle de conférences ultramoderne du FDLE, en lui annonçant qu'il allait être mis en communication avec l'agent spécial du FBI, Mark Gracker. Pendant que Black patientait au bout du fil, la voix de Fulton continuait à résonner dans le

Nextel. Il informait le directeur que plusieurs voitures remplies d'agents fédéraux venaient d'arriver sur les lieux pour proposer leur aide.

Avec le centre commercial en toile de fond, sous la pluie battante, une journaliste à la mine sombre, mais aux yeux écarquillés, serrait le micro dans son poing. Elle luttait pour maîtriser son excitation évidente, alors qu'elle décrivait en détail la dernière œuvre d'un meurtrier qui semblait avoir une dent contre les agents de police.

– Ces meurtres exécutés de sang-froid sont-ils des actes de vengeance prémédités, de la part de gangs, comme cela a été évoqué lors du meurtre de Miami Beach ? Ou est-ce plus grave encore ? Faut-il y voir un lien entre les cartels de la drogue et la corruption au sein de la police ? Ou a-t-on simplement affaire à un fou pervers qui sème la panique parmi les différentes polices de Miami, dont la mission de protection envers la société doit désormais s'étendre à ses propres troupes ? Quoi qu'il en soit, tous les policiers ont troqué leurs uniformes bleus contre des costumes noirs pour rendre un dernier hommage attristé à un officier tombé au champ d'honneur.

Elle marqua la pause de deux secondes qui s'imposait, avant de prendre un air pénétré pour conclure :

– C'était Katie Cocuy pour CNN News.

Miami était de nouveau sous les projecteurs, à la une de l'info. Et tout le monde allait devoir faire des heures supplémentaires pour épingler ce meurtrier désormais affublé d'un surnom accrocheur et macabre.

La Veste Noire.

17

Assise à son bureau, C.J. contemplait les flaques gigantesques dans la 13e Rue. La pluie s'abattait avec la même violence sur les avocats de la défense et leurs coûteux costumes sur mesure que sur les fonctionnaires vêtus de manière plus modeste : les assistants du procureur et les avocats de l'aide judiciaire.

Juste en face du palais de justice, de l'autre côté de la rue, se dressait la prison du comté de Dade – DCJ comme on l'appelait – une masse cauchemardesque de béton gris et de grillages. Sous une petite avancée, tout un tas de gens s'affairaient ; ils attendaient qu'un être cher, un associé ou leur mac soit libéré après versement de la caution. Des gardiens en uniforme vert chassaient régulièrement les indésirables devant l'entrée de la prison, mais ceux-ci revenaient sans cesse.

C.J. prévoyait le chemin qu'elle allait devoir emprunter dans quelques minutes. La sélection du jury du procès pour meurtre devait débuter à 9 heures, devant le juge Sy Penney, et il était déjà 8 h 42. Dans un coin de son bureau, sur un chariot métallique reposaient quatre énormes boîtes de documents qui, d'une manière ou d'une autre, devaient traverser la rue sans être mouillées.

Posé sur le classeur métallique, un téléviseur portable crachait de façon apparemment ininterrompue des infos et des commentaires sur les meurtres des deux policiers, et c'était ainsi depuis quarante-huit heures. Et bien évidemment, chaque allusion à cette affaire s'accompagnait d'images filmées sur les lieux des crimes : des rassemblements de voitures de patrouille toutes lumières allumées, des visages furieux d'agents de police, sans oublier les inévitables housses mortuaires noires et un plan inutile de la façade de brique des bureaux du médecin légiste. Tout cela permettait de doper les journalistes en leur rappelant la dernière fois où ils avaient dû camper sur les marches du palais de justice de Miami, et des images d'archives liées aux meurtres du Vorace et au procès Bantling prenaient le relais quand celles des deux meurtres de policiers venaient à manquer.

Avant la tristesse et l'indignation, C.J. avait tout d'abord éprouvé un léger sentiment de soulagement quand Dominick l'avait appelée. Il lui avait confirmé l'identité de la victime : Bruce Angelillo. Un policier qui ruait dans les brancards, doublé d'un tire-au-flanc. Dans la police de Miami-Dade depuis six ans, il était affecté au poste de Kendall, loin de l'affaire du Vorace qui avait fait les gros titres. C. J. ne l'avait pas connu, elle n'avait jamais travaillé avec lui. Dominick lui avait fourni une poignée d'informations succinctes, mais pour C.J. les détails ne comptaient que dans la mesure où ils pouvaient dissiper sa paranoïa.

À vingt-huit ans seulement, Angelillo avait déjà divorcé deux fois et il avait deux enfants en bas âge, dont un qui n'était même pas d'une de ses deux ex-épouses. À côté de cela, il y avait ses états de service. À l'instar de Chavez, il avait récolté plus de plaintes que de félicitations et le parallèle entre l'éthique professionnelle – ou l'absence d'éthique, plutôt – des deux officiers commençait à apparaître. Les résultats des tests de toxicité ne seraient connus que dans un ou deux jours ; on saurait alors jusqu'où on pouvait pousser la comparaison.

Apparemment, c'était C.J. qui allait hériter de ces deux meurtres. Même si un de ses collègues s'était présenté sur le sinistre lieu du crime, c'était C. J. que le procureur en personne avait appelée chez elle le lundi soir, très tard.

Au grand dam des médias, la querelle publique entre les différentes polices avait quasiment cessé dès le lundi soir. Car si aucun service ne souhaitait partager ses informations, personne n'avait envie de partager quoi que ce soit avec le FBI. Assurément, le Bureau possédait les moyens et la technologie nécessaires, et dans le cadre d'une affaire importante, très médiatisée, comme celle-ci, il apporterait la main d'œuvre permettant de faire avancer les choses. Mais les agents fédéraux avaient la réputation, largement méritée, parmi les policiers du cru, de tirer la couverture à eux et de rejeter la faute sur les autres. C'était suffisant pour que tout le monde renonce à l'argent et à la force de frappe, et tous les chefs avaient finalement choisi de faire bloc. À 23 heures ce soir-là, le FDLE, les polices de Miami et de Miami-Dade organisèrent une conférence de presse commune. Ils furent rejoints sur l'estrade de la grande salle du FDLE par d'autres chefs de police du comté. Ils présentèrent un front uni en hochant la tête avec gravité quand le FDLE annonça la création, à la demande du gouverneur, d'une brigade spéciale interservices basée au MROC. Assis tout au bout de la rangée, sur l'estrade, il y avait Jerry Tigler, le procureur, le big boss de C. J. Quand il se leva pour prendre la parole, il promit d'apporter aux enquêteurs tout le soutien de ses services.

Le téléphone de C.J. sonna dix minutes plus tard.

C'était une des meilleures assistantes du procureur. Elle avait l'expérience des brigades spéciales, ayant servi de conseillère juridique dans l'enquête sur le Vorace, dès le début, avant même qu'un suspect ait été appréhendé. Mais surtout, elle jouissait du respect de la communauté des représentants de l'ordre dans son ensemble, et des inspecteurs en particulier. Bref, c'était elle que Tigler voulait affecter à la brigade spéciale. Il savait également quel enfer elle avait vécu durant l'affaire du Vorace, c'est pourquoi il employa au téléphone un ton plus suppliant qu'autoritaire. Elle lui répondit qu'elle attaquait un nouveau procès le lendemain matin et qu'elle le rappellerait pour lui donner sa réponse.

Le lendemain matin, sa décision était prise. Elle protégea le chariot métallique avec une bâche en plastique oubliée là quand ils avaient repeint son bureau, saisit son parapluie et se dirigea vers la sortie.

Elle éprouvait un fort sentiment de loyauté envers les policiers. À cause de sa relation avec Dominick, mais aussi de son travail quotidien. Ce qu'elle voyait généralement sur de sinistres photos prises après les crimes ou sur de sanglants clichés d'autopsie quelques jours plus tard, les policiers, eux, en étaient les témoins directs. Ils étaient les premiers sur place pour interrompre une bagarre violente, pour voler au secours d'une femme battue, sauver un enfant victime de sévices. Ils étaient les premiers à découvrir le carnage lorsque l'esprit humain disjonctait tout à coup et qu'un père de famille déprimé se transformait en bourreau ou qu'un collègue accomplissait sa vengeance. C.J. avait un énorme respect pour les policiers, et le courage dont ils faisaient preuve quotidiennement, eux qui n'hésitaient pas à recevoir une balle pour protéger un parfait inconnu quand leur devoir l'exigeait.

Le procureur et le policier travaillaient main dans la main pour parvenir au même objectif : rendre la justice. À force, les inspecteurs de la Criminelle étaient devenus des personnages familiers et amicaux ; elle connaissait leurs problèmes personnels, les prénoms de leurs enfants et leurs drames familiaux. Surtout, elle connaissait le poids des responsabilités qu'ils endossaient chaque jour, en silence. Entourés par la mort et toujours en quête de réponses, on leur demandait sans cesse de travailler plus vite car un clou chassait l'autre. C'était un cycle sans fin, et très souvent, cela vous faisait oublier qu'il y avait de braves gens sur terre. « On porte tous des lunettes, lui avait dit un jour un inspecteur, et les verres ont la couleur du jade. »

Du fait de cette intense loyauté, il était évident qu'elle apporterait toute son aide à la police. Comment dire non ? Certes, elle n'avait pas connu cet Angelillo, mais Victor Chavez… Même si ce n'était pas le plus futé des policiers, ni le meilleur témoin, elle l'avait connu personnellement. Elle avait travaillé avec lui, elle avait parlé avec lui, ici même dans ce bureau, elle l'avait guidé dans son témoignage devant la cour. Contrairement aux autres victimes des affaires dont elle s'occupait, celle-ci avait un visage, une odeur, elle évoquait des moments partagés, autant de choses concrètes dont elle pouvait se souvenir. Alors, oui, elle ferait tout son possible pour aider la brigade spéciale à arrêter le meurtrier de Chavez, en toute légalité. Elle lui devait bien ça.

Mais intérieurement, elle s'inquiétait. Elle connaissait l'état d'esprit tordu des serial killers, ces sadiques qui prenaient plaisir à faire souffrir leurs victimes. Et tandis qu'elle marchait vers les ascenseurs, elle récita une prière muette pour que ces deux meurtres aient été commis par les membres d'un gang belliqueux comme l'avait suggéré Dominick et comme l'avait joyeusement laissé entendre le reporter de CNN la veille. Elle espérait que ce n'était pas l'œuvre d'un individu privé de raison.

18

– Qu'est-ce qui se passe avec l'automne et ces putains de psychopathes ? demanda une voix bourrue et familière dans le dos de Dominick. Les Dolphins perdent et tout le monde devient maboule.

Dominick, qui se trouvait dans ce qui était encore trois heures plus tôt les bureaux de la Brigade de la répression des fraudes du MROC, composée de huit personnes, et qui servait maintenant de QG à la brigade spéciale composée de vingt policiers, se retourna pour faire face à son vieil ami, l'inspecteur Manny Alvarez. Plus précisément, il fit face au menton de celui que l'on surnommait l'Ours à cause de son imposante carrure et de ses presque deux mètres.

– Salut, l'Ours, dit Dominick avec un sourire. Tu t'es porté volontaire ou tu as été réquisitionné ?

– Je ne me suis pas porté volontaire, ça non !

Manny tira sur son épaisse moustache noire, dans laquelle quelques poils gris commençaient à se faufiler. Bien qu'il soit à peine 10 heures du matin, Manny avait déjà une barbe du soir. À vrai dire, le seul endroit de sa personne où les poils semblaient ne pas jaillir par magie dès la nuit tombée, c'était son crâne bronzé de Cubain, toujours lisse et lustré, posé sur son cou de taureau.

– Je crois que je me suis fait mal voir de mon lieutenant le mois dernier quand je lui ai demandé si sa fille était célibataire. Franchement, elle ne faisait pas quinze ans dans cette tenue ! dit-il en rigolant. Depuis, il croit m'emmerder en me faisant faire des semaines de quatre-vingt-dix heures, mais je me ferai un plaisir d'aller déposer à la banque tous ces chèques d'heures sup'.

– Bravo !

– Cela étant, je serai heureux de serrer dans ma main les *cojones* d'un putain de tueur de flics. Ce sera une vraie satisfaction. Mais franchement, faire partie d'une nouvelle brigade spéciale, c'était pas comme ça que j'espérais prendre du bon temps. Sans vouloir t'offenser, Dommy Boy.

– Ne t'excuse pas.

Manny balaya du regard la pièce bourdonnante d'activité. Des inspecteurs provenant de différentes polices et des agents du FDLE, tous en civil, entraient et sortaient, et à moins de les connaître personnellement, il était impossible de dire à quel service ils appartenaient. Lui-même venait de la police de Miami.

– Deux questions, dit-il. Qui d'autre a été envoyé au purgatoire et es-tu le chef de cette belle équipe ?

– Tu connais peut-être Marlon Dorsett et Ted Nicholsby de Miami Beach. Steve Yanni de Miami-Dade est de la partie lui aussi, sans oublier Fulton évidemment, et moi. Pour les autres, je ne suis pas encore sûr. Au niveau des ordres, tout le monde est logé à la même enseigne. Techniquement, il n'y a pas de chef. Je suis plus une sorte de médiateur. Je m'assure que tout le monde joue le jeu et que personne n'essaye de tirer la couverture à soi.

– Ça veut dire que c'est toi le boss, conclut Manny avec un grand éclat de rire en posant sa grosse main velue sur l'épaule de Dominick. Et ça veut dire aussi, je suppose, que les fédéraux ne sont pas dans le coup. J'ai entendu parler de leur cirque sur le lieu du crime, la nuit dernière. Ces types ne supportent pas de partager les bulletins météo, sauf quand le soleil brille et qu'ils peuvent en retirer tous les honneurs.

– Ne vendons pas la peau de l'ours, répondit Dominick, prudent. Le bureau local du FBI est allé proposer son aide dans toute la ville ce matin.

– Gracker est un gros con, dit Manny avec mépris. Là-dessus, on est tous d'accord.

– Tu prêches un convaincu, l'Ours. Tout le monde a mis fin aux hostilités le temps d'envoyer les fédéraux se faire foutre, mais ils ne renoncent pas aussi facilement. Ils vont essayer de se faufiler sous la porte, comme des cafards, et je te parie qu'en ce moment même, Gracker et ses potes sont en train de trinquer avec les abrutis du ministère de la Justice pour trouver un moyen d'obtenir la mainmise sur des crimes qui ne sont pas de leur compétence. Ils feront preuve d'inventivité, crois-moi.

Dominick avait déjà eu affaire à Mark Gracker, c'était une vieille histoire. Si le FBI avait la sale réputation de court-circuiter les flics locaux et de leur voler les honneurs quand une affaire était élucidée, Gracker avait contribué à la bâtir. Et pour le récompenser, le Bureau l'avait nommé chef du bureau de Miami. Depuis, Dominick n'invitait jamais Gracker quelque part sans prendre au préalable un bain d'eau bénite et sans accrocher des gousses d'ail au-dessus de la porte.

– Vise un peu cet endroit, commenta Manny en hochant la tête d'un air approbateur.) C'est bien mieux que notre dernière piaule.

Le FDLE avait attribué à la brigade spéciale presque tout un étage du nouveau bâtiment. Les bureaux des agents de la Brigade de répression des fraudes avaient été déménagés au bout du couloir. À la place, on avait installé une grande table de réunion, toute neuve, en merisier, et on avait branché dans les coins de la pièce trois postes d'ordinateur ainsi que deux photocopieuses et deux télécopieurs. Il flottait encore une odeur de moquette neuve.

– Tu as devant toi l'argent des contribuables en plein travail, dit Dominick. Je ne me plains pas. J'ai un nouveau bureau. Avec vue sur l'extérieur cette fois.

Manny montra la fenêtre devant laquelle se tenait Dominick. La voiture de patrouille d'Angelillo avait été enlevée depuis longtemps du parking situé de l'autre côté de la rue, mais on apercevait encore des bandes de plastique jaune déchirées entre les arbres touffus. Quelques policiers en uniforme, de moins en moins nombreux, continuaient à rechercher d'éventuels indices, alors qu'il n'y avait plus aucun espoir d'en retrouver.

– J'espère que c'est pas ça, ta vue.

Dominick secoua la tête d'un air sombre.

– Même fenêtre, au bout du couloir.

Manny se tourna vers le mur situé à l'opposé des fenêtres.

– Maintenant, tu as ce putain de paysage pour te tenir compagnie. Il a quelque chose de familier, dans le genre détraqué.

Un immense panneau de liège occupait toute la longueur du mur. Il était déjà orné de macabres photos prises sur les lieux où avaient été assassinés les deux policiers. Au centre du panneau se trouvait une affiche colorisée, de cinquante centimètres : une vieille photo de la personne la plus recherchée à Miami : Jerome Sylvester Lightner, alias Lil' Baby Face, alias LBJ. Jerome affichait un air étonné sur son visage de poupon endurci, même si c'était la dixième fois qu'il posait pour le photographe de la police. Ses petites tresses hirsutes se dressaient sur son crâne comme une fougère et l'objectif avait saisi l'éclat des nombreuses dents en or qui se cachaient sous son expression revêche. Si son visage rond et lisse le faisait paraître plus jeune que ses vingt et un ans, c'étaient ses yeux marron, froids et lointains, presque morts, qui le vieillissaient. Avec un casier judiciaire de mineur long comme le bras, il avait déjà accumulé à l'âge adulte un palmarès impressionnant où figuraient des arrestations pour possession de drogue, diverses voies de fait et une agression aggravée, inculpation finalement abandonnée lorsque le type dont il avait fracassé le visage avec un coup de poing américain avait brusquement oublié qui l'avait frappé et pourquoi. Jerome avait également été arrêté à deux reprises pour détention d'armes à feu. Souvent, il était difficile d'expliquer aux citoyens et aux contribuables respectueux des lois le fonctionnement de la justice en Floride ; surtout quand un type qui traînait derrière lui un casier judiciaire aussi épais continuait à se balader dans les rues de Miami en vendant de l'ecstasy au lieu de fabriquer des plaques d'immatriculation en prison.

– Avant de me foutre à la porte de son bureau, mon lieutenant m'a mis au parfum. C'est donc lui, le *hijo de puta ?*

– Un visage que seule une mère peut aimer. Tout le monde le recherche… lui et ses amis.

Sur le mur, cinq des amis les plus proches de Jerome partageaient les feux des projecteurs, des caïds de son gang, le BB Posse, BB signifiant « Bad Boys » ; la police souhaitait les interroger dans le cadre des meurtres commis par Veste Noire. Aucun d'eux n'avait l'air très sympathique. Tous étaient considérés comme armés et extrêmement dangereux, et tous avaient disparu après le meurtre de Chavez. À côté du portrait de Jerome, on avait épinglé des photos de Ricardo Brueto et consorts, les Latin Kings. Bien que Ricardo ne soit pas considéré officiellement comme suspect – du moins, tant qu'on n'avait pas retrouvé Jerome –, il était déjà sous surveillance constante. Comme il n'était pas bête, il se tenait à carreau pendant que les inspecteurs le suivaient dans toute la ville.

– On a intérêt à faire vite, mon pote, car j'ai le sentiment qu'il y a d'autres personnes qui aimeraient bien mettre la main sur ce salopard avant nous, dit l'Ours en examinant la photo de Brueto d'un air songeur.

Puis son regard dériva et il s'absorba dans la contemplation du tableau de liège, en s'attardant sur les effroyables photos montrant la gorge tranchée de Victor Chavez, avec les vitres maculées de sang à l'arrière-plan.

– À moins…

Il s'arrêta, il ne voulait pas achever sa phrase.

Dominick lut dans les pensées de son ami.

– Les Affaires Internes ont appelé ce matin pour nous dire qu'Angelillo figurait sur leur liste des agents à surveiller. Ils avaient reçu des plaintes comme quoi il servait de gros bras à des dealers durant ses moments de loisir. Il avait dû trouver que c'était lucratif de mélanger les deux boulots.

Nombreux étaient les policiers qui, en dehors de leurs heures de service, travaillaient comme agents de sécurité dans les bars et les clubs de Miami Beach.

– Les AI t'ont appelé seulement ce matin pour te livrer cette info super importante ? Presque trois jours après que le type s'est fait buter dans sa bagnole ?

– Je te l'ai dit, jusqu'à 23 heures hier, personne ne voulait jouer dans le même bac à sable.

Manny soupira.

– On a donc deux flics ripoux. Tous les deux liés à la came. Super. Ça donne l'impression qu'on fait un métier vraiment chouette. Mes ex-femmes auront une raison de plus de se plaindre devant le juge quand les chèques de pension arriveront en retard. (Son regard revint se poser sur les photos des meurtres.) OK, c'est des dealers. Ils sont furax et ils ont envie de faire passer un message.

Il se retourna vers son ami. Et demanda :

– Pourquoi tu n'as pas l'air convaincu ?

– Personne n'a encore revendiqué les meurtres, répondit Dominick.

– On n'a encore trouvé personne.

– Exact…

Dominick n'alla pas jusqu'au bout de sa pensée et il n'ajouta rien, tandis qu'ils restaient là à contempler l'immense panneau de liège devant eux, en espérant qu'un nouveau visage ne viendrait pas occuper l'espace vide.

19

Ricardo Brueto regardait par la fenêtre de son domicile de Little Havana les deux clowns assis dans la Grand Prix noire. À l'autre extrémité de la rue, deux autres types étaient assis dans une Ford Expedition verte. *S'ils se sont crus malins en échangeant leurs voitures aujourd'hui,* pensa Rico, *ils se gourent, ces connards*. Il était capable de repérer des flics en civil à un kilomètre, même quand ils posaient leurs sales culs de poulet dans une putain de Porsche.

C'était comme ça tous les jours depuis un mois. Il ne pouvait pas aller se soulager sans qu'un putain de flic vienne pisser à côté de lui. Ils ne le lâchaient pas d'une semelle, dans l'espoir de le surprendre avec un flingue, histoire de le coffrer pour violation de liberté conditionnelle. Où qu'il aille, c'était pareil. Idem pour toute sa famille. Sans parler de ses gars. C'était devenu tellement chaud que plus personne ne voulait l'approcher tant que les flics lui collaient au train. Ça voulait dire que le pognon ne rentrait plus. Et sans argent, Rico était confronté à des problèmes bien plus graves qu'un gros lard de *cochino* en costume bleu qui s'empiffre de donuts en poireautant au bout de la rue. Pas de fric, ça voulait dire des emmerdes venues d'en haut et ça commençait déjà à grogner. Ils s'en foutaient de savoir qu'il n'avait pas de fric ; le message était clair : trouves-en.

Mais dans les rues de Miami, c'était le calme plat et les affaires ne reprendraient pas tant que cette sale histoire de tueur de flics ne serait pas réglée. Tant que quelqu'un ne balancerait pas un morceau de barbaque sur le feu pour assouvir la faim des flics et les pousser à rentrer chez eux.

Putain de Chavez. Ce pauvre connard. Il se laissait mener par le bout du nez comme un vulgaire junkie ; il achetait de la came qu'il ne pouvait pas payer. Et quand ce n'était pas son nez qui l'entraînait dans les endroits les plus sordides de la ville, c'était sa queue, qu'il avait fourrée dans toutes les putes à deux balles des environs. Pour acheter la came, il se la jouait Rockefeller, et ensuite il était obligé de passer à la banque pour demander un prêt. Et pas une ou deux fois seulement. C'était arrivé si souvent que Rico avait perdu le compte. Victor qui venait demander l'aumône, avec sa main tendue et ses yeux de chialeur, en misant sur le fait qu'ils étaient *hermanos*. Évidemment qu'il ne pouvait pas payer, avec son salaire de merde. Mais il y avait toujours une solution, quel que soit le problème. Rico pensait que c'était un chouette arrangement, jusqu'à...

Leurs liens fraternels s'étaient forgés au lycée, puis chacun avait suivi sa voie. Victor, obsédé par le pouvoir, avait décidé de faire étalage de ses muscles dans un uniforme bleu moulant, en pensant que ça lui donnait l'air d'un dur et tout ça. Rico savait que ça n'avait rien à voir. Ce n'est pas l'uniforme qui fait de vous un dur. Si vous regardiez sous sa chemise, vous découvririez des muscles bien plus gros que ceux de Victor Chavez ; mais lui, il ne les exhibait pas. Tout le monde le savait déjà. Et si vous regardiez dans le creux de ses reins, vous tombiez sur un Magnum capable de percer un putain de trou dans le gilet en kevlar que portait Victor Chavez. À travers son putain d'insigne étincelant. *Alors, c'est qui, le gros dur maintenant ?* Au début, c'était amusant de voir un flic, moulé dans son uniforme, venir frapper à sa porte en pleine nuit parce qu'il craignait pour sa sécurité et voulait savoir qui pouvait le protéger des grands méchants frères de Liberty City. Venir quémander l'aide des Kings. *Fraternité, mon cul!* Rico avait des affaires à gérer, des comptes à rendre. Si vous voulez quelque chose, vous payez le prix. D'une manière ou d'une autre.

Rico regarda un autre flic s'arrêter à la hauteur de la Grand Prix, à bord d'une Altima de location flambant neuve. L'Altima passa un sac en papier marron à la Grand Prix et redémarra pour rejoindre la Ford Expedition. Le plafonnier s'alluma à l'intérieur de la Grand Prix et le conducteur ouvrit le sac en papier, pendant que le passager parlait dans son micro Motorola. Le chauffeur sortit un sandwich du sac et mordit dedans, puis il s'arrêta. Il brandit son sandwich en direction de la fenêtre avec un sourire à la con. Son équipier et lui éclatèrent de rire.

Rico referma le rideau et décocha un violent coup de poing dans le mur. Des morceaux de plâtre volèrent, laissant un trou à l'endroit de l'impact. La douleur explosa dans sa main et le sang s'écoula de ses jointures ouvertes, sur son poignet. Rico l'ignora. Dans la pièce voisine, le bébé se mit à pleurer. Angelina s'écria:

– Rico? *Que pasó? Todo está bien?*

– C'est rien. Retourne te coucher.

Salopards de flics. Ils méritaient ce qui leur arrivait. Il n'irait pas pleurer à leur enterrement.

Il aspira le sang qui coulait de son poing et chercha du regard une serviette pour arrêter l'hémorragie. C'est alors que le portable posé près de lui sonna et un sentiment de malaise, d'angoisse, lui noua les tripes. En voyant le numéro qui s'affichait, il sut aussitôt qu'il avait de plus gros soucis que ces deux flics bouffeurs de sandwichs plantés devant sa porte.

Beaucoup plus gros.

20

Les Affaires Internes, les AI comme on les appelle généralement, sont une brigade à part au sein de toutes les polices. Considérées comme un service de police en soi, elles sont chargées de faire respecter la loi parmi leurs pairs. D'éradiquer les mauvaises herbes. Tous les inspecteurs affectés aux AI savaient que c'était la fin de leur carrière, car ils passaient pour des parias aux yeux de tous les autres membres de cette grande communauté fraternelle. Même si les huiles de chaque service affirmaient haut et fort que les AI étaient un outil indispensable pour lutter contre la corruption, elles estimaient qu'il s'agissait, au mieux, d'un mal nécessaire. Ce parfum de méfiance était renforcé par le fait que les AI enquêtaient sur leurs collègues dans le plus grand secret. Quelquefois, la nouvelle d'une arrestation constituait un choc pour tout le monde, y compris le haut commandement. Et parfois même pour d'autres inspecteurs des AI.

Dominick ne fut donc pas réellement surpris de voir qu'il fallut presque deux jours à la division des AI de la police de Miami-Dade pour transmettre leurs renseignements sur Bruce Angelillo. Mais si cela ne le surprit pas, cela le plongea dans une fureur indicible. Tout le monde avait de nouveau les yeux braqués sur Miami, sur son enquête, et jouer avec les AI revenait à nettoyer les dents d'un tigre. Les mâchoires pouvaient se refermer sur sa main à tout moment, sans prévenir, et les cajoleries ne pourraient les convaincre de rouvrir la gueule.

Au sein de la police du MDPD, une plainte provoquait l'ouverture d'une enquête préliminaire de la part de la Brigade d'intervention des AI. Une deuxième plainte, ou la confirmation d'une plainte initiale, et le dossier était transféré au bureau voisin, la Brigade anti-association de malfaiteurs, le CCS. Le CCS conservait un « profil » de tous les policiers sur lesquels ils avaient enquêté ou qui avaient fait l'objet d'une plainte. Dans certains départements, on appelait ça la « Sale Liste », la liste de tous les flics soupçonnés de corruption, pour une raison ou pour une autre. Certains étaient accusés de toucher des pots-de-vin, d'autres d'avoir fait des avances de nature sexuelle à des personnes en détention, d'autres d'abus de pouvoir. Une des raisons pour lesquelles les policiers redoutaient tant cette liste, c'était que si l'on s'y retrouvait facilement, il était en revanche quasiment impossible d'en sortir. Une fois qu'un nom était transmis aux AI, elles le gardaient dans leurs dossiers, inscrit à tout jamais à l'encre indélébile. Même si elles affirmaient le contraire.

Dominick voulait cette liste.

La drogue constituait un lien évident entre les deux meurtres de Veste Noire. Et si les AI avaient accepté, à contrecœur, de partager des informations concernant un flic mort, elles ne voulaient pas risquer de faire échouer des enquêtes secrètes visant des flics vivants. Il fallut la menace d'une injonction du tribunal et d'un tuyau anonyme envoyé au *Herald* au sujet des dissensions dans leurs rangs, pour que Dominick puisse enfin obtenir ce qu'il souhaitait. Et encore. Il aurait parié que la liste avait été sacrément édulcorée.

Celle-ci lui parvint dans une enveloppe kraft scellée, apportée par un « coursier », dont Dominick supposait qu'il s'agissait d'un agent des AI. Il était 21 h 30 quand Dominick décacheta l'enveloppe, obligé de plisser les yeux dans la lumière violente des néons qui se réfléchissait sur la table de réunion en merisier. Presque tout le monde avait quitté le bâtiment depuis longtemps.

Il sortit l'épais paquet qui se trouvait dans l'enveloppe, et sur lequel figurait un avertissement du MDPD :

ATTENTION !
CES DOCUMENTS SONT CONSIDÉRÉS
COMME CONFIDENTIELS PAR LA POLICE
DE MIAMI-DADE ET NE DOIVENT PAS
ÊTRE COMMUNIQUÉS AU PUBLIC,
CONFORMÉMENT À LA LOI DE L'ÉTAT DE FLORIDE
RELATIVE AUX INFORMATIONS CONCERNANT
LES ENQUÊTES CRIMINELLES EN COURS.
F. S 119.07 (6)(B)I. STRICTEMENT INTERDIT
À TOUTE PERSONNE NON AUTORISÉE.

À l'intérieur se trouvaient les profils de tous les policiers figurant sur la « Sale Liste » du MDPD.

Sachant que les AI aimaient cacher leur jeu et qu'il avait sous les yeux uniquement les noms des policiers qui, selon eux, pouvaient l'intéresser, Dominick eut quand même un sacré choc en tournant la page.

Devant le nombre de noms qui composaient la liste.

21

C.J. s'était endormie sur son canapé ; les notes qu'elle avait rédigées pour son contre-interrogatoire du lendemain gisaient à ses pieds, sous Tibby. Son verre de vin, encore à moitié plein, était posé sur la table basse. À la télé, un reportage publicitaire avait remplacé le talk-show. Elle se redressa, hébétée, et regarda autour d'elle.

Elle était restée bloquée au tribunal toute la semaine avec le juge Penney. Et douze jurés de plus en plus agacés de voir que ce procès traînait en longueur, alors que dans un excès d'optimisme, le juge avait prédit seulement trois jours d'audience. Dominick et elle s'étaient simplement croisés sous la douche, communiquant par quelques brefs coups de téléphone et des mots tendres collés sur la porte du frigo. Ce soir, elle s'était promis de l'attendre…

Il lui fallut un certain temps pour chasser le brouillard qui l'enveloppait, pour que ses oreilles reconnaissent le bruit qu'elle entendait. Elle coupa le son de la télé. Rien. Avait-elle rêvé ? Non. Le bruit se fit de nouveau entendre.

Le téléphone sonnait dans la cuisine.

Elle chercha du regard la pendule murale. 4 h 12. Alors qu'elle se levait pour aller répondre au téléphone, un autre son retentit dans la chambre : la sonnerie de son biper. On essayait de la joindre chez elle car elle ne répondait pas à son biper. Depuis quand sonnait-il dans le vide ?

Elle entra dans la cuisine d'un pas mal assuré, en écartant les cheveux de son visage et en se frottant les yeux pour chasser le sommeil. Elle décrocha.

– Allô ?

Elle ne reconnut pas immédiatement la voix au bout du fil, même si elle aurait dû. C'était une voix douce, mais à peine audible et tendue. En fond sonore, à travers les parasites des radios, elle entendait les hurlements trop familiers des sirènes de la police. La voix semblait hésitante comme si les mots qu'elle devait prononcer étaient douloureux.

– C.J. C'est Dominick. Je crains d'avoir une mauvaise nouvelle…

Elle fonça sur la I95 à tombeau ouvert et prit la sortie 395 pour prendre la voie express McArthur qui reliait le centre de Miami à Miami Beach. À la hauteur de Biscayne Bay, la ligne d'horizon éclatante des citrus se dressait sur sa droite, dominant la voie express et le vaste port de Miami qui accueillait de nombreux paquebots et leurs imposants hôtels flottants.

Elle n'avait pas besoin qu'on lui indique la direction. Il suffisait de suivre le vacarme des sirènes. Droit devant, après la sortie de Watson Island, une masse de lumières bleues et rouges apparut. Watson Island était une fine bande de terrain appartenant au comté, située juste en face des bateaux de croisière et des hautes cheminées du port. Avec le centre de Miami en toile de fond, elle offrait une vue potentielle d'un million de dollars, mais le comté n'était pas vendeur. Watson Island demeurait principalement un endroit sous-développé et isolé, avec quelques minuscules cabanes de pêcheur installées au bord de l'eau et entourées d'un parking de graviers et d'un grillage de presque trois mètres de haut. Juste à côté, une station-service possédant une unique pompe vendait des appâts vivants comme l'indiquaient les pancartes rédigées à la peinture fluorescente.

C.J. était déjà venue par ici. Watson Park, qui se faufilait sous la voie express McArthur, offrait un accès rapide aux eaux de la baie et un endroit tranquille, ce qui en faisait un lieu de prédilection pour se livrer à toutes sortes de trafics ou se débarrasser de cadavres encombrants. Plusieurs d'entre eux avaient d'ailleurs refait surface au fil des ans, aspirés par la marée basse et poussés contre la digue.

Le vin qu'elle avait bu en fin de soirée, avant de s'endormir, lui donnait des haut-le-cœur et elle déglutit pour les calmer. Des camionnettes de toutes les chaînes de télévision étaient déjà sur place, coiffées d'antennes satellite qui se dressaient dans le ciel noir et froid. Elle présenta rapidement son badge en approchant du cordon de police et entendit aussitôt les crépitements des appareils photo dans son dos, accompagnés de la rumeur : « C'est Townsend ! L'assistante du procureur ! L'affaire du Vorace ! » Elle arrêta sa Jeep Cherokee noire à côté de l'essaim de voitures de patrouille qui représentaient toutes les polices de Floride du Sud. Elle remarqua le rassemblement de véhicules de la municipalité de Miami, tous vides. C'est un des leurs. Elle claqua sa portière et se fraya un chemin au milieu de l'océan de voitures de police.

On aurait dit qu'il y avait au moins cent flics sur place. Les parasites des radios se mélangeaient, un million de voix inaudibles parlaient toutes en même temps. La folie qui régnait là dépassait celle qui avait suivi la découverte du corps de Victor Chavez. C. J. n'avait jamais vu autant de policiers en une seule fois. Elle chercha Dominick dans la foule, puis elle avisa le cercle protecteur formé d'uniformes bleus rassemblés en masse compacte à l'entrée de la station-service. C.J. marcha en direction du cercle, à la fois attirée de manière inexplicable et écœurée par avance, car elle savait ce qu'elle allait trouver au-delà de cette barrière d'uniformes. De nouveau, elle montra son badge.

– Agent spécial Falconetti ? demanda-t-elle.

Le policier en tenue secoua la tête.

– FDLE. Brigade spéciale, précisa-t-elle.

Au moment où le jeune flic pointait le doigt vers la gauche, C.J. la découvrit tout à coup, derrière lui : la voiture de la police de Miami, solitaire, son gyrophare encore allumé, sur le parking qui jouxtait la station-service. Le jeune flic lui dit des mots qu'elle n'entendit pas, mais elle hocha la tête malgré tout.

– Merci, dit-elle en passant devant lui pour se diriger vers la voiture, en brandissant toujours son badge.

Les experts étaient déjà au travail ; ils passaient au peigne fin le contenu du coffre, avec en toile de fond la silhouette imposante des buildings de Miami. Pendant que d'autres photographiaient le sol sous tous les angles, afin que cet instant puisse être un jour reconstitué devant un tribunal, seconde après seconde, centimètre par centimètre. Leurs flashs explosaient de tous les côtés. Du coin de l'œil, C.J. aperçut la camionnette du médecin légiste, et la civière juste devant, dépliée. Prête à emporter son chargement.

La portière de la voiture de patrouille, côté conducteur, était ouverte, laissant dépasser un drap blanc qui s'agitait dans la brise venue du large. Même à six ou sept mètres de distance, C.J. repéra les traînées brunes et sèches, désormais familières, sur les vitres. Comme dans un cauchemar, elle approcha de la voiture, en tendant son badge devant elle, à l'attention de tous ceux qui auraient pu l'arrêter.

La forme du corps sous le drap blanc rêche ressemblait à celle des deux précédents : elle devinait la tête affaissée sur le volant, les épaules voûtées et les mains serrées. Un inspecteur dont elle reconnaissait le visage, sans pouvoir se souvenir de son nom tout à coup, se tenait près de la portière ouverte, il attendait certainement que le légiste signale qu'on pouvait emmener le corps.

– Soulevez le drap, demanda-t-elle dans un murmure rauque, d'un ton trop autoritaire. (Elle se ressaisit.) S'il vous plaît.

Sans un mot, l'inspecteur s'exécuta. Le vent s'engouffra sous le drap et C.J. fut traversée par l'image des voiles blanches des bateaux qui voguaient sur l'Intercoastal. Une image apaisante et relaxante, habituellement.

Mais pas ce soir. Plus jamais…

La voix de Dominick fit éclater le vide qui l'enveloppait et aussitôt, d'autres voix l'assaillirent de toutes parts.

– Attends, C.J. !

Elle entendit le bruit de ses pas ; il se précipitait vers elle. Peut-être pour l'arrêter. Mais il était trop tard.

Le drap avait été enlevé et l'horreur lui apparut on ne peut plus clairement.

22

Le spectacle que contemplait C.J. ne pouvait pas être vrai…

Le tueur avait laissé sa signature barbare. Le corps était affalé sur le siège avant, les mains aux jointures blanches serraient le volant, les menottes en acier lui enserraient les poignets et le même sourire cruel lui ouvrait la gorge. Comme dans le cas d'Angelillo, la langue avait été déplacée et elle pendait par l'ouverture de la plaie. Mais il y avait quelque chose de différent, quelque chose qui faisait frissonner C. J.

– Je voulais te parler d'abord, dit Dominick en accourant vers elle et en la prenant tendrement par l'épaule. Avant que…

Elle lui coupa la parole, en se dégageant d'un petit geste :

– C'est un flic de la police municipale de Miami ? demanda- t-elle, incapable de détacher son regard de cette effroyable vision.

– Hein ? fit Dominick, surpris par cette question. Évidemment. Regarde son uniforme, regarde sa voiture…

– On connaît son identité ? (Sa voix montait dans les aigus.) Qui est-ce ? Où est son badge ?

Elle regarda l'endroit où aurait dû se trouver le nom de l'agent, au-dessus de la poche de poitrine de son uniforme. Il avait été arraché, il ne restait qu'un trou irrégulier. Ces yeux… Elle connaissait ce regard vide, mort. Mais ça ne pouvait pas être…

– Oui, on a son identité, répondit Dominick. Lindeman. Sonny Lindeman. Il faisait partie de la police municipale depuis seulement un an. Il venait d'un autre service.

C.J. sentit son estomac lui remonter dans la gorge, comme si elle dévalait des montagnes russes.

– Je reviens, dit-elle tout à coup.

– Où tu vas ?

– Laisse-moi un instant.

Et elle disparut.

Avant que Dominick puisse réagir, Manny Alvarez, accompagné de l'agent spécial du FDLE Chris Masterson, s'approcha de la voiture.

– Regarde ce que nous amène le vent, dit Manny à Dominick. Je l'ai trouvé en train de bosser pour de bon, figure-toi. Peut-être qu'il cache un rapport dans sa petite tête.

Masterson avait été affecté à la brigade spéciale chargé du Vorace pendant plus d'un an quand il était à la Brigade des crimes violents. C'était un des plus jeunes agents de la FDLE, et son visage juvénile lui valait de passer de longues heures en planque.

– Salut, Chris, dit Dominick, troublé par la question de C.J. et son comportement étrange. C'est Fulton qui t'a fait venir ?

– Oui. Je crois qu'il a appelé toutes les personnes disponibles. Et même les autres.

– Bienvenue.

– Merci. Mais je ne suis pas sûr de rester jusqu'à demain. Ça dépend de ce que dira Black. Je suis en heures sup'.

– Je ne voudrais pas interrompre ces charmantes retrouvailles, Dommy Boy, dit Manny, mais j'ai l'impression que tu as d'autres invités qui t'attendent.

D'un mouvement de tête, il désigna quelqu'un dans le dos de Dominick. Mark Gracker était là, en compagnie de deux autres types en costumes sombres, des agents fédéraux de toute évidence. Son 1 m 70 grassouillet était pris en sandwich entre les deux échalas de plus d'1 m 88. Même à cette distance, Dominick voyait que Gracker était en train d'aboyer des ordres.

– On compte tous sur toi pour nous sauver, ajouta l'Ours à voix basse, mais pas suffisamment.

Comme s'il l'avait entendu, Gracker tourna la tête vers Dominick. Un rictus que l'on ne pouvait qualifier que de hargneux apparut sur son visage et il pointa le doigt dans leur direction. Les journalistes présents tournèrent la tête, en même temps que leurs puissantes caméras.

– J'ai l'impression que cette fois, il ne va pas repartir, commenta Dominick.

– Tu disais que ces meurtres n'étaient pas du ressort des autorités fédérales, dit l'Ours.

– J'ai dit aussi que le FBI ferait preuve d'imagination, répliqua Dominick. (Il s'adressa à Masterson.) As-tu vu les photos des deux autres victimes de Veste Noire ?

– Non. Mais je suis allé à l'enterrement du flic du MDPD. J'ai un pote là-bas.

– Eh bien, tu es là maintenant. Ne fais pas ton timide.

Dominick s'écarta pour pousser Chris vers la voiture de patrouille. Du coin de l'œil, il aperçut C.J. Elle se tenait près de la fourgonnette du légiste, seule. Elle n'avait pas l'air bien.

– Accordez-moi une seconde, les gars. Je reviens tout de suite, dit-il en se dirigeant vers elle et en ignorant Mark Gracker, visiblement fort mécontent.

– Ouah ! Une cravate ! s'exclama Chris dans son dos.

Dominick s'arrêta et se retourna vers Chris.

– Quoi ? Qu'est-ce que tu as dis ?

– C'est une cravate. Une cravate colombienne.

– C'est quoi, une cravate, Junior ? demanda Manny.

– C'est quand on tranche la gorge à un type et qu'on tire sur le muscle de la langue à l'intérieur pour la faire sortir par le trou. Elle pend comme une…

– Une cravate, conclut Manny. Je comprends maintenant. Comment tu connais ce truc-là ?

– J'ai bossé aux Stups pendant six ans avant d'entrer au FDLE, j'ai participé à des missions d'infiltration à Bogota et à Cali. J'ai vu pas mal de choses. Mais ça… dit-il en désignant le cadavre de l'agent Lindeman, c'est plus une légende. Même en Colombie, où ce truc aurait été inventé par le cartel de Cali, paraît-il, on ne voit pas des cravates. En fait, j'en ai vu que deux fois. À la fin des années quatre-vingt, quand j'enquêtais sur une affaire à la périphérie de Bogota, on a retrouvé deux indics en tenue d'Adam, avec juste une cravate.

– Mais pourquoi une cravate ? demanda Dominick en regardant le corps du policier assassiné. Ça veut dire quelque chose ?

– Ça veut dire que quelqu'un parle trop et que certains types n'aiment pas ça.

– Pourquoi est-ce que celui-ci n'a plus d'oreilles ?

– Ça, ça veut dire qu'il a entendu quelque chose, également. Sans doute une chose qu'il n'aurait pas dû entendre.

– Donc, c'est très certainement lié à la drogue.

– Je n'ai jamais entendu parler de ça en dehors des histoires de came. On peut penser, sans risquer de se tromper, qu'on a affaire à des gros trafiquants. En colère, qui plus est.

– Excusez-moi, dit un type qui poussait la civière.

Les trois policiers s'écartèrent et regardèrent en silence les hommes vêtus de blousons portant la mention CORONER glisser le corps dans un sac noir avant de le sortir de la voiture.

– Tu sais quoi, Chris ? dit Dominick. Je crois que tu vas en avoir pour un moment. Va préparer tes affaires.

Chris secoua la tête.
– J'ai une trop grande gueule.
– Que tout ça reste entre nous pour l'instant. On verra si nos amis fédéraux se débrouillent tout seuls avant de nous piquer la craie au tableau.
Gracker attendait toujours, avec impatience, que Dominick le rejoigne. Histoire de le foutre en rogne, Dominick se dirigea vers lui, puis s'arrêta, sourit, et fit demi-tour. Qu'il aille se faire foutre. Il peut attendre. Il trouva C.J. à l'endroit où se trouvaient les hommes du coroner quelques instants plus tôt.
– Ça va ? demanda-t-il.
Elle semblait très loin, ailleurs. Il aurait voulu poser une main réconfortante sur son épaule, mais après sa réaction de tout à l'heure, il n'osait même pas essayer. C'était étrange. Ils étaient ensemble depuis longtemps maintenant, et parfois, il avait l'impression de ne pas la connaître.
– Ça peut aller, disons. Et toi ? répondit-elle d'un ton indifférent.
– C'est dur. Trois flics assassinés. Mais on a peut-être une piste. Chris Masterson vient d'arriver. Suivi de près par les fédéraux.
C.J. se contenta de hocher la tête.
– Chris a bossé aux Stups, reprit-il. En voyant le corps, il a dit que c'étaient des dealers, à tous les coups. Au cas où on aurait encore des doutes.
– Pourquoi ça ?
– Je vais demander à Chris d'examiner les photos des deux autres victimes, mais apparemment, elles ont eu droit à ce qu'on appelle « une cravate colombienne ».
– Une cravate ? C'est quoi, ce truc ?
– Un message. C'est la signature des cartels colombiens. Toujours d'après Chris, ça n'était encore jamais arrivé ici, à sa connaissance. Et il n'a vu ça que deux fois, à Bogota.

– Quel est le message ?

Dominick suivit du regard la fourgonnette du légiste qui franchissait le cordon de police. Un torrent de flashs jaillit dans son sillage.

– Quelqu'un a parlé et quelqu'un d'autre a voulu que ça s'arrête. Les oreilles tranchées, ça veut dire que quelqu'un a entendu une chose qu'il n'aurait pas dû entendre.

C.J. blêmit. Heureusement, Dominick regardait les journalistes se jeter sur leur proie qui s'en allait.

– Je parie qu'en fouillant dans le passé de ce type, reprit-il, on découvrira qu'il fréquentait des individus peu recommandables, tout comme Angelillo et Chavez. Mais je commence à me dire que ce n'est peut-être pas juste une histoire de petits truands du coin. Peut-être qu'une personne plus haut placée manipule LBJ.

En entendant ces mots, C.J. sentit son ventre se nouer. Bien qu'elle ait arrêté de fumer depuis six mois, elle savait qu'elle ouvrirait un paquet de Marlboro dès qu'elle aurait quitté cet endroit.

– Tu le connaissais ? Lindeman ? lui demanda Dominick tout à coup.

– Non, mentit-elle. Pourquoi ?

Il haussa les épaules.

– Simple question.

23

– Falconetti ! C'est gentil de venir me dire bonjour.

Apparemment, Gracker avait décidé de sortir de cette impasse en rejoignant Dominick qui se trouvait en compagnie de Manny et des experts de la police scientifique.

– Oh, bonsoir, Mark. Je ne vous avais pas vu, répondit Dominick avec un sourire.

C'était peut-être puéril, mais il savait combien Gracker détestait être appelé par son prénom depuis qu'il avait été nommé responsable local du FBI, et Dominick ne manquait jamais de lui donner du « Mark ». Chaque fois qu'il en avait l'occasion.

Gracker devint cramoisi.

– Eh bien, Dom, on travaille sur la même scène de crime, on dirait. J'ai une impression de déjà-vu.

– Ah oui ? De quoi parlez-vous ? répondit Dominick en regardant autour de lui. Je n'ai pas l'impression qu'un crime fédéral ait été commis ici.

Cette fois, ce fut au tour de Gracker de sourire.

– Ah bon ? Vous êtes donc le dernier informé. Je suis ici pour une enquête sur une obstruction fédérale. Mes hommes ont besoin que vous leur remettiez tous les indices que vous avez eu la gentillesse de recueillir pour nous.

– Qu'est-ce que vous racontez ? Quelle obstruction ?

– Vos victimes évoluaient du mauvais côté de la

barrière. Le FBI a ouvert une enquête sur leurs activités criminelles dans l'exercice de leurs fonctions et d'éventuelles violations de l'article 18.

L'article 18 faisait référence à la section du Code des États-Unis concernant les délits liés à la drogue.

– Allons, Mark. Ces types sont morts.

– Pour la justice, ça ne change rien.

– Il s'agit d'un meurtre. Pas d'un trafic de drogue, ajouta Manny.

– Je ne comprends pas pourquoi on se chamaille comme ça, dit Gracker en secouant la tête. Quelqu'un a tué les suspects de notre enquête, Dom. Des témoins potentiels. Cela signifie que le ou les meurtriers ont commis un crime fédéral : Manipulation de témoin, de victime ou d'indicateur, conformément à la section 1512, chapitre 73 du Code des États-Unis. Voilà pourquoi, conclut-il en regardant autour de lui, nous sommes ici sur les lieux d'un crime fédéral.

Dominick s'attendait à ce que le FBI fasse preuve d'imagination, mais pas à ce point. Les salopards. Il marqua un temps d'arrêt avant de prononcer les paroles suivantes, car il savait qu'il ne pourrait plus les retirer ensuite.

– Je suis sûr, Mark, que vous avez testé votre théorie bidon devant votre service juridique surchargé de travail avant d'avoir le culot de venir jusqu'ici pour tenter de m'intimider. Dieu sait que vous avez déjà essayé de glisser le pied dans l'ouverture de la porte, mais personne ne vous a laissé entrer. Alors, je veux bien supposer, un instant, que vous menez une enquête fédérale légitime sur ces crimes odieux que sont l'entrave à la justice et la manipulation de témoins. Mais j'ai trois meurtres sur les bras et aucun ne sera confié au FBI, quelles que soient les théories à la con que vous me balancez au visage. Alors, quand on en aura terminé ici, vous irez relever vous-mêmes vos indices. Car, sauf votre respect, Mark, si vous n'avez rien d'autre que votre baratin, il vous faudra une injonction du tribunal pour que je vous refile un simple poil de nez provenant de cette scène de crime.

Sur ce, Dominick tourna les talons et s'en alla, laissant à Manny le soin de gérer les conséquences de cette déclaration. Il sortit son Nextel et appela le chef Black pour l'informer qu'un flot d'emmerdes n'allait pas tarder à lui tomber dessus par le biais du téléphone. Dans environ deux minutes.

C'était curieux, la politique. Vous ne saviez jamais qui était de votre côté, même au sein de votre propre parti, tant que la décision n'était pas prise. Et si Dominick savait que son chef détestait Gracker et les fédéraux autant que lui, il savait aussi que, dans sa position, il ne pouvait pas le dire et il ne le dirait pas. Aux yeux du public, tous les représentants de la loi étaient unis dans un seul but: assurer la sécurité des citoyens. Dès lors, Dominick ne savait pas trop ce que dirait Black quand Gracker l'appellerait pour se plaindre, de sa voix grinçante

Dominick pouvait juste espérer que la décision lui serait favorable.

24

C.J. ôta la fine pellicule de cellophane qui enveloppait le paquet de Marlboro ; quand elle l'ouvrit, l'odeur de tabac envahit l'intérieur de la voiture. Il suffit d'une bouffée pour que son organisme et son cerveau accueillent avec joie le retour du vieil ami et tous ses nerfs s'apaisèrent instantanément, alors qu'elle soufflait un rond de fumée à travers le volant.

Sa voiture était toujours garée sur le parking désert de l'épicerie 7-Eleven. Le soleil commençait à peine son ascension et de douces teintes pourpres et orangées réchauffaient la ligne d'horizon. Elle expira, ferma les yeux et se renversa dans son siège. En essayant de se concentrer. En s'efforçant surtout de ne pas laisser la panique annihiler sa capacité de réflexion. Mentalement, elle revoyait le jeune Victor Chavez, assis devant elle, dans le fauteuil en simili cuir de son bureau d'assistante du procureur, avec son uniforme bleu tout neuf et ses chaussures noires parfaitement cirées, ses biceps saillants et un holster fixé à la cheville.

Septembre 2000, le pré-interrogatoire de Victor. L'audition qui suit une arrestation, au cours de laquelle un procureur reçoit sous serment la déposition d'un témoin afin de décider quelles charges peuvent et doivent être retenues contre un accusé.

C.J. représentait la soupape de sûreté, le contrepoids

rationnel et prudent face à des policiers parfois trop zélés et impétueux ; un des ultimes contrôles dans un système qui débitait les accusés à la chaîne pour rendre la justice quotidiennement.

Assise dans son fauteuil en cuir, avec sa fenêtre qui donnait sur l'immeuble d'acier et de béton de la prison de Dade County, de l'autre côté de la rue, là où William Rupert Bantling accusé de meurtre était détenu, privé de liberté sous caution, C.J. avait écouté ce jeune flic trop sûr de lui raconter comment il avait découvert le cadavre de la jeune mannequin dans le coffre de la voiture de Bantling. Mais son histoire était truffée de petits mensonges à peine voilés et C.J. n'était pas idiote. De plus, Victor était un piètre menteur. En quelques minutes seulement, son sourire arrogant s'était évanoui pour laisser la place à une moue inquiète, voire apeurée, plus conforme à la situation.

Le véhicule avait été arrêté illégalement, suite à une dénonciation anonyme. Victor avait reconnu sa bourde trop tard, une fois que le coffre avait dévoilé son effroyable contenu sous les lumières vives de la voie express McArthur. Néanmoins, la fouille de la Jaguar, qui s'était révélée accablante et terrifiante, n'était pas légitime pour autant car elle faisait suite à l'immobilisation illégale du véhicule. C'était la loi. Avec l'aide de son sergent, Victor avait essayé alors d'arranger les choses en modifiant sa version des faits et en parlant d'un feu arrière défectueux (il avait conformé la réalité à ses dires en cassant le feu en question d'un coup de pied) et C.J. avait presque entendu la porte de la cellule se refermer sur Bantling, alors qu'elle faisait les cent pas dans son bureau en se demandant ce qu'elle devait faire.

Ce jour-là, elle avait pris une décision. Afin de transformer un mauvais mensonge en réalité plausible, pour que justice soit rendue, elle avait sacrifié son code de l'éthique. Une nouvelle version vit le jour ; une version qui résisterait à un examen juridique et justifierait l'immobilisation de la Jaguar, et par conséquent la fouille du coffre. Une fois cette question réglée, les mandats autorisant la perquisition du domicile de Bantling et de ses autres véhicules seraient à l'abri et toutes les preuves accablantes seraient recevables. C'est ainsi que fut soigneusement construit le château de cartes.

C.J. tira une longue bouffée de sa cigarette et se mordilla l'ongle du pouce, en regardant par la vitre un sans-abri au teint buriné attaquer son petit déjeuner : donuts et flasque de Jack Daniel's.

Les complots avaient ceci de problématique : lorsque trop de personnes partageaient un secret, il devenait difficile de le protéger. Elle se revoyait dans ce bureau, assise dans ce fauteuil profond, et elle s'entendait poser des questions au policier déchu :

« Il y a donc vous et Ribero ? »

Et la voix tremblante de Chavez qui répondait. « Lindeman était au courant du tuyau, lui aussi. »

La voix de Chavez murmurait ce nom dans son esprit, encore et encore. Trois hommes savaient ce qui s'était réellement passé cette nuit-là sur la voie express McArthur, avant qu'ils n'accueillent gracieusement C.J. dans leur petite bande. Deux de ces hommes avaient été méthodiquement assassinés. Et un message avait été transmis par le biais de leurs morts violentes : Quelqu'un a parlé, ça doit s'arrêter.

Paranoïa justifiée ou simple coïncidence ?

C.J. sortit du parking et prit la direction de son domicile. Dans moins de trois heures, elle serait au tribunal, face à un juge mal luné et un jury impatient, et elle devait encore prendre une douche et se changer. Et peaufiner son contre-interrogatoire.

Ses pensées se bousculaient jusqu'à former une masse confuse. Et si les meurtres de Veste Noire n'étaient pas l'œuvre d'un gang ou d'un cartel de la drogue, ni même d'un adversaire de la corruption à l'esprit tordu ? Et si, au lieu de cela, quelqu'un éliminait systématiquement tous ceux qui connaissaient ce secret qu'elle partageait désormais avec une seule autre personne ? Qui pouvait vouloir réduire au silence les détenteurs de ce secret, et pourquoi ?

C.J. songea au sergent de Victor Chavez, Lou Ribero, l'unique survivant du trio de policiers corrompus, et elle se demanda : Et si ? Puis la question du pourquoi ? réapparut aussitôt, et à cette question, il n'y avait pas de réponse. Elle songea également à l'agent Angelillo, le flic de la police municipale exécuté au centre commercial Dolphin. À sa connaissance, il n'avait aucun lien avec cette histoire. Elle ne l'avait même jamais rencontré. Alors, que fallait-il en penser ? Peut-être, se dit-elle avec un soupir d'épuisement en arrêtant la Jeep sur son emplacement réservé, qu'elle était simplement parano. Elle ferma les yeux. Si seulement elle n'était pas si seule…

« Un problème paraît toujours plus gros si tu le gardes dans ta tête », lui avait dit son père un jour. « Si tu le partages avec quelqu'un, tu t'en rendras compte. »

Elle consulta de nouveau sa montre et laissa échapper un petit sifflement en récupérant son sac, son ordinateur portable et son paquet de Marlboro sur le siège, avant de monter rapidement chez elle. Elle n'avait plus le temps de ruminer des questions sans réponses. On l'attendait au tribunal.

25

– Il faut qu'on parle, dit Dominick.

Il était 19 heures et C.J. était assise dans son bureau, seule avec des pensées dérangeantes qui l'empêchaient de se concentrer, les yeux fixés sur l'écran d'ordinateur installé devant elle.

Il avait surgi tout à coup dans l'encadrement de la porte et sa voix l'avait fait sursauter dans son fauteuil. Ça l'ennuyait de ne pas l'avoir entendu arriver et de s'être laissé surprendre. Mais elle ne dit rien.

– Hé, salut ! dit-elle. Qu'est-ce qui t'amène ?

– Toi. Dis-moi plutôt ce qui te retient ici, au boulot, et pourquoi tu ne réponds pas au téléphone.

Il paraissait inquiet, presque en colère. Il était entré dans le bureau, mais il ne s'assit pas.

– J'avais un procès, je te le rappelle. J'attendais le verdict. (Cette réponse était partiellement exacte.) Je t'ai rappelé et je t'ai laissé un message…

– Oui. Je l'ai eu. Félicitations pour la condamnation. (Son ton s'adoucit quelque peu.) Mais ce silence ne te ressemble pas. Ça ne nous ressemble pas. Je ne te vois presque plus, et ça fait trois jours qu'on n'a pas échangé un mot. Que se passe-t-il ?

– Tu étais occupé, moi aussi, Dominick. Le temps nous a filé entre les doigts.

Quand il était rentré chez elle, C.J. dormait. Et elle était partie avant qu'il se réveille.

– Non, non, dit-il en secouant la tête. Ce n'est pas une réponse. Ça dure depuis un petit moment. J'ai essayé de te joindre. J'ai essayé de te parler. Je suis là.

Il se tut et un silence assourdissant flotta dans l'air.

– Désolée, dit-elle.

Elle ne pouvait pas lui parler des pensées qui la rongeaient depuis la découverte du corps de Sonny Lindeman, le lundi soir. Même les amants les plus proches ont des secrets, se disait-elle pour se justifier. Le poids de celui-ci était trop lourd ; elle n'avait pas le droit de le faire peser sur Dominick et sur sa carrière uniquement pour se décharger d'une partie de son fardeau. D'autant qu'il y avait toujours la possibilité, effroyable, qu'il ne raisonne pas comme elle. La conscience de Dominick n'était peut-être pas aussi malléable que la sienne, il se sentirait obligé de révéler ce qui ne devait pas s'ébruiter.

– Pourquoi ? Qu'est-ce qui t'arrive ? demanda-t-il. (Il s'était penché en avant, les mains à plat sur le bureau, et ses yeux tentaient de déchiffrer son regard.) C'est à cause de ce procès ? C'est Veste Noire ? J'ai besoin de savoir, C.J. Tu es à des millions de kilomètres de moi. J'ai beau tout essayer, je n'arrive pas à t'atteindre.

– Dominick, tu travailles seize heures par jour depuis le premier meurtre de Veste Noire. Quand et où peux-tu espérer m'atteindre ? (Elle marqua une pause avant de continuer.) Je suis désolée, répéta-t-elle. J'ai l'esprit accaparé par ce procès depuis un mois. Tu as été occupé, moi aussi. On va faire un effort tous les deux.

Le regard inquisiteur de Dominick continua à la sonder. Parfois, elle n'avait aucune peine à imaginer ce que pouvait ressentir un suspect face à lui. Rien ne lui échappait.

Au lieu de s'asseoir, il contourna le bureau. Il fit pivoter le fauteuil de C.J. pour qu'elle soit face à lui, puis il lui prit les mains et l'obligea à se lever. Sans un mot, il l'embrassa sur la bouche ; son bouc lui chatouilla le menton, c'était une sensation familière et rassurante. Néanmoins, pour une raison inexplicable, le fait de le sentir si près d'elle – physiquement et émotionnellement – l'effrayait à cet instant.

– Moi aussi je suis désolé, dit-il en la serrant contre lui. Ces meurtres, c'est une épreuve. Pas seulement en termes de boulot. (Il baissa la voix comme s'il se parlait à lui-même.) J'ai l'impression de leur devoir quelque chose. Il faut que je retrouve le meurtrier, et je ne suis pas très brillant pour l'instant. Quoi qu'ils aient fait, ces gars ne méritaient pas de finir comme ça. Ils étaient en service, bon sang ! Ils portaient leur putain d'uniforme !...

– Tu le trouveras.

C.J. était consciente que pour Dominick, devenir flic n'avait pas été simplement un choix de carrière. Même s'il n'en parlait pas souvent, elle savait que tout le monde ou presque dans sa famille était flic quelque part. Ses oncles et ses cousins faisaient partie du NYPD, son beau-frère était inspecteur à la Brigade de répression du banditisme de Nassau County à Long Island. Son grand-père avait été flic dans le Bronx pendant trente ans et son père avait patrouillé dans les rues pendant vingt ans. Elle aurait dû se douter qu'il serait directement affecté par ces meurtres, mais elle était trop occupée à prendre ses distances pour s'en soucier, et maintenant, elle éprouvait un terrible sentiment de culpabilité.

– J'aurais dû être franc avec toi. Cette affaire m'a fichu un coup. Peut-être que j'ai essayé de te tendre la main et que... on n'arrive plus à communiquer.

Elle entendit sa voix se briser. Dominick avait été là si souvent pour elle, pour l'aider à porter le lourd bagage émotionnel qu'elle trimbalait avec elle. Aujourd'hui, il avait besoin d'elle et elle l'avait abandonné. Elle n'avait pas senti monter son désespoir parce qu'elle le maintenait à l'écart, elle le repoussait. Et parce que, contrairement à lui, elle ne pourrait jamais être totalement honnête.

– Écoute, dit-elle d'une voix douce... Tu as raison. Le juge Penney m'a mené une vie d'enfer et j'avais la tête ailleurs. Et puis, lundi... (Sa voix mourut. Elle baissa les yeux.) Je suis désolée, mon amour. J'aurais dû rentrer plus tôt à la maison. J'aurais dû...

Il ne la laissa pas finir. Il plaqua sa bouche sur la sienne pour lui donner un autre baiser. Plus lent, celui-ci. C. J. sentit la main de Dominick remonter dans son dos, sur son chemisier en soie. Ses doigts se refermèrent autour de son cou et il l'attira contre lui. Elle en eut la chair de poule. Elle sentait son souffle chaud dans sa nuque. Leurs langues se rencontrèrent ; la bouche de Dominick avait le goût de la bière, mais sans trace d'amertume. Elle noua ses bras dans son dos ; ses doigts glissèrent sur ses muscles fermes ; elle le plaqua contre elle. À 42 ans, il avait conservé un corps parfait.

– On peut rentrer à la maison maintenant ? demanda-t-il.

26

Sans un mot, il s'approcha dans son dos pendant qu'elle refermait et verrouillait la porte de l'appartement, et il se pressa contre elle. Il noua ses bras autour de sa taille et l'étreignit, en enfonçant son visage dans ses cheveux. Ils restèrent ainsi pendant plusieurs minutes, dans le couloir obscur. Les mains de C.J. s'étaient refermées sur ces bras qui l'enveloppaient. Elle ferma les yeux. Elle sentait le souffle de Dominick dans son oreille et son bouc qui lui chatouillait la nuque. Elle promena ses doigts sur ses avant-bras en suivant le tracé des muscles saillants qui remontaient vers les biceps, jusqu'aux épaules et dans le cou.

L'espace d'un instant, elle imagina qu'ils étaient seuls sur terre. Sans juges grincheux, sans opinion publique vociférante ni affaires à sensation. Leur travail ne tournait plus autour de la mort et de ce qui l'avait provoquée ; assister aux enterrements ne faisait plus partie de leurs obligations professionnelles. Elle imagina que Dominick et elle menaient des existences totalement différentes, simples, sans ce passé et ce secret qui creusaient entre eux un fossé silencieux de plus en plus grand.

Il ne voulait pas la lâcher et elle ne voulait pas qu'il la lâche. Il plaqua sa main sur son ventre pour la garder contre lui, si près qu'elle sentait son sexe durci appuyer contre sa cuisse. Le souffle de Dominick s'accéléra et sa langue s'aventura dans les parages de son oreille, avant de descendre lentement dans la nuque. Pendant ce temps, les doigts de son autre main glissaient sur sa poitrine pour déboutonner son chemisier. En quelques secondes, tous les boutons furent défaits et sa main chaude s'insinua à l'intérieur de son soutien-gorge pour prendre son sein dans sa paume.

Il existait entre eux une puissante alchimie qu'ils ne pouvaient ignorer. Quand C.J. était avec lui, ils ne faisaient plus qu'un, une partie d'elle-même s'ouvrait involontairement, comme une fenêtre, et il pouvait non seulement voir en elle, mais aussi s'y glisser pour atteindre son être le plus profond. La peau de leurs corps nus qui bougeaient en rythme n'était qu'une barrière magnifique, mais insignifiante, entre leurs deux âmes. Ils respiraient en chœur et, en un instant, sans qu'ils aient besoin de parler, il savait tout d'elle, des choses qu'elle-même ignorait. Peut-être était-ce ce puissant sentiment d'unité qui l'effrayait tant parfois. Quand ils étaient aussi proches émotionnellement, les faiblesses sautaient aux yeux.

Elle leva les bras en arrière et enfouit ses doigts dans les petits cheveux qui poussaient dans la nuque de Dominick, et elle l'obligea à baisser la tête, au creux de sa nuque. Elle arqua son dos pour se coller contre lui ; elle avait envie de le sentir davantage, elle avait besoin de le toucher, de le goûter, là dans le couloir. Elle laissa les doigts de Dominick explorer ses seins et sa bouche frôler son cou ; elle retint son souffle quand sa main descendit lentement sur son ventre jusqu'à ce qu'elle trouve le bouton de son pantalon.

Ils avaient fait l'amour un millier de fois depuis le début de leur liaison, mais C.J. ressentait toujours le même trac quand il la touchait. Les mêmes frissons. Une sensation qu'elle n'avait jamais connue avec aucun autre homme. Elle s'entendit gémir quand il fit glisser son pantalon sur ses hanches en tirant dessus d'un coup sec ; le pantalon tomba en tas sur le sol et Dominick introduisit ses doigts à l'intérieur de sa culotte.

– Je t'aime, murmura-t-elle, les mains toujours nouées dans sa nuque.

Elle plantait ses ongles dans sa peau.

– J'ai envie de te faire l'amour, lui chuchota-t-il à l'oreille. Maintenant. Ici.

– Oui, dit-elle simplement, sans ouvrir les yeux.

Il ôta sa chemise pendant que C.J. le débarrassait de son pantalon, qui vint bientôt rejoindre le sien sur le sol.

Il la retourna tout doucement pour qu'elle lui fasse face. Elle sentait la chaleur de sa peau nue contre elle, les poils de son torse frottaient contre ses seins, tandis qu'il la plaquait contre lui en l'enveloppant dans ses bras protecteurs, comme une cape. Puis, avec sa main, il lui souleva délicatement le menton pour l'obliger à le regarder. Elle ouvrit les yeux. La lumière tamisée du patio filtrait à travers les lattes des stores qui masquaient la porte-fenêtre du salon.

– Je suis désolée, dit-elle d'une petite voix en craignant de se mettre à pleurer tant l'émotion était intense. Pour ce soir, pour tout. De ne pas être là pour toi…

Il lui coupa la parole :

– Chut, fit-il. Je t'aime. N'en doute jamais.

Il l'embrassa tendrement sur la bouche avant de l'allonger sur la moquette du salon et il lui fit l'amour dans la lumière du patio.

27

L'enterrement de Sonny Lindeman eut lieu le vendredi, par un après-midi venteux, à l'église de la Petite Fleur dans le centre de Coral Gables. À quatre rues de là, C. J. comprit que Dominick et elle ne devaient même pas essayer de trouver une place plus près de la majestueuse cathédrale de style espagnol. Les voitures étaient garées les unes derrière les autres et des gens tout de noir vêtus passaient à pied de chaque côté de leur véhicule qui attendait que le feu passe au vert dans Red Road. Des motards réglaient la circulation et le stationnement. Ignorant les ordres des hommes en uniforme, Dominick se glissa dans une place libre, juste à côté d'un panneau « Stationnement interdit ». Alors qu'un agent de police s'approchait pour l'inévitable affrontement, Dominick plaça son insigne du FDLE sur le tableau de bord et contourna la voiture pour ouvrir la portière de C.J. Sans un mot, le policier fit demi-tour et repartit.

Main dans la main, ils se dirigèrent vers l'église, en silence. Seuls les bruits de pas sur le bitume accompagnaient la triste procession. Des murmures s'élevèrent lorsqu'ils s'avancèrent vers l'entrée.

C.J. ne voulait pas assister à cette cérémonie, mais elle était quand même venue, par respect. Respect envers Dominick, car elle savait qu'il avait besoin d'elle. Et envers son métier de policier qui, au cours des soixante-douze dernières heures, avait encore reçu un sale coup. Dominick ne s'était pas trompé : très peu de temps après le meurtre de Sonny Lindeman, les informations nauséabondes s'étaient échappées du Bureau des affaires internes de la police de Miami comme un égout qui refoule. Sonny figurait depuis peu sur leur « Sale Liste », suite au tuyau fourni par un indic impliqué dans une affaire de trafic, en échange d'une réduction de peine. Le dénommé Elijah Jackson avait distribué les noms comme des invitations à une fête d'anniversaire et il était ressorti de prison sans même verser un seul cent de caution.

Deux jours plus tard, son corps était passé devant un pêcheur dans la Miami River. Le légiste était quasiment convaincu qu'il avait eu la carotide tranchée, mais étant donné qu'Elijah avait également le ventre ouvert – ce qui avait permis aux poissons de faire une orgie et accéléré le phénomène de décomposition –, il était impossible de connaître avec certitude la cause du décès.

Le plus intéressant, bien plus que la dénonciation d'un flic ripoux de la police municipale, c'était les autres noms qu'Elijah, un ancien membre du BB Posse, avait crachés avant de flotter à la surface de l'eau. Le mot magique qui avait fait sauter le verrou de sa cellule était Valle. Chef d'une des plus riches familles de Miami, Roberto Valle possédait la moitié du parc immobilier du comté et la moitié des night-clubs de SoBe. Des night-clubs où, soit dit en passant, toutes les victimes de Veste Noire avaient travaillé en dehors de leur service. Respectable père de famille, Valle avait été honoré bien des fois pour ses dons philanthropiques à la communauté et à des œuvres caritatives, mais ça ne changeait rien. Les faits et gestes de quiconque travaillait dans le monde des night-clubs éveillaient inévitablement l'intérêt de la justice, qui soupçonnait Valle depuis des années de blanchir de l'argent. Elijah Jackson avait fini par leur donner ce qu'ils attendaient.

Des voitures de toutes les forces de police, banalisées ou pas, bordaient les deux côtés de Sevilla Avenue, aussi loin que portait le regard. Il y avait même des voitures frappées des blasons de Tallahassee et de Jacksonville. Les hommes en bleu étaient tous là, venus de près ou de loin, même pour un frère inconnu. Même pour un frère déchu.

Un essaim de policiers en uniformes et d'inspecteurs en costumes sombres s'était rassemblé devant les imposantes portes en verre et fer forgé de l'église ; ils bavardaient en tirant nerveusement sur leurs cigarettes. Tous attendaient le dernier moment pour entrer. Dominick aperçut Manny, Marlon Dorsett et Chris Masterson, en train de discuter avec d'autres inspecteurs.

– Salut, les gars, dit-il en regardant autour de lui. Dis-moi, Chris, Fulton est là ?

– Ouais, répondit Chris. Il est déjà entré, avec Black et Jordan, de Miami Beach, pour être sûr d'avoir une place. Il a dit qu'il t'en gardait une.

– *Hola*, maître ! dit l'Ours en adressant un grand sourire à C.J.

Il portait une veste en tweed avec des manches trop courtes d'au moins quatre centimètres. Soit Manny avait pris quelques kilos depuis la dernière fois où il l'avait sortie du placard, soit, et c'était plus probable, il l'avait empruntée. Sa cravate noire était ornée des petits blasons gris et blanc des Florida Marlins, l'équipe de base-ball.

– On n'a pas eu l'occasion de bavarder l'autre jour. Où en sont les préparatifs de mariage ?

– Ça avance, Manny. Dominick a loué l'orchestre de salsa.

– Ah, j'adore ! (Il massa son ventre qui dépassait de son pantalon, juste assez pour qu'on le remarque.) Et la bouffe… ! (Il se tourna vers Dominick.) Hé, Dom ! Tu agiteras ton petit cul de rital sur la piste de danse avec moi ?

– Non merci, l'Ours. Je tiens à ce que mon petit cul de rital reste intact pour ma lune de miel.

C.J.. sentit qu'il lui caressait tendrement le dos de la main.

Manny se retourna vers elle.

– Au fait, maître ! Vous n'auriez pas une copine à me présenter, pour le mariage ?

– Marisol ? On a déjà essayé, Manny. Elle refuse toujours de m'adresser la parole depuis que vous lui avez brisé le cœur. (Même si, pensa-t-elle, une Marisol muette, ce n'était pas forcément une mauvaise chose.) Ça fait des mois qu'elle ne me transmet plus un seul message téléphonique correct.

– Je lui manque, c'est ça ? Elle est complètement dingue. (Il tira sur son épaisse moustache, comme s'il repensait à quelque chose.) Peut-être que je l'appellerai.

C.J. grimaça, elle préférait ne pas imaginer ce que deviendrait l'éthique professionnelle d'une Marisol doublement outragée.

– C.J. ! s'exclama Chris Masterson. Ça fait un bail. Comment ça va ?

– Bien, Chris, répondit-elle avec un sourire.

Ils avaient travaillé ensemble dans l'enquête sur le Vorace et ils s'étaient toujours bien entendus. C'était un homme gentil, mais réservé. Incapable de rivaliser avec Manny Alvarez au niveau de la conversation.

– J'ai connu des journées plus agréables, ajouta-t-elle.

– Comme nous tous. J'ai entendu dire que vous faisiez partie de la brigade spéciale, vous aussi. Je viens d'être réquisitionné.

C.J. déglutit.

– J'en faisais partie. Je ne sais si je vais pouvoir continuer ; j'ai beaucoup de choses en cours. Des procès et tout ça… Je pense que Maus pourrait vous aider. Il connaît bien les gangs.

Elle n'avait pas encore confié à son supérieur l'idée qu'elle nourrissait depuis plusieurs jours : se faire remplacer au sein de la brigade spéciale par Andy Maus, le procureur des *Major Crimes* qui s'était rendu sur le lieu où Angelillo avait été tué. Elle n'avait pas non plus fait part de cette idée à Andy, mais son amour des caméras lui laissait penser qu'il se ferait une joie de prendre les rênes.

– Ah, ah, fit Chris. Une petite hypothèse quand même, avant de nous abandonner ?

– Non. Dominick m'a parlé de cette histoire de mutilation. Une cravate colombienne ?

– C'est moche, hein ? Sacrée façon d'envoyer un message bien senti à la population.

En entendant cela, C.J. décida que le moment était venu d'aller fumer une cigarette.

– Oui. Excusez-moi un instant.

Elle s'enfonça dans la foule et contourna l'église. Pour se cacher des regards des membres de la brigade spéciale et de Dominick, qui ne savait pas qu'elle avait recommencé à fumer.

Plusieurs agents portant l'uniforme marron foncé de la police de Miami-Dade discutaient avec leurs collègues en bleu marine de la police de Miami Beach et de la police municipale, sous l'ombrelle d'un eucalyptus centenaire. Elle n'en reconnaissait aucun. Elle alluma une Marlboro en s'efforçant de ne pas penser à ce que venait de dire Chris.

Elle entendit la voix grave d'un des policiers dans son dos :

– Hé, c'est pas le procureur de l'affaire Vorace ?

– Si, si, répondit quelqu'un. C'est elle, je crois bien. Townsend. Elle est sur cette affaire maintenant. J'ai entendu ça aux infos.

C.J. sentait leurs regards posés sur elle.

Une autre voix s'éleva, teintée d'un fort accent newyorkais, immédiatement reconnaissable :

– Hé, Carl, tu le connaissais le premier flic, non ? Chavez ? Celui qui avait arrêté ce dingue ?

– Oui, un peu. C'était un connard. Il méritait pas ce qui lui est arrivé, mais c'était quand même un connard. (Il y eut un moment de silence.) Je connaissais Sonny aussi. Avant de bosser à la municipale, il était dans la police de la route à Miami Beach. J'ai fait équipe avec lui à une époque.

– Sans dec' ?

– Je t'assure. D'ailleurs, je crois que lui aussi a bossé sur l'affaire du Vorace.

C. J. sentit son cœur s'arrêter.

Une autre voix dit :

– Tout le monde a bossé sur cette affaire.

Le gars de New York reprit la parole :

– Exact. J'ai fait tellement d'heures sup' sur ce couplà que je me suis payé un nouveau bateau !

Rires.

– Sonny, il a bossé combien de temps à Miami Beach ?

– Un an environ. Il supportait pas la direction. Ni les patrouilles de nuit. Alors, il s'est tiré à Miami. Et à quel moment il se fait buter ? Pendant une putain de patrouille de nuit !

– Moi aussi, je me tape la nuit, déclara un policier avec un fort accent cubain. Ils m'ont demandé si je voulais patrouiller avec quelqu'un maintenant. Non, je leur ai dit. J'ai pas besoin d'une baby-sitter. Ce truc comme quoi plus on est nombreux, moins on court de risques, c'est bon pour mon môme de cinq ans. Que cet enfoiré de Veste Noire essaye un peu de jouer au con avec bibi pour voir ! Je lui fais sauter la tête avant qu'il ait le temps de sourire.

Cette déclaration provoqua un murmure d'approbation collectif.

C.J. écrasa sa cigarette et passa rapidement devant le petit groupe pour rejoindre l'entrée de l'église.

Le bruyant ululement électronique d'une sirène retentit. Dans Sevilla Avenue, un cortège d'une trentaine de motos de la police roulant sur deux files bien nettes, avec leurs gyrophares qui tournoyaient en silence, précédait un corbillard, suivi de trois limousines. Ils s'arrêtèrent devant l'église. Un silence lugubre et révérencieux s'abattit sur la foule. Certaines personnes estimèrent que le moment était venu d'entrer dans l'église, tandis que d'autres se retournèrent pour voir le cercueil en bois verni apparaître à l'arrière du corbillard. On entendait le bourdonnement des hélicoptères qui tournaient au-dessus de la scène. Les journalistes n'avaient aucun respect pour les vivants, et encore moins pour les morts. Cinq agences de presse avaient suivi dans les airs la procession depuis le salon funéraire.

C.J. retrouva Dominick et Manny au milieu de la foule. Apparemment, les autres étaient déjà entrés. Dominick l'observa, puis il lui adressa un sourire, un sourire entendu, accompagné d'un hochement de tête pour lui signifier qu'il comprenait, puis il reporta son attention sur le corbillard. C.J. éprouva aussitôt un sentiment de culpabilité. Malgré les pastilles de menthe et le parfum, il savait.

Les portes des trois limousines s'ouvrirent. De la première descendit une jeune femme d'une trentaine d'années : l'épouse, visiblement. Ses lunettes noires ne parvenaient pas à masquer son visage totalement ravagé. Des membres de la famille, descendus des autres limousines, l'aidèrent à remonter l'allée, mais elle gardait la tête tournée comme si elle cherchait des réponses dans le hayon ouvert du corbillard, à l'intérieur duquel gisait son mari. On l'entraîna dans l'église, et elle passa si près de C.J. que celle-ci remarqua les traînées de mascara qui coulaient comme des petites rivières noires sous les lunettes de soleil.

Une autre jeune femme la suivit. Un bébé dans les bras, elle était accompagnée de plusieurs hommes. Tous affichaient le même désespoir hébété. Près du corbillard, C.J. remarqua une petite fille, qu'une vieille femme tenait fermement par la main.

– Bon Dieu. Une femme et deux gosses. Vous vous rendez compte ? murmura Manny en secouant la tête.

C.J.. sentit son estomac se soulever. Ses yeux restèrent fixés sur la petite fille qui passa devant elle sa main dans celle de sa grand-mère.

Elle entendit une voix fluette qui demandait :

– Dis, mamie, papa il est dans cette voiture ?

La vieille femme s'arrêta.

– Oui, Lisa, dit-elle, mais seulement son corps. Ton papa est au paradis maintenant.

La fillette répondit alors, de sa petite voix :

– J'aime pas le paradis.

Elles pénétrèrent toutes les deux dans l'église et les lourdes portes en verre et fer forgé se refermèrent sur elles avec un bruit sourd.

Hélas, la journée ne s'arrêta pas là. Après un panégyrique émouvant et une interminable cérémonie qui dura près de deux heures, un cortège de la police escorta la procession longue de plus d'un kilomètre jusqu'au cimetière, où une garde d'honneur en uniforme accueillit le cercueil de Sonny, recouvert d'un drapeau étoilé, par une salve de vingt et un coups de fusil. Tour à tour, des officiers évoquèrent la mémoire de Sonny, mais aussi d'autres policiers tués dans l'accomplissement de leur devoir.

C.J. se tenait sur le côté, dans l'herbe et sous le soleil brûlant, flanquée de Dominick et de l'état-major du FDLE. Soudain, une main lui tapota l'épaule :

– Mademoiselle Townsend ?

Elle se retourna et se retrouva face à Lou Ribero. Elle avait gardé du sergent de Miami Beach le souvenir d'un homme « bourré d'énergie », comme avait dit Dominick un jour. Aujourd'hui, il paraissait rabougri et inquiet. Visiblement, comme elle, il s'était interrogé sur le lien entre les meurtres de Chavez et de Lindeman, assassinés par le même tueur. Il était la seule autre personne à connaître ce sombre secret forgé sous les néons du bureau de C.J. trois ans plut tôt. Ou du moins le croyait-elle. Son visage était pâle et ses traits étaient creusés. Il l'observa longuement sans rien dire, il essayait de sonder son regard.

Bien qu'ils se soient croisés régulièrement dans les locaux du bureau du procureur ou au tribunal durant ces trois dernières années, ils avaient évité de se parler. Ils n'avaient pas besoin d'évoquer de nouveau le mensonge qui les avait liés l'un à l'autre pour toujours. Une jeune recrue – placée sous les ordres de Ribero – avait commis une bourde lors d'un simple contrôle, mais ils savaient bien, tous les deux, que cela ne faisait pas d'un coupable un innocent.

C.J. s'attendait à ce qu'il dise quelque chose maintenant, qu'il exige une explication ou une réponse à la paranoïa que, de toute évidence, ils partageaient. Mais Lou Ribero ne dit rien ; le regard inquiet de C.J. suffisait à lui indiquer qu'elle non plus n'avait pas de réponse.

– Je suis désolée, dit-elle au bout d'un moment.

C'était tout ce qu'elle trouvait à dire.

Il paraissait déçu de ne pas recevoir de paroles de réconfort, uniquement la confirmation de sa propre angoisse. Il hocha la tête d'un air absent.

– Moi aussi, dit-il d'une voix blanche.

Et il s'en alla, perdu dans ses pensées.

Conformément au système des codes 10 utilisé par de nombreuses brigades de police, « 10-7 » signifie

« service terminé ». Quand un agent annonce 10-7 à la radio, à la suite de son matricule, il informe le dispatcher qu'il a fini son service. Sur l'estrade métallique pliable, le chef de la police de Miami, Bobby Dees, debout devant un alignement d'agents en uniforme bleu au garde-à-vous, baissa la tête au moment où il appuya sur le bouton du système de sonorisation. Un mauvais enregistrement de la voix de Sonny Lindeman déclinant son matricule crépita dans les haut-parleurs. Il fut diffusé simultanément sur toutes les fréquences des polices du comté.

Miami, ici 1720.

Parlez 1720, répondit le dispatcher d'une voix monotone.

10-7, je rentre à la maison.

Bien reçu, 1720. Je vous note 10-7 à 7h00.

Bonne journée, Miami.

La communication fut coupée et le matricule de Sonny Lindeman fut mis au repos définitivement.

28

– Il y a eu des fuites. Gracker et ses sbires sont allés interroger Roberto Valle ce matin, dit Dominick, juste au moment où Manny franchissait la porte.

Il était à peine 10 heures et déjà les visages rassemblés autour de la grande table de la brigade spéciale étaient marqués par la colère. Une simple réunion avait pris l'apparence d'un véritable conseil de guerre.

– J'espère que tu nous en as apporté, dit Jimmy Fulton en faisant allusion au gobelet de café que Manny tenait à la main.

Il avait fallu deux jours à Manny pour entrer dans les bonnes grâces de la secrétaire acariâtre de la Brigade anti-fraudes. Mais, désormais, elle lui préparait tous les matins un pot de *café cubano*, rien que pour lui.

– Non, c'est pas vrai ! s'exclama Manny, stupéfait par cette nouvelle. Quant à ça, ajouta-t-il en vidant son gobelet d'un trait, avec un grand « aaaahh » de bonheur, c'est chacun pour soi, les gars. Un conseil toutefois : n'oubliez pas de faire des compliments à Marta sur sa coiffure si vous voulez qu'elle vous soigne.

Il vint s'asseoir à côté de Fulton, à l'extrémité de la longue table en bois verni. Il ouvrit la fenêtre, à côté de l'écriteau « Merci de ne pas fumer » et il alluma une cigarette.

– Ça s'est passé quand ?

– La fuite ou l'interrogatoire ? demanda Marlon Dorsett.

– Les deux.

– Ça fuyait déjà comme une passoire à la Municipale alors que le corps de Lindeman n'était pas encore refroidi, dit Dominick. La presse savait qu'il figurait sur la « Sale Liste » deux jours seulement après qu'il s'est fait buter. Mais Valle, c'était top secret pour tout le monde. Seules quelques personnes triées sur le volet savaient que son nom était apparu dans cette affaire, et on avait reçu ordre de la boucler. C'est un sujet délicat.

– Personne n'a envie d'être rayé de sa liste de Noël, ironisa Manny.

On avait beau suspecter Roberto Valle de blanchir de l'argent sale depuis des années, par l'intermédiaire de ses nombreux night-clubs et restaurants, tous les soupçons étaient mystérieusement oubliés et pardonnés dès qu'un hôpital héritait d'une nouvelle aile pour soigner le cancer. Et les hôpitaux n'étaient pas les seuls à recevoir des chèques. L'Association d'entraide de la police avait bénéficié elle aussi des largesses de Valle pour créer plusieurs bourses d'études.

– Du moins, tant qu'il n'a pas été inculpé officiellement, ajouta-t-il.

– Quelqu'un n'a pas obéi aux ordres, soupira Ted Nicholsby, avec sa lassitude habituelle qui lui avait valu le surnom de Grincheux.

– Je crois que les rumeurs allaient bon train durant l'enterrement, reprit Dominick. Le procureur chargé du dossier Elijah Jackson a essayé de se faire bien voir des gars du FBI l'an dernier parce qu'il voulait devenir procureur fédéral.

Une position enviable, bien mieux payée qu'un simple procureur d'État, pour moins de travail.

– Et Valle était son ticket gagnant, dit Fulton.

– C'est ce que je pense, dit Dominick. On verra bien

s'il accroche un panneau « À louer » sur la porte de son bureau la semaine prochaine.

– L'*Enquirer* trouvera la source avant qu'une des huiles de la direction crache un nom. Surtout cette mauviette de Tigler qui devra d'abord commencer par trouver ses couilles. C'est pas facile comme boulot pour un procureur eunuque, dit Manny. Alors, quels sont les dégâts ?

– D'après ce que j'ai pu savoir, dit Dominick, Valle a plus ou moins traité Gracker de gros con et lui a dit d'aller se faire voir tant qu'il n'avait pas un mandat signé par un des nombreux juges fédéraux de Miami, rétribués par Valle en personne. Ou par un des nombreux juges fédéraux élus grâce à la très généreuse contribution de Valle. Sur ce, il a foutu Gracker et ses amis à la porte de son appartement ultrachic de SoBe.

– Ouille ! fit Manny en ricanant. J'aurais aimé être là pour voir ça. Je parie que le crâne chauve de Gracker est devenu cramoisi.

Tout le monde regarda l'Ours d'un air étonné.

– La différence, les gars, c'est que moi, je perds pas mes cheveux, je les rase, précisa Manny en massant son crâne lisse.

Dominick hocha la tête, sceptique.

– Bref, reprit-il, en seulement cinq minutes, ce connard a réussi à bousiller toutes nos chances d'interroger Roberto Valle de manière informelle.

– Et maintenant, Dom ? demanda Manny.

– Elijah Jackson dirigeait le Maniac dans Collins Avenue, la boîte de nuit de Valle où Lindeman avait bossé plusieurs fois l'an dernier, en dehors de son service. Il n'avait aucune expérience dans ce domaine, il faisait juste ça le week-end, mais il était pote avec les bonnes personnes. J'ai nommé Fat Mack, un caïd de l'ancienne bande de boy-scouts de Jackson lui-même, le BB Posse, dont les membres ont été inculpés, collectivement, au cours de ces trois dernières années, pour avoir dealé plus de deux cents kilos de cocaïne. Jackson lui-même a été inculpé trois fois pour possession de drogue, et une fois pour revente. Une condamnation et trois non-lieux. Avant de casser sa pipe, il fanfaronnait en affirmant que le Maniac rapportait plus de trois millions par an. Je suis peut-être cynique, mais j'ai le sentiment que Jackson était surtout payé pour ce qu'il faisait en douce.

– Il n'y a pas une loi qui interdit aux propriétaires de débits de boissons d'employer des anciens détenus ? ajouta Manny. Si elle n'existe pas, il faudrait la créer.

– Jackson n'a jamais été véritablement condamné, précisa Marlon.

– Il fourguait de la came ? demanda Manny.

– Trois millions, ça fait un sacré paquet de fric. Et ce fric a peut-être besoin d'un bon bain, répondit Dominick. Le blanchiment d'argent sale, ça marche avec le trafic de drogue. Et, bien entendu, c'est un truc qui rapporte.

– Voilà pourquoi ils te payent une fortune, Dommy. Tu as l'âme d'un malfaiteur. Si tu dis vrai, Valle frotte pas mal de savon sur le dos d'un bon paquet de Colombiens en ville.

– Ses six night-clubs et ses trois hôtels lui ont rapporté plus de quatre-vingts millions l'an dernier.

Manny laissa échapper un sifflement.

– D'où tu sors ce chiffre ?

– Il n'y a pas que dans la police de Miami qu'il y a des fuites ; les fédéraux ont des grandes gueules eux aussi. Figure-toi que j'ai un pote au FBI, et il me doit un service. En jetant un coup d'œil sur la déclaration de revenus de Valle pour 2001, je me suis aperçu que j'étais gravement sous-payé.

– On peut savoir ce que la police de Miami a fait de toutes ces infos sordides pendant douze jours, depuis qu'Elijah leur a livré Valle sur un plateau ? demanda Fulton.

– Ils ont fait des réunions, puis d'autres réunions pour parler des réunions, avec Maus, la municipalité, les AI et les grands chefs, afin de décider ce qu'il fallait faire.

– Autrement dit : rien, conclut Chris Masterson.

– Exact, dit Dominick.

– C'est-à-dire aucune surveillance de Lindeman ou de Valle ? demanda Matt Lobelsky, un inspecteur de la police du MDPD.

– Ils allaient s'en occuper. Mais on n'a pas songé à établir un lien avec les meurtres de Veste Noire car personne ne voulait dévoiler son jeu avant qu'une énorme arrestation fasse la une des journaux dans tout le pays. Les AI de Miami n'ont jamais songé à nous signaler qu'un autre flic ripoux bossait en dehors de ses heures de service. C'est ce qu'ils disent, du moins.

– Quatre-vingts millions, ça fait beaucoup de *dinero*, dit Manny. Si Valle gère plusieurs laveries automatiques, je parie qu'il possède quelques clients reconnaissants. À moins qu'il fourgue la came lui-même et qu'il apporte un petit bonus que Fat Mack et ses potes peuvent aller chercher au port pour le distribuer aux nécessiteux.

– C'est possible. Mais pour reprendre l'expression consacrée, dit Dominick, je pense que Valle rend des comptes à une autorité bien supérieure. Les night-clubs sont des laveries idéales et il y a dans ce monde des gens puissants qui ont énormément de linge sale.

– OK. En supposant que Chavez, Angelillo et Lindeman jouaient les gros bras et savaient ce qui se passait, pourquoi Valle les aurait-il fait tuer, au risque d'attirer l'attention ? Quel est son intérêt ? demanda Marlon.

– Ces trois flics bossaient dans différents night-clubs de Valle. Le Maniac et La Place étaient sous la coupe d'Elijah Jackson et de ses ex-potes du BB Posse. Mais le

Channel est un des lieux favoris de Ricardo Brueto. Du moins, ça l'était jusqu'à ce que son copain Victor Chavez cesse de venir travailler, dit Dominick.

– Je vois où tu veux en venir. Le leitmotiv du capitalisme conquérant : éliminer la concurrence, dit Chris.

– Autrement dit, LBJ a buté Chavez pas uniquement parce que c'était un sale con qui lui devait de l'argent, mais pour que le BB Posse puisse s'installer au Channel et éjecter les Kings, c'est ça ? demanda Manny.

– Le Channel a rapporté presque cinq millions l'an dernier. Le prix à payer pour fourrer tout ce fric dans la machine à laver atteint facilement les sept chiffres et la part versée au Posse représenterait un joli bénéf. Suffisant pour tuer quelqu'un. Et là, on parle uniquement du Channel. Brueto a trois autres clubs dans sa poche, avec quelques noms ronflants à la solde de Valle, théorisa Dominick.

– On en revient à une guerre de territoires entre gangs ? demanda Manny.

– Financée par un gros poisson, ajouta Chris.

– Et je pense que ce gros poisson vit dans l'estomac d'une énorme baleine, dit Dominick.

– Précisément ?

– Chris et Jimmy sont des experts dans le domaine des stupéfiants. Et d'après eux, seuls deux noms viennent à l'esprit.

– Attends, laisse-moi deviner. Cali et Medellin. Les cartels financent une guerre. Oh, putain…

Marlon émit un long sifflement. Il avait travaillé à la Criminelle de Miami Beach pendant dix ans, et si la drogue jouait un rôle dans la plupart des affaires sur lesquelles il avait enquêté – parce que l'accusé ou la victime était acheteur ou vendeur – les cartels n'étaient pas un facteur déterminant dans la plupart de ses équations. Jamais, à vrai dire. Ce type d'affaires revenait aux fédéraux : FBI, CIA, DEA, Douanes. Et c'était tant mieux car la guerre de la drogue pouvait devenir malsaine.

– Depuis l'élimination de Pablo Escobar, Medellin, c'est fini, dit Chris. Cali est menacé d'extinction et pourrait bien connaître le même sort que les frères Ochoa. On a vu un changement dans la manière d'opérer des cartels. En 1997, la Colombie a fini par signer le traité d'extradition des États-Unis, et depuis, la peur d'être réexpédié a obligé les géants de la drogue à sous-traiter une partie du transport et du blanchiment pour minimiser les risques.

– Ils ont perdu le contrôle, ajouta Fulton, alors peut-être que quelqu'un a décidé que le moment était venu de lancer une OPA hostile.

– Le Cartel de la Vallée du Nord et Domingo Montoya font le forcing pour reprendre le flambeau abandonné par Escobar. Et avec l'aide des FARC, les révolutionnaires colombiens qui assurent la sécurité des plantations et du transport, Cali se maintient dans la partie, dit Chris.

– C'est un truc qui couve depuis longtemps, soupira Marlon.

– Ces cravates, ce n'était pas un geste au hasard, dit Chris. Les types des gangs n'apprennent pas ça dans la rue.

– Mais ça vient d'où ? Qui est le fournisseur ? demanda Manny.

– Ça, mes amis, c'est la question du jour, dit Dominick.

Il fit glisser sur la grande table plusieurs épaisses enveloppes en papier kraft portant la mention : IMPACT FLORIDE DU SUD – DOCUMENTS AFFAIRE SENSIBLE.

IMPACT était le nom d'une brigade spéciale interservices qui depuis dix ans travaillait uniquement sur les opérations de blanchiment d'argent et de trafic de stupéfiants en Floride du Sud, à partir d'un lieu tenu secret à Miami.

Dominick balaya la table du regard.

– Messieurs, dit-il, vous avez de la lecture.

29

– Je n'ai pas le temps en ce moment, voilà tout, Jerry, dit C. J. en regardant Tigler s'enfoncer un peu plus dans son fauteuil en cuir bordeaux. J'ai déjà un tas d'affaires sur les bras, m'occuper du dossier Veste Noire me demanderait trop de travail.

Elle avait répété son discours une centaine de fois pour être certaine d'avoir une bonne excuse à opposer aux supplications qui émaneraient à coup sûr du procureur.

– On peut vous donner du temps, C.J. On peut vous décharger de certains dossiers. Pourquoi ne confiez-vous pas l'affaire Frison à Bernie ? Apparemment, il n'a pas de quoi s'occuper. Ça fait un mois que je le vois partir à 16 h 30 tous les jours.

– L'affaire Frison est un triple meurtre dont le procès débute dans un mois. Je ne peux pas confier le dossier à quelqu'un d'autre.

Surtout pas à Bernard Hobbs, un collègue des *Major Crimes* qui, en vérité, partait tous les jours à 16 h 30 depuis beaucoup plus qu'un mois. Si Tigler l'avait dans le collimateur, c'était sans doute parce que quelqu'un lui avait montré une pendule en lui disant de regarder par la fenêtre pour voir la Honda Accord rouge de Bernie filer dans le soleil couchant en même temps que le flot de secrétaires dont la journée de travail se terminait précisément à 16 h 30.

– C.J., j'ai besoin de toute votre expérience pour gérer cette affaire. Je la confierai également à Andy Maus, mais je veux que vous collaboriez avec lui. Partagez votre temps. Je veillerai à ce que Guillermo ne vous donne pas de nouveaux dossiers pendant un moment.

– Jerry, je ne vous ai jamais dit non, mais cette fois-ci, je suis obligée.

Sa voix lui paraissait sèche et tendue. Elle avait déjà réfléchi à ce problème également : un acte d'insubordination pouvait avoir de graves conséquences. Tant pis. Elle ne pouvait plus s'occuper de cette affaire, attendre que son biper ou que son téléphone sonne pour lui annoncer un nouveau meurtre sauvage. Bien que les membres de la brigade spéciale aient établi un lien entre Roberto Valle, les cartels de la drogue et les flics corrompus, sa paranoïa persistait et elle n'avait pas envie d'arriver en premier sur les lieux du prochain crime en se demandant si cette boucherie masquait un visage qu'elle était censée connaître. Celui de Lou Ribero, par exemple.

Les échos assourdis d'une musique de Noël, provenant de la fête de fin d'année qui avait lieu en bas, s'insinuaient dans le silence pesant qui s'était installé entre eux. Finalement, Tigler fut le premier à réagir, en s'agitant dans son fauteuil.

– Soit, dit-il avec un soupir. Je sais ce que vous avez enduré, C.J. Et je me doutais bien que ce serait très pénible pour vous de vous occuper d'un autre cas de serial killer…

C'était un coup bas. C.J. sentit monter en elle un flot de colère, et l'envie de céder à la provocation. Elle se raidit au bord de son siège. Sans rien dire.

Tigler enchaîna :

– Mais vous êtes la meilleure. Vous êtes ma meilleure assistante, et je suppose que je dois respecter votre décision concernant la répartition de votre temps. Toutefois, si Andy a besoin d'aide, je compte sur vous. Il a parfois tendance à se focaliser sur un point précis et je ne tiens pas à ce qu'il conduise les gars de la brigade spéciale dans une impasse parce qu'un individu correspond à l'image qu'il se fait d'un suspect. L'opinion publique attend avec impatience une arrestation, mais je refuse qu'on lui jette un os à ronger pour l'apaiser. On ne doit commettre aucune bourde cette année.

Forcément. Tigler avait été réélu avec seulement six cents voix d'avance. Et beaucoup de gens – y compris dans son camp – attendaient les prochaines élections.

– Merci de votre compréhension, Jerry. Sur le plan émotionnel, tout va bien, précisa-t-elle froidement. Au niveau du planning, je suis prise à la gorge. Mais si Andy a besoin d'un coup de main, il sait qu'il peut venir me trouver.

Il y avait peu de chances que ça arrive : Andy et son ego démesuré n'iraient jamais jusqu'au bout du couloir pour réclamer de l'aide.

– Sur ce, je vous souhaite un joyeux Noël, C.J. Vous descendez à la fête ?

– Dans un petit moment. J'attends que quelqu'un commence à casser le matériel.

– Je vous verrai là-bas.

Elle sortit du bureau et prit l'escalier pour descendre au premier étage. Elle avait espéré qu'elle se sentirait plus soulagée en claquant la porte sur cette affaire.

La fête avait débordé des bureaux des *Major Crimes* pour se répandre jusque devant les ascenseurs. Telle une vague de froid, elle envahissait les couloirs des autres départements et, à 16 h 30, tout le bâtiment serait touché. Les saucisses à cocktail et les assiettes de petits gâteaux passeraient d'un service à l'autre, tandis que les initiés se rassembleraient dans les bureaux où l'on trouverait, caché dans les tiroirs, de quoi corser le punch.

C.J. aperçut Marisol, vêtue de la tête aux pieds de jean

stretch rose, près du classeur à roulettes qui avait été transformé en plateau à dessert et qui bloquait la porte du bureau de C.J. Avec son bonnet de Père Noël et un gros sapin clignotant épinglé entre les seins, il était difficile de ne pas la remarquer.

– Joyeux Noël, Marisol, dit C.J. en s'approchant de son bureau.

Le regard de la secrétaire se posa sur le paquet de dossiers que C.J. serrait dans ses bras et son visage se décomposa.

– Ne vous en faites pas, ce n'est pas pour vous, dit C.J. En fait, on s'en débarrasse. C'est Andy Maus qui va s'occuper de l'affaire Veste Noire et seconder la brigade spéciale. C'est le département d'Alyssa qui en hérite.

– Oh, fit Marisol et son visage flasque et rond se détendit.

– Joyeuses fêtes, alors. Je vous ai laissé quelque chose…

– Oui. J'ai vu. Merci, parvint à articuler Marisol, avec peine. (Elle lui fit un grand sourire, avant d'ajouter :) Moi aussi, j'ai quelque chose pour vous. C'est sur votre bureau.

C.J. espérait que ce n'était pas une bombe artisanale. La situation était tendue depuis que Marisol avait eu des ennuis avec son supérieur, quelques semaines plus tôt, pour avoir triché sur ses horaires de travail. Elle avait aussitôt soupçonné C.J. de l'avoir dénoncée, à tort.

– Eh bien, merci. Et si je ne vous revois pas, profitez bien de la Noche Buena, dit C.J. en écartant le plateau à dessert roulant pour ouvrir la porte de son bureau.

Noche Buena, le réveillon de Noël, donnait lieu dans la communauté cubaine de Miami à une grande fête dansante qui se prolongeait jusqu'à l'aube.

– Joyeux Noël, répondit Marisol, dont les hanches gainées de rose retrouvèrent le rythme de la musique.

Elle trempa un grand ongle pailleté dans son verre et

agita le doigt, avant de l'introduire dans sa bouche pour goûter le punch. Au moment où C.J. entrait dans son bureau, Marisol lui lança :

– Dites ! Vous savez si Manny Alvarez sera à la fête des avocats, ce soir ?

Après ces réjouissances relativement sobres avait lieu la fête de Noël organisée par le Bureau de l'aide judiciaire. Une fête qui, par le passé, avait brisé plus d'une carrière ou d'un mariage. La plupart des personnes présentes dans les locaux cet après-midi – policiers, avocats de la défense, procureurs et juges – ne se souviendraient même plus de leurs noms au petit matin. Ou bien, ils préféreraient ne pas s'en souvenir. Chaque année, pendant quelques heures, les ennemis les plus acharnés devant un tribunal devenaient les meilleurs amis du monde.

C.J. haussa les épaules, bien qu'elle connaisse la réponse. Manny était un des piliers de cette fête. D'ailleurs, c'était un de ces réveillons qui avait causé la mort de son mariage *numero uno*.

– Bon, peut-être que je le verrai là-bas, dit Marisol, songeuse.

C.J. hocha la tête et referma la porte, en se promettant d'appeler Manny pour le prévenir. Mais ça ne servirait à rien. Manny était attiré par les femmes à problèmes comme un diabétique par les pâtisseries.

Elle alluma les lumières et déposa rapidement les dossiers concernant Veste Noire dans une boîte en carton. Elle referma soigneusement le couvercle et la scella avec du ruban adhésif, puis elle inscrivit le nom d'Andy Maus en haut et la poussa dans un coin du bureau.

Une période de froid de trois jours, typique en ce mois de décembre, avait fait chuter les températures et on était passé d'un agréable 17 °C à un glacial 11 °C, et même 4 °C la nuit. Ce soir, le journal télévisé montrerait des images d'orangers et de massifs de fleurs emmitouflés pour lutter contre le gel. La sinistre perspective de récoltes et d'emplois détruits stimulerait le présentateur pendant cinq bonnes minutes.

C.J. prit son pardessus noir qu'elle sortait peut-être deux ou trois fois par an, et déposa ses deux cartons portant la mention ÉTAT DE FLORIDE CONTRE JOEY FRISON sur un chariot. Un triple meurtre sauvage qui avait débuté par la préméditation du meurtre de la petite amie de Joey, Denise Kopp, et s'était transformé en carnage quand la sœur de Denise et une amie l'avaient accompagnée au tribunal pour l'aider à obtenir une ordonnance de référé. Joey risquait maintenant la peine de mort pour avoir tué trois femmes d'une balle dans la tête, avec un fusil à canon scié, alors qu'elles attendaient à un feu rouge. C.J. passerait les fêtes à préparer son dossier pour être sûre qu'il n'en réchappe pas.

Elle se sentait très lasse. Débordée, fatiguée et, plus surprenant, effrayée par son travail. Elle ne faisait pas de miracles, mais elle connaissait son métier; elle savait présenter un dossier devant des jurés et leur dresser le tableau qu'ils devaient voir, en faisant se succéder les témoins et les preuves. Elle était devenue procureur pour être la voix de tous ceux qui n'en avaient pas, dans un système qui n'écoutait que ses avocats, un système qui se démenait pour protéger les droits constitutionnels des accusés, souvent au détriment des victimes. C.J.accomplissait son travail chaque jour, elle l'emportait chez elle le week-end et pendant les vacances; elle ne l'abandonnait jamais véritablement. Ses dossiers étaient toujours là, ils occupaient ses pensées dans les embouteillages, sous la douche ou sur la plage. Tel un général, son esprit formait sans cesse des plans de bataille afin d'envoyer l'ennemi en prison, et de faire en sorte qu'il y reste. Dans les affaires criminelles, tant que la sentence n'a pas été appliquée, le téléphone peut sonner à tout moment, et au bout du fil, un employé du ministère de la Justice peut vous annoncer la réapparition d'un vieux dossier. Même des années plus tard. Aucune affaire n'est jamais vraiment terminée. Elle demeure stockée pour toujours dans les recoins de votre esprit, comme dans un entrepôt, soigneusement empilée avec les autres. L'entrepôt de C. J. avait presque dépassé sa capacité de stockage. Et son désir de défendre les autres, de rendre service à la société, s'était émoussé. Ce qu'elle avait espéré changer dans ce monde se révélait bien minime, finalement.

Elle faisait tourner entre ses doigts le cadeau laissé par Marisol sur son agenda : une tasse à café noire, remplie de bonbons, et portant ce message de paix, en grosses lettres blanches : DERRIÈRE CE PATRON, IL Y A UNE SECRÉTAIRE ENCORE MEILLEURE. C. J. posa la tasse sur son meuble de rangement.

Puis elle se dirigea vers la porte, avec Joey Frison et son fusil à canon scié : sa lecture du soir pour le réveillon de Noël. Son fiancé était trop occupé à traquer un autre monstre pour lui tenir compagnie et l'aider à éliminer celui-ci. Ou du moins l'aider à le ranger dans un coin, où elle ne parviendrait jamais à l'oublier totalement.

30

La drogue. Ça se résumait donc à une histoire de drogue et de fric, et trois policiers en étaient morts. Dominick se massa les tempes. Quelle somme d'argent fallait-il pour détourner le regard ? Pour rudoyer deux ou trois personnes ? Quelques centaines de dollars par-ci par-là ? Une part du gâteau ? Quel était leur prix ? se demandait-il. Angelillo, Chavez, Lindeman ? Quel était le tarif pour trahir son insigne ?

Ils se disaient certainement que ça ne prêtait pas à conséquence. Après tout, c'était juste pour le fric. Je ne nuis à personne. Tout ce que j'ai à faire, c'est rester là en faisant mine d'être de leur côté. Demain, quand je reprendrai mon service, je coffrerai des camés. J'arrêterai le type qui tabasse sa femme et le looser qui fume du crack devant l'arrêt du car scolaire. Je ne fais pas vraiment partie de leur monde.

Assis dans sa voiture, Dominick continuait à se masser la tempe d'une main pour chasser un mal de tête lancinant, tandis que de l'autre, il pianotait sur le plastique dur du volant. En partie couvert par la musique de la radio, le dispatcher de la police débitait d'une voix grésillante accompagnée d'un bourdonnement, des informations et des appels d'urgence. La plupart étaient destinés aux policiers de la route qui partageaient la même fréquence et devaient se rendre ici ou là, à cette heure – 1 h 30 du matin – pour un conducteur en état d'ivresse ou un accident de la route. Sur un autre canal, des agents du FDLE en planque dans une maison de Florida City bavardaient avec des collègues chargés d'assurer la protection du gouverneur. Sur un autre canal encore, des agents du Bureau des alcools et armes à feu montaient une opération dans un bar de Pembroke Pines qui avait la réputation de servir de l'alcool à des mineurs. À mesure que la nuit s'installait, que la plupart des gens normaux allaient se coucher après avoir dîné en famille, s'éveillait un autre monde dont les affaires étaient plus florissantes dans l'obscurité. Et les flics qui les suivaient dans la nuit observaient, écoutaient et attendaient. Vêtus de tenues civiles qui sentaient le hamburger et le vieux café, ils discutaient et plaisantaient entre eux, tout en gardant leurs jumelles à infrarouge braquées sur des portes mal éclairées. Toujours à écouter, toujours à attendre qu'un coup de téléphone ou une conversation, au milieu des parasites du micro caché, les réveillent en sursaut, avec une décharge d'adrénaline. Ils hésitaient à cligner des paupières, à éternuer ou aller pisser, de peur de louper le truc : un suspect qui fichait le camp par une fenêtre, un échange, un geste qui prouverait la culpabilité du criminel. La nuit recelait bien des secrets, mais elle en livrait presque autant.

Dominick était arrêté dans Washington Avenue, les yeux fixés sur l'alignement de night-clubs très fréquentés qui bordaient cette rue de SoBe. En combinaisons-pantalons Versace et bodies Roberto Cavalli, la vie nocturne se déversait dans les rues, elle descendait des voitures de luxe en laissant de généreux pourboires. Il avait repéré quelques flics en uniforme qui bossaient en dehors de leur service, mais il savait qu'il y en avait d'autres à l'intérieur, qui se mêlaient, en toute illégalité, aux VIP et aux vedettes. Dominick avait la liste de tous les noms, et des établissements, sur le siège à côté de lui, car pour travailler ainsi, les flics devaient obtenir l'accord de leurs supérieurs. Mais même si sa voiture sentait le café rance et la graisse de fast-food, Dominick n'était pas en mission de surveillance.

S'il se trouvait là cette nuit, c'était parce qu'il était incapable de mettre cette affaire de côté, d'interrompre l'enquête et de reprendre une vie normale lorsque la pendule lui indiquait qu'il avait fini son service. Il ne s'était même pas rendu compte que cette obsession l'avait conduit ici, jusqu'à ce qu'il arrête la voiture et sirote son café.

La réponse était là, quelque part. Comme toujours ; il suffisait de savoir où chercher. Cette affaire ne faisait pas exception. Mais c'était pire. La Veste Noire. Le tueur de flics. Elle l'empêchait de dormir. Elle ne lui laissait aucune échappatoire. Elle ne cessait de hurler dans sa tête pour l'obliger à chercher des réponses, tout seul, dans la nuit.

Dominick pensait à son père. Quel était ton prix, papa ? Combien te fallait-il pour détourner le regard ? Est-ce que le jeu en valait la chandelle ? Il ferma les yeux un instant et posa sa tête contre le dossier du siège. Soudain, dans l'obscurité, il vit son père qui rentrait à la maison vêtu de son uniforme bleu, la nuit, avec son arme à la ceinture, et les menottes brillantes qui pendaient à côté d'un bâton noir et froid. Couché dans son lit, Dominick regardait danser au plafond les ombres de la fête qui se déroulait sur le toit, de l'autre côté de la ruelle ; il guettait le tintement des clés, le léger grincement de la porte, les derniers tours de verrous : son père rentrait de patrouille. Le linoléum fendu était froid sous ses pieds nus, Dominick passait à pas feutrés devant la chambre de ses parents, en direction de la cuisine où il savait qu'il trouverait son père assis avec sa Miller glacée et un paquet de Marlboro.

Les billets neufs, que son père serrait dans son poing,

bruissaient comme des murmures en frottant les uns contre les autres ; les grognements nerveux de son père étaient à peine perceptibles tandis qu'il les comptait en formant un petit tas bien net. À 12 ans, Dominick savait déjà qu'il était témoin d'une chose honteuse, mais il ne savait pas pourquoi ; l'atmosphère semblait différente. Il écoutait son père compter et recompter la petite pile de billets posée devant lui, comme si le total était forcément erroné, et il vidait sa Miller à grands traits en fumant cigarette sur cigarette. Après ce jour, Dominick n'attendit plus jamais le retour de son père.

Et maintenant, dans l'obscurité de sa planque, sous les lampadaires de SoBe, il s'obligea à ouvrir les yeux. Il chassa, pour un temps du moins, l'image d'un homme qu'il avait idolâtré jadis, et qu'il méprisait parfois. Il suivait du regard les gens qui traversaient Washington Avenue, qui grouillaient et essayaient de franchir les cordons rouges d'un club branché, à coups de supplications, de charme ou de billets de banque. Curieusement, il n'y avait plus aucun son, plus de musique, plus de murmures à la radio, pour remplir la voiture. Dominick n'entendait plus que cette voix familière et caverneuse qui hurlait dans sa tête pour réclamer une réponse qu'il ne trouverait jamais, à une question qu'il se poserait éternellement.

31

– *Cafecito*, demanda Rico au petit homme grassouillet derrière le comptoir.

Autour de lui résonnaient des mots en anglais et en espagnol, et l'odeur lourde des cigares restait suspendue dans l'air, étonnamment chaud et poisseux pour un mois de janvier. Des odeurs alléchantes de paella et de steak grillé s'échappaient sur le trottoir de la 8e Rue. Des hommes âgés, vêtus de leurs plus belles chemises guayavera étaient rassemblés par petits groupes dans le patio et devant la boulangerie voisine, pour savourer leur café et leur conversation. La même scène se déroulait dans n'importe quel autre établissement de Little Havana, mais aujourd'hui, Le Versailles avait été choisi pour une raison précise.

La voix s'éleva sur la gauche de Rico. Il ne se retourna pas.

– Tu viens toujours accompagné, partout où tu vas ?

Allusion à l'équipe de surveillance qui suivait Rico comme son ombre.

– Ces salopards me lâchent pas d'une semelle. Je peux rien faire ! pesta Rico.

Il savait qu'il ne devait pas se retourner, au cas où ces cochinos dans la Taurus garée un peu plus loin dans la rue, filmeraient les mouvements de sa bouche ou un truc comme ça. Putain, ils savaient sûrement lire sur les lèvres. Pas question de merder maintenant. L'enjeu était trop élevé.

– On n'est pas ici pour parler de toi, dit l'homme sans accent. On a reçu de la visite.

– Oui, il paraît.

Rico déglutit difficilement.

– Ces événements…

L'homme s'interrompit, sachant qu'il pouvait y avoir des micros paraboliques cachés n'importe où, dans n'importe quoi. Les flics étaient parfois très inventifs, avec ou sans mandat, et il devait choisir ses mots avec soin.

– Ces événements ont attiré l'attention. On s'inquiète. Des langues se sont déliées.

– C'est réglé, dit Rico.

Il savait avec certitude qu'Elijah Jackson ne dirait plus rien. Quelqu'un y avait veillé en le balançant dans ce putain de fleuve pour filer à bouffer aux poissons. Voilà qui facilitait la tâche de Rico. Que les gars du Posse s'entretuent pour des questions de territoire, ça lui évitait des ennuis et ça lui faisait gagner du temps.

– Tout le monde a envie de devenir un héros, dit l'homme. D'autant que c'est tentant.

Les autorités offraient une récompense de cent mille dollars en échange d'informations sur les meurtres commis par Veste Noire. C'était sur tous les panneaux d'affichage des quartiers les plus mal famés de Floride du Sud. Une telle somme poussait parfois les gens à trop parler.

– Pas de mon côté, dit Rico, nerveusement, en vidant son verre d'un trait. (Il sortit une cigarette et l'alluma très vite. Toujours sans se retourner.) L'argent fera parler personne. J'y veillerai.

– On a des doutes. C'est une sacrée motivation. (La voix se tut de nouveau.) Plus rien ne rentre, Rico. La source se tarit et personne n'aime ça. Tout le monde souffre depuis l'apparition de cette Veste Noire. On a besoin d'une offre de paix. Réglons cette affaire une bonne fois pour toutes.

Rico déglutit ; il savait ce que le type allait lui proposer.

– Ça va venir, ça va venir. Mais si vous pensez à… (Rico regarda autour de lui.) Putain… Ça risque d'être difficile.

– Pas tant que ça. Tu vas retrouver ce président mort, Rico, pour nous. Tu lui adresseras nos remerciements et nos salutations. Si tu fais ça, c'est deux fois la somme offerte par le clebs.

Allusion au chien policier qui figurait sur les affiches promettant une récompense.

Rico se voyait offrir deux cent mille dollars pour la tête de LBJ, porté disparu.

– OK, OK, je peux m'en occuper, répondit-il au bout d'un moment. Mais je sais pas où il est. Personne le sait. Il se cache comme un sale trouillard de merde et les frères veulent pas le dénoncer.

– Nul n'est intouchable. Souviens-toi de ça, Rico. Attends le coup de fil. Toi seul dois t'en occuper. Compris ?

– Il risque pas de bouger ?

– Ne t'en fais pas pour ça. Attends de recevoir l'appel. Demain ou l'année prochaine. Tu feras ce qu'on te dit.

– D'ac', dit Rico.

– Oh, au fait, Rico. Le moment venu, n'amène pas tes amis avec toi, dit la voix en faisant référence à la Taurus qui s'était avancée lentement dans la rue.

Puis l'homme disparut au milieu de la foule, laissant Rico seul au comptoir.

32

L'homme attendait dans l'ombre de l'escalier gris, en s'efforçant de ne pas respirer l'odeur de vieille pisse, de vomi et de bière rance. Trois étages plus bas, les lumières éclatantes et les scintillements des néons de South Beach s'étendaient devant lui. À cette heure tardive, le parking de la 13e Rue était vide, depuis longtemps déjà, car il servait à accueillir les véhicules des personnes venues faire des courses ou se promener dans Washington Avenue durant la journée. Il avait vérifié qu'aucun indésirable ne traînait dans les nombreux recoins sombres des différents étages, pour cuver son vin ou tirer un coup vite fait avant de retrouver sa femme et ses enfants à la maison. Seule une voiture était stationnée au dernier étage du parking, sur le toit. Son moteur tournait au ralenti et le système de climatisation produisait des gouttes qui coulaient sous son ventre et formaient une flaque à l'aspect huileux qui s'élargissait rapidement. La voiture était arrêtée face à Ocean Drive et aux rivages de Miami Beach, les vitres étaient hermétiquement closes pour repousser la nuit et le conducteur qui avait la tête ailleurs ignorait ce qui l'attendait dans l'obscurité de l'escalier, à quelques mètres de là.

Quelle ironie. Cet ego démesuré grâce auquel un flic pouvait obtenir une médaille en récompense de sa bravoure pouvait tout aussi bien servir à planter les clous dans son cercueil. Il le poussait à enfoncer des portes à coups de pied pour libérer des otages, mais il lui disait également qu'il était invincible, insensible aux projectiles et aux couteaux, quel que soit le nombre d'enterrements auxquels il avait assisté. Cet état d'esprit du genre « Ces salopards ne m'auront pas » permettait à un flic de tenir jusqu'à la fin de son service, et durant les vingt années suivantes. Il ferait de lui un inspecteur ou un sergent, et c'était encore cet état d'esprit qui l'attirait ici, seul, dans un parking désert, un samedi soir, tard, pour remplir de la paperasse. Ils le faisaient tous, au milieu de leur service, c'était comme un défi muet lancé aux recommandations de la hiérarchie et à leurs propres peurs. C'est pas un sale camé qui m'obligera à changer ma routine, à changer de vie. Aucun fils de pute ne réussira à me faire fuir ou à me flinguer. Qu'il essaye pour voir ! Je l'attends…

L'homme émergea des ombres de l'escalier en respirant les odeurs d'océan et d'huile solaire qui continuaient à flotter dans l'air de la plage, même en pleine nuit. D'un pas assuré, il se dirigea vers la voiture de patrouille, pour relever le défi silencieux lancé par l'homme assis au volant.

« À votre tour, sergent », se dit le monstre en caressant la lame dans sa poche de veste.

Il tapota à la vitre et, avec un sourire, il se présenta.

33

Plus que huit ans. Encore huit ans et il ne serait plus obligé de se taper cette merde toutes les nuits. Une merde qu'il aimait et qu'il haïssait. Désormais ça n'avait même plus d'importance, et pour la première fois de sa carrière, Lou Ribero commençait à compter le temps. Le temps qui restait jusqu'à la fin de son service. Le temps qui restait jusqu'à ce qu'il doive retourner bosser. Jusqu'à ce qu'il soit débarrassé de ce putain de boulot. Avant, il pensait qu'il ferait ça pour toujours, peut-être même qu'il passerait l'examen d'inspecteur et qu'il deviendrait capitaine. Qui sait ? Son épouse voulait aller vivre à Mount Dora et faire les antiquaires pour le restant de sa vie, et il s'était dit : « Peut-être que ce serait bien de finir comme ça. Prendre sa retraite après vingt ans passés dans la police de Miami Beach et s'engager comme capitaine dans la police de Mount Dora, qui se composait de six hommes. Là-bas, ses seules préoccupations seraient de verbaliser les automobilistes mal garés et de vérifier la validité des cartes de crédit des gens qui achetaient des antiquités. Mais au moins, il serait toujours flic, même si la paye était moins bonne et les crimes moins intéressants. Il ferait toujours partie de ce monde. »

Mais maintenant… maintenant, c'était différent. Tout était différent. Il avala un morceau de son sandwich au rosbif et but une grande gorgée de Coca, tout en déplaçant le curseur sur l'écran de son ordinateur portable pour commencer à rédiger un nouveau rapport détaillé, dans la faible lumière du plafonnier de la voiture de patrouille. Son ulcère grandissant menaçait de lui perforer les intestins et il se massa le ventre pour essayer d'atténuer la douleur. Même les cachets n'étaient plus efficaces pour combattre le stress. Depuis plusieurs semaines, la tension au sein de la police, provoquée par cette histoire de Veste Noire, était si forte qu'on avait parfois du mal à respirer. Désormais, tout devait être noté et signalé, à chaque seconde. La pression pour arrêter ce type était énorme ; il fallait découvrir ses motivations, éliminer les flics qui ne marchaient pas droit, s'en prendre à ceux qui étaient les victimes car le problème devait venir de là, forcément. Si on les avait pris pour cibles, ce n'était pas sans raison. Travailler en dehors de son service, ce n'était pas bien ; les flics se faisaient acheter.

Ça le rendait dingue, cette manipulation médiatique et l'indignation hypocrite de l'opinion publique. Car il fallait bien l'avouer, les gens ne voulaient pas savoir comment on s'y prenait pour arrêter les méchants. Faites-le, c'est tout. Trouvez le meurtrier, obtenez ses aveux, nettoyez les rues, débarrassez-nous des camés, mais surtout, ne nous dites pas comment, ça pourrait être moche. La hiérarchie récitait le règlement, mais tout le monde savait ce qu'il fallait faire une fois le briefing terminé. En tant que sergent, Lou lui-même avait débité ce sermon.

Il avait fait son boulot pendant douze ans, en se foutant pas mal de la presse, des gauchistes au cœur tendre de l'ACLU ou de ces imbéciles hypocrites qui écrivaient des éditoriaux dans les journaux. Ça ne l'avait jamais empêché de dormir la nuit. Évidemment, il n'approuvait pas les types qui se laissaient soudoyer. Ça, c'était différent, c'était une connerie. Et s'il s'avérait que Chavez et Lindeman étaient des ripoux qui s'en foutaient plein les poches, même s'ils ne méritaient pas de se faire buter, il fallait que la vérité éclate. Le seul problème, c'était que Lou Ribero ne pensait pas qu'on les avait liquidés pour cette raison.

Il avait parlé avec cette femme procureur à l'enterrement de Sonny. Elle aussi savait, même si elle n'avait rien dit. Elle avait été incapable de sortir un mot, à part « Désolée ». Ça voulait dire quoi, ça ? Désolée ? Elle avait établi le rapprochement, comme lui, et elle crevait de trouille. Mais pourquoi ? Elle avait peur pour elle ? Pour lui ? Peur de se faire prendre ? Peur de perdre son boulot si le secret était dévoilé au grand jour ? Ou peut-être craignait-elle que ce dingue de Vorace soit relâché si quelqu'un d'autre établissait le lien entre Chavez et Lindeman ?

Lou n'avait pas oublié les gros titres des journaux à l'époque ; il se souvenait qu'il avait fallu attacher et bâillonner ce sale pervers durant son procès ; les policiers avaient dû le maîtriser pendant qu'il jurait de tuer le procureur, qu'il affirmait l'avoir violée et l'accusait de l'avoir piégé avec l'aide de la police. Tout ça, c'était du pipeau. Ce salopard était coupable. Lou n'avait pas oublié non plus le cadavre de la fille, Anna Prado, fourrée comme un tapis dans le coffre de la Jag de ce type, les yeux écarquillés, le cœur arraché. C'était une image qu'on n'oubliait pas. Et un cadavre, ça ne rentre pas tout seul dans un coffre. Il faut que quelqu'un l'y dépose. Peut-être que l'interpellation n'était pas très réglementaire, mais ce n'était qu'un détail technique, une connerie. La fille assassinée était bien dans le coffre et ce type était bel et bien coupable, nom de Dieu ! Même s'il était encore possible de douter, il y avait tous ces cœurs, les cœurs de toutes ces filles mortes, que les enquêteurs avaient retrouvés par la suite, avant d'établir le lien avec

Bantling. Ce n'était pas une coïncidence. Ils avaient fait ce qu'il fallait, finalement.

Durant ces trois années, Lou Ribero n'avait jamais regardé en arrière. L'affaire du Vorace était un exemple parmi d'autres où la vivacité d'esprit avait permis d'éviter une issue regrettable. Mais aujourd'hui… voilà que quelqu'un l'obligeait à se retourner, à s'interroger, à ramener ça chez lui. Et chaque jour, nom de Dieu, à chaque instant de ce putain de travail, Lou pouvait uniquement se demander : pourquoi ?

Les petits coups frappés à la vitre l'arrachèrent brusquement à ses troublantes pensées. Instinctivement, sa main jaillit vers le Sig-Sauer P-226 fixé à sa ceinture, mais en voyant le visage familier qui lui souriait, il se détendit et déverrouilla sa portière.

34

Dominick fonça à toute allure sur la 395, puis sur la voie express McArthur, sirène hurlante et gyrophare allumé. Les gigantesques yachts ancrés dans le port de Miami et les lumières du centre-ville défilaient comme des taches floues sur sa droite. Un horrible sentiment de déjà-vu s'insinuait dans ses pensées.

Des voitures de police étaient déjà alignées dans Washington Avenue. Les gens qui sortaient des night-clubs étaient rapidement entraînés à l'écart ; ils lançaient des regards curieux autour d'eux pour essayer de voir d'où venait cette agitation. Leurs yeux finissaient par se poser sur le dernier étage du parking découvert qui explosait dans une masse de clignotements bleus et rouges et de lumière blanche. Dominick dénombra dans le ciel pas moins de cinq hélicoptères ; leurs projecteurs balayaient les rues en tout sens ; on se serait cru à Las Vegas pour l'inauguration d'un casino. L'hélicoptère du MDPD tentait de les chasser et d'empêcher leurs caméras de filmer la scène qui se déroulait sur le toit, en dessous.

Les experts du laboratoire prélevaient les empreintes dans l'ascenseur, alors Dominick emprunta l'escalier en gravissant les marches deux par deux et en se faufilant au milieu d'autres techniciens qui photographiaient et filmaient chaque palier, sous tous les angles possibles.

Enfin, il déboucha au dernier étage du parking. Une vingtaine de voitures de police, au moins, étaient stationnées là, n'importe comment. Une ambulance et un camion de pompiers attendaient à proximité, avec leurs lumières allumées, mais on n'avait pas besoin d'eux. Une voiture de patrouille était arrêtée à l'écart ; les vitres semblaient peintes en noir, de l'intérieur. Seule la portière du conducteur était ouverte et un épais drap blanc pendait sur l'asphalte.

Des talkies-walkies et des radios de bord crépitaient autour de lui. Les policiers présents envoyaient et recevaient des rapports concernant le vaste périmètre installé tout autour du parking, dans l'espoir de prendre au piège le meurtrier s'il se trouvait encore dans les parages. Cette énergie frénétique confinait au chaos. Les sergents et les lieutenants de différents services aboyaient des ordres à leurs hommes. Mark Gracker, qui venait juste d'arriver sur place apparemment, aboyait lui aussi des ordres aux agents du FBI qu'il avait amenés avec lui.

Manny et Ted Nicholsby bavardaient avec trois types portant l'uniforme de la police de Miami Beach, dont deux qui semblaient avoir pleuré. Le troisième avait l'air mal en point et Dominick remarqua des traces de vomi sur le bout de ses chaussures noires. Manny regardait en direction de Gracker et Dominick devinait que l'Ours avait envie de le tuer, peut-être en le balançant du toit pour le jeter en pâture aux loups affamés dans la rue, tous ces gars en uniforme, qui, à cet instant, se feraient un plaisir de dévorer un connard, n'importe lequel.

Dominick se dirigea aussitôt vers la voiture de patrouille solitaire, celle dont personne n'osait s'approcher. Les vitres peintes luisaient comme si elles étaient mouillées. Avec ses mains gantées, il souleva le drap et eut un mouvement de recul.

– Nom de Dieu, murmura-t-il.

– C’est moche, Dom, dit une voix dans son dos. (C’était Marlon ; il paraissait salement secoué.) On a installé des barrages sur dix pâtés de maisons et la police de la route bloque…

– C’est quoi, ce bordel ? brailla Dominick d’une voix tremblante en contemplant le spectacle à ses pieds. C’est quoi, ce bordel ?

– Ça ressemble aux autres…, dit Marlon, mais Dominick lui coupa la parole.

– Où est Chris ? Où est Masterson ? demanda-t-il.

Son regard scrutait fiévreusement l’agitation sur le toit.

– Il est là. Je vais l’appeler.

C’est alors que Dominick la vit. C.J. était debout dans un coin, seule, près de l’escalier. Malgré les lumières écarlates qui balayaient son visage, il remarqua combien elle était pâle. Les bras serrés autour de la poitrine, elle fixait la voiture de patrouille derrière lui, d’un regard vide.

Qu’est-ce qu’elle foutait ici ?

Il marcha vers elle, tout en cherchant, au milieu de la marée d’uniformes, Andy Maus, l’adjoint du procureur, mais il était introuvable.

– Dom ? Marlon m’a dit que tu voulais me voir.

Chris Masterson venait de surgir devant lui.

– Qu’est-ce qui s’est passé ici, nom de Dieu ?

Chris se tourna vers la voiture de patrouille.

– C’est un sergent de Miami Beach. Louis Ribero, 36 ans.

– Mais qu’est-ce qui s’est passé ?

– Apparemment, c’est le même tueur. En tout cas, c’est encore une cravate. On lui a tranché la gorge et on a tiré sur la langue pour…

– Et ses yeux ? Qu’est-ce qu’on lui a fait aux yeux ? (La voix de Dominick était presque un cri.) Qu’est-ce que ce dingue veut nous dire ? C’est toi, le spécialiste, bordel ! C'est quoi, ce putain de message ? Qu'est-ce qu'il veut ?

– On lui a arraché les yeux. À en juger par la quantité de sang, c'était peut-être avant sa mort. Je ne peux pas te dire avec certitude quel est le message, mais à cause de la cravate et des liens probables avec les cartels, je pense que ce type avait vu quelque chose. Une chose qu'il n'aurait pas dû voir.

– Et maintenant, il ne risque plus d'en parler.

C.J. les avait rejoints, mais elle gardait les yeux rivés sur la voiture. Sa voix était lointaine, éteinte.

– Ça va ? lui demanda Dominick en ôtant son coupe-vent du FDLE pour le poser sur ses épaules.

L'air était doux et pourtant, elle semblait frigorifiée. Chris, lui, paraissait gêné, comme s'il avait interrompu un moment d'intimité, et il recula de quelques pas en reportant son attention sur un des experts du laboratoire qui avait commencé à photographier la voiture.

– Qu'est-ce que tu fais ici ? demanda Dominick après le départ de Chris.

C.J.. avait une tête effroyable. Il savait qu'elle ne voulait pas s'occuper, de près comme de loin, de l'affaire Veste Noire ; elle ne voulait même plus en parler avec lui depuis qu'elle avait demandé à être retirée de la brigade spéciale.

– Tu n'es plus sur cette affaire, dit-il. Où est Maus, bordel ? demanda-t-il en regardant derrière elle.

– On m'a bipée, dit-elle à voix basse.

– Hein ? Qui ?

– Je ne sais pas. J'ai rappelé le numéro qui s'affichait et je suis tombée sur la Criminelle de Miami Beach. Quand j'ai demandé qui m'avait appelée, personne n'en savait rien. L'inspecteur qui m'a répondu m'a dit que tout le monde avait été mis en alerte à la suite d'un nouveau meurtre commis par Veste Noire, signalé par un appel au 911.

– C'est sûrement un gars de la Criminelle. Tu es de garde cette nuit ?

– Non, justement. Pas cette semaine. C'est Gail Brill. Et ce n'est pas le biper de la Criminelle qui a sonné. Je ne l'ai même pas avec moi.

Dominick ne comprenait plus.

– Apparemment, quelqu'un tenait à me prévenir, dit C.J. d'un ton las en passant la main dans ses cheveux.

Ses yeux se détachèrent enfin de la voiture de patrouille pour se lever vers lui, et à cet instant, Dominick vit qu'elle n'était pas juste apeurée, elle était terrorisée.

– Dominique, j'ai reçu l'appel sur mon portable.

35

– Voilà qui est intéressant : il s'est servi d'un couteau différent pour la gorge. Celui-ci était en dents de scie et fortement recourbé à l'extrémité, là où la lame rejoint le manche. À mon avis, messieurs les inspecteurs, vous devez, selon toute vraisemblance, rechercher un couteau de chasse, déclara le Dr Joe Neilson, dont l'haleine embuait la visière en plastique transparent qui protégeait son visage.

Son nez se contracta plusieurs fois, comme s'il allait éternuer. Puis, après quelques clignements de paupières rapides, il reporta son attention sur le corps nu allongé sur une table en acier disposée le long d'un grand évier en inox.

– Un couteau incroyablement tranchant et efficace. Nous retrouvons ici les mêmes caractéristiques que chez l'agent Chavez, reprit-il avec un sourire.

Apparemment, son nez avait cessé de le démanger. Son visage et sa règle en inox disparaissaient presque à l'intérieur de la gorge déchiquetée de Lou Ribero.

– Regardez, dit-il sans lever la tête, tout en faisant signe aux spectateurs d'approcher, avec ses doigts recouverts de latex ensanglanté. Les plaies se chevauchent. Le premier coup a simplement tranché la jugulaire et la trachée. Les taches dans les poumons indiquent que cet homme s'est noyé dans son sang. Là encore, ce chevauchement des entailles semble volontaire. La deuxième a été plus douce, d'une oreille à l'autre, sans aucune trace d'hésitation.

Dominick, Manny et C.J. étaient rassemblés dans le laboratoire du médecin légiste du comté de Miami-Dade, une pièce entièrement carrelée de faïence blanche. Britney Spears gazouillait en fond sonore et l'endroit sentait le café, le désinfectant et la mort ; une odeur, C.J. le savait bien, qui ne quittait jamais ces murs, tapie dans les chambres froides ou dans les tissus humains découpés en tranches et placés dans des sacs en plastique thermocollés à l'intérieur des dossiers à côté des radios et des certificats de décès.

En temps normal, les assistants du procureur n'étaient pas tenus d'être présents lors des autopsies, même s'ils étaient de garde, mais l'affaire Veste Noire n'était pas un dossier ordinaire. Malheureusement, Andy Maus qui s'était absenté pendant un week-end de trois jours pour assister au baptême de son neveu à Tampa, à l'autre bout de l'État, ne serait pas de retour avant quatre ou cinq heures. Jerry Tigler avait refusé d'envoyer Gail Brill, chargée pourtant de le remplacer. Sans doute était-il secrètement soulagé, C.J. en était convaincue, qu'une personne du MDPD ait eu la bonne idée de la prévenir avant lui. Impossible de protester dans ces conditions, à moins qu'elle soit prête à démissionner sur-le-champ, par téléphone. Alors elle était restée sur place, à quelques mètres seulement de la voiture de patrouille, dont les lumières continuaient de clignoter devant la toile de fond des immeubles, pour répondre aux questions d'ordre juridique.

Tigler l'avait également informée qu'elle devait assister à l'autopsie. Après quoi, supposait-elle, il avait raccroché et était retourné se coucher. Voilà pourquoi elle était là, le plus près possible de la sortie sans que cela soit trop visible, les bras noués autour de la poitrine, observant cette scène macabre d'un air faussement détaché. Elle était prise au piège ; elle assistait à l'autopsie d'un homme qui avait été assassiné, peut-être à cause d'elle, lui disait son esprit effrayé et paniqué.

« Allons, ma chérie, lui avait dit Dominick, quelqu'un de la Criminelle de Miami Beach s'est sans doute souvenu que tu étais la première assistante du procureur affectée à l'affaire Veste Noire. Ils ont eu ton numéro de portable par Nicholsby ou dans le Rolodex de Dorsett, ou par ta secrétaire, ou alors ils l'avaient déjà. Peut-être que celui qui t'a réveillée à 3 heures du matin est gêné de s'être trompé de personne et n'ose pas dire que c'est lui. Tu ne peux pas continuer à voir des fantômes partout, mon amour. »

Si elle ne donnait pas davantage d'explications, elle passerait pour une paranoïaque. Mais il n'y aurait pas davantage d'explications. Elle avait insisté alors pour se rendre toute seule au laboratoire du légiste et elle avait quitté le toit du parking bien avant que Dominick ait l'occasion de jouer les protecteurs. Elle avait sauté dans sa voiture pour prendre la direction d'une nouvelle tragédie qui se préparait. Les questions pressantes et le regard doux de Dominick exigeaient des réponses qu'elle ne pouvait pas lui donner. Maintenant, elle savait qu'il était en colère après elle ; il l'avait évitée quand ils s'étaient retrouvés à l'accueil au rez-de-chaussée, et depuis que l'autopsie avait débuté, il refusait de la regarder. La vérité, c'était qu'elle avait besoin d'être seule, non pas par goût, mais par nécessité. Elle craignait que, poussée par l'envie de libérer sa conscience, elle entraîne à son tour Dominick dans ce complot.

Dominick prenait des notes pendant que Neilson se déplaçait autour du cadavre de Ribero pour pratiquer des incisions, mesurer ceci ou cela et peser des organes, tout en marmonnant dans sa barbe, avec une excitation perceptible. Manny, le teint livide, recula d'un pas et frotta encore un peu de Vicks Vaporub sous ses narines. Il adressa un petit rictus à C. J. et mima un cercle avec son index au niveau de sa tempe. Le Vicks faisait briller les poils argentés de sa moustache sous les néons.

– Et les yeux ? demanda Dominick.

– Ça s'est produit avant la mort, sans le moindre doute. À cause de l'hémorragie. S'ils avaient été arrachés après la mort, il y aurait eu moins de sang au niveau des incisions. À priori, ce pauvre gars est entré en état de choc. (Neilson marqua un temps d'arrêt pour réfléchir.) Espérons-le.

Puis il retrouva son enthousiasme :

– Regardez ça !

D'un doigt, il sondait l'orbite vide de Ribero, pendant qu'avec l'autre main, il leur faisait signe d'approcher pour mieux voir. Là encore, il n'y eut aucun volontaire. Joe Neilson était plus enthousiaste que la plupart des autres légistes et il fallait avoir travaillé avec lui plusieurs fois pour savoir ce qui méritait vraiment la peine d'être observé. Depuis dix ans, Manny et Dominick l'avaient suffisamment pratiqué pour savoir qu'ils pouvaient rester où ils étaient en l'occurrence.

– Pour les yeux, le meurtrier a utilisé une lame très lisse… regardez la manière dont le nerf optique a été tranché ! Concernant la largeur, je dirais qu'on a affaire à une lame de deux à trois centimètres mais ce ne sont que des suppositions. Impossible de déterminer la longueur. Un scalpel, peut-être, mais ça m'étonnerait. Un couteau suisse peut-être.

– Excusez-moi, docteur, dit l'homme en blouse verte perché en haut d'un escabeau au-dessus du corps nu de Lou Ribero. Avec un Minolta à la main.

– Oh, pardon !

Neilson recula légèrement, sans lâcher la règle enfoncée dans l'orbite vide et noire. Un éclair blanc explosa sur le visage de Ribero.

– On enverra les clichés au labo du FDLE à Tallahassee. Rieck est un spécialiste des marques de couteaux, dit Dominick.

– Quantico possède aussi d'excellentes installations, dit Neilson. Je sais que…

– C'est une enquête locale. On s'en occupe, dit Dominick.

Son ton indiquait clairement que le sujet ne souffrait aucune discussion.

– OK, répondit Neilson avec un haussement d'épaules.

Il souleva sa visière transparente et attendit avec impatience que le technicien ait fini de prendre des photos, en tapant du pied sous la table de dissection.

– César ? lança-t-il à son assistant, un type en blouse verte occupé à lire la première édition du *El Nuevo Herald* à l'autre bout de la salle. Tu peux finir ?

L'homme hocha la tête, posa son journal et prit un bol métallique, une lavette, du savon liquide et une grosse bobine de fil noir dans le placard en Formica blanc qui se trouvait au-dessus de lui. Neilson rinça au jet des tranches de matière grisâtre qui se trouvaient sur le plan de travail et les fit glisser dans une boîte en plastique. Puis il ôta ses gants et les jeta dans une poubelle.

– Et au niveau de la drogue, doc' ? Ce type était chargé comme Chavez et Angelillo ? demanda Manny en évitant de regarder le visage du légiste pendant qu'il posait cette question.

– Les examens toxicologiques préliminaires ne révèlent aucune trace de drogue dans l'organisme, mais on n'aura tous les résultats que dans quelques jours. Il avait un cœur solide. Apparemment, ce type ne se droguait pas. Il aurait peut-être pu vivre jusqu'à cent ans, mais quelqu'un en a décidé autrement, conclut-il en tendant le bras par-dessus les pieds grisâtres de Ribero pour prendre sa tasse posée sur le plan de travail.

Son bras frôla l'étiquette accrochée au gros orteil et celle-ci se balança quelques instants.

– Un café, inspecteurs ? Je vais en refaire.

– Non merci, dit Dominick en se dirigeant vers la sortie, tout en évitant le regard de C.J.

– Quelle quantité de cette saloperie vous avalez chaque jour ? demanda Manny en suivant Dominick vers la porte.

– Pas assez, inspecteur. J'ai encore quatre clients qui font la queue ce matin, lança Neilson par-dessus son épaule pendant qu'il refaisait du café. Je vous présente ma belle éplorée…

D'un mouvement de tête, il désigna une autre civière métallique que l'on avait poussée dans un coin et sur laquelle gisait une femme nue. Sa langue boursouflée dépassait entre ses lèvres bleuies. Il enfila une nouvelle paire de gants en les faisant claquer sur ses poignets et se dirigea vers un autre évier en inox auquel était relié un long tuyau.

– Toutes ces dames qui viennent ici, inspecteur Alvarez, elles meurent d'envie de me rencontrer ! plaisanta-t-il avec un grand sourire, accompagné d'un clin d'œil – à moins qu'il s'agisse d'un rictus, personne ne pouvait le dire.

Les portes battantes du laboratoire s'ouvrirent en grand et Dominick passa devant C. J., sans un mot, pour se diriger vers l'ascenseur au bout du couloir.

36

Il n'était plus possible d'ignorer le lien. Quatre hommes étaient morts, dont trois avec qui elle avait partagé un secret. Tous les quatre avaient succombé à une violente « cravate colombienne », mais seuls les trois avec lesquels elle avait conspiré avaient été mutilés de manière plus symbolique.

Victor Chavez avait eu la langue coupée.

C'était pour le faire taire.

Sonny Lindeman avait eu les oreilles tranchées.

Visiblement, il avait entendu une chose qu'il n'aurait pas dû entendre.

Lou Ribero avait eu les yeux arrachés.

Ce type a vu quelque chose. Une chose qu'il n'aurait pas dû voir.

Et elle savait qu'elle n'était pas la seule à avoir noté ce symbolisme. Si la brigade spéciale continuait à enquêter d'arrache-pied sur la piste de la drogue, Dominick leur avait demandé de revoir toutes les affaires, même les simples PV pour stationnement, auxquelles chacun de ces agents avait été mêlé, d'une manière ou d'une autre, pour tenter de faire apparaître un lien. À tout hasard – l'un et l'autre se savaient maintenant dans le collimateur, en partie à cause des agents fédéraux –, Valle et Brueto avaient été placés sur écoute, mais ça n'avait rien donné pour l'instant. Le dernier emploi de Ribero en dehors de ses heures de service remontait à il y a six mois, et il s'agissait de régler la circulation sur un chantier de construction routière. Il avait travaillé quelques fois dans des clubs de Miami Beach, mais il n'entretenait aucune relation évidente avec Valle, le Posse ou les Kings. Nul ne pouvait établir des connexions entre lui et un quelconque cartel.

Sur la liste abrégée des personnes à interroger figuraient toutes celles qui étaient liées d'une manière ou d'une autre aux officiers assassinés. Cette liste incluait leurs familles, leurs amis, leurs associés, les individus arrêtés, les avocats de la défense, les juges et les procureurs. La liste étendue incluait toutes les autres personnes. C.J. figurait dans la première, elle en était convaincue. Elle pensait bien avoir enterré le nom de Lindeman, mais Ribero et Chavez avaient tous les deux témoigné dans l'affaire du Vorace.

Le lundi, elle resta chez elle, téléphone débranché et portable éteint, en prétextant qu'elle devait travailler sur une motion sans être dérangée, mais en vérité, elle avait passé la journée dans son patio à fumer et à boire du vin, face aux flots dansants de l'Intercoastal, et à se demander désespérément ce qu'elle devait faire. Ce qui pouvait être fait. Trois jours étaient passés et elle n'avait toujours pas de réponse. Car elle ne pouvait pas répondre à la question centrale : Pourquoi ? Pourquoi quelqu'un avait-il voulu réduire ces trois hommes au silence ? Et que venait faire Bruce Angelillo dans tout ça, nom de Dieu ?

Jerry Tigler était furieux car elle refusait toujours de s'occuper du dossier Veste Noire, et Andy Maus, de retour de Tampa, était furieux de ne pas avoir été appelé sur place le samedi matin, et parce que Tigler continuait à vouloir confier l'affaire à C.J. Cette dernière savait que Dominick était en colère et meurtri, et pire encore, frustré. Il était le seul qui parvenait à lire en elle, le seul qu'elle ne pouvait pas tromper quand elle mentait en disant que tout allait bien. C'est pourquoi elle l'évitait et ne répondait pas à ses coups de téléphone. Elle avait du mal à dormir, c'était le moins qu'on puisse dire, car son cerveau faisait des heures supplémentaires pour tenter de répondre à ces questions qui la rongeaient depuis des mois maintenant.

Elle avait accepté les conséquences de sa décision il y a trois ans. Mais elle n'était pas préparée à ça.

Elle n'avait pas pensé que sa décision coûterait la vie à d'autres personnes. D'autant plus qu'elle ne savait toujours pas pourquoi. Elle avait creusé une tranchée dans le sable ; maintenant, cette tranchée s'effondrait sur elle. Et menaçait de l'enterrer vivante.

Elle ne pouvait pas continuer à se cacher dans son appartement en espérant que les réponses jailliraient d'elles-mêmes. Ses tiroirs étaient remplis d'autres dossiers dont elle devait s'occuper. Des motions, des procès, des assignations, des auditions préliminaires… Et la liste s'allongeait de jour en jour.

Le colis l'attendait sur son bureau le mardi matin quand elle arriva au travail à 7 heures, sur le dessus d'une pile de courrier. Il n'y avait aucune adresse d'expéditeur, mais C.J. ne s'en aperçut qu'après avoir arraché le ruban adhésif et éventré le paquet.

Des boules de polystyrène se déversèrent sur son bureau quand elle plongea la main dans la boîte en carton pour en sortir ce qu'elle croyait être des cassettes audio ou vidéo de dépositions, envoyées par courrier interne ou bien apportées par coursier. Quand ses doigts frôlèrent la surface froide, dure et lisse de l'objet qui se trouvait à l'intérieur, elle fut d'abord étonnée. Mais lorsqu'elle le sortit de la boîte, l'horreur la submergea.

Elle tenait dans la main une statuette qu'elle reconnut immédiatement, bien qu'elle ne l'ait pas revue depuis quinze ans. Les trois petits singes, taillés dans le jade, étaient assis côte à côte. L'un se bouchait les oreilles, un autre les yeux et le dernier avait la main sur la bouche.

Je n'entends rien. Je ne vois rien. Je ne dis rien.

C'était un message qui lui était personnellement adressé et envoyé ici même, dans ce bureau où le complot avait vu le jour. Ce complot qui, elle en était désormais convaincue, avait tué trois hommes. Mais au moment où la statuette lui échappait des mains et se brisait en mille morceaux sur le sol, une autre pensée la frappa.

Elle savait qui la lui avait envoyée.

37

En 1987, ses parents avaient fait un voyage en Chine pendant quinze jours ; son père espérait parcourir une partie de la Grande Muraille, et sa mère espérait le prendre en photo, en restant assise à la cafétéria. À leur retour, ils lui avaient offert une statuette de ces trois singes, achetée dans un magasin de souvenirs de Pékin.

Sa mère avait dit qu'elle lui porterait chance.

C'était une statuette en jade.

Elle était restée posée sur la table basse dans son salon quand elle vivait à Bayside, à l'époque où elle faisait son droit ; elle avait alors vingt-quatre ans, elle était jolie, elle avait un tas d'amis, un petit copain très séduisant et sa plus grande peur était de passer l'examen du barreau de New York. C'était il y a très longtemps, dans une autre vie, avant que William Bantling bouscule à tout jamais le cours de son existence.

Il savait tout d'elle, de son émission de télé préférée à son restaurant favori. Il savait où vivaient ses parents, quand ils l'appelaient, quand ils venaient la voir ; il savait que son père la surnommait Beany car, toute petite, elle raffolait des jelly beans. Il savait tout de Michael, son salaud d'ex-petit ami ; il savait où ils étaient allés lors de leurs vacances au Mexique et dans quelles positions ils avaient fait l'amour la veille. Il s'était introduit dans son appartement, pas uniquement cette nuit-là, mais bien des fois auparavant, comme elle l'avait compris plus tard. Il avait lu son courrier, feuilleté ses livres et ses albums de photos, il avait tripoté ses vêtements, peut-être même avait-il mangé ce qu'il y avait dans son réfrigérateur, bu son lait au goulot. Il l'avait suivie, traquée, puis il lui avait murmuré ses secrets dans le creux de l'oreille, de sa voix rauque et chantante, pour qu'elle sache qu'il contrôlait tout. Et à partir de ce moment, il n'y aurait plus jamais de fuite possible, même dans ses rêves.

Tout ce qui se rapportait à cette nuit-là, à cet appartement, elle l'avait jeté, de sa brosse à dents jusqu'aux meubles. Tout ce qu'il pouvait avoir touché, goûté, manipulé ou observé, elle ne voulait plus le voir. Et elle n'avait plus jamais regardé en arrière ; au contraire, elle avait lutté pendant des années pour oublier le passé et reprendre son avenir en main.

Jusqu'à aujourd'hui.

Bantling lui avait adressé ce message de derrière les barreaux et les clôtures électrifiées, enfermé dans l'attente de son exécution. Il était entré dans son appartement. Il avait vu les singes de jade, elle en était convaincue. Personne d'autre ne pouvait connaître leur existence, et savoir ce qu'ils représentaient à ses yeux. À moins…

À moins qu'il en ait parlé à quelqu'un.

Le cœur battant à tout rompre, elle passa les mains dans ses cheveux comme pour chasser les pensées qui menaçaient une fois de plus sa santé mentale. Le procureur hurlait des questions dans sa tête pour essayer de la réveiller brutalement, avant qu'elle sombre de nouveau. Attends, attends… si c'est Bantling qui a envoyé ça et s'il sait que chacun de ces policiers a proféré des mensonges pour l'expédier dans le quartier des condamnés à mort, pourquoi tuerait-il les personnes qui pouvaient éventuellement le faire libérer un jour ? Qui pourraient l'aider à prouver qu'il n'était pas le Vorace ? Pourquoi éliminer les témoins ?

Parce que c'est un pervers et un détraqué ! répondit-elle mentalement en hurlant aussi fort que le procureur. Parce que son plus grand plaisir, ce serait de me faire savoir qu'il m'observe, qu'il sait ce que j'ai fait, qu'il continue à tout contrôler et que je ne suis pas à l'abri. Je suis la suivante sur la liste. Il les élimine un par un devant mes yeux pour que je devienne folle…

Non, non, non. Elle secoua la tête en murmurant ces mots. Ses pensées jouaient au ping-pong dans son esprit.

À moins qu'il en ait parlé à quelqu'un…

Attends un peu. Analyse cette hypothèse, C.J. Comme dans n'importe quelle autre affaire. Et si l'inverse était vrai ? Si quelqu'un d'autre ne voulait pas qu'il sorte de prison ? Si quelqu'un voulait l'empêcher de prouver qu'il n'était pas le Vorace ?

Mais qui ? Qui, à part elle, tenait à s'assurer que Bantling ne sortirait jamais du quartier des condamnés à mort ? Qu'il serait exécuté pour des crimes qu'il n'avait pas commis ?

La réponse était encore plus effrayante que la question :

La personne qui avait commis ces crimes.

Ou les personnes.

38

– Il s'est passé quelque chose, je dois m'absenter un certain temps.

– Tu te moques de moi, hein ? C'est une plaisanterie, C.J. ?

Planté au milieu du salon, Dominick regardait la valise posée par terre.

C.J. allait et venait dans la pièce comme si elle refusait de s'arrêter ne serait-ce qu'une seule seconde.

– Non, ce n'est pas une plaisanterie, Dominick, répondit-elle en remettant de l'ordre sur la table basse. Je suis navrée, terriblement navrée, crois-moi. Ce n'est pas de gaieté de cœur, mais je dois partir. Il le faut.

Il la retint par le bras au moment où elle passait à sa hauteur.

– Que s'est-il passé, nom d'un chien ?

Elle ne chercha pas à se libérer, mais elle refusait d'affronter son regard. Sa voix n'était qu'un murmure.

– Les choses ont changé.

– Qu'est-ce que ça veut dire ? Entre toi et moi ? Je sais que nous avons été débordés l'un et l'autre… Je n'ai pas une minute à moi depuis quelques semaines, mais…

Il dut s'interrompre, étouffé par la colère ou la tristesse. Les deux, peut-être. Elle n'aurait su le dire.

– Qu'est-ce que c'est que cette histoire ? demanda-t-il.

Elle n'osait toujours pas le regarder en face. Elle secoua la tête en reniflant.

– Je prends juste un congé. Une quinzaine de jours, un mois peut-être. Je ne sais pas. J'ai besoin de m'éloigner de Miami et du boulot pendant quelque temps. Je suis vannée.

Dominick laissa sa réponse flotter dans l'air. Il la tenait toujours par le coude, mais l'étau de sa main s'était relâché. Elle sentait qu'il l'observait ; son cerveau rassemblait toutes ses pensées pour les ordonner et les transformer en questions cinglantes, comme il le ferait avec un suspect. Puis il lâcha :

– Pourquoi m'as-tu menti au sujet de Sonny Lindeman ?

– Hein ?

– Tu as très bien entendu. Pourquoi m'as-tu menti en me disant que tu ne connaissais pas Sonny Lindeman ? Il faisait partie de tes témoins dans l'affaire du Vorace.

– Dominick, je ne me souviens pas…

– Tu parles ! Ton cerveau enregistre tout. En voyant ta tête cette nuit-là, j'ai compris que tu connaissais ce type. Comme tu connaissais Chavez et ce dernier gars assassiné, Ribero. Je me souviens que tu lui as parlé à l'enterrement de Lindeman justement. Depuis qu'on a retrouvé Chavez avec la langue arrachée, tu flippes, et ne crois pas que je sois le seul à l'avoir remarqué. Ton patron est peut-être un idiot, mais même lui sent bien que tu n'es plus toi-même. Tu n'es plus C.J. Townsend, le procureur avec des couilles plus grosses que les miennes, qui a vu et vécu plus de saloperies dans sa vie que tous les anciens de la Criminelle. Elle ne tourne jamais le dos à une enquête, elle ne refuse jamais de venir sur les lieux d'un crime ou de discuter d'une affaire. Alors, quoi, C.J. ? Tu as décidé de nous laisser tomber et je veux savoir… ce qui se passe, bordel !

– J'aimerais pouvoir t'expliquer, Dominick. Sincèrement. Mais tu ne peux rien faire. Moi non plus, d'ailleurs.

– Essaye toujours.

Elle resta muette un moment, à écouter le rythme régulier de sa respiration contrôlée, les yeux fixés sur l'insigne doré frappé du blason de l'État de Floride, accroché à la ceinture de Dominick.

– J'ai reçu un paquet hier. Au courrier.

– C'était quoi ? Où est-il ?

– C'était une statuette. Je l'ai laissée tomber et elle s'est brisée en mille morceaux, mais ça ne change rien. Il n'y avait aucune indication sur la boîte, aucune adresse d'expéditeur. Et je parie qu'il n'y avait aucune empreinte. (Elle s'interrompit pour choisir soigneusement ses paroles.) C'était un message, un message personnel. À mon intention.

– C'était quoi, cette statuette ?

– Les trois singes. Tu les as sans doute déjà vus quelque part. *Je n'entends rien, je ne vois rien…*

– Et je ne dis rien.

Dominick s'absorba dans ses pensées. C.J. vit une lumière s'allumer dans son regard ; il avait fait le rapprochement.

– La Veste Noire. Bon Dieu ! Les yeux, les oreilles… Peut-être que cette statuette était destinée à la brigade spéciale, C.J. Peut-être que ce message était pour nous !

C'était peut-être le coup de pouce qu'ils attendaient, une tentative de la part du meurtrier pour communiquer.

– Tu étais sur la dernière scène de crime, reprit-il. C'est toi qui as été désignée pour cette affaire au départ, ton nom était dans tous les journaux. Celui qui t'a envoyé ce paquet pense peut-être que tu fais encore partie de la brigade spéciale et il nous envoie un message à travers toi. Il y avait autre chose avec cette statuette ? Un message ? Où sont les morceaux ?

– Non, il n'y avait rien d'autre. Et j'ai tout jeté. Écoute,

Dominick… Ce paquet ne venait pas d'un pauvre type illettré qui ignore que je ne m'occupe plus de cette affaire. Écoute-moi. J'avais une statuette comme celle-la dans le temps, taillée dans le jade, chez moi à New York. Je m'en suis débarrassé, comme je me suis débarrassé de tout après le viol. Mais lui, il est allé chez moi, et il l'a vue… (Sa voix s'étrangla, des larmes apparurent dans ses yeux.) Ce n'est pas de la paranoïa. Crois-moi.

– Pour cette raison, tu penses que ça vient de lui ? Tu penses que ça vient de Bantling ?

Elle n'avait jamais reconnu devant Dominick que c'était Bantling qui l'avait violée. Elle ne l'avait jamais reconnu devant quiconque. Au contraire, quand le juge Chaskel lui avait posé la question de but en blanc après la condamnation pour meurtre de Bantling, elle avait répondu que ce n'était pas lui. Et Dominick n'avait jamais insisté pour obtenir une autre réponse. Jamais.

– C.J., reprit-il d'une voix douce mais ferme comme si toute contradiction était exclue. Je sais que c'est Bantling qui t'a violée.

Et voilà. C'était sorti.

– Je sais que c'est lui, mon amour. Et si c'est lui qui était dans ton appartement, si c'est lui qui a vu cette statuette, pourquoi te l'enverrait-il maintenant ? Non, attends, n'allons même pas aussi loin. Comment aurait-il pu te l'envoyer ? Il est enfermé dans le couloir de la mort.

Avant même de poser cette dernière question, Dominick connaissait déjà la réponse. Quand on voulait, on pouvait. Quand on avait de l'argent – et Bantling n'en manquait pas – les gens faisaient la queue, à l'intérieur de la prison et à l'extérieur, pour vous rendre service.

– Tout ça est tellement compliqué, Dominick. Je n'ai jamais voulu qu'il en soit ainsi, mais c'est comme ça. Je pensais…

Elle se retint avant de finir sa phrase. Je pensais bien

faire à l'époque. Je pensais protéger la société d'un meurtrier, mais quelque part en chemin, les frontières sont devenues floues. Aujourd'hui, je suis peut-être responsable de la mort de trois policiers. J'ai peut-être privé des enfants de leur père.

– Quel rapport peut-il y avoir entre Bantling et les meurtres de Veste Noire, C.J. ?

Elle voyait qu'il réfléchissait, qu'il triait les informations en sa possession ; il cherchait le lien que ses yeux exercés n'auraient pas dû laisser passer.

– C'est pour ça que tu fuis ? Tous ces flics ont travaillé sur l'affaire Bantling, tous sans exception. On sait que même Angelillo a suivi les pistes menant au Vorace. Et maintenant, Bantling t'envoie des messages, à toi. Pourquoi ? Que s'est-il passé avec ces flics ?

Il retint son souffle. Il se rappela soudain qu'il avait marché sur des morceaux de feu arrière sur la voie express McArthur le soir de l'arrestation du Vorace. Un feu arrière qui, d'après les déclarations ultérieures de Victor Chavez, était cassé bien avant qu'il oblige la Jaguar de Bantling à se ranger sur le bas-côté. Cet imbécile de Chavez était tout à fait capable de commettre une ou deux bourdes, pour que la réalité colle avec le crime… Mais C.J. ? Elle ne disait rien et face à ce silence, il savait qu'il avançait dans la bonne direction, malheureusement. Sans élever la voix, il posa sa dernière question :

– Tu as tout arrangé ? C'était bidonné ?

Elle refusait de l'entraîner dans cette histoire. Elle ne voulait pas faire de lui un complice. Alors, elle secoua la tête.

– Non.

– Explique-moi. Ça ne changera rien.

– Si. Ça changera beaucoup de choses.

– Nom de Dieu, C.J. ! Je t'aime. Tu le sais.

– Ça changera l'amour que tu as pour moi, Dominick.

Ça changera ta façon de m'aimer. Et je ne pourrai pas supporter de voir ce regard dans tes yeux, en sachant que ce n'est plus pareil même si tu me dis le contraire. Je préfère tout arrêter maintenant, en sachant que tu m'aimes, plutôt que rester, en me demandant si tu m'aimes encore.

– Tu te défiles. Tu choisis la facilité et tu le sais ! Laisse-moi juger de mes propres sentiments !

Elle ne dit rien, elle regardait le sol.

– Alors, c'est fini ? On annule le mariage ? Tout est…

– Reporté. (Elle gardait les yeux baissés.) Il faut que j'essaye d'y voir clair, Dominick. Et je ne veux pas te mêler à ça. Tu ne peux pas m'aider pour l'instant.

Il recula, il s'éloigna d'elle, en hochant simplement la tête et en se demandant comment tout avait pu changer si vite, sans qu'il le voie venir. Ou pourquoi il n'avait rien voulu voir. Il se retourna et ouvrit la porte d'entrée.

– Je suis désolée, dit-elle en pleurant.

Il referma la porte derrière lui sans la regarder. En se dirigeant vers l'ascenseur, il se sentait triste, furieux, abasourdi, dupé et trahi. Autant d'émotions auxquelles il ne s'attendait pas quelques instants plus tôt en se garant sur le parking au pied de l'immeuble. Tandis qu'une partie de lui-même avait envie d'entrer dans un bar pour se noyer dans une bouteille de whisky, le flic qu'il était voulait trouver des réponses. Des réponses à des questions qu'il aurait dû poser depuis longtemps.

La réponse était toujours là, quelque part. Il suffisait de savoir où chercher.

En montant dans sa voiture, il leva les yeux vers la fenêtre de la chambre onze étages plus haut, là où C.J. finissait de faire sa valise. Les réponses qu'il aurait dû connaître depuis des mois, voire des années, lui apparaissaient enfin. La tête appuyée contre le volant, il marmonna :

– Bon Dieu, C.J., qu'as-tu fait ?

39

William Rupert Bantling, détenu du pénitencier de l'État de Floride, matricule 578884526, était couché sur le fin matelas en plastique et contemplait les cloques au plafond. Il y a quelque temps, un petit malin de l'administration pénitentiaire, qui n'avait rien trouvé de mieux pour dépenser l'argent des contribuables, avait estimé que ce serait une excellente idée de repeindre les murs, les sols et les plafonds. En gris. Histoire, sans doute, d'égayer les quarante-quatre condamnés qui passaient vingt-deux heures sur vingt-quatre, chaque putain de journée, dans leur cellule, seuls, à répéter leurs adieux. Peut-être même que ça les apaiserait lorsqu'ils apprendraient de la bouche de leur avocat qu'ils ne devaient faire aucun projet à partir de 6 heures du matin le lendemain. Depuis, l'humidité qui rendait la vie insupportable avait fait cloquer la peinture, le fonctionnaire de génie avait été promu ou viré, et des petits morceaux de peinture grise pleuvaient sur Bill Bantling toutes les nuits.

Habituellement, il détestait ce moment de la journée, déjà interminable et affreusement monotone. Ce moment passé à contempler le plafond qui s'écaillait, à attendre que ce crétin de maton courtaud et obèse qui souffrait d'un problème d'autorité éteigne les lumières avant l'heure, pendant que les gars étaient en train de lire, de se brosser les dents ou de chier, en beuglant : « Extinction des feux ! », avec un petit ricanement, avant d'avaler une autre barre chocolatée. N'importe quel débile aurait compris à force : il suffisait de poser sa brosse à dents et de quitter le pot un quart d'heure plus tôt, mais ces types-là n'étaient pas n'importe quels débiles. C'était la crème. Les cris des animaux furieux qui l'entouraient allaient commencer et ça durerait pendant une vingtaine de minutes. Mais ce soir, tout cela le laisserait indifférent. Rien ne pourrait effacer le sourire qui ravivait le beau visage de Bill Bantling.

Il ferma les yeux et il la vit ; il vit son visage autrefois si extraordinaire, penché au-dessus de lui. Ses longs cheveux couleur miel légèrement bouclés, qui encadraient ses pommettes sculptées et tombaient sur ses épaules dénudées et bronzées. Ses lèvres rouges et pulpeuses avaient conservé cette petite moue sensuelle, après toutes ces années. Il l'avait conquise autrefois, il l'avait soumise ; ces jolis yeux n'étaient plus provocants mais terrorisés, des larmes salées coulaient sur ses joues parfaites et se perdaient dans la soie de la culotte qu'il avait enfoncée dans cette bouche rouge et pulpeuse.

Il l'avait possédée encore une fois. Elle avait fui, vaincue, terrifiée. Dans cette salle de tribunal, il y avait de cela 992 jours, il avait retrouvé ce regard. La lueur de défi tout d'abord, quand elle pensait qu'elle allait gagner, qu'elle allait jouer à ce petit jeu avec lui, parce qu'elle était procureur, parce qu'elle était assise sur le siège du pouvoir et pouvait parler à l'oreille du juge, alors que lui était enchaîné à cette putain de table, vêtu d'une combinaison rouge. Puis la peur était apparue, quand elle avait compris que sa fonction ne suffirait pas à se débarrasser de lui. Et qu'elle ne pouvait pas lui échapper dans ses cauchemars. Car c'était là qu'il la retrouvait chaque nuit. Elle se couchait encore avec lui. Et à la fin de cette farce que la presse appelait un procès, il y a trois ans de cela, il avait compris qu'elle lui appartenait de nouveau. Ses yeux larmoyants arrivaient au tribunal creusés, cernés et bordés de rides ; ils n'osaient pas le regarder. À cet instant, il sut qu'il avait gagné.

Et il gagnerait de nouveau. Il en était convaincu désormais. C'était ça qui le faisait sourire. Il serrait la lettre dans sa main, celle qui lui apprenait qu'il était revenu dans ses cauchemars.

Ce n'est pas fini, oh non. En vérité, ça ne fait que commencer, se disait-il. Il souriait encore quand le maton obèse beugla : « Extinction des feux ! » Ses magnifiques cils papillotèrent au-dessus de lui, faisant pleuvoir des éclats de peinture grise qui étaient comme des larmes.

40

Lorsque l'avion se posa, C.J. regarda à travers le hublot le ciel gris et pâteux en se demandant s'il allait neiger. Ce serait un sale coup. Voilà des années qu'elle n'avait pas conduit sous la neige, surtout sur des routes de montagne sinueuses.

Elle monta à bord du minibus de la société de location de voitures en compagnie d'une douzaine d'autres personnes qui transportaient de gros sacs de toile et des skis. À croire que tout le monde autour d'elle se rendait sur les pistes : une jeune famille, un groupe d'amis, un couple d'amoureux. Autant d'images de bonheur et de plaisirs à venir tout droit sorties d'une brochure d'agence de voyages. C.J., elle, n'avait pas de skis, pas de gros anorak, juste un petit sac de voyage contenant un pull, un jean, une brosse à dents et du dentifrice, assez pour une nuit.

Mille fois elle s'était répété ce qu'elle allait dire, avant même de prendre son billet. Mille fois encore durant les cinq heures de vol. Et durant les deux heures et demie de trajet jusqu'à Breckenridge, une ancienne station de ski, elle se le répéterait encore mille fois. Malgré cela, elle n'arrivait pas à trouver la bonne formule. Peut-être qu'elle n'existait pas.

Elle n'avait pas parlé à Lourdes Rubio depuis trois ans que s'était achevé le procès Bantling. Après la condamnation de celui-ci, elles s'étaient séparées de manière courtoise mais froide, et un peu plus tard, Lourdes avait fermé son cabinet d'avocate à Miami et quitté la ville sans faire ses adieux. Jadis, Lourdes et C.J. avaient travaillé ensemble dans d'autres affaires d'homicides et l'avocate lui avait toujours fait l'impression d'être une femme franche, dotée d'un grand sens moral. Son opinion avait changé ensuite, évidemment.

À plusieurs reprises durant ces trois années, C.J. avait repensé à Lourdes, en se demandant ce qu'elle était devenue, où elle avait bien pu aller, si elle continuait d'exercer, mais sa curiosité n'était pas allée plus loin. Car elle savait qu'il n'y aurait jamais de retrouvailles chaleureuses ni de longues conversations pour rattraper le temps perdu. Jamais. Et Lourdes le savait elle aussi. Elle le lui avait dit la dernière fois qu'elles s'étaient parlé, dans cette salle de tribunal. Après que son client avait été emmené par trois gardiens, en se débattant furieusement et en hurlant à travers son bâillon, pour être conduit dans le couloir de la mort du pénitencier de Raiford.

C.J. quitta le parking de l'aéroport au volant de sa Blazer de location et prit la direction de la I70.

L'affaire revient sur le tapis. Quelle qu'en soit la raison, sors les dossiers des archives, car elle revient.

Cette fois, C.J. connaissait la raison.

Il restait encore une personne qui savait pourquoi Victor Chavez avait arrêté la Jaguar de Bantling sur la voie express McArthur ce soir-là. Cette personne était avocate, spécialisée dans les dommages et intérêts, et vivait dans une petite ville fréquentée par des mordus de ski et où il était facile de disparaître dans le va-et-vient de la population.

C.J. n'avait jamais oublié leur dernière conversation dans cette salle de tribunal silencieuse et déserte, une fois les journalistes partis, après que le juge avait regagné son bureau et que les jurés étaient rentrés chez eux. Elles n'étaient plus que toutes les deux, séparées par la travée centrale, mais pas uniquement. Non, C.J. n'avait jamais oublié ce qui s'était dit ; elle avait juste refermé le couvercle sur ce souvenir pour le ranger dans l'entrepôt de sa tête, en espérant ne jamais être obligée de le rouvrir.

Elle mit les essuie-glaces en position rapide pour chasser les épais flocons qui se jetaient à l'assaut du pare-brise et alluma les phares. Après de nombreux coups de téléphone et un examen approfondi des archives, elle avait fini par retrouver Lourdes, qui visiblement n'avait pas envie qu'on la retrouve. Celle-ci vivait maintenant dans les montagnes, à trois mille kilomètres des palmiers de la Floride et elle exerçait une profession qu'elle disait détester autrefois. C.J. avait fini par rassembler assez de courage pour l'appeler et lui dire qu'elles devaient se rencontrer. Et là, elle avait eu une surprise. Lourdes n'avait pas paru particulièrement étonnée ni choquée d'entendre sa voix au bout du fil, et elle n'avait marqué aucune hésitation quand C.J. avait proposé qu'elles se voient pour parler d'un problème. Sans lui poser de questions, elle lui avait fixé un rendez-vous et lui avait donné les indications à partir de l'aéroport de Denver.

L'appel avait duré moins de deux minutes, et après avoir raccroché, C. J. n'avait pu s'empêcher de trouver cela bizarre, cette réaction de Lourdes à son coup de téléphone. Ou plutôt, cette absence de réaction.

Comme si Lourdes s'y attendait.

41

Un petit carillon retentit quand C.J. poussa la porte en bois, percée d'une petite fenêtre. À l'extérieur de cette maison d'un étage, au-dessus de la porte, en lettres dorées toutes simples, on pouvait lire : L. RUBIO – Avocate. C'était si discret que C.J. avait failli passer à côté, et elle se demanda si Lourdes avait véritablement envie d'exercer.

Elle pénétra dans le modeste cabinet, meublé dans le style de la région, avec des couleurs turquoise et indigo et beaucoup de cuivre. Une grande tapisserie indienne était accrochée au mur, au-dessus d'un bureau en chêne massif et le mur du fond était entièrement occupé par une bibliothèque qui contenait le code pénal de l'État du Colorado et divers ouvrages traitant des dommages et intérêts. Le diplôme de l'université de Miami était accroché à côté de la tapisserie, ainsi que la licence qui lui permettait d'exercer dans l'État du Colorado, mais c'était tout. Rien pour commémorer ses nombreuses années au barreau de Miami ; aucune des plaques et récompenses qui lui avaient été remises par diverses associations au cours de sa carrière. Aucun article de presse encadré, aucune photo en compagnie de Jeb Bush ou d'autres relations politiques qu'elle avait su séduire grâce à son intelligence et à son réseau. Rien. Sauf un orignal sculpté dans du bois, qui souriait sur le bureau à côté de quelques photos de famille.

Debout, une tasse de café à la main, Lourdes observait C.J. pendant que celle-ci balayait la pièce du regard.

– Bonjour, C.J.

C. J. sursauta comme si on l'avait surprise en train de faire une chose honteuse. Tournant le dos aux photos, elle fit face à Lourdes pour la première fois depuis trois ans. Celle-ci demeura immobile dans l'encadrement de la porte qui donnait sur unc petite pièce. Avec son pull beige trop grand, son jean et ses bottes, elle se fondait dans le décor. Quel changement ! Finis les tailleurs sur mesure et les escarpins à talons hauts.

– Bonjour, Lourdes, répondit C.J. Joli bureau. (Inutile de perdre son temps en bavardage, se dit-elle.) Vous savez peut-être pour quelle raison je voulais vous voir ?

– Bill Bantling, je suppose. Asseyez-vous, C.J.

D'un pas vif, elle quitta l'encadrement de la porte pour passer derrière son bureau, en désignant d'un petit geste une des deux chaises qui se trouvaient devant.

C.J. répondit par un hochement de tête discret. Consciente de l'ironie de la situation, elle s'assit sur le siège destiné aux clients, face à celle qui avait été autrefois une des avocates pénalistes les plus puissantes de Miami.

– Qui d'autre, hein ? dit Lourdes. Voyons les choses en face, C.J., il ne nous reste plus beaucoup de sujets de conversation.

Son ton était sec comme si elle ressassait ces paroles depuis des années, en attisant sa colère chaque fois qu'elle les répétait devant sa glace.

– Il s'est passé quelque chose, dit C.J.

– Ça y est, Bill est mort ? demanda Lourdes d'une voix dégoulinante de sarcasme.

– Visiblement, on a un contentieux qui n'est pas réglé.

– Vous avez franchi la limite, C.J.

– Qui trace cette limite ? Vous ? (C.J. sentait enfler sa propre colère.) On a tous fait notre travail. Chacun de nous. La police, l'administration. Il a été très bien défendu.

– Mon cul ! Il n'avait aucune chance. J'ai baissé les bras. J'ai merdé. Et depuis, je vis avec cette pensée tous les jours.

– Le système a accompli son œuvre. Les coupables paient pour leurs crimes.

– Bantling a payé pour le crime d'un autre.

– Comme si les siens ne méritaient pas un châtiment ! Vous avez des remords en repensant à votre rôle ? Pour qui ? Pour un homme qui a sauvagement violé quatorze femmes dans le monde, sans doute plus ? Et il ne les a pas seulement violées, il les a torturées et mutilées. Un homme qui ferait subir le même sort à son avocate si l'occasion se présentait ? Gardez vos remords et votre culpabilité pour quelqu'un qui les mérite !

– Il a été condamné à mort, C. J. Il va mourir. Un être humain va mourir pour un acte qu'il n'a pas commis. Ça vous laisse indifférente ?

Après un silence, C. J. répondit calmement :

– J'ai fait mon travail, Lourdes. Ce type aurait violé d'autres femmes à l'heure qu'il est. Trois, quatre, peut-être plus. Si on l'avait relâché. Peut-être qu'il les aurait tuées. J'ai fait mon travail, j'ai fait un choix. De deux maux, j'ai choisi le moindre. Vous me demandez si ça me laisse indifférente ?

Elle se pencha en avant sur sa chaise, les mains posées sur le bord du bureau, le regard plongé dans celui de Lourdes pour l'obliger à voir les dégâts de ses propres yeux, les cicatrices que les mots ne pourraient jamais décrire.

– Comment est-ce que ça pourrait me laisser indifférente ?

– Vous cherchez à vous justifier, répondit Lourdes, froidement.

– Et vous, vous mentez, répliqua C.J. en se rasseyant. Quatre flics sont morts, Lourdes. Quatre ! Au cas où vous n'auriez pas lu le journal, trop occupée que vous étiez à protéger la société des gens comme moi. Je veux savoir une chose… Est-ce que vous êtes toujours en contact avec lui ? Que vous a-t-il dit ? Que vous a-t-il dit sur moi ?

Elle savait que la colère dans sa voix avait cédé la place au désespoir, et elle savait que Lourdes l'avait remarqué elle aussi.

Celle-ci leva la main.

– Je vous arrête tout de suite. Si vous parlez des flics tués à Miami, oui, je suis au courant. Mais vous venez ici dans mon bureau pour m'insulter et ensuite, vous me suppliez de vous divulguer des informations couvertes par le secret professionnel ? Ne comptez pas sur moi pour apaiser vos peurs et soulager votre mauvaise conscience !

– Je n'essaye pas d'apaiser mes peurs, et je ne réclame pas le pardon. J'ai besoin de savoir ce qui se passe. J'ai besoin de savoir si ces meurtres sont liés. Des gens meurent !

– Ça vous importe brusquement ?

– Des innocents !

– Ce n'est pas ce que j'ai lu. J'ai l'impression que tous ces bons flics dont l'honnêteté ne pouvait être mise en cause à la barre étaient en réalité des crapules et des dealers. C'est ce que j'ai lu. Ces saints travaillaient pour les cartels.

– Une brigade spéciale enquête sur cet aspect.

C.J. s'interrompit. Inutile de bluffer ; le moment était venu d'abaisser ses cartes pour voir ce que Lourdes avait dans les mains.

– Vous connaissiez l'existence de ce tuyau.

Nul n'avait jamais avoué être l'auteur du coup de téléphone anonyme qui avait déclenché la cascade de dominos, il y a plus de trois ans, sur la voie express McArthur. Au lieu de chercher à identifier sa provenance, C.J. avait caché l'existence de cet enregistrement, en se persuadant que cet appel à la police était le fait d'un automobiliste furieux ou une erreur d'identification. Plus tard, après la condamnation de Bantling, alors que la vérité avait failli la tuer, elle avait supposé que l'auteur de cet appel était mort. Maintenant, elle n'en était plus aussi sûre.

Lourdes sourit, mais c'était un sourire crispé qui n'avait rien de chaleureux.

– Le tuyau ? Vous voulez parler de cette preuve dont le jury n'a jamais eu connaissance ? La preuve qu'on a cachée à la défense ?

Elle observa longuement C.J. Et, sans avoir besoin d'ajouter un mot, elle sut.

– Tout devient clair maintenant. Vous pensez qu'il y a un autre tueur en liberté, c'est ça ? Et vous êtes plus qu'inquiète, vous êtes aux abois. Quand vous pensiez que le véritable Vorace était mort et enterré, tout allait bien, mais maintenant qu'il pourrait y avoir un autre tueur… Et celui-ci aime les flics, c'est ça ? Il aime les flics… Ou peut-être que le terme *témoins* conviendrait mieux ?

– Je vais être franche avec vous, Lourdes. J'ai reçu un paquet. Une statuette de jade comme celle que j'avais chez moi à l'époque où je vivais à New York. Quand il… (Sa voix mourut.) Vous savez de quoi il est capable ! J'ai besoin de savoir quelles sont les personnes à qui il a parlé. C'est l'une d'entre elles qui m'a envoyé cette statuette !

– Je n'oserai pas prétendre que je sais de quoi est capable tel ou tel individu, C.J. Et je ne vous donnerai pas d'informations confidentielles. Voilà trois ans que je fuis ce que j'ai fait, que j'essaye de me convaincre que la fin justifiait les moyens. Et maintenant, je sais que c'est faux. On le sait toutes les deux.

– Cet homme est fou, Lourdes. Ne l'oubliez pas.

– J'ai de la peine pour vous, C.J., à cause de ce que vous avez enduré, de ce qu'il vous a fait. J'ai toujours de la peine. Ça n'a pas été facile de mettre dans la balance mes sentiments et mon métier, le serment que j'ai fait de défendre mon client coûte que coûte. Finalement, je me suis laissé manipuler par mes sentiments et je me suis compromise dans ce procès, en me disant que même si cela faisait de moi une mauvaise avocate, au moins je serais quelqu'un de bien. Et chaque jour, je dois vivre avec cette putain de décision ! Et chaque jour, croyez-le si vous voulez, c'est de plus en plus dur. Alors oui, j'ai de la peine pour vous, après ce qui vous est arrivé, mais vous êtes vivante. Il ne vous a pas tuée. Et je ne vous aiderai pas à le tuer.

Et voilà. Elles n'avaient plus rien à se dire. C.J. se leva en ravalant ses larmes. Après avoir salué Lourdes d'un signe de tête, elle ressortit du bureau, pour se retrouver face à une violente tempête de neige. Le doux tintement du carillon fut rapidement réduit au silence lorsqu'une rafale de vent glacial claqua la porte derrière elle.

42

Lourdes resta longtemps assise à son bureau après le départ de C. J., le visage enfoui dans ses mains, à écouter le tic-tac de sa pendule et les gargouillis familiers de la vieille cafetière provenant de la cuisine au fond.

Qui trace cette limite ?

Les paroles de C.J. résonnaient dans sa tête. Si elle n'avait pas fourni de réponse à cette question, c'était parce qu'elle n'en avait pas, sincèrement. C'était sa conscience assiégée qui l'avait poussée à quitter Miami, à abandonner un cabinet prospère, ses amis et sa famille, et à venir se terrer ici dans les montagnes pour échapper à ses péchés, en espérant que le temps apaiserait la douleur. Mais il n'avait fait qu'aggraver les choses. Sa conscience avait-elle été faussée par une mère qui lisait des passages de la Bible chaque soir avant le dîner, même quand il n'y avait rien à manger sur la table ? On disait que certaines personnes n'avaient aucune conscience ; à l'âge de trois ou quatre ans, elles ne réussissaient pas à s'en forger une et elles sombraient toute leur vie. Certaines personnes en possédaient une, mais l'ignoraient constamment. Chez d'autres, elle ne fonctionnait pas toujours bien. Alors, qu'est-ce qui faisait que la conscience, cette amie, avait toujours raison ? *Qui trace cette limite ?*

Bill Bantling avait été son ami avant de devenir son

client. Elle n'avait pas vu le psychopathe dans ses yeux d'un bleu saisissant avant qu'il lui avoue qu'il était un violeur. Et même à ce moment-là, ça n'avait pas fait tilt. Il doit y avoir une erreur, s'était-elle dit. Il s'était laissé emporter par le désir, un soir, voilà tout. Mais par la suite, elle avait lu les rapports de police venant de New York qui décrivaient avec force détails tous les sévices que Bill Bantling avait infligés à ses victimes avec son couteau aiguisé, le visage dissimulé par un masque de clown en caoutchouc. Ce n'était pas seulement une lecture pénible, c'était une torture. Toutes ces mutilations innommables… Lourdes savait que C.J. ne s'en remettrait jamais, physiquement et émotionnellement. Quelle femme le pourrait ?

Elle ne pouvait tenir C.J. pour responsable de ses sentiments, mais sa conscience lui interdisait d'excuser ses actes. *Pourquoi ?* Pourquoi était-ce mal d'envoyer cet homme derrière les barreaux pour toujours, même si c'était pour des crimes qu'il n'avait pas commis ? Pourquoi est-ce que sa conscience capricieuse hurlait et se hérissait face à cela, mais pas quand elle se disait que Bill récidiverait à coup sûr, encore et encore, si jamais on faisait sauter le verrou de sa cellule ?

Car elle savait qu'il récidiverait, elle aussi. C.J. avait raison sur ce point. Le véritable William Bantling était un prédateur. À partir du jour où il lui avait permis de découvrir son petit passé secret et explosif, elle l'avait compris, et lui s'en fichait. La comédie de leur amitié était terminée. Lourdes n'avait plus qu'un seul objectif dans cette relation : le tirer d'affaire. Alors, elle avait accepté. Accepté de le défendre. Accepté d'utiliser tout son talent pour lui offrir une défense acharnée. Et c'était là qu'elle avait échoué. Voilà pourquoi sa conscience la taraudait maintenant. Et pourquoi elle avait fui.

Elle savait ce qu'il lui restait à faire désormais, et une fois de plus le temps était compté. Elle ne pouvait pas laisser mourir cet homme à cause de sa propre ineptie. Même les pires criminels méritaient d'être défendus avec fougue ; c'était le fondement du système judiciaire. Si un jour elle devait se retrouver dans la peau d'une accusée, elle n'en attendrait pas moins de la part de son avocat. Et pourtant, elle l'avait trahi délibérément. Elle tripotait la cassette qu'elle tenait dans sa main, celle sur laquelle était écrit : *Police secours 19/9/2000 20 h 12*. La copie qu'elle s'était procurée aux archives de la police de Miami Beach trois ans plus tôt, avant que l'enregistrement original soit détruit. Elle la conservait dans le tiroir du haut de son bureau ; sa présence servait à lui rappeler en permanence son échec. Elle la glissa dans l'enveloppe jaune à bulles avec les autres informations, ferma le rabat autocollant et la déposa dans la corbeille du courrier à expédier. Elle la posterait en rentrant chez elle, où l'attendait un plateau télé.

Le carillon de la porte d'entrée retentit. Lourdes leva la tête. La pendule fixée au-dessus de la porte indiquait 16 h 30. Où était donc passé le temps ? Derrière les stores en vinyle blanc de la fenêtre, elle ne voyait quasiment que la neige. La veille, aux infos, ils avaient conseillé aux gens de prendre leurs précautions, mais évidemment, elle n'en avait pas tenu compte. Elle aurait dû quitter le bureau depuis deux heures déjà, en même temps que C.J. Sur les routes, ce devait être un cauchemar maintenant.

Le client à qui elle avait donné rendez-vous à 16 h 30, et qu'elle avait complètement oublié, venait d'arriver. Il avait bravé les redoutables conditions météorologiques pour venir la voir. Lourdes se donna une contenance et se leva en souriant pour aller à sa rencontre.

– Mademoiselle Rubio ? Ouah ! J'étais pas sûr de vous trouver là avec ce fichu temps ! dit-il en frissonnant. Mais je me suis dit que vous m'auriez appelé pour me prévenir.

Sa voix avait un léger accent nasillard du Midwest.

Merde, elle ne se souvenait même plus de son nom. Unger ? Un truc comme ça.

– Il a l'air de faire un sale temps dehors, monsieur…

– Uustal. Al Uustal. Vous vous souvenez ? On s'est parlé au téléphone ?

L'homme brossa la neige sur son pardessus noir avant de le poser à cheval sur son bras, mais il garda son béret en laine noire.

– Oui, je me souviens. Pardonnez-moi, monsieur Uustal. (Elle regarda de nouveau dehors et constata que les congères arrivaient déjà à la hauteur de sa fenêtre et les voitures habituellement alignées le long des trottoirs semblaient avoir disparu.) Je m'étonne que vous ayez réussi à venir.

– Oh, je voulais surtout pas manquer ce rendez-vous.

Lourdes lui fit signe de prendre place sur un des sièges destinés aux visiteurs, puis elle repassa derrière son bureau et chercha un bloc pour prendre des notes. Maintenant que ce bonhomme était là, elle ne pouvait pas le renvoyer.

– J'ai dû m'occuper d'une affaire pressante cet après-midi et j'ai perdu la notion du temps. Pardonnez ce manque d'organisation.

– C'est rien. Je comprends.

– Bien, dit-elle d'un ton sérieux, mais avec un sourire, en le regardant par-dessus ses lunettes. Parlons de ce qui vous amène.

– Ça me semble évident : j'ai besoin de vos services. Je… euh… c'est difficile à expliquer. (Il jeta des regards nerveux autour de lui, avant de se pencher en avant vers le bureau pour parler à voix basse.) Tout ce que je vous raconte… vous pouvez le répéter à quelqu'un ?

– Non, monsieur Uustal. Tout ce que vous me direz est protégé par le secret professionnel. Je ne peux pas le divulguer. Cela est valable également pour tous mes collaborateurs. Mais, ajouta-t-elle pour le rassurer, étant donné que nous sommes seuls, vous pouvez parler librement.

Il hocha la tête et recula au fond de son siège.

– Il s'agit d'un meurtre. C'est une fille qui…

– Oh, pardonnez-moi, dit Lourdes en levant la main. Navrée de vous interrompre, mais je ne m'occupe pas des affaires criminelles, monsieur. Dans le temps, oui, mais… plus maintenant. Dans ce domaine, je me cantonne aux délits de conduite en état d'ivresse. (Elle tendit la main vers le Rolodex posé sur son bureau.) Par contre, je peux vous adresser à un confrère qui se chargera de vous défendre.

L'homme semblait préoccupé. Il lissa sa moustache en passant la main devant sa bouche. Avec ce béret et ces lunettes aux verres teintés, on ne distinguait pas ses yeux.

– En fait, dit-il, je ne sais pas si j'ai besoin d'un avocat pour me défendre. Car le meurtre n'a pas eu lieu. Pas encore.

Lourdes leva de nouveau la main pour l'interrompre.

– Les crimes futurs ne sont pas couverts par le secret professionnel, monsieur Uustal. Avant que vous n'en disiez plus, je dois vous préciser que si vous savez qu'un crime va être commis et si vous décidez de m'en parler, je serai dans l'obligation d'alerter les autorités.

À cet instant, un sentiment étrange et désagréable s'empara de Lourdes Rubio. Derrière cet homme, la vitre était presque entièrement givrée sous l'effet de la tempête de neige qui se déchaînait au-dehors. La nuit avait commencé sa descente lente et régulière et il faisait presque noir déjà.

Le silence se prolongea un long moment et brusquement, elle comprit qui était cet homme et pourquoi il était là.

Il fit glisser ses longs doigts sur sa moustache, laissant apparaître ce grand sourire chaleureux et familier.

– Oh, je ne suis pas inquiet pour ça, dit-il en se levant. (Il sortit de sous sa veste un curieux couteau.) Je crois que mon avocate ne dévoilera plus de secrets, murmura-t-il en contournant le bureau.

La neige les enveloppa et la lumière s'éteignit dans le ciel montagneux.

43

Il la regardait se débattre pour chercher de l'air, les mains plaquées autour de la gorge. Les yeux écarquillés. Elle le suppliait. *Lui qui venait de lui trancher la gorge.* Elle l'appelait au secours. Il se contentait de la regarder.

C'était le moment le plus fascinant dans la mort, à son avis. Quand on la voyait venir. C'était différent selon les personnes. Certaines devenaient très calmes, comme s'il leur avait rendu service en mettant fin à leur existence plus tôt que prévu. D'autres restaient stoïques, comme si tout autre réaction aurait été indigne. Mais d'autres, en revanche, cédaient à l'hystérie ; elles agitaient les bras et les jambes, elles se débattaient avec leurs dernières forces. Parce qu'elles savaient qu'il leur restait quelque chose à accomplir sur cette terre et elles n'étaient pas encore prêtes à se présenter devant leur créateur.

Jamais il ne s'amusait à leur faire croire que leur heure n'avait pas sonné, qu'elles n'allaient pas mourir. Il aurait trouvé malhonnête de leur laisser penser qu'elles allaient juste fermer les yeux quelques instants, pour se réveiller à l'hôpital et retrouver cette vie si précieuse. Non. Il estimait que la mort ne devait pas se présenter sous un faux jour. C'est pourquoi, depuis des années, il prévenait toujours ses victimes qu'elles allaient mourir. Ainsi, celles qui étaient croyantes pouvaient prier, et les autres… ça leur donnait le temps de réfléchir et peut-être même de commencer à avoir la foi.

C'était incroyable ce pouvoir qu'il avait sur la vie. Sans doute que tous les êtres humains le possédaient, mais seuls quelques élus choisissaient de s'en servir. Il avait la possibilité de prendre la décision ultime. La seule et unique. Cette personne rentrerait-elle à la maison pour retrouver l'être cher ou fermerait-elle les yeux à tout jamais ?

Il avait découvert ce pouvoir, ce puissant frisson que procurait le meurtre, de manière tout à fait accidentelle. Il tenait une arme dans la main et le coup était parti tout seul, faisant un trou de la taille d'une pièce de cinq cents dans la poitrine d'un autre homme. Il avait regardé cet homme – un garçon, en vérité, dix-sept ou dix-huit ans au maximum – reculer en titubant. Il voyait bien que le gars n'avait rien senti sur le coup, puis son expression d'étonnement s'était assombrie et crispée, et le jeune homme avait basculé vers l'avant, comme s'il voulait plonger. Mais son corps l'avait trahi et il était tombé à genoux. « Putain ! » avait-il braillé en portant sa main à sa poitrine. Il s'était mis à tousser. À suffoquer. Et à supplier. « Enfoiré de ta mère ! Appelle des secours ! » avait-il aboyé avant que les mots ne puissent plus sortir de sa bouche.

Il était resté là, à le regarder, tel le méchant dans un mauvais film, fasciné de voir ce petit connard (qui l'aurait buté le premier s'il en avait eu l'occasion) le supplier à genoux. « Je crois que tu vas mourir », c'était tout ce qu'il avait dit. À ce moment-là, le gars s'était mis à gesticuler furieusement, comme pour repousser cette ultime rencontre avec un dieu qui serait certainement très déçu quand il le verrait.

Sur le moment, il avait eu l'impression d'être un monstre. Il était effrayé par ce qu'il avait fait, et encore plus par ce qu'il n'avait pas fait. Il était troublé par ce qu'il avait ressenti en le regardant mourir : une bouffée d'excitation inattendue et presque sexuelle. Puis les autres étaient arrivés et ils lui avaient tapé dans le dos en lui disant : « Félicitations ! », pendant qu'ils enfermaient le garçon dans une housse mortuaire. Car pour eux, l'ennemi, c'était lui, le garçon, et son meurtrier était par conséquent un type courageux qui avait fait ce qu'on lui avait appris à faire. On avait le droit de tuer certains individus, les nuisibles, disaient-ils. C'était même souhaitable.

Cet événement l'avait transformé. Il avait réveillé en lui quelque chose qui dormait peut-être depuis toujours. Tel un vampire, il était devenu accro au sang ; il avait besoin de cette excitation, il aimait le goût du pouvoir qu'il tenait entre ses mains. Pendant des années, il s'était demandé s'il était un monstre, tout en sachant au fond de lui-même qu'il n'en était pas un. Il lui suffisait de lire les journaux pour voir qu'il existait d'autres individus qui lui ressemblaient. Dans tout le pays. Dans le monde entier. Et à l'instar d'autres drogués, il avait puisé du réconfort dans cette conviction. C'est alors qu'il avait entrepris un étrange voyage afin de découvrir ses semblables.

Le sang avait imbibé le tapis comme une éponge et il coulait maintenant sur le plancher, lentement. Il fit attention de ne pas marcher dedans en contournant le bureau. La grosse enveloppe jaune à bulles était posée sur le dessus de la pile de courrier, déjà affranchie, prête à être envoyée à Maître Neil Mann, Coral Gables, Floride.

C'est presque terminé, pensa-t-il en prenant l'enveloppe pour la glisser dans son sac marin. Il éteignit la lumière avec sa main gantée et ferma le store de la fenêtre. Puis il balança le sac sur son épaule et sortit dans la tempête de neige pour achever le travail qu'il avait entrepris.

41

– Figure-toi que cette cinglée veut qu'on se remette ensemble ! Cette même salope complètement givrée qui a failli me bouffer les couilles au petit déjeuner quand elle m'a surpris en train de parler avec cette fille de Walgreens. Et maintenant, elle veut qu'on se marie et que je lui fasse un gosse. Tu le crois, ça ? demanda Manny avant de tirer sur sa cigarette. J'aurais jamais dû aller à cette soirée des avocats. Jamais ! Je sais plus où j'en suis, Dom. Je perds la boule. Quelques verres de trop, un petit tour au pieu en souvenir du bon vieux temps, et voilà que je suis prêt à troquer mes couilles contre un salon tout équipé.

– Tu étais prévenu, mon pote.

Dominick avait espéré profiter du silence de ces cinq heures de route jusqu'à Raiford pour réfléchir à tout ce qu'avait dit C. J., et surtout à tout ce qu'elle n'avait pas dit. Mais Manny avait insisté pour venir et Dominick était obligé d'écouter l'Ours aboyer et grogner. Mais peut-être était-ce une distraction bienvenue finalement. À force de réfléchir à ce qui l'attendait, il risquait d'exploser. Or il avait besoin de garder son calme.

– C'est juste. Mme le procureur m'avait mis en garde et elle est bien placée pour savoir que sa secrétaire est cinglée.

Après cela, Manny resta muet pendant de longues

secondes. Tout le monde au sein de la brigade spéciale savait que C.J. avait quitté son poste et Miami. Pas besoin d'être un génie pour comprendre qu'elle avait également quitté Dominick puisqu'il continuait à venir bosser tous les jours. La plupart de ses collègues l'évitaient soigneusement ; ils le laissaient seul pour soigner ses plaies dans l'intimité. Mais pas Manny, qui se sentait obligé de faire exactement le contraire. Il possédait suffisamment d'expérience dans le domaine des ex pour savoir que le remède idéal, c'étaient de bonnes parties de rigolade, un bon pote, et pas mal de verres pour tenir le coup durant les premières semaines et remonter en selle ensuite. En tout cas, il n'avait certainement pas besoin de partir seul pour aller interroger dans le couloir de la mort le serial killer qui s'était vanté en plein tribunal d'avoir violé et torturé celle qui était maintenant son ex-fiancée. Non, ce serait une mauvaise idée de le laisser y aller seul, s'était dit Manny en entendant Dom s'entretenir au téléphone avec le directeur du pénitencier.

– C'est bon, l'Ours, dit Dominick en voyant que le silence s'éternisait un peu trop. Je peux parler d'elle. Je suis un grand garçon.

– Les femmes, Dommy. Je ne suis pas un spécialiste en la matière… Regarde-moi, je sors avec une maboule qui veut devenir Mme Alvarez numéro 4 et je suis sur le point de céder, mais… Que veux-tu que je te dise ? Elles ont la peau douce et elles sentent bon. Elles ont une façon de te regarder et d'agiter leur cul… Je peux pas résister. Je craque à chaque fois.

– On parle de tes problèmes ou des miens ?

– Tu n'es pas tout seul, c'est ce que je veux dire. On a tous souffert à cause d'une femme.

Le score de Dominick était de deux maintenant. Les grands sapins qui bordaient la nationale paisible défilaient sous la forme d'une tache verte, parfois interrompue par des enseignes de stations-service ou de fast-foods. Il repensait à Natalie, sa première fiancée, son premier amour. Des cheveux châtains qui n'en finissaient pas, des yeux assortis qui lui souriaient d'un bout à l'autre de la pièce, même quand sa bouche ne bougeait pas. « Sept personnes idéales, avait-elle dit. D'après *Cosmo*, il y a pour chaque individu sept personnes idéales sur terre. À toi de les trouver. » Puis elle l'avait embrassé et avait ajouté, avec un petit rire : « Dieu merci, tu ne vis pas en Chine ! »

Il lui semblait qu'elle était morte depuis une éternité. Depuis cette époque où il pensait que rien ni personne ne pourrait soulager sa douleur, sa souffrance physique, quand elle s'était éteinte dans ses bras, dans ce lit d'hôpital. Il avait prié pour que la balle qui lui avait traversé le cerveau soit passée à côté de tout ce qui faisait Natalie. Mais ses yeux avaient cessé de sourire et trois jours plus tard, il la tenait contre lui quand le médecin avait débranché le respirateur car il n'y avait plus rien à faire. Il avait regardé sa poitrine se soulever une dernière fois. Puis il avait traqué les monstres qui lui avaient tiré cette balle dans la tête parce qu'elle tardait à leur donner son sac à main sur le parking du supermarché. Il avait fallu trois policiers pour le maîtriser et lui arracher son arme avant qu'il les tue tous les deux dans le hall du siège du MDPD.

Sept personnes idéales. Les six autres auraient pu tout aussi bien vivre en Chine car il avait juré alors de ne plus jamais regarder une autre femme. Puis il avait rencontré l'assistante du procureur, C.J. Townsend. Intelligente et drôle, cinglante dans un tribunal, d'une stupéfiante beauté qu'elle voulait absolument cacher. Mais les lunettes, la couleur de cheveux volontairement terne et les tailleurs noirs stricts ne parvenaient pas à la dissimuler.

Dominick avait rejeté d'emblée l'idée d'une éventuelle

liaison. Néanmoins, il devinait chez C. J. une femme différente de celle qu'il avait rencontrée et c'était elle qu'il voulait connaître. Il voulait qu'elle baisse sa garde pour qu'il puisse l'aider à réparer ce qui était brisé en elle. Il n'avait pas éprouvé ce besoin depuis Natalie. Avant de pouvoir dire non, il avait noué des relations intimes avec C. J., et même quand elle tentait de le repousser, il refusait de céder ; au contraire, il s'accrochait plus fortement encore car il savait que c'était ce qu'ils désiraient l'un et l'autre. Et il savait qu'il était amoureux d'elle.

Voilà que cette douleur insupportable avait resurgi. Mais de manière différente car C.J. n'était pas morte. Elle n'avait pas reçu une balle en pleine tête ; cette fois, l'homme qui lui avait pris celle qu'il aimait s'était servi d'un couteau. Lui aussi avait détruit ce qui faisait C.J.

Quelle ironie du sort, vraiment. L'histoire avait le don de se répéter. Neuf ans plus tard, voilà qu'il traquait de nouveau le monstre. Comment réagirait-il aujourd'hui ? Fort de son expérience, ferait-il usage de son arme avant que les gardiens de la prison puissent le maîtriser ? Peut-être était-ce une bonne chose que Manny l'ait accompagné. Car franchement, Dominick ignorait ce qu'il ferait en tant qu'homme, en tant que flic, lorsqu'il se retrouverait face au monstre qui s'était vanté d'avoir violé la femme qu'il aimait, avant de la laisser pour morte. Il voulait des réponses. Mais au-delà de cela, il ne savait pas trop de quoi il était capable.

– Merci d'être là, l'Ours.

Ce fut tout ce qu'il parvint à dire.

– De rien, *hermano*. On verra bien ce que ce connard a à nous dire, répondit Manny en baissant sa vitre.

L'odeur puissante des sapins et de l'herbe envahit l'habitacle, avant que Manny allume une autre cigarette.

Ils avaient quitté la nationale depuis une quinzaine de kilomètres pour emprunter une route à deux voies qui passait devant de modestes maisons, des écuries et de petites fermes entourées de pâturages douillets. Difficile d'imaginer qu'il y avait tout près d'ici, dans un rayon de vingt kilomètres non pas une prison, mais six ! Toutefois, celle où ils se rendaient cet après-midi était différente des autres. Le pénitencier de l'État de Floride était un établissement de haute sécurité qui abritait mille deux cents détenus. Il se différenciait de ses voisins car il abritait les pires criminels de l'État, des psychopathes si violents qu'ils devaient rester isolés les uns des autres vingt-quatre heures sur vingt-quatre. Ils mangeaient seuls et dormaient seuls. Même pour les promenades, ils étaient seuls. Des enclos grillagés baptisés « chenils » les séparaient quand ils étaient autorisés à mettre le nez dehors, trois fois par semaine. Lorsqu'ils se rendaient aux douches, ils étaient menottés. Pour les conduire à la clinique, on leur mettait des fers aux pieds. Et, bien évidemment, cette prison possédait une autre particularité : pour quarante-quatre de ces détenus, cet endroit serait la dernière étape. Le sous-sol de l'aile Q abritait la seule salle de Floride destinée aux exécutions capitales, sur la chaise électrique ou par injection mortelle. On l'appelait La Maison de la Mort.

– Qui vit dans ce truc ? demanda Manny, alors qu'ils passaient devant un bâtiment de brique qui semblait plus neuf que les autres.

– Le personnel. Les gardiens ne vivent pas au zoo, répondit Dominick.

Ils quittèrent les sapins pour déboucher sur une vaste plaine qui avait été déboisée à dessein. Dominick tourna à gauche pour s'engager sur une voie goudronnée qui les conduisit dans l'enceinte d'un vaste complexe de deux étages. Ils s'enfoncèrent au milieu des clôtures coiffées de barbelés aiguisés qui s'étendaient sur presque deux kilomètres, passèrent devant des détecteurs électroniques de mouvements et d'immenses miradors, puis finalement franchirent une imposante voûte d'entrée en pierre. Des lettres en métal rouillé leurs souhaitèrent la bienvenue au pénitencier de l'État de Floride.

45

– Une voix râpeuse brailla dans une douzaine de talkies-walkies :

– Accès aile Q ! Ouvrez secteur E !

À presque cinq cents mètres de là, au bout d'un long couloir en ciment, Dominick et Manny entendirent le bourdonnement qui accompagnait l'ouverture des barreaux d'acier du couloir E, l'ultime barrière avant l'aile Q, le couloir de la mort. Suivi du bourdonnement des portes du secteur D, et ce nouveau braillement dans les talkies-walkies :

– Accès aile Q ! Ouverture secteur D !

C'est alors que Dominick l'entendit approcher. Les bottes du gardien frappaient le sol en ciment, ses clés tintaient au même rythme que les chaînes qui obligeaient le prisonnier à traîner les pieds. Telle une centaine de serpents à sonnettes agitant leurs queues en guise d'avertissement, le bruit métallique s'amplifiait à chaque pas. Finalement, il s'arrêta, à quelques mètres de là, derrière l'épaisse porte en acier qui s'ouvrait sur le couloir. Des clés cognèrent contre la porte, une sonnerie rauque retentit, la serrure cliqueta et la porte s'ouvrit.

Assis sur le bord de la petite table en métal, Dominick leva la tête. Il était déjà venu à plusieurs reprises dans ce pénitencier pour interroger des prisonniers et, chaque fois, il retenait son souffle quand cette porte s'ouvrait.

Dans quelques secondes, il découvrirait ce que ces murs avaient fait de l'homme qu'ils avaient avalé et qu'ils allaient recracher. La transformation était toujours un spectacle pénible. Très souvent, il était même effrayant.

Il ne vit tout d'abord que l'uniforme beige et brun du sergent et de tous les autres gardiens qui entouraient la tache orange de la chemise, couleur des détenus du couloir de la mort. La porte se referma violemment et le sergent aboya :

– Aile Q 10-97. RAS !

Le règlement du FDLE interdisait à ses agents d'entretenir des rapports avec une victime, un accusé, ou un témoin impliqué dans une affaire. Toute violation pouvait déclencher une intervention du Bureau des enquêtes exécutives, l'équivalent des Affaires Internes. Compte tenu de ses liens avec C.J., Dominick poussait le bouchon un peu trop loin en venant ici et il s'exposait à des sanctions, mais il n'en avait plus rien à faire. Soudain, il sentit son cœur cogner dans sa gorge ; l'air devint plus épais.

Le bruit des chaînes pénétra dans la pièce. Le gardien poussa l'homme dans le dos.

– Allez, avance !

Il était plus mince que la dernière fois où Dominick l'avait vu, mais sous sa chemise orange et son pantalon bleu ample, on voyait que Bantling s'était religieusement maintenu en forme. Les muscles de ses avant-bras étaient bien dessinés, les veines de son cou saillaient. Ses cheveux blonds étaient lissés en arrière et son beau visage était rasé de près, mais la pâleur de sa peau privée de soleil contrastait de manière brutale avec l'orange de sa chemise et lui donnait l'apparence d'un fantôme. Une lueur de perplexité brillait dans ses yeux et il balaya la pièce du regard pour découvrir dans quel but on l'avait conduit ici. C'est alors qu'il aperçut Dominick et Manny et un sourire se dessina sur ses lèvres.

– Appelez-nous quand vous aurez terminé, lança le gardien.

Son badge indiquait : SERGENT DICK PLEMMEL. Un gros trousseau de clés pendait à sa ceinture, qui avait glissé sous son énorme bedaine. D'une main aux ongles sales, il désigna le téléphone posé sur la table et ajouta :

– S'il vous fait des histoires, on est au bout du couloir.

Sur ce, il ressortit dans un tintement de clés.

– Il mérite bien son nom [1], n'est-ce pas, agent Falconetti ? dit Bantling avec un ricanement, après le départ du sergent. Il aime faire croire aux détenus qu'il détient les clés de la prison. Toutes les clés. Et qu'ils n'ont pas intérêt à faire les malins avec lui car il peut ouvrir autant de portes qu'il peut en fermer. C'est de la guerre psychologique. Ça aurait peut-être fonctionné dans les années cinquante quand c'étaient encore des clés et non pas des ordinateurs qui ouvraient les portes et quand les meurtriers pouvaient avoir peur de leurs geôliers. Mais ici, tous les gars se moquent de Dick lorsqu'il passe en faisant tinter ses clés car ils savent que sa vie en dehors d'ici, ironiquement, est encore pire que la leur.

– Alors, on se la coule douce ? demanda l'Ours en posant son épaisse carcasse sur une chaise. (Il sortit une cigarette et la tendit à Bantling par-dessus la table.) Tu as fait la connaissance d'Ol' Sparky [2] lors de la visite guidée ?

Bantling ignora Manny.

– Eh bien, agent Falconetti. Qu'est-ce qui vous amène en cette belle journée… Quel jour sommes-nous ? Mercredi ? Pardonnez-moi, je perds la notion du temps parfois. Il y a tellement de choses à faire ici.

1. *Dick* : Crétin, andouille. (N.d.T.)

2. Surnom donné à la chaise électrique dans l'État de Floride. (N.d.T.)

– Je pensais que vous me le diriez, répondit Dominick.

– Allons, ne jouez pas les timides. À voir votre tête et celle de votre copain le gros costaud, je dirais que c'est du sérieux. Étant donné ce qui nous rapproche, agent Falconetti, j'oserais affirmer que votre visite concerne votre petite amie.

Dominick regarda autour de lui ; il essayait de contenir ses émotions, comme il le ferait avec n'importe quel autre prisonnier. *Ne le laisse pas t'attirer dans son piège. C'est toi qui mènes l'interrogatoire. Garde le contrôle.*

– Qu'est-ce que vous faites ici, toute la journée ? demanda-t-il.

– Je réfléchis. Beaucoup. Alors, ça fait quel effet de se retrouver de nouveau sous les projecteurs ? Quelle célébrité ! Ici, on ne parle que de vous.

– Je vois que vous recevez les journaux.

– Les gars de mon secteur s'excitent quand ils apprennent qu'un flic a été tué. Vous savez ce qu'on dit des bonnes nouvelles : elles circulent vite. Nous en sommes à combien maintenant, agent Falconetti ? Quatre, c'est bien ça ? On dirait que les gens se révoltent. Vous devriez faire attention.

– Ferme ta grande gueule, dit Manny.

– Ou sinon, inspecteur Alvarez ? Vous allez m'arrêter ? M'inculper pour menaces à un représentant de l'ordre ? C'est peut-être moi qui ai besoin de protection. Il semblerait que tous ces flics menteurs et dealers avaient un point commun avant d'avaler une lame de couteau... moi.

– Tu as envie de nous faire partager ce que tu sais au sujet de ces meurtres ? demanda Manny.

– Ce que je sais ? Je sais que le type qui m'a arrêté illégalement est le premier à avoir été tué. Le sergent qui l'a couvert est le dernier. Les deux au milieu, c'étaient peut-être pour le plaisir.

– Vous avez entendu parler d'une statuette ? Des petits singes en jade ? demanda Dominick.

– Vous voulez mon avis de décorateur professionnel ?

– Fais pas le malin, dit Manny.

– Si je vous dis certaines choses, qu'est-ce que j'aurai en échange ? demanda Bantling sans quitter Dominick des yeux.

– Tu soulageras ta conscience, répondit l'Ours avec un reniflement d'exaspération. Dis-lui ce qu'il veut savoir et on te laissera retourner à ta thérapie de groupe.

– Pas la peine. Je me sens très bien.

– Dites-moi ce que vous savez sur cette statuette en jade, insista Dominick. Les trois singes qui se cachent les yeux, la bouche et les oreilles.

Un instant s'écoula, puis un sourire narquois apparut sur le visage de Bantling.

– Nous voilà arrivés au cœur du problème, agent Falconetti. Il s'agit donc bien de votre petite amie. La douce Chloé Joanna. Vous n'êtes toujours pas mariés, n'est-ce pas ? Je vois que vous ne portez pas d'alliance.

– Ça suffit, dit Manny.

– Vous continuez à effeuiller la marguerite ?

– Qui lui a envoyé cette statuette ? demanda Dominick.

– Vous n'êtes plus ensemble, si ça se trouve, dit Bantling pour répondre lui-même à sa question. Et je parie que vous le regrettez. Alors comme ça, elle a un autre admirateur ? Il lui envoie des cadeaux ? Elle ne sait plus où donner de la tête.

– À qui avez-vous demandé d'envoyer cette statuette ? cria Dominick, les mains à plat sur la table en tendant son visage furieux vers le prisonnier.

– C'est une femme exceptionnelle, n'est-ce pas ? murmura Bantling. (Ses yeux bleus, fixés sur Dominick, ne cillaient même pas.) Il suffit de voir son visage une fois, son visage parfait, et on ne peut plus l'oublier.

Et ensuite, quand vous la possédez.... Hmm, fit-il en passant sa langue sur ses lèvres. C'est délicieux.

– Ferme ta gueule, connard ! ordonna l'Ours.

Dominick sentit la haine exploser dans son cerveau. S'il n'avait pas laissé son arme à l'entrée, il aurait buté ce type. Son poing s'écrasa sur le large sourire de Bantling.

– Non, Dom ! Bon Dieu de merde ! Qu'est-ce que tu fous ?

Manny se leva d'un bond, en faisant tomber sa chaise, pour maîtriser Dominick par-derrière.

Bantling s'écarta de la table et s'écroula, face contre terre. Il essaya de se relever, lentement, dans un fracas de chaînes ; le sang dégoulinait de son nez et de sa bouche. Des pas résonnèrent dans le couloir, des portes s'ouvrirent ; les gardiens accouraient. Sans doute avaient-ils assisté à la scène sur les écrans de surveillance.

– Espèce de malade ! hurla Dominick, immobilisé par l'Ours.

Bantling cracha du sang par terre, calmement.

– C'est ça qui vous ronge, en fait, agent Falconetti ?

La porte s'ouvrit et le sergent Plemmel se précipita, arme au poing, suivi de cinq autres gardiens.

– C'est quoi, ce bordel ? (Il se tourna vers Bantling.) Qu'est-ce que tu as foutu ?

Bantling l'ignora.

– Je parie que c'est ça, hein ? dit-il avec un sourire sanguinolent. Cette pensée perverse s'insinue dans votre cerveau toutes les nuits, pas vrai ? Quand vous la baisez, vous vous dites que c'est *mon* visage qu'elle voit. Toutes les nuits. Et c'est insupportable, hein ?

– Ramenez-le dans sa cellule ! aboya Plemmel.

Bantling s'essuya la bouche avec la manche de sa chemise orange. Il regarda le sang qui maculait son bras et leva les yeux vers la caméra de surveillance installée en hauteur dans un coin de la pièce. Il retrouva son sourire.

– Je suppose qu'on se reverra, dit-il tandis que deux gardiens le poussaient vers la porte. Sergent Dick, je crains d'avoir le nez cassé. N'effacez pas cette vidéo de surveillance, surtout !

– Avance, connard ! beugla Plemmel.

– J'aurais dû le buter, dit Dominick.

– Calme-toi, Dom, dit Manny, dont les bras épais encerclaient toujours son ami. Il ne mérite pas que tu perdes ton boulot.

– N'oubliez pas de transmettre mes salutations à Chloé, agent Falconetti ! lança Bantling par-dessus son épaule en s'éloignant dans le couloir avec ses chaînes aux pieds. Et dites-lui que je la reverrai bientôt, elle aussi. Très bientôt.

– Ouvrez ! beugla le sergent.

La sonnerie rauque retentit, les barreaux d'acier de la porte du couloir s'ouvrirent et se refermèrent avec un bruit sourd.

46

Bill Bantling ne pouvait s'empêcher de sourire. Il rayonnait littéralement, malgré son nez cassé et sa dent brisée. Et même quand l'apprenti dentiste nerveux la lui arracha avant que la novocaïne ait eu le temps de faire effet, il continua à sourire.

Pourtant, il aurait dû être furieux, étant donné ce qu'il venait de découvrir. L'épouvantable scénario tenait parfaitement debout maintenant. Il avait été piégé, condamné à tort, il y a trois ans. Cela n'avait jamais fait aucun doute. Mais à mesure que les jours devenaient des mois et les mois des années, à l'intérieur de cet enfer, il croyait avoir tout compris. Mais apparemment, quelques pièces du puzzle lui avaient échappé.

Quelqu'un avait déposé ce putain de cadavre dans sa voiture cette nuit-là, et à cause d'une coïncidence ou d'un élément beaucoup plus sinistre, un flic l'avait arrêté. Le reste avait été orchestré par cette femme qu'il aurait dû tuer quinze ans plus tôt. À partir du moment où il s'était retrouvé entre ses griffes, elle avait manipulé tout le système – le juge, les jurés, les inspecteurs et même, en définitive, son avocate incompétente – et elle l'avait envoyé croupir ici, dans l'Antichambre de la Mort, où il comptait les jours.

Au début, il n'avait pas réussi à deviner qui avait mis ce cadavre dans son coffre. Et puis, juste après qu'ils lui avaient rasé la tête et offert une nouvelle garde-robe, un gardien lui avait refilé un journal de la veille. Avec le visage défait de cette femme à la une. C.J. Townsend sortant du cabinet de son psychiatre *à lui*, escortée vers une ambulance par une armée de policiers. Il avait lu l'article consacré au célèbre procureur de l'affaire du Vorace, qui avait failli être victime d'un plagiaire sauvage. Ici même, à Miami. Dans le cabinet de son psychiatre *à elle*. Dieu merci, elle avait réussi à tuer ce salopard avant qu'il fasse sa *première* victime.

C'était ainsi que les journaux voyaient les choses. Comme les flics et la justice. Le Dr Gregory Chambers était un cinglé en devenir, un aspirant serial killer, obsédée par sa patiente, C.J. Townsend. Le véritable Vorace, William Rupert Bantling, était toujours sous les verrous, sous bonne garde, dans le couloir de la mort, où il attendait son tour. *Ouf, honnêtes citoyens ! On l'a encore échappé belle !*

Mais lui savait. Et cette salope aussi. Il avait essayé d'exposer ses arguments quand on l'avait jugé pour les meurtres des dix autres femmes qu'il n'avait pas tuées. Mais personne ne l'avait écouté car il avait déjà été condamné. Personne n'avait *pu* l'écouter car elle avait œuvré en ce sens. Chambers était mort et les morts ne parlent pas. D'autant qu'on avait découvert un cadavre encore frais dans *son* coffre de voiture, qu'on avait retrouvé des preuves à *son* domicile, que les cœurs des autres victimes du Vorace menaient jusqu'à *lui* et qu'*il* avait déjà été reconnu coupable d'un de ces meurtres. Et pour des questions juridiques à la con, peu importe que le bon docteur soit le véritable Vorace et qu'il ait réussi à le piéger, lui Bantling, pour lui faire porter le chapeau. Que Chambers ait fait tout ça juste pour avoir le plaisir de voir cette chienne se déchaîner sur son violeur, les griffes sorties, visant la jugulaire. Sa condamnation, la victoire de C.J. Townsend, avait été utilisée contre lui lors du procès suivant, et c'était ce qui avait planté le dernier clou dans son cercueil.

Mais maintenant, grâce au revirement de son avocate incompétente, exposé dans une lettre de deux pages, truffée de jargon juridique, qu'elle lui avait envoyée dans sa cellule, il savait que ce n'était pas une coïncidence si ce jeune flic avait décidé de l'arrêter sur le bas-côté, cette nuit-là. Et grâce à Falconetti, il savait également qu'une autre personne, en plus du bon docteur décédé, ne voulait pas que cette vérité soit connue. Il y avait quelqu'un d'autre, en plus de la douce Chloé Joanna, qui serait ravie de le laisser mourir pour un crime qu'il n'avait pas commis. Maintenant, il savait pourquoi.

C'était évident tout à coup. Très simple, même. *Je n'entends rien. Je ne vois rien. Je ne dis rien.* Très astucieux, il devait le reconnaître. Le parfait télégramme, expédié à domicile. Un avertissement pour la suite. Le sort réservé aux témoins et aux menteurs.

Il savait qui était l'admirateur secret de C.J. Townsend. Elle avait toutes les raisons du monde d'avoir peur. À vrai dire, elle devrait être terrorisée.

47

À l'instant même où elle avait quitté Miami, elle avait su que toute fuite était impossible. Elle avait quand même essayé, en retournant vers les rivages familiers de la Californie où elle avait grandi. À cinq mille kilomètres et deux fuseaux horaires de là, dans un bungalow loué à la semaine, sur la plage de Santa Monica, perdue au milieu d'une foule d'inconnus. Elle ne recherchait pas le confort apaisant et l'intimité de ses parents et de ses vieux amis dans la quiétude de Sacramento ; elle recherchait l'anonymat. Elle avait besoin d'espace et de temps pour réfléchir, loin de la pression permanente qui l'attendait à Miami.

La spirale des événements lui échappait de nouveau. En toute honnêteté, elle ne savait pas si son jugement était à ce point altéré qu'elle voyait des fantômes là où il n'y en avait pas. Elle était accablée par tout ce qu'elle savait, ce qu'elle avait fait ; sa vision était obscurcie, d'une certaine façon, par la culpabilité. Pour ceux qui ignoraient ses mensonges, les faits désignaient une autre direction : il existait d'autres explications plausibles, et réconfortantes, qui ne menaient pas inévitablement à elle ou à William Bantling. Peut-être que ce qu'il lui fallait, c'était se soustraire à l'environnement corrosif de la justice dont elle connaissait trop de récits sordides, un système juridique imparfait qui pouvait se laisser compromettre et où les garde-fous étaient parfois contournés. Peut-être n'y avait-il aucun lien entre ces policiers assassinés et Bantling, finalement. Elle était maintenant prête à parier que Bantling avait entendu parler des meurtres de Veste Noire en prison. Et pour lui flanquer la frousse, il avait chargé quelqu'un de lui envoyer cette statuette à son bureau. Un souvenir pervers. La direction du pénitencier bloquait désormais tout le courrier que Bantling continuait à lui adresser, des lettres bouillonnantes de haine. Mais parfois, l'une d'elles passait entre les mailles du filet. C.J. la déchirait rageusement en la tenant avec les pans de sa veste ou de son chemisier car elle ne voulait même pas toucher l'enveloppe sur laquelle il avait écrit, qu'il avait léchée. Alors oui, elle aurait dû s'attendre à un colis surprise de sa part, mais ça ne voulait pas forcément dire qu'il *savait* qu'elle avait menti à la police. C'était peut-être une simple question de timing. Une coïncidence.

Elle était consciente de chercher des échappatoires, de se cacher la vérité ; elle enfonçait la tête dans le sable chaud de Californie en espérant que les problèmes disparaîtraient d'eux-mêmes. Elle savourait ce fantasme. Elle avait même commencé à chercher un logement à long terme et à éplucher les offres d'emploi ; elle s'était renseignée sur les conditions d'admission au barreau de Californie. Dominick lui manquait terriblement, mais elle ne pouvait se résoudre à décrocher son téléphone et quand il l'appelait, elle laissait ses appels échouer dans la boîte vocale de crainte qu'il ne la tienne informée de l'enquête. Ou pire : qu'il réussisse à la convaincre de revenir. Elle savait que ce serait encore plus dur si elle entendait sa voix. Elle voulait rester ici et se cacher. Les lettres de Bantling ne parvenaient plus jusqu'à elle. Ici, son biper ne sonnait pas. Il n'y avait plus de cadavres à découvrir en pleine nuit et à ramener à la maison dans ses rêves.

Pourtant, au moment même où elle avait débarqué à l'aéroport de Los Angeles, elle avait su que ça ne durerait pas.

Assise dans un vieux fauteuil de jardin en plastique sur son balcon situé au premier étage, elle sirotait un autre verre de vin et fumait une cigarette en observant la promenade et la magnifique mer bleu foncé et écumante qui roulait bruyamment au loin. Le soleil couchant avait déversé dans le ciel des oranges et des mauves flamboyants et il poursuivait sa lente descente pour déposer un ultime baiser sur la ligne d'horizon. De l'autre côte de la plage, la grande roue illuminait la jetée ; les échos des rires, des cris et de la musique de manège flottaient sur son balcon comme une symphonie. Pendant une longue et délicieuse minute, son esprit troublé s'attarda uniquement sur le goût âpre du vin au fond de sa gorge, l'odeur de l'océan et la musique nocturne.

C'est alors qu'elle commit l'erreur d'interroger sa boîte vocale. Elle avait trois messages : deux de Jerry Tigler et un de Rose Harris, sa collègue des *Major Crimes,* et procureur dans le deuxième procès Bantling, celui relatif aux dix autres victimes du Vorace. Tigler comme Harris la priaient de les rappeler le plus vite possible. L'un et l'autre semblaient dans tous leurs états.

C.J.. savait au fond d'elle-même de quoi il s'agissait, de *qui* il s'agissait. Elle aurait dû les ignorer. Elle aurait dû décider sur-le-champ de construire une nouvelle vie, ici en Californie, quel qu'en soit le coût.

Mais en composant le numéro du domicile de Tigler, elle était consciente que son séjour sur la côte Ouest touchait à sa fin. Le fantasme de la fuite était terminé.

Miami l'appelait.

48

Jerry Tigler décrocha après la première sonnerie ; l'angoisse était perceptible dans sa voix haletante. Il était 22 heures en Floride. Habituellement, il était déjà couché.

– Allô ?

– Jerry ?

– C.J. ! Où étiez-vous passée ?

– J'étais occupée. Je viens d'avoir votre message. Que se passe-t-il ?

– Où êtes-vous ? Tout le monde essaye de vous joindre depuis ce matin.

– Ça semblait important.

– Avez-vous parlé à Rose ?

– Non. Je vous ai appelé en premier.

– C.J., vous devez interrompre vos vacances. Je sais que vous traversez… une période difficile et je m'en veux de vous faire ça, mais on a besoin de vous.

– Jerry, je ne suis même pas certaine de rentrer un jour.

– Il le faut ! Il a déposé un article 3, C.J. ! William Bantling. Le Vorace. Sa demande est arrivée ce matin. C'est Rose qui l'a.

C.J. sentit son cœur s'emballer tandis qu'elle buvait la dernière gorgée de vin, en prenant soin de mettre sa main devant sa bouche pour que Tigler ne l'entende pas.

Un article 3. C'était une expression employée dans le métier pour parler d'une requête déposée après condamnation, conformément aux articles 3.850 et 3851 du code de procédure pénale de l'État de Floride. Seul mécanisme juridique pouvant permettre à un détenu, à ce stade et au niveau des tribunaux locaux, de revoir la lumière du jour. Elle compta mentalement les mois et les jours, juste pour vérifier que son calcul était correct.

– Un article 3 ? Il a déjà tenté le coup, Jerry. La condamnation et la sentence ont été prononcées en 2002. Le délai de recours est donc écoulé. Conformément au 3851, c'est trop tard. Sur ce point au moins, le droit jurisprudentiel est clair.

– Vous croyez que je vous aurais appelée en pleine nuit si c'était aussi simple, C.J. ? Rose connaît toutes les procédures d'appel comme le fond de sa poche. D'après elle, on a un problème.

– Quel problème ? Moi aussi, je connais les procédures d'appel, Jerry. Sur le plan légal, Bantling ne peut plus…

– Il affirme que vous avez dissimulé des preuves. Il attaque simultanément le jugement et la sentence.

C.J. sentit son estomac se soulever. Malgré tout, elle essaya de conserver une voix normale.

– Ils disent tous ça, Jerry. Ce sont des paroles en l'air. Il a déjà essayé de nous faire le coup dans sa demande de révision de procès et dans sa précédente requête, et ça n'a pas marché. Pour moi, il n'y a rien de nouveau dans tout ça. Aucun élément qui n'aurait pu être découvert plus tôt si son avocate avait fait preuve d'un zèle suffisant.

– C'est Neil Mann qui s'occupe de son appel. Il a joint à sa requête une attestation de Lourdes Rubio dans laquelle elle atteste avoir dissimulé des preuves à son client. Et affirme avoir agi de connivence avec vous. Mann prétend qu'il existe une cassette audio. Un enregistrement du standard de la police. La voilà, votre nouvelle preuve.

C.J. ne savait pas quoi dire. Il n'y avait rien à dire. Elle avait envie de lâcher le téléphone et de fuir, mais ses jambes refusaient de bouger.

– Il faut que vous répliquiez, C.J. Le juge Chaskel veut votre réponse cette semaine. Il déterminera alors s'il est nécessaire de procéder à une nouvelle audience.

– Rose ne peut pas…

– Je vous arrête tout de suite. Si on commet la moindre erreur, ce type sortira du pénitencier. Les inculpations obtenues par Rose étaient toutes fondées sur vos preuves, conformément à la Williams Rule. Tout repose sur la condamnation à laquelle vous étiez parvenue. Si celle-ci est annulée, toutes celles obtenues par Rose subiront le même sort.

Et surtout, il y avait des élections cette année, se dit-elle. Si William Bantling, le serial killer le plus prolifique de toute l'histoire de la Floride depuis Ted Bundy, était libéré, Tigler pouvait dire adieu à son fauteuil et à son avenir politique.

Généralement, les crimes antérieurs et les délits commis par un individu ne pouvaient être utilisés à charge au cours d'un nouveau procès, cela afin d'éviter que les jurés raisonnent de la manière suivante : « Puisqu'il l'a fait une fois, il a très bien pu recommencer. » S'il était frustrant de passer sous silence trois pages d'antécédents quand on jugeait un type pour son quatorzième cambriolage, C.J. comprenait le sens de cette loi. Mais il existait une exception, connue sous le nom de Williams Rule. En Floride, les condamnations antérieures et les preuves qui s'y rattachaient étaient jugées recevables dans le cadre du nouveau procès si elles pouvaient éclairer l'identité d'un accusé, ses intentions, son mode opératoire, son mobile ou ses tendances criminelles.

La condamnation de Bantling pour le meurtre d'Anna

Prado et les faits relatifs à cet homicide avaient donc été admis comme éléments à charge dans le procès qui avait eu lieu plus tard cet été-la, procès orchestré par Rose Harris et relatif aux dix autres meurtres. La méthode utilisée pour tuer, l'ablation des cœurs, la manière dont elle était pratiquée, les caractéristiques des victimes choisies, étaient identiques dans les onze meurtres. Elles avaient donc été évoquées lors du deuxième procès afin de prouver le lien entre les affaires. Pour une fois, on avait le droit de penser : « Puisqu'il l'a fait une fois, il a très bien pu recommencer. » C'était autorisé par la loi. Et même recommandé.

Hélas, ce petit bonus causait aujourd'hui un énorme problème. Si la condamnation de Bantling pour le meurtre de la jeune Prado était annulée sous prétexte qu'une preuve avait été obtenue illégalement, alors l'utilisation de cette preuve dans le procès qui avait suivi serait elle aussi interdite. Autrement dit, sa condamnation pour les dix autres meurtres serait annulée. Il aurait droit à un nouveau procès, pour tous les meurtres, et on reviendrait à l'arrestation illégale sur la route.

– Jerry, je…

Elle bégayait, la tête baissée. Les lumières de la grande roue se reflétaient sur les voitures garées sur le parking en bas ; C.J. les regardait tournoyer sans fin sur les pare-brise.

– Je voulais rester ici. Je ne voulais pas rentrer.

– Où que vous soyez, sautez dans le premier avion, conclut Jerry Tigler d'un ton ferme et froid. C'est vous qui avez instruit ce dossier et vous avez tous du souci à vous faire si jamais ce type sort de prison. À en juger par ce qui s'était passé dans cette salle de tribunal, il y a trois ans, il n'existe aucun endroit sur cette terre où vous pourrez lui échapper.

49

Dominick ne fut pas étonné quand le chef Black le fit venir dans son bureau pour avoir une petite conversation avec lui, une semaine après sa visite au pénitencier de Raiford. Il pensait même que la confrontation aurait lieu plus tôt. Black lui annonça que les services internes ouvraient une enquête suite aux accusations de brutalités policières portées par Bantling, une procédure habituelle dans les cas de plainte pour usage excessif de la force. Cela pouvait prendre quelques jours, quelques semaines ou quelques mois. « Tenez bon, dit Black tandis que Dominick ressortait de son bureau. Et la prochaine fois, regardez bien où vous vous trouvez avant de laisser un salopard vous prendre la tête. » Allusion à l'enregistrement vidéo qui avait déjà été diffusé une douzaine de fois à l'intention des huiles de la police au siège du FDLE à Tallahassee.

Dominick était très en colère contre lui-même, il s'en voulait d'avoir perdu son sang-froid. Il risquait d'être suspendu, et même de perdre son boulot à cause de cette histoire. Tout ça pour quoi ? Il n'avait rien gagné. Aucun renseignement, rien qui puisse aider C.J. ou l'enquête sur Veste Noire. Et maintenant, il se retrouvait avec un énorme nuage noir au-dessus de la tête, face à une administration furieuse, quatre meurtres non élucidés, une opinion publique angoissée qui lui mettait la pression et une fiancée qui ne l'était plus. Sans parler de cette foutue migraine qui ne le quittait pas depuis plusieurs jours.

Il fut surpris, en revanche, deux jours après son passage dans le bureau de Black, d'être accueilli sur le parking par Mark Gracker et deux voitures remplies d'agents du FBI. Quand ils brandirent leurs insignes sous son nez, comme s'il ignorait qui il était, Dominick faillit éclater de rire. Gracker menait la meute.

– Agent Dominick Falconetti.

– C'est quoi, ce bordel, Mark ?

– Je vous prie de me suivre, dit Gracker.

– À quel petit jeu débile vous jouez ? demanda Dominick en regardant autour de lui et en haussant la voix.

Gracker se contenta de montrer la *fedmobile* noire arrêtée derrière lui. La portière était ouverte.

Dominick se dit qu'il serait préférable d'ignorer Gracker. Son mauvais caractère lui avait déjà valu pas mal d'ennuis dernièrement et s'il restait ici une minute de plus, il allait refaire le portrait de ce gros lard. Et même si cela ne pouvait qu'améliorer son physique, ce ne serait certainement pas une bonne idée. Au moment où il passait devant Gracker pour s'éloigner, celui-ci le saisit par le coude et dit d'un ton railleur :

– Peut-être que vous ne m'avez pas entendu, *Dom*. Je vous demande de venir avec nous. N'aggravez pas la situation inutilement.

Dominick se dégagea d'un mouvement d'épaule.

– Je n'irai nulle part avec vous. Vous venez ici, devant *mon* bâtiment pour me demander de monter dans *votre* putain de bagnole ? Allez vous faire foutre, Mark. Ma journée est déjà assez merdique comme ça, n'en rajoutez pas.

Dominick tenta de nouveau de s'éloigner, mais deux agents du FBI lui bloquèrent le passage. L'un d'eux était Chuck Donofrio, un vieux pote avec qui Dominick avait fait équipe, il y a longtemps, quand ce type appartenait à la police de Miami-Dade. Il regarda Dominick comme si celui-ci le décevait terriblement, puis il secoua la tête.

– Allez, Dom, ne complique pas les choses.

– Qu'est-ce que tu fous, Chuck ? Ça veut dire quoi ?

Il regarda autour de lui les visages de ces hommes avec qui il avait travaillé et qui le respectaient jadis. Il remarqua la position qu'ils avaient adoptée et la portière arrière de la voiture restée ouverte ; c'était la posture défensive que prennent les flics quand ils s'apprêtent à embarquer quelqu'un. Il connaissait cet air dur et inflexible qu'il voyait dans leurs yeux. La roue avait tourné. Il était devenu un suspect.

– Vous voulez savoir ce que ça veut dire, connard ? demanda Gracker avec un rictus, comme si c'était exactement la réaction qu'il attendait. C'est l'heure des comptes. Votre journée merdique est loin d'être finie. Donnez-moi votre arme et montez dans cette bagnole, agent Falconetti. J'ai un mandat d'arrêt à votre nom. Vous avez le droit de garder le silence. Je crois que vous connaissez la suite.

50

Assise à son bureau dans son fauteuil bordeaux (celui dans lequel elle pensait ne plus jamais s'asseoir), elle contemplait la réalité, noir sur blanc, de la requête déposée par Bantling.

Ce n'était pas de la paranoïa. Ce n'était pas une réaction excessive. Ce n'était pas de la mauvaise conscience. C'était bien réel, et cette réalité était là, sous ses yeux. Sous les yeux du juge. Sous les yeux du monde entier maintenant. C'était exactement le genre de requête qu'espéraient tous les greffiers qui s'ennuyaient. La demande en divorce de Tom Cruise et Nicole Kidman. Le contrat de mariage de Carmen Electra et Dennis Rodman. La requête qui dit : « Le procureur-impliqué-dans-la-plus-grande-affaire-criminelle-qu'ait-connue-Miami-a-merdé. » Ils sentent l'attention des médias dès que les portes vitrées s'ouvrent et que le collaborateur judiciaire ou le coursier dépose le dossier sur leur bureau avec un clin d'œil et un « Prenez-en soin de celui-ci. C'est du lourd ».

Quand Neil Mann avait rédigé la requête, les fuites en direction de la presse avaient certainement quitté le bureau du greffier avant même que l'encre du tampon du tribunal soit sèche. Les coups de téléphone et les messages émanant des médias locaux avaient commencé alors que l'avion de C.J. ne s'était pas encore posé sur la piste de l'aéroport de Miami et la pile de petits papiers roses montait lentement mais sûrement sur son bureau. Marisol, exaspérée, avait menacé de réclamer un arrêt de travail à cause de la fatigue ou d'un traumatisme du canal carpien.

Pas besoin d'être un génie pour établir ces corrélations que, quelques jours plus tôt sur une plage de sable fin, son cerveau stressé avait considérées comme de simples coïncidences. LA DÉFENSE AFFIRME QUE LE PROCUREUR CHARGÉ DU PROCÈS DU VORACE A DISSIMULÉ DES PREUVES – UN POLICIER DE MIAMI BEACH ACCUSÉ D'AVOIR MENTI EST VICTIME DE VESTE NOIRE. Ce gros titre ouvrait les pages locales du *Sun Sentinel*, juste au-dessus d'une photo d'elle la montrant à sa sortie du tribunal, trois ans plus tôt, anxieuse. Sans doute devrait-elle s'estimer heureuse : elle ne faisait pas la une. Elle n'avait pas besoin de lire la suite. D'ailleurs, elle jeta le journal dans la corbeille en sortant du drugstore, avant même que l'employé ait déposé ses 50 cents dans la caisse.

Il était évident, d'après la requête rédigée par Mann, que Lourdes avait effectivement changé d'avis et de position. Dans son attestation de trois pages, elle avouait : « Je n'ai pas tout mis en œuvre pour défendre mon client, délibérément. » Et aussi : « J'ai négligé mes devoirs d'avocate de la défense dans une affaire où mon client encourait la peine de mort. » Elle disait également avoir « négligé les contre-interrogatoires des témoins et ne pas avoir présenté certains témoignages ou certaines preuves en sachant qu'ils conduiraient à l'annulation des éléments à charge retenus contre [s]on client ». De fait, elle avait « volontairement dissimulé au tribunal et à [s]on client des preuves susceptibles de le disculper ». Elle affirmait également avoir menti lorsque le tribunal lui avait demandé s'il y avait du vrai dans les allégations de l'accusé, selon lesquelles il avait violé l'assistante du procureur. Et en guise de grand finale, Lourdes avait largué une bombe : elle était en possession d'un enregistrement audio de la police dans lequel on apprenait la véritable raison pour laquelle Bantling avait été arrêté au volant de sa Jaguar. Lourdes expliquait que l'agent Victor Chavez avait menti sur les circonstances entourant cette interpellation, car celle-ci reposait sur une dénonciation anonyme, en l'absence de toute cause légale donc. Pour faire bonne mesure, elle ajoutait que C.J. connaissait l'existence de cet enregistrement, et qu'elle avait délibérément omis d'en faire part à la défense.

Ça se présentait mal. Mais comme le lui répétait souvent son père : « Une fois que la cloche a sonné, c'est trop tard. » C.J. ne pouvait rien dire pour se défendre sans proférer un nouveau mensonge. Combien de temps faudrait-il avant que tout s'écroule ?

Les coups frappés à la porte l'arrachèrent à ses pensées. Elle passa sa main dans ses cheveux avant de se lever pour aller ouvrir. S'il y avait une personne qu'elle n'avait pas envie de voir à cet instant, c'était bien Jerry Tigler. Il était déjà venu trois fois dans son bureau pour lui faire les mêmes remarques, sur un ton agressif et inquiet.

– C.J. ? Maître ? Vous êtes là ? (C'était Manny A lvarez.) Si vous êtes là, vous avez intérêt à me laisser entrer avant qu'elle me voie, sinon, fini le *café con leche*.

Elle ouvrit la porte et Manny entra, l'air épuisé et empestant la cigarette. Il tenait dans les mains deux gobelets en polystyrène. Il lui en tendit un.

– Tenez. Je me suis dit que vous auriez besoin d'un petit remontant. Vu la journée que je me tape, je parie que c'est encore pire pour vous.

– Vous avez lu le journal ?

– Comme tout le monde. Bon retour parmi nous. Ça craint, hein ?

C.J. se contenta de hocher la tête.

– Alors, c'est vraiment un problème ? demanda l'Ours en se laissant tomber dans un des fauteuils devant le bureau. Ces salopards sont prêts à raconter n'importe quoi pour le plaisir. Personnellement, j'ai jamais pu la sacquer cette avocate, Rubio. Trop coincée, trop sérieuse. Toujours en train de montrer les dents, jamais un sourire. Comme si elle n'avait pas baisé depuis longtemps.

– Manny…

– Sans vouloir vous offenser, maître, ça change tout. (Il lissa sa moustache d'un air songeur et fit sauter le couvercle de son gobelet.) J'ai lu dans le *Herald* ce qui s'était passé. C'est des conneries. Chavez était un minable, mais après avoir passé cinq minutes avec lui dans une pièce, personne n'aurait pu le croire capable d'orchestrer un complot pareil. J'étais sur place cette nuit-là et je lui ai parlé à ce gamin. Tout dans les couilles, rien dans la tête. Rubio a choisi le mauvais flic. Et en plus, elle vous implique dans cette histoire. Qu'est-ce qu'elle cherche ? (Il but son café en deux grandes gorgées et poussa un « Aaahh ! » de plaisir.) Ça prouve bien que ces foutus avocats de la défense ne reculent devant rien pour sauver leurs clients. C'est un truc que j'ai appris en dix-huit ans de carrière.

– Je suis en train de rédiger ma réponse. Chaskel doit l'avoir avant vendredi pour une audience de Huff.

– C'est quoi, ce machin ?

– En gros, il va déterminer si cette requête est suffisamment fondée pour mériter une véritable audience avec l'accusation et la défense.

– Oh, oh. Et ça veut dire quoi ?

– Bantling devra prouver ce qu'il affirme dans sa requête, à savoir qu'il existe de nouvelles preuves dans cette affaire et que celles-ci pourraient déboucher sur un acquittement ou un nouveau procès.

– Un nouveau procès ?

Manny s'était redressé dans son fauteuil, avec sur le visage une expression de totale stupéfaction.

– C'est ce qu'il espère. Et c'est ce que dit la loi.

– Putain de merde.

– Comme vous dites.

– Putain de merde.

– Il ne faut pas que cette audience ait lieu, Manny. Ils seraient obligés de le faire venir de Raiford. Le cirque recommencerait. Et s'il gagne, s'il est rejugé…

Sa voix mourut. Elle n'osait même pas affronter cette éventualité.

– Il faut absolument le faire venir ? demanda Manny. Cette audience, elle ne peut pas se dérouler uniquement avec les avocats ?

C.J. secoua la tête.

– Et vous seriez obligée de vous retaper toute cette merde ? Après toutes les horreurs qu'il vous a balancées au tribunal ? Quand il s'est vanté de vous avoir… (L'Ours s'agita nerveusement sur son siège ; il cherchait le mot juste.) … Agressée et tout ça. C'est pas normal.

– La charge de la preuve lui incombe. Je dois attendre de voir ce que va décider Chaskel.

– Putain ! Ce salopard est une vraie sangsue. Pas moyen de s'en débarrasser.

Ils restèrent muets un instant, pour réfléchir à ce qui venait d'être dit. Finalement, C.J. posa la question qui l'obsédait depuis que son avion avait atterri. Depuis qu'on avait frappé à la porte de son bureau et qu'elle avait espéré entendre la voix de Dominick de l'autre côté.

– Comment va-t-il, Manny ? Il doit être déstabilisé par toute cette histoire.

– Vous l'avez vu ?

– Non. Je…, bafouilla-t-elle. J'ai tout foutu en l'air en m'enfuyant comme ça. (Elle marqua un temps d'arrêt.)

Il est retourné chez lui et je… je ne l'ai même pas appelé. Et maintenant, il ne m'appelle plus non plus.

– Hé, attendez une seconde ! s'exclama l'Ours en se redressant dans son fauteuil pour se pencher en avant. Vous n'avez pas de nouvelles depuis quand ?

C.J. se sentait affreusement gênée. Elle pensait que Dominick aurait parlé de leur rupture à Manny, entre amis.

– Laissez tomber, dit-elle. Je suis désolée. Je ne voulais pas vous impliquer dans cette histoire.

– Vous n'êtes pas au courant ?

Elle sentit son cœur s'emballer.

– Au courant de quoi ?

– Nom de Dieu ! Je croyais que vous saviez. Je pensais qu'il vous aurait appelée. (Il passa la main sur son crâne lisse, comme s'il avait du mal à trouver les mots justes, là encore.) Dom n'enquête plus sur cette affaire. Ni sur aucune autre, grâce à votre sangsue. Il a été arrêté par les fédéraux pour violation des droits civils. Le FDLE l'a suspendu la semaine dernière.

51

Elle pénétra dans la résidence de Miami Beach, une ancienne cité HLM transformée en logements art déco ultrachic. Elle dénicha une des rares places disponibles sur le parking visiteurs et elle resta là, ne sachant plus trop que faire. La voiture de fonction qu'il conduisait généralement, la Grand Prix, n'était pas à son emplacement attitré. À la place, il y avait sa voiture personnelle, un Toyota 4Runner, qui restait habituellement dans la rue, inutilisée. Cela signifiait qu'il devait être chez lui. Après son arme, il avait dû rendre sa voiture.

Ils s'étaient dit que peut-être, après le mariage, ils vendraient leurs deux appartements et se mettraient en quête d'une maison, avec une piscine et un barbecue. Peut-être même qu'ils adopteraient un ou deux enfants pour remplir tout cet espace vide. C.J. leva les yeux vers l'appartement du troisième étage où elle avait passé pas mal de nuits au début de leur relation, et elle dut refouler ses larmes.

On était mercredi après-midi. En temps normal, elle n'aurait jamais pensé le trouver chez lui, mais plus rien n'était normal. Elle réfléchissait à ce qu'elle allait pouvoir dire, et de quelle manière, mais l'inspiration ne venait pas. Elle savait que cette conversation devait avoir lieu *de visu* ; malgré tout, elle aurait bien aimé qu'il décroche quand elle avait appelé pour lui annoncer sa venue.

Elle traversa le parking, franchit les portes vitrées et prit l'ascenseur jusqu'au troisième étage. Elle avait fait ce chemin des centaines de fois, mais aujourd'hui, tout lui paraissait différent. Le couloir n'avait pas la même odeur, l'air était plus froid, et elle se sentait indésirable, comme une intruse. Elle frappa à sa porte et attendit, mais elle n'entendit aucun bruit à l'intérieur. Elle l'appela avec son portable et entendit lc téléphone sonner dans l'appartement jusqu'à ce que le répondeur prenne le relais. Elle raccrocha.

Rentrer chez elle était hors de question. Sa voisine, Mme Cromsby, qui avait gardé Lucy et Tibby pendant son absence, l'avait prévenue que des journalistes avaient installé leur campement sur son emplacement de parking. Alors, elle s'assit par terre en tailleur-pantalon et s'adossa au mur du couloir froid. La tête entre les mains et son sac sur les genoux, elle décida d'attendre.

Jusqu'à ce qu'il rentre enfin, ou qu'il sorte. Ou jusqu'à ce qu'elle renonce.

52

Le bruit étouffé des pas sur la moquette se rapprochait. C. J. avait entendu le « ding » de l'ascenseur au moins cent fois depuis trois heures qu'elle était assise dans ce couloir et elle ne prit même pas la peine de lever la tête. Les pas s'arrêtèrent à deux ou trois mètres d'elle, et elle comprit que c'était lui.

Elle leva les yeux et découvrit son visage.

– Salut, dit-elle avec un sourire timide en se mettant debout péniblement car elle avait le dos ankylosé.

Il ne fit aucun geste pour l'aider ; il se contenta de l'observer, cloué sur place.

– Je commençais à me demander si tu rentrerais un jour.

Il était en short et son T-shirt paraissait trempé. Ses cheveux bruns étaient ébouriffés et il ne s'était pas rasé depuis plusieurs jours. Le bouc poivre et sel se transformait en barbe poivre et sel. Il ne dit rien, il continua à la dévisager, comme s'il était face à un fantôme. Puis il détourna la tête pour jeter des regards inquiets autour de lui ; on aurait dit qu'il cherchait une échappatoire. Il faisait tinter les clés qu'il tenait dans sa main.

– J'ai parlé avec Manny, dit-elle finalement en voyant qu'il ne réagissait pas. Pourquoi tu ne m'as rien dit ?

Il la regarda d'un air incrédule.

– Tu ne m'as même pas appelé, répondit-il après quelques secondes de silence pesant. Pas un mot. Rien. Tu disparais par un bel après-midi ensoleillé et je n'entends plus parler de toi. C'est quoi, ce bordel, C.J. ?

– Je t'en prie, Dominick.

Elle sentait monter dans ses yeux les larmes qu'elle s'était juré de ne pas verser.

– Tu sais pourquoi je suis partie.

– Ne dis pas de conneries. C'est justement en essayant de comprendre les raisons de ton départ que j'ai paumé mon boulot et que je me suis retrouvé mis en examen.

– Je ne t'ai pas demandé d'être mon héros, répliqua-t-elle en regrettant immédiatement ses paroles.

– Oh, très bien ! Parfait.

– On peut entrer pour discuter ? demanda-t-elle en baissant la voix et en regardant autour d'elle.

Il ne répondit pas.

Après un nouveau silence, elle demanda :

– Pourquoi diable es-tu allé là-bas, Dominick ? Pourquoi ? À quoi ça a servi ?

– Je voulais comprendre, répondit-il d'une voix neutre comme s'il faisait un terrible effort pour maîtriser ses émotions. Comprendre pourquoi, quoi que je fasse, il est toujours là, C.J., dans ta tête ! Pourtant j'ai essayé, depuis que je te connais, j'ai essayé de t'aider, d'être avec toi, de t'aimer comme je n'ai jamais aimé aucune autre femme, pour le faire sortir enfin de ta tête…

Le visage de C.J. se crispa.

– Ne joue pas les psys avec moi, Dominick, je t'en prie. Tu ne peux pas me *réparer*. Ce n'est pas aussi simple, et ça ne le sera jamais. Désolée de débarquer dans ta vie avec tous ces bagages encombrants, mais je croyais que tu le savais.

Il secoua la tête et baissa le nez sur ses baskets. Une éternité s'écoula avant qu'il reprenne la parole.

– Je t'aime, C.J. Et là non plus, je ne peux rien faire.

Il leva les yeux vers elle. Les émotions avaient remporté la bataille ; elle voyait la douleur dans son regard, le flot de larmes qu'il essayait, lui aussi, de retenir. Il serrait ses clés dans son poing.

Elle ferma les yeux, mais ses joues étaient déjà humides. Si seulement elle avait pu le rencontrer à un autre moment de sa vie.

– Je suis revenue pour toi, Dominick, dit-elle dans un murmure en faisant un pas vers lui.

Elle avait envie de le serrer dans ses bras, mais il se recula en tendant les mains comme pour la repousser. L'étincelle de colère était réapparue dans ses yeux.

– Non, non… Ne me fais pas croire ça. Tu es revenue à cause de *lui*, C.J. Pas pour moi. Que ce soit bien clair. Tu es revenue à cause de lui !

– Ne fais pas ça, Dom. Je t'en prie.

– C'est ça que je ne comprends pas. C'est ça qui m'échappe. Qu'est-ce qu'il y a entre vous deux ?

– Je refuse de me justifier, dit-elle en serrant les dents.

– Pourquoi, C.J. ? Pourquoi es-tu revenue pour le type que tu hais, et pas celui que tu disais aimer ? Celui que tu étais censée épouser ?

Elle le coupa :

– Écoute-moi, Dominick. Je suis ici pour finir ce qui doit l'être. Je n'en dirai pas plus. Ce que tu as essayé de faire à ce type avec tes poings, j'essaye de le faire de manière légale devant un tribunal. De manière définitive. Et il n'y a que moi qui puisse le faire. Tu comprends, ça ? *Il n'y a que moi !* Tu crois que j'ai envie de me retrouver dans la même pièce que lui ? Tu crois que j'ai envie de l'avoir en permanence dans la tête ?

– Je ne sais plus quoi penser, répondit-il d'un ton sec.

Il avait repris le contrôle de ses émotions.

Elle attendit qu'il ajoute quelque chose, en vain.

– Je t'aime, Dominick. C'est la vérité. Libre à toi de le croire ou pas. Mais moi, je sais que c'est la vérité. Et je serai toujours là pour t'aider à supporter cette épreuve, d'une manière ou d'une autre. Si tu le souhaites.

Comme il refusait de la regarder, elle passa finalement devant lui pour se diriger vers l'ascenseur et frôla au passage, du bout des doigts, sa main inerte. Arrivée au milieu du couloir, elle s'arrêta et se retourna.

– Je suis partie pour essayer de te protéger. C'est ça que tu ne comprends pas. Je ne veux pas t'entraîner dans ce gouffre, car c'est un trou noir sans fond et il n'y a aucune issue. Si je dois vivre seule dans un cauchemar pour le restant de mes jours, soit. C'est le prix de ma santé mentale. Je ne laisserai pas ce type me la reprendre. Je préfère mourir.

Elle tourna à l'angle du couloir et appuya sur le bouton de l'ascenseur. Elle avait croisé les bras ; elle grelottait de froid. Quand le « ding » de l'ascenseur retentit sans qu'elle ait entendu des bruits de pas dans son dos, elle comprit que c'était fini.

Les jambes tremblantes, elle pénétra dans la cabine et appuya sur le bouton du rez-de-chaussée. Dès que les portes se furent refermées, elle s'écroula dans un coin et éclata en sanglots.

53

C. J. campa à la bibliothèque de droit de l'université tout le week-end. Elle portait un survêtement, une casquette de base-ball, une queue-de-cheval et des lunettes, en espérant que son visage anxieux se fondrait parmi ceux des étudiants stressés qui l'entouraient. Elle avait sorti les dossiers de toutes les affaires où il était question de l'article 3 et de découvertes de nouvelles preuves. De retour à son domicile, elle resta collée à sa table de cuisine pendant deux jours, à chasser de son esprit les pensées troublantes concernant Dominick et à élaborer soigneusement sa réponse… sa riposte juridique à la requête de Bantling.

En Floride, une fois que vous aviez été condamné pour un crime, l'article 3 et un bon avocat spécialisé dans les appels étaient quasiment votre dernière chance d'obtenir une carte « vous êtes libéré de prison ». Mais la justice était une dame bien pointilleuse et les juges étaient bien trop débordés pour recevoir toutes les requêtes rédigées par un accusé désespéré disposant d'un stylo, de feuilles de papier et de beaucoup de temps libre. Les rouages du système se retrouvaient vite bloqués par la paperasse et les ordres du jour surchargés si aucune limite n'était fixée ; il fallait donc suivre les règles pour avoir le droit de jouer. Si vous vouliez voir l'intérieur d'un tribunal, la requête devait être déposée dans un certain délai : un an après le jugement et l'énoncé de la sentence dans les affaires de peine de mort. Et afin d'éviter une quantité infinie d'appels, la devise était : « Parlez maintenant ou taisez-vous à tout jamais. »

À moins que la requête repose sur l'apparition d'une nouvelle preuve. Mais la découverte de prétendues preuves inédites n'était pas un sésame qui ouvrait automatiquement les portes des cellules. C'était bien plus compliqué que ça. « Je n'avais pas connaissance de cette preuve lors du premier procès car je n'ai pas pensé à regarder » ne constituait pas une réponse suffisante. « Je n'étais pas au courant parce qu'on m'avait caché cette preuve » était certainement plus habile.

C.J. s'était creusé la cervelle pendant quatre jours car elle savait qu'elle n'aurait droit qu'à un seul essai. Si elle réussissait à bloquer Bantling lors de l'audience de Huff, au premier assaut, elle empêcherait son tank d'atteindre le sommet de la colline, d'où il pourrait causer de véritables dégâts. Bantling ne serait pas présent lors de cette audience, seul son avocat serait là. Si elle parvenait à faire rejeter cette requête pour des motifs de procédure ou en arguant d'insuffisances judiciaires, l'administration pénitentiaire n'aurait pas à le faire venir de Raiford pour quelques jours de vacances aux frais des contribuables.

Si elle pouvait se conformer à la loi.

Si elle pouvait obtenir le rejet de la requête sans être obligée d'affronter cette « nouvelle » preuve devant le tribunal.

Si elle n'était pas obligée de bâtir un nouveau mensonge.

Ou de se souvenir d'un ancien.

Si elle pouvait se montrer plus habile que Neil Mann.

Si, si, si... Tout se résumait à des *si*, et elle se démenait pour trouver le remède, le miracle juridique qui maintiendrait Bantling à l'écart du tribunal. Elle était prête à se tuer à la tâche car elle ne se sentait pas capable de l'affronter encore une fois, de le voir devant elle avec son sourire narquois, comme un ancien amant qui lui avait volé un moment d'intimité. Ce qu'il voulait, elle le savait, ce n'était pas tant sortir de prison que se venger, et il prendrait plaisir à la voir se noyer dans les remous de ses propres mensonges.

Et, bien évidemment, il y avait une autre raison d'arrêter tout ça maintenant. Si jamais il devait y avoir une nouvelle audience, si les inspecteurs de police, les experts scientifiques et les médecins légistes témoignaient de nouveau, elle serait obligée de revivre tout ça, le récit d'un meurtre dont elle aurait pu être la victime. Les enlèvements soigneusement préparés. Les drogues. Les viols. Les photos. La salle de mise à mort. L'odeur de champagne éventé dans ses cheveux, l'amertume du Haldol sur sa langue après l'injection, le froid glacial de la chambre noire.

Quelques camionnettes des médias, coiffées de leurs antennes paraboliques qui dominaient la 11e Rue, étaient installées devant le palais de justice quand elle était arrivée au travail en ce jeudi matin. D'autres grosses affaires étaient jugées ce jour-là, s'était dit C.J. La mère qui avait abattu ses bébés jumeaux dans la baignoire. L'ancien préfet de police jugé pour trafic d'influence et corruption. La comparution d'une ancienne star du football arrêtée pour conduite en état d'ivresse. Tous ces journalistes n'étaient pas forcément là pour elle. *Pour l'instant.* S'il y avait une nouvelle audience, la presse se déchaînerait.

Elle empila sur son chariot métallique trois des sept boîtes d'archives qui renfermaient les pièces du procès *État de Floride contre William Rupert Bantling* et déposa dessus le dossier contenant des exemples de droit jurisprudentiel qu'elle avait recopiés ce week-end.

Elle récita une prière muette à l'attention de saint Christophe, le saint préféré de sa mère, pour lui demander de la soutenir durant cette dure journée.

Depuis plusieurs semaines, elle évitait les coups de téléphone et les questions de ses parents, tandis qu'elle luttait pour mettre de l'ordre dans son existence. Ils ne savaient même pas qu'elle était partie en Californie ; pour eux, elle avait juste effectué un rapide aller-retour sur la côte. Elle devinait qu'ils s'inquiétaient pour elle. D'ailleurs, sa mère s'inquiétait en permanence ; c'était le devoir d'une mère, affirmait-elle. C.J. n'osait pas imaginer la réaction de son père en apprenant que sa fille avait conspiré pour envoyer dans le couloir de la mort la mauvaise personne. Lui qui prêchait le pardon ne lui pardonnerait pas d'avoir fait ça.

Il était temps d'y aller ; ce n'était pas le moment de penser à ce qui se passerait si elle ne gagnait pas aujourd'hui. Elle chaussa ses lunettes noires, quitta son bureau puis le bâtiment en empruntant la sortie annexe, et elle traversa rapidement la rue en direction de l'ascenseur de service du palais de justice, espérant ainsi échapper à la meute enragée qui l'attendait sans doute devant l'entrée.

54

La chambre 6-8 n'était pas la plus grandiose des salles de tribunal. Relativement récente, mais petite, elle occupait l'emplacement des anciens bureaux du procureur, qui exerçait ses activités aux cinquième et huitième étages du palais de justice à l'époque de Janet Reno, avant la construction du Graham Building. Cet espace était longtemps resté inutilisé, avant d'être réquisitionné à la fin des années quatre-vingt-dix car on manquait cruellement de salles d'audience.

Mais en quelques années seulement, ce qui était neuf et propre était devenu vieux et sale. Quelqu'un avait choisi une moquette de couleur mauve, maintenant maculée de taches et usée par endroits ; les murs gris étaient éraflés et parsemés d'inscriptions en tout genre, œuvres d'individus munis d'un stylo ou d'un marqueur et qui n'avaient rien de mieux à faire.

Ses prières à saint Christophe avaient été exaucées. Une partie seulement des journalistes réunis en bas était là pour elle. Seule une poignée d'entre eux – rien à voir avec la foule attirée par le procès Bantling – l'attendait devant la salle.

– Mademoiselle Townsend ! Connaissiez-vous l'existence de cet enregistrement ? L'avez-vous entendu ?

– Saviez-vous que Victor Chavez avait menti à la barre ? L'a-t-il fait à votre demande ? Croyez-vous que

Veste Noire l'a tué pour cette raison ? Pensez-vous que ces affaires soient liées ?

– S'agissait-il d'un complot ?

– Un innocent est-il détenu dans le couloir de la mort ?

Les questions étaient identiques à celles qui s'entassaient sur son bureau sous forme de petits bouts de papier rose. Et sa réponse aussi : le silence.

– Ah, mademoiselle Townsend ! s'exclama lc juge Leopold Chaskel III du haut de son petit trône dans la salle bondée, avant que la porte se referme sur les cris qui retentissaient dans le couloir. Nous avons été avertis de votre arrivée avant même que vous fassiez votre entrée. Vous avez quelques fans dehors, on dirait.

– Bonjour, monsieur le juge. Désolée de perturber votre programme de la journée, dit-elle en regardant autour d'elle.

Malheureusement pour les journalistes, les jeudis matin étaient toujours surchargés, si bien qu'il ne restait plus une seule place de libre. Je passe à…

– 10 heures. Je sais. Trouvez-vous un siège. M. Mann est ici, quelque part. Il a déjà signalé sa présence. Je vais terminer mon programme du jour. Mais permettez-moi de vous donner le même conseil qu'à M. Mann, qui a tenté d'organiser une conférence de presse dans ma salle de tribunal ce matin : abstenez-vous. C'est bien compris ? Je déteste découvrir ce que je vais dire avant de l'avoir dit. Surtout quand c'est faux. Je refuse que ce fiasco se transforme en cirque comme la fois précédente.

– Ne vous inquiétez pas pour ça, Votre Honneur, répondit C.J.

Donnez-moi gain de cause, rejetez cette requête, et on n'aura plus aucun souci à se faire, monsieur le juge.

– Tant mieux. Je termine ici et je vous accorderai le restant de la matinée, mais j'ai le sentiment que ça ne sera pas si long.

Il soutint son regard un long moment avant de reporter son attention sur l'affaire en cours.

La dernière phrase du juge pouvait être interprétée de différentes façons. Visiblement, Chaskel s'était déjà fait une petite idée sur la question. C'était un ancien procureur qui ne s'en laissait pas conter et un excellent juge qui n'aimait pas voir ses affaires revenir en appel. Quoi qu'il en soit, C.J. adressa une nouvelle prière muette à saint Christophe.

Assise du côté réservé au ministère public, elle regardait fixement le box des jurés, « la boîte » comme on l'appelait. Les accusés, amenés directement de la prison voisine, étaient alignés côte à côte, enchaînés, avec les vêtements civils qu'ils portaient pour chaque apparition au tribunal, ceux avec lesquels ils avaient été arrêtés. Certains paraissaient nerveux, d'autres hébétés, d'autres furieux et arrogants. Tous se fichaient pas mal de C.J. Townsend, de Bill Bantling, du Vorace et de Veste Noire. Ils attendaient que le juge les appelle et leur fasse une offre. Certains auraient droit d'emblée au maximum prévu par la loi car ils avaient choisi la mauvaise victime : celle qui assistait à chaque audience et exigeait d'être entendue. D'autres bénéficieraient d'une chance inespérée : pas de victime pour faire du raffut, pas de parents impliqués ni aucun témoin qui ait envie d'être embêté.

C.J. observait la jeune assistante du procureur juchée sur son estrade. Sortie de la fac de droit depuis deux ans peut-être, elle tenait entre ses mains un grand nombre d'avenirs.

« L'État offre à l'accusé une peine avec sursis et deux ans de mise à l'épreuve.

L'État propose cinq ans de prison, suivis de dix ans de mise à l'épreuve.

L'accusé est un récidiviste. Quinze ans de prison, toutes peines confondues.

Vingt ans.
Trente ans.
Perpétuité.»

Certains procureurs étaient plus sévères, d'autres plus laxistes. Pour l'accusé, c'était la loterie. Les années de prison étaient parfois distribuées au cours de déjeuners entre des procureurs comme des jetons à une table de poker.

«Il a écopé de trente-six mois pour attaque à main armée. Déjà condamné deux fois pour vol qualifié. Qu'est-ce que je lui offre ?

Le max, c'est quinze ans. Voyons voir... Offre-lui cinq ans. Passe-moi le ketchup, s'il te plaît.

Charlie, tu n'es qu'un salopard. Cinq ans ? Offre-lui trois ans, Tim. Plus cinq de conditionnelle. Et tu me passeras le sel quand tu auras fini.

Bon, d'accord. Je vais couper la poire en deux. Je lui offre quatre ans, plus deux de conditionnelle. Vous croyez que c'est assez ?»

Marché conclu. Fin du déjeuner.

C.J. avait été comme ça, il n'y avait pas si longtemps. Sur une autre estrade, dans une autre salle de tribunal, en train de jongler avec une centaine d'affaires. *Qu'étaient devenus tous ces gens ?* se demandait-elle. *Est-ce que j'ai servi à quelque chose ?*

Neil Mann, un homme grand au visage long, creux et triste, fit son entrée dans la salle d'un pas traînant et alla s'installer en face de C.J., du côté réservé à la défense. Ancien assistant du procureur et stagiaire au ministère de la Justice, Mann avait disparu dans le privé depuis des années, où il s'était spécialisé dans les appels. Ce n'était pas un avocat très brillant, mais il était sans doute moins cher que Lourdes Rubio qui réclamait trois cents dollars de l'heure. Les procès en appel étaient ennuyeux, ils demandaient beaucoup de travail et d'argent. Or, Bantling n'exerçait plus aucun emploi rémunéré et son magot, autrefois considérable, avait servi à payer ses procès. Malheureusement pour lui, il lui restait encore trop d'argent pour qu'il puisse bénéficier de l'aide judiciaire. Mais pas assez pour engager un as du barreau.

– Bien, dit enfin le juge Chaskel à 11 h 30, après qu'on eut fait sortir le dernier accusé, enchaîné, par la porte des jurés.

Il balaya la salle du regard. Elle était quasiment vide maintenant ; l'assistante du procureur et l'avocat commis d'office empilaient leurs dossiers. Il aperçut quelques journalistes tenaces qui avaient choisi d'assister au défilé de toutes les affaires. Il grimaça.

– Monsieur Mann, mademoiselle Townsend. Je vais vous recevoir dans mon bureau. Avec la sténographe, dit-il en se levant. (Il se tourna vers sa greffière.) Janine, apportez-moi le dossier Bantling.

Sur ce, il descendit de son trône et disparut dans un nuage d'étoffe noire, avant même que Hank, l'huissier, ait eu le temps de crier : « Levez-vous ! »

55

– Il est tard, dit le juge Chaskel en prenant place en bout de table. (Il consulta sa montre.) Je pensais finir plus tôt. J'ai un déjeuner.

Il fit signe aux autres de s'asseoir.

– Je sais que vous avez tous beaucoup de choses à dire, des choses que je ne tiens pas à voir répétées à la une des journaux demain. On n'a pas besoin de ça. Je ne veux pas que la presse s'amuse à spéculer tous les jours pendant deux semaines. C'est pourquoi je préfère les laisser en dehors de cette affaire pour l'instant.

C.J. sentit son estomac se nouer alors qu'elle s'asseyait en face de Neil Mann. Un mauvais pressentiment s'était emparé d'elle. Ce qui ne l'empêcha pas de commencer à décharger les dossiers empilés sur le chariot.

– Votre Honneur, avez-vous eu ma réponse ? demanda-t-elle. Je l'ai rédigée lundi.

– Oui. Je l'ai lue. Mais après mûre réflexion et après examen du droit jurisprudentiel, il me semble évident qu'une audience s'impose.

Elle cessa de décharger ses dossiers.

– Je croyais que nous étions ici pour ça, dit-elle.

Le juge la regarda étrangement, comme s'ils connaissaient tous les deux une mauvaise plaisanterie qu'ils ne pouvaient pas faire partager.

– Je parle d'une audience avec toutes les personnes

concernées, dit-il. Pour voir de quoi il retourne au juste.

– Je pense qu'il est inutile d'aller jusque-là, Votre Honneur. (Elle ouvrit son classeur.) Premièrement, la requête a été déposée après le délai autorisé. Le condamné a laissé passer sa chance.

– Allons, maître, la requête concerne la découverte d'une nouvelle preuve. Dans ce cas précis, il n'existe pas de date limite.

– L'accusé a déjà évoqué les mêmes motifs – carences de la défense et découverte d'une nouvelle preuve – lors de son précédent recours. Et vous avez estimé, l'été dernier, que ces questions auraient dû être soulevées par l'accusé, et qu'elles l'avaient été, lors du premier appel. Il ne peut donc pas, légalement, revenir là-dessus.

Mann intervint :

– Cette accusation des carences du système de défense est nouvelle, dit-il en tripotant son stylo Bic entre ses doigts moites. Elle repose sur la découverte toute récente d'un enregistrement audio de la police, que l'avocate, de son propre aveu, a omis de présenter à la cour. (Il se racla la gorge avant d'ajouter :) Délibérément.

– Si Lourdes Rubio connaissait l'existence de cette cassette, répliqua C.J. d'un ton sec, comment peut-il s'agir d'une « preuve nouvelle » ? Une preuve qui, je cite : « était inconnue de l'accusé ou de la défense au moment du procès et n'a pu être obtenue dans l'exercice de l'obligation de diligence ». La loi indique que si le défenseur avait connaissance de cette preuve, ou s'il pouvait la découvrir, il ne peut pas venir se plaindre après l'énoncé du verdict si celui-ci ne lui convient pas. Or, Lourdes Rubio affirme qu'elle connaissait l'existence de cette preuve. De toute évidence, il s'agissait d'une stratégie, et nullement d'une nouvelle preuve, conformément à la loi. Je vois là une marque de rancœur, rien d'autre.

– C'est un point intéressant, dit Chaskel, pensif. (Il ouvrit son agenda.) Vous l'exposerez lors de l'audience.

Pour une raison quelconque, C.J. ne pensait pas, ou elle ne croyait pas vraiment, qu'on en arriverait là. Elle espérait réussir à s'en tirer encore une fois ; elle avait refusé d'accepter la sinistre réalité qui découlerait d'une défaite.

– Votre Honneur, ajouta-t-elle d'une voix tendue, avec l'espoir de sortir un lapin de son chapeau. Sauf votre respect, croyez-vous qu'il soit de l'intérêt général de faire venir M. Bantling depuis Raiford pour assister à une audience dont vous venez de reconnaître qu'elle n'est peut-être pas indispensable ?

Le juge plissa les yeux et la regarda froidement comme s'il venait de perdre tout le respect qu'il avait pour elle et pour son raisonnement. Il n'aimait pas qu'on le contredise. Surtout si cela venait de la personne qui l'avait peut-être placé dans cette position délicate. C'était sa réputation qui était en jeu maintenant, face au public et à la presse, et face, évidemment, aux cours d'appel ; une réputation qu'il avait soigneusement bâtie au fil des ans à coups de jugements sages et prudents et grâce à un taux d'annulations très bas. Une réputation qui, espérait-il, lui vaudrait peut-être un jour, d'accéder à un poste au sein de ces cours d'appel.

– Mademoiselle Townsend, M. Bantling affirme qu'il y a eu des violations du droit. De graves violations, pourrais-je ajouter. Il affirme que vous avez délibérément caché des preuves dans une affaire où l'accusé encourait la peine de mort. Dans *mon* tribunal. Il vous accuse également de collusion : vous vous seriez mise d'accord avec Mlle Lourdes Rubio pour dissimuler des éléments susceptibles de l'innocenter, et cela depuis le début. Et voilà que vous voulez discuter de sémantique avec moi, pour déterminer à quel moment elle a compris qu'elle faisait quelque chose de mal ?

Il faisait un effort pour maîtriser sa voix et sa colère, mais en vain.

– Si M. Mann prouve qu'il y a eu collusion, reprit-il, je vous le dis d'emblée, votre argument n'aura aucun poids. J'ignore ce qu'il y a sur cette cassette. J'ignore si elle peut disculper l'accusé. J'ignore ce que dira Mlle Rubio dans son témoignage, ce qu'elle savait exactement et à quel moment elle l'a su, mais je peux vous dire une chose : j'ai hâte de le savoir. Car j'ai passé un mois dans cette salle de tribunal à diriger ce procès avec vous et je ne me souviens pas d'avoir entendu parler d'un enregistrement de la police. En revanche, je me souviens des allégations de M. Bantling selon lesquelles il vous aurait agressée quand vous étiez étudiante, et je me rappelle que son avocate et vous étiez d'accord pour affirmer que la cour n'avait pas besoin d'entendre de telles allégations dans le cadre de ce procès. Permettez-moi de vous dire que je n'apprécie pas d'avoir été maintenu dans l'ignorance, dans *mon* tribunal. Vous avez joué avec le feu toutes les deux.

Il s'interrompit pour reprendre son souffle.

– Alors, oui, mademoiselle Townsend, cette audience va peut-être nous faire perdre un après-midi, ou deux ou dix, mais c'est comme ça. Je suis bien décidé à aller jusqu'au fond de cette affaire. En respectant les règles. Cela étant dit, fixons une date.

Il soutint le regard de C.J. jusqu'à ce qu'elle baisse les yeux sur son agenda.

– Bien, Votre Honneur.

Elle avait la tête qui tournait et elle dut se mordre l'intérieur de la joue pour que la douleur l'empêche de défaillir.

Son visage. Elle voyait son visage qui lui souriait sur la double page de l'agenda.

– Mademoiselle Townsend ? Cette date vous convient ?

C'était la voix du juge. Il tapait du pied sous la table,

pendant que Mann, la sténographe et la greffière la dévisageaient, dans l'attente de sa réponse.

– Pardonnez-moi, Votre Honneur, je réfléchissais. Quelle date avez-vous dit ?

– Le 1er mars. C'est un lundi. Je vais bloquer tous les après-midi de la semaine pour essayer de régler ça au plus vite. Ainsi, l'accusé ne sera pas obligé de faire des allers et retours. Il pourra rester au DCJ, avec une sécurité renforcée.

Une semaine. C'était tout ce qu'il lui restait.

– Bien, Votre Honneur, j'espère que ça ira.

– Non. Il *faut* que ça aille. Aucune excuse. Monsieur Mann, je veux entendre tous vos témoins. Pas de coup fourré. Et je tiens à commencer par Mlle Rubio.

– Pas de problème, Votre Honneur. Elle est impatiente de témoigner, dit Mann.

Il avait redressé les épaules, comme si lui-même n'espérait pas vraiment gagner aujourd'hui ; cette bonne nouvelle inattendue l'avait ragaillardi.

– Ce lourd secret pèse sur ses épaules, ajouta-t-il en prenant un air pénétré.

– Je vous en prie. Demandez-lui de venir la première. Avec cette cassette. Et soyez fair-play, envoyez-en une copie au bureau du procureur… Au cas où ils ne l'auraient pas déjà.

– Si l'accusé fait valoir des carences dans sa défense, il renonce automatiquement au secret professionnel. Je peux donc avoir accès aux dossiers de Mlle Rubio, déclara C.J.

Au moins, cela l'aiderait à se préparer en vue de l'attaque frontale de Lourdes devant le tribunal.

– Déposez une injonction et ils sont à vous, répondit le juge.

– Je suis déjà en possession de ces dossiers, Votre Honneur, dit Mann. J'en transmettrai un double à la partie civile. Il y a environ quatre boîtes pleines.

– Ah, j'adore quand tout le monde agit en bonne entente. Pour ce qui est de vos témoins, mademoiselle Townsend, je crains que nous ayons un problème. L'agent Chavez n'est plus parmi nous. Idem pour l'agent Ribero, même si je ne sais pas quelle aurait été l'utilité de leur témoignage lors de cette audience.

Il réfléchit un instant, puis comme s'il avait pris une décision, et choisi de la garder pour lui, il conclut en disant :

– Nous verrons bien où nous entraînera Mlle Rubio. Le témoignage sous serment de Chavez sera peut-être suffisant. (Il se tourna vers Janine.) Faites venir les copies du témoignage de l'agent Chavez durant le procès. Vérifiez les dates en fonction du planning du tribunal. Réclamez également les témoignages de l'agent Ribero. Je tiens à les avoir. Appelez aussi l'administration pénitentiaire. Qu'ils nous envoient l'accusé pour toute la semaine. Comme il s'agit d'un condamné à mort, le directeur de la prison de Raiford devra veiller à ce que toutes les mesures de sécurité soient prises. On va le garder chez nous quelques jours. Vous appellerez donc le DCJ pour qu'ils prennent leurs précautions eux aussi. (Après une pause, il ajouta :) Bantling peut se montrer violent. J'ai déjà eu des problèmes avec lui. Tenons-nous prêts.

Sur ce, il adressa un hochement de tête à toutes les personnes présentes comme s'il était temps qu'elles rentrent chez elles et qu'il aille déjeuner. C'est alors que ses yeux se posèrent sur l'exemplaire du *Herald* glissé sous le classeur à soufflets de Neil Mann.

– Une dernière chose, ajouta-t-il. (Ses yeux étaient deux fentes lourdes de menaces.) J'ai lu le journal aujourd'hui. Des bruits commencent déjà à circuler. Je ne dirige pas les procès en fonction de la rumeur. Je veux qu'ils cessent. Finies les fuites et les spéculations. Motus et bouche cousue. C'est bien compris ? Si les journalistes ont un problème, et je parie que ce sera le cas, ils n'ont qu'à suivre les voies habituelles. Je ne veux pas voir ce qui s'est passé la dernière fois dans ma salle de tribunal. Ils étaient quasiment suspendus aux lustres avec leurs caméras et leurs micros ! Ils m'attendaient sur le parking, ajouta-t-il d'un air dégoûté en secouant la tête pour chasser de son esprit cette image répugnante. C'est bien clair ?

– Oui, murmurèrent les personnes présentes.

C.J. se leva en même temps que Neil Mann, qui sortit du bureau presque en dansant, avec ses gros dossiers sous le bras, impatient d'utiliser son téléphone portable pour annoncer la nouvelle. Elle le regarda s'éloigner en sachant très bien qui il allait appeler dans quelques minutes. Elle rassembla ses propres dossiers, qui n'avaient même pas été ouverts, et les remit sur le chariot. Elle évoluait dans une sorte de brouillard, assommée par cette réalité à laquelle elle n'avait que quelques jours pour s'habituer. Son ventre était un puits d'acide bouillonnant.

Ils n'étaient plus que tous les deux maintenant, le juge et elle, Janine ayant regagné son bureau dans l'antichambre et la sténographe une autre salle d'audience. Mann, lui, était parti se vanter de sa victoire devant son épouse et secrétaire, avant de téléphoner au pénitencier.

– Au revoir, Votre Honneur, dit-elle en poussant son chariot vers la sortie.

– Tout cela promet d'être très intéressant, mademoiselle Townsend, dit le juge Chaskel en ôtant sa robe pour enfiler sa veste.

Elle se retourna vers lui, sur le seuil du bureau.

– Trop intéressant, j'en ai peur, ajouta-t-il. Veillez à ce que votre service juridique se tienne prêt. Cette affaire pourrait devenir délicate pour vous. Je dis ça pour votre gouverne.

Sur ce, il passa devant elle pour sortir et il s'éloigna dans le couloir désert qui desservait les bureaux des juges. Son déjeuner l'attendait.

56

Assise à sa table de cuisine, entourée de piles d'ouvrages juridiques et de boîtes en carton remplies de dossiers, C. J. contemplait les mots qu'elle venait de lire. Des mots qui lui avaient sauté aux yeux parmi toutes ces feuilles recouvertes des pattes de mouche presque illisibles de Lourdes.

Chloé, Larson ? Bayside, N.Y. 1988, Rocky Hill Road, agression sexuelle – à son domicile = vindicative ?

Elle sentit son cœur s'emballer et elle tendit la main pour prendre son verre de vin.

Le travail s'était accumulé durant ses quinze jours d'absence. Les auditions qu'elle avait manquées avaient simplement été reportées pour la plupart et ses journées étaient maintenant remplies de requêtes et de dépositions relatives à tous ses dossiers en cours. Voilà pourquoi elle avait rapporté chez elle les dossiers de Lourdes Rubio, transmis par Neil Mann, et pourquoi elle avait veillé tard toute la semaine afin d'éplucher minutieusement chaque document, chaque mot. C'était troublant, pour ne pas dire plus, de lire les notes prises par Lourdes. Surtout celles qui la concernaient.

Elle se massa la nuque et repoussa sa chaise. Il était temps de fumer une petite cigarette.

Elle prit son verre, sortit sur le patio et alluma une Marlboro. Une lune blanche illuminait la nuit et, pendant plusieurs minutes, C.J. regarda défiler les bateaux sur l'Intercoastal. Dominick et elle avaient passé des nuits là, dehors, assis dans des fauteuils en plastique, à bavarder pendant des heures autour d'une bouteille de vin, et même deux, parfois. Depuis longtemps déjà, il parlait d'acheter un bateau et il disait, pour plaisanter, que lorsqu'ils seraient tous les deux à la retraite, il l'emmènerait en croisière autour du monde. Ou au moins jusqu'aux Keys.

Elle composa le numéro de son téléphone portable et tomba sur sa boîte vocale. Elle raccrocha sans laisser de message. Il saurait qu'elle l'avait appelé encore une fois. Sans doute était-il sorti avec Manny ou Chris, ou bien tout seul, pour noyer son chagrin – celui dont elle était responsable – au fond de quelques verres. Elle appuya le téléphone contre son front, en regrettant que Dominick n'ait pas répondu. Elle aurait aimé entendre sa voix ce soir. Elle aurait voulu qu'il ne la déteste pas, tout en sachant qu'elle ne pouvait pas lui en vouloir.

C'était comme si tout s'écroulait : Dominick, sa carrière, sa vie. Et elle avait beau lutter pour chasser de sa tête toutes les pensées négatives et se concentrer sur le travail à accomplir, chaque journée lui paraissait plus dure à affronter que la précédente. Et elle se sentait de plus en plus isolée. Ce n'était pas bon signe.

Au plus profond de sa dépression, il y a quelques années, quand le sommeil l'avait totalement abandonnée, elle *le* voyait partout, cet étranger au masque de clown qui pouvait être n'importe qui. La thérapie l'avait sauvée à ce moment-là, et au cours des douze années suivantes, elle lui avait permis de continuer à fonctionner en l'aidant à contrôler ses peurs, au lieu que ce soient elles qui la contrôlent. Les dix dernières années de cette thérapie, elle les avait passées entre les mains de Gregory Chambers, un psychiatre. Greg n'était pas seulement son médecin, c'était aussi son ami et collègue ; il lui avait servi d'expert dans de très nombreux procès. Pendant dix ans, il avait été là pour veiller à ce qu'elle ne replonge pas dans les ténèbres de la dépression. Il avait été son confident, son réconfort, sa bouée de sauvetage dans les moments difficiles, quand elle avait du mal à sortir du lit certains matins. Et brusquement, elle avait découvert, au moment où elle avait le plus besoin de lui, qu'il n'était rien de tout cela en vérité. Elle avait découvert que depuis un temps indéfini il soignait également l'homme auquel elle cherchait à échapper dans ses cauchemars ! En fait, elle ne suivait pas une thérapie, elle était l'objet d'une expérience perverse.

Elle n'aurait su dire à quel moment leurs relations s'étaient modifiées, si tant est qu'elles aient été un jour ce qu'elle croyait et que Greg ait été réellement son ami. C'étaient des questions qu'elle se poserait éternellement, sans jamais obtenir de réponses.

Dominick était devenu sa thérapie alors, quand tout s'était écroulé, quand elle avait compris que rien n'était comme elle le pensait. Mais aujourd'hui…

Non, non. Elle secoua la tête pour chasser les larmes qui commençaient à remonter à la surface. Elle ne devait pas s'aventurer sur ce terrain, elle ne devait pas se laisser glisser dans la dépression. Ce serait trop facile, et trop dur ensuite de remonter la pente en rampant. Elle écarta les mèches de cheveux qui lui barraient le visage et regarda de nouveau le téléphone. Puis elle composa un numéro.

– Allô ?

– Bonjour, maman, dit-elle en entendant la voix de sa mère au bout du fil, parmi un bruit d'eau qui coule et d'assiettes qui s'entrechoquent. C'est moi.

Cela faisait bien longtemps qu'elle n'avait pas parlé à ses parents. Au moins plusieurs semaines.

– Bonsoir, ma chérie !

L'eau s'arrêta de couler. Elle imaginait sa mère dans la

cuisine, en train de s'essuyer les mains sur un torchon. Elle faisait la vaisselle après le dîner.

– Tu dois avoir les oreilles qui sifflent. Ton père et moi, on parlait justement de toi. Papa ! cria-t-elle. C'est la Floride au téléphone. Ta fille ! Tu avais disparu, ou quoi ? demanda-t-elle en s'adressant de nouveau à C.J.

– Oui, je sais. Désolée. J'ai été très… occupée.

Elle sentait l'odeur du produit à vaisselle, elle voyait le soleil orange qui se couchait à travers la fenêtre de la cuisine au-dessus de l'évier. C'était une image réconfortante. Ses parents vivaient toujours dans la maison où elle avait grandi.

– Comment ça va, vous deux ? demanda-t-elle. Et le travail ?

– Quelque chose ne va pas, je le sens, dit sa mère. (Elle possédait un sixième sens.) C'est quoi ? Le boulot ? Tu es malade ?

– Non, maman. Je…

Sa mère redoutait tellement d'apprendre une mauvaise nouvelle qu'elle préférait que le père de C. J. soit le premier à l'entendre.

– Je te passe ton père.

– Chloé ?

– Salut, papa.

– Ça ne va pas ?

– C'est maman qui dit ça. Tout va bien, papa. C'est juste que… je dois m'occuper de cette affaire.

Elle se massa le front. En appelant ses parents, son intention était d'échanger des banalités, de parler de la pluie et du beau temps ou de tante Pat, mais son père avait un ton doux, compréhensif, qui savait lui tirer les vers du nez. Il aurait dû être psychologue. En outre, elle éprouvait sans doute le besoin de parler.

– C'est ce serial killer que j'ai fait condamner il y a quelques années. Une nouvelle audience a lieu lundi et je crois que… ça m'angoisse un peu.

Son père ne répondit pas immédiatement. Elle l'imaginait en train de faire cette grimace qui le vieillissait.

– C'est le type qui a lancé ces horreurs devant le tribunal ? À ton sujet ? En disant que…

– Oui, dit-elle avant qu'il puisse achever sa phrase. Le Vorace. Il fait appel et le juge a exigé une nouvelle audience. Le pire, c'est qu'*il* sera présent, papa. Au tribunal.

– Personne ne peut te remplacer, Chloé ? Un collègue ?

– J'aimerais bien. Mais ce n'est pas possible, soupira-t-elle.

– Que se passera-t-il si tu n'assistes pas à cette audience ?

– Il pourrait obtenir un nouveau procès. Et être relâché. Il faut que je le fasse.

– Alors, fais-le. Ça va durer combien de temps ?

– Plusieurs jours.

– C'est le même juge que la fois d'avant ?

– Oui.

– Tant mieux. Il me plaisait bien, il n'était pas du genre à se faire avoir. La sécurité sera suffisante ?

– Oh, oui. Toutes les mesures seront prises, j'en suis sûre.

– Tu as peur qu'il te fasse du mal ?

Elle soupira de nouveau.

– Seulement s'il est libéré.

– Dominick ne peut pas t'accompagner ?

C.J. hésita.

– La situation est un peu délicate en ce moment. C'est une longue histoire. On… on s'est séparés.

C'était plus fort qu'elle. Elle se mit à sangloter, en plaquant sa main sur le téléphone pour que son père ne l'entende pas, tout en sachant que c'était inutile.

– À cause de cette histoire ?

– Je ne peux pas t'expliquer maintenant.

Elle l'entendit soupirer à son tour.

– Tu es forte, Chloé. Tu peux le faire. Je le sais.

– Papa… je peux venir vous voir ? demanda-t-elle avec un petit rire forcé quand les larmes eurent reflué.

– Oui, quand tu auras fait ce que tu dois faire. Maman a déjà préparé ta chambre. On fêtera ça… Ce n'était pas la réponse que tu attendais, je parie.

– Non.

– Ne fuis pas à cause de lui, ma chérie. S'il sent que tu as peur, il n'arrêtera jamais de te harceler. N'oublie pas une chose : c'est toi qui l'as envoyé derrière les barreaux. Il a peur de *toi*.

– Merci, papa. Il faut que je te laisse. Embrasse maman. Je t'aime.

– Moi aussi, je t'aime. N'attends pas aussi longtemps pour appeler, la prochaine fois.

Après avoir coupé la communication, C.J. sécha ses larmes du revers de la main, dans un geste de défi. Son père avait raison, et elle savait qu'il aurait raison. Elle ne fuirait pas à cause de ce type, il ne la verrait pas trembler, il n'entendrait pas son cœur battre à toute allure. Elle était forte. Elle écrasa sa cigarette et finit son verre de vin. Puis elle retourna dans la cuisine pour reprendre sa lecture.

Fais ce que tu dois faire.

C'était aussi simple que ça.

57

– États-Unis contre Dominick Falconetti, affaire numéro 04-21 034-CR-GUTHRIE.

– L'accusé est-il présent ? demanda l'Honorable Reginald Guthrie en remuant son café dans une grosse tasse en forme de marteau de juge.

C'était un homme de grande taille avec des bajoues et une pointe d'accent traînant du Sud qu'il essayait parfois de dissimuler, en fonction de la personne qui se trouvait en face de lui.

– Oui, Votre Honneur, répondit le greffier.

– Qu'il s'avance.

Il fit un geste de la main sans lever les yeux de son petit déjeuner. Démocrate convaincu, le juge Guthrie avait été nommé au tribunal fédéral en 1976 par Jimmy Carter et il avait passé les dix-sept dernières années de ces vingt-huit ans avec le même greffier et le même huissier. Il prit l'acte d'accusation sur la pile de documents posée sur son bureau et parcourut rapidement les charges retenues en avalant une grande gorgée de café. Il plissa le front et ses épais sourcils blancs se rejoignirent entre ses yeux.

– Hmmm… (Il paraissait terriblement déçu, comme avec tous les accusés.) Article 18, section 242. Violation des droits civils au nom de la justice, monsieur Falcoon-etti, dit-il en détachant chaque syllabe comme si elles laissaient un goût amer dans sa bouche car de toute évidence, ce n'était pas un nom d'ici.

Il leva enfin la tête, mais pas pour regarder Dominick. Uniquement l'avocat.

– Eh bien, maître Barquet, que plaide votre client ?

– Non coupable, évidemment, répondit Lester Barquet avec un sourire crispé et un accent traînant qui ressemblait à celui du juge.

Lester Franklin Barquet appartenait à la vieille école lui aussi. Tiré à quatre épingles dans son costume trois-pièces, il avait les manières du Sud. Avocat de la défense très connu, il faisait partie des meubles dans la salle de tribunal du juge Guthrie. C'était lui qui avait apporté les beignets.

– Évidemment, répéta le juge Guthrie en lui rendant son sourire.

Le regard qu'ils échangèrent semblait dire : *Bien sûr, ils sont tous innocents.*

C'était une curieuse sensation d'entendre parler de soi à la troisième personne, pensait Dominick, debout face au juge dans son plus beau costume bleu, les mains jointes devant lui. C'était comme s'il n'existait pas. Au cours de sa carrière, il s'était rendu mille fois dans une salle d'audience, mais jamais en tant qu'accusé.

– Très bien. Fixons une date. Je veux qu'on avance vite. J'ai un emploi du temps très chargé et des vacances en retard à prendre dans quelques mois. Je ne tiens pas à laisser cette affaire en suspens au-dessus de nos têtes, si on peut l'éviter. (Le juge avala une gorgée de café et prit un beignet.) Merci, Les. Je n'en ai pas besoin, mais je vais en manger un quand même.

– C'est un plaisir, monsieur le juge. Votre Honneur, dit Les avec un nouveau sourire, je crois que nous voulons tous la même chose. Et si vous m'accordez un instant, je pense être en mesure de fournir à la cour des éléments qui semblent faire défaut dans cette affaire.

L'assistant du procureur s'apprêtait à protester, mais le juge le fit taire d'un geste, avec son beignet dans la main.

– Écoutons ce que M. Barquet a à nous dire.

– Votre Honneur, M. Falconetti ici présent n'est pas un accusé ordinaire, si tant est que cela existe. C'est un agent du FDLE et s'il se trouvait à la prison de Raiford, c'était pour interroger un condamné à mort excessivement dangereux : le serial killer surnommé le Vorace qui, je me permets de l'ajouter, dit-il en haussant un sourcil, se présente comme la *victime* dans cette affaire. C'est alors que le regrettable incident est survenu. L'agent Falconetti a été suspendu de ses fonctions en attendant que cette affaire soit réglée, et vous comprendrez combien il est impatient de vous voir fixer une date pour le procès, afin d'être disculpé au plus vite.

– Le Vorace, vous dites ? demanda le juge en reprenant l'acte d'accusation qu'il n'avait pas vraiment lu la première fois.

– Oui, Votre Honneur. L'agent Falconetti interrogeait M. Bantling au sujet d'une nouvelle série d'homicides sur lesquels M. Bantling pourrait détenir des informations quand il a quelque peu perdu son sang-froid.

– De nouveaux homicides ?

– Oui, Votre Honneur. Les meurtres de policiers à Miami. L'agent Falconetti enquête également sur ces affaires.

Lester se tourna vers la salle et balaya d'un geste théâtral les spectateurs massés derrière la table de la défense, parmi lesquels se trouvaient Manny, Chris, Fulton, Ted Nicholsby, Steve Yanni et Marlon Dorsett, ainsi qu'une poignée d'agents du bureau du FDLE à Gainesville.

– Ces hommes, monsieur le juge, ne sont que quelques-uns des collègues de M. Falconetti venus lui témoigner leur soutien.

Le juge posa enfin les yeux sur Dominick. Il hocha la tête. Son visage s'était adouci.

– Cela m'a tout l'air d'un malencontreux incident, en effet, agent Falconetti.

Il jeta un regard sceptique à l'assistant du procureur, Nick Lowell, avant de reporter son attention sur Lester.

– De quoi avez-vous besoin, Lester ? En termes de délai ?

– Pas longtemps, Votre Honneur. Vous me connaissez. Tout ça ne devrait pas être trop long. J'ai déjà interrogé les gars du pénitencier. Ils sont très coopératifs. L'agent Falconetti a agi en état de légitime défense, c'est l'opinion générale.

– Légitime défense ? s'exclama l'assistant du procureur.

– Il y a des blessures ? demanda le juge en ignorant les protestations offusquées de Lowell.

– Un saignement de nez, dit Lester.

– Une inculpation fédérale pour un saignement de nez ? s'étonna le juge.

Cette fois, les épais sourcils dessinèrent un arc d'étonnement.

– Dites plutôt un nez *cassé* et une dent fêlée, rectifia Lowell, sur la défensive.

– Ce n'est pas ce que disent les gardiens de la prison, monsieur Lowell, répliqua Lester. Apparemment, votre victime a eu un peu trop de temps, dans la solitude de sa cellule, pour chercher un moyen de se venger. Les gardiens disent qu'il saignait du nez, c'est tout. Jusqu'à ce qu'il s'arrange lui-même le portrait.

– C'est de la démence, Lester ! s'exclama Lowell. Tout a été enregistré !

– Interrogez les gardiens. La vidéo ne montre pas grand-chose. En tout cas, elle ne montre pas Bantling seul dans sa cellule deux heures plus tard.

– Votre Honneur, dit l'assistant du procureur, M. Bantling a des droits. Peu importe qui il est.

Le juge secoua la tête d'un air écœuré et prit un autre beignet.

– Une inculpation fédérale pour de simples voies de fait ? Finissons-en au plus vite. M. Barquet n'a pas besoin d'un long délai. Fixons une date.

Dominick demeura impassible, les mains jointes devant lui, pendant qu'ils convenaient d'une date capitale pour son avenir. Même si le vent semblait avoir tourné en sa faveur, il restait l'outsider au milieu de cette clique juridique. Il savait, par expérience, que les accusés avaient intérêt à la fermer quand on ne leur adressait pas la parole.

En fait, il était terriblement gêné d'être là. Mortifié, même. Le plus terrible pour lui, ce n'était pas de se présenter devant un juge, mais devant ses amis et collègues, en position d'accusé. Depuis sa suspension, son téléphone ne cessait de sonner ; des amis et des sympathisants voulaient passer le voir pour boire une bière et lui manifester leur compassion. À tel point qu'il ne restait plus chez lui. Il faisait du jogging, de la musculation, il allait à la bibliothèque ou à la cafétéria et il ne répondait plus au téléphone. Il savait qu'il devrait se réjouir de voir qu'ils étaient tous venus le soutenir, mais à l'exception de Manny peut-être, il aurait préféré qu'ils s'abstiennent. Après l'audience, ils se rassembleraient autour de lui, ils lui taperaient dans le dos et l'inviteraient à déjeuner, et là, autour d'une bière, ils lui diraient que le système était merdique. Puis ils rentreraient à Miami pour reprendre leur boulot. Et lui… il retournerait à la salle de gym.

Quand il eut fini de bavarder avec le juge et de réprimander Lowell, Lester prit sa mallette et entraîna Dominick vers la sortie en remontant l'allée centrale. Ils passèrent devant ses amis et collègues, et devant sa sœur venue exprès de Long Island ce matin, en avion. Dominick les remercia tous d'un hochement de tête en espérant que la honte ne se lisait pas sur son visage.

C'est alors qu'il la vit. C.J. Assise seule tout au fond,

près de la porte. Elle lui adressa un petit sourire. Elle paraissait fatiguée, et même l'anticernes ne parvenait pas à dissimuler les poches sous ses beaux yeux verts. En se levant, elle articula quelques mots qu'il ne saisit pas.

Plus d'une semaine s'était écoulée depuis leur discussion dans le couloir devant chez lui. Il l'avait appelée, mais elle n'avait pas répondu, et c'était la première fois qu'il la revoyait. C'était comme s'il venait de recevoir un coup de poing dans le ventre ; il avait le souffle coupé. Elle avait dû se faufiler dans la salle après le début de l'audience car il ne l'avait pas vue quand il l'avait cherchée du regard. Il aurait préféré qu'elle ne vienne pas, tout en souhaitant qu'elle vienne. Car si elle n'était pas là, cela prouverait qu'il avait raison. Il pourrait demeurer éternellement furieux et amer. Il pourrait la haïr.

Mais elle était là.

Bon Dieu, elle lui manquait. À tel point que c'était douloureux de la revoir à cet instant. Dans cette situation. Et alors qu'une partie de lui-même brûlait de la prendre dans ses bras, ici dans cette salle de tribunal, pour la secouer et la serrer contre lui, pour qu'elle n'ait plus besoin de fuir ; l'autre partie de lui-même savait qu'elle avait raison : jamais il ne pourrait la réparer. Jamais il ne pourrait arranger les choses, faire disparaître la douleur et les cauchemars. Elle était arrivée dans une impasse où le passé et le présent livraient bataille, et le passé l'avait emporté, encore une fois. Il savait maintenant que ce serait toujours ainsi. Et il savait pourquoi.

Alors, il ne s'arrêta pas et il ne la prit pas dans ses bras, comme son corps et son âme en mouraient d'envie. Il dut faire appel à toute sa volonté pour passer devant elle, pénétrer dans un ascenseur et sortir de sa vie.

58

C.J. l'observait du fond de la salle d'audience. Debout face au juge, il lui tournait donc le dos. Il portait le costume bleu qu'ils avaient acheté ensemble l'an dernier chez Brooks Brothers. Ses épaules, toujours puissantes et pleines d'assurance, s'affaissaient légèrement. Il sortait de chez le coiffeur et la barbe hirsute qu'il portait la dernière fois qu'elle l'avait vu avait disparu. Les juges se méfiaient des accusés barbus, il le savait. Elle sentait qu'il était terriblement gêné. Et son langage corporel, qu'elle connaissait par cœur, indiquait qu'il était abattu.

Assise au Starbuck's, elle avait vu Manny et Chris Masterson gravir les marches du palais de justice. Elle était restée à sa place, à siroter son café, attendant pour sortir qu'ils aient disparu à l'intérieur et franchi les contrôles de sécurité. Elle savait que d'autres collègues de Dominick viendraient sans doute le soutenir ; elle devait donc attendre neuf heures passées, que tout le monde soit installé dans la salle et que la cour commence à siéger ; ainsi personne n'aurait le temps de bavarder, personne ne pourrait lui poser des questions. Le greffier l'avait informée, par téléphone, que Dominick figurait en neuvième position dans le programme du jour ; elle savait donc qu'elle ne le louperait pas. Elle ne pouvait pas le louper. Elle lui avait fait une promesse.

Je serai là pour t'aider, jusqu'au bout, comme je le peux. Si tu le souhaites.

Elle avait fini son café et traversé la rue à son tour. Il n'avait pas répondu à son offre ce soir-là, dans le couloir devant chez lui, mais ça n'avait pas d'importance. C'était elle qui avait mis en branle toute cette affaire. C'était à cause d'elle qu'il se retrouvait là. Elle avait laissé des messages, elle avait pris l'avion pour se rendre à Jacksonville aujourd'hui. Elle serait là pour l'aider, même s'il ne voulait pas d'elle.

Elle n'avait pas pensé qu'il la soulèverait dans ses bras comme le héros d'un mauvais roman sentimental, que le temps s'arrêterait et que tout serait pardonné. Mais elle avait espéré. Elle avait espéré que, peut-être, il lui pardonnerait d'être partie, sans s'excuser, sans dire au revoir. Qu'il lui pardonnerait de l'avoir déçu. De l'avoir fait souffrir.

Elle ne s'attendait pas vraiment à ce qu'il passe devant elle sans même marquer un temps d'arrêt. Sans un sourire ni un signe de tête, sans même répondre aux paroles qu'elle avait murmurées. Quand il posa enfin les yeux sur elle en repartant, elle vit d'abord de l'étonnement dans son regard, avant que la souffrance et la colère reprennent le dessus. Avant qu'il détourne la tête. Elle avait senti son cœur s'arrêter. Pendant un bref instant, elle crut voir briller cette étincelle intime que seuls possèdent ceux qui s'aiment, quand un simple regard en dit plus long que des pages couvertes de mots. Mais si cette étincelle était présente, elle avait disparu avant qu'elle puisse l'identifier. Il passa devant elle et franchit la porte à double battant qui se referma bruyamment derrière lui.

Elle avait souvent entendu des gens essayer de décrire la souffrance d'un cœur brisé, dans les livres, au cinéma ou lors d'un déjeuner. Ça ressemblait toujours à une série de clichés. Mais à cet instant, des mots qui lui avaient toujours paru mélodramatiques surgissaient dans son esprit. Et au plus profond d'elle-même, quelque chose se déchira ; elle la sentit se séparer de son être, une chose si profonde et imbriquée qu'on ne pourrait jamais la réparer.

Quelques rangs devant elle, Manny se détacha du cercle de collègues venus apporter leur soutien à Dominick, ces policiers qui savaient qu'il était ici à cause d'elle, et qui maintenant le regardaient d'un œil triste s'éloigner d'elle. L'Ours s'approcha avec un grand sourire et une expression de pitié empreinte de gêne qui indiquait qu'il avait vu toute la scène.

– Maître ! lança-t-il.

Elle était déjà partie.

Elle sortit de la salle de tribunal et pressa le pas, puis s'engouffra dans le premier ascenseur qui descendait. Elle franchit les portes du palais de justice pour déboucher en plein soleil. Elle dévala les marches en espérant atteindre le refuge de sa voiture avant de s'effondrer.

59

– Franchement, Tom, je ne sais pas. Le juge Guthrie ne semblait pas très convaincu, dit le procureur du Middle District de Floride au téléphone.

Il fit pivoter son fauteuil pour contempler, à travers la vitre de son bureau, le centre de Jacksonville.

– Bon Dieu, Jeff, tu es en train de me dire qu'il n'y a pas eu agression ? Que ce n'est pas une violation des droits civiques qu'on voit sur cette putain de vidéo ?

Tom de la Flors, procureur du Southern District, beuglait son exaspération dans les oreilles de son collègue et ancien camarade de fac.

– C'est différent, là-bas, Tom. C'est pas le même état d'esprit. (Le procureur se gratta la tête et ferma les yeux ; il aurait préféré ne pas avoir cette conversation désagréable.) Beaucoup de types qui vivent là travaillent pour l'administration pénitentiaire à Raiford, Lawtey, New River. Le siège du FDLE est un peu plus loin, à Tallahassee. Et tu sais comment ça se passe avec les jurys quand il s'agit d'un flic.

– Il y a une vidéo, Jeff.

– Pense à Rodney King, Tom. Et imagine Rodney à Jacksonville.

– Ce n'est pas un problème racial.

– Non, mais c'est la parole d'un flic contre celle d'une ordure.

– Tu as choisi un mauvais exemple, Jeff. Ces flics ont été inculpés de crimes fédéraux parce que l'État a merdé.

– Personne ne voulait voir Los Angeles s'embraser une deuxième fois. Mais ici, tout le monde se fout de voir Jacksonville partir en fumée. Ce que j'essayais de te faire comprendre, c'est que les vidéos, ça sert à que dalle des fois.

Jeff soupira. Tom et lui avaient fait leurs études ensemble à Duke, mais c'était à peu près la seule chose qui les rapprochait, et il n'aimait pas être obligé de se justifier devant un petit tyran et une grande gueule de Miami, copain de fac ou pas. Tous les avocats qu'il connaissait en Floride du Sud se prenaient pour des cracks. Et quand vous leur donniez un titre, c'était encore pire. Jeff était né et avait grandi à Jacksonville, qu'il avait quitté seulement pour aller à la fac, sur l'insistance de son père. Et il était revenu aussitôt après avoir obtenu son diplôme. Au bout de quarante-trois ans, il en avait marre des commentaires condescendants sur « le Vieux Sud », de la part de ses collègues pompeux qui exerçaient et vivaient à Palm Beach, au royaume des New-yorkais transplantés cardiaque et des radeaux d'immigrés.

– À Miami, je ne sais pas, reprit-il, sur la défensive, mais je peux te dire qu'ici, ce n'est pas une ville favorable aux accusés, Tom. Surtout pas aux condamnés à mort, et surtout pas à un serial killer qui sur cette vidéo semble prêt à bouffer sa mère. Le fait que Lowell ait obtenu une inculpation ne veut pas dire grand-chose. Une fois que le juge Guthrie et un jury composé de gens du cru auront écouté l'inspecteur aux états de service irréprochables et qu'ils auront vu ce type déjà condamné pour onze meurtres montrer les dents en gros plan et en couleurs, et sourire après avoir reçu un crochet du droit, comme s'il savait qu'il allait pouvoir rouler le système… Ce que je veux dire, Tom, c'est que par ici, ce n'est pas forcément une violation des droits civiques. Ajoute à ça le fait que ce serial killer se targue d'être un violeur qui a essayé autrefois de tuer la jolie assistante du procureur, qui se trouve être la petite amie du flic en question, et tu as tout le monde qui fait la queue devant le tribunal avec des Kleenex et des gâteaux.

– Je les emmerde, grogna de la Flors. Et lui aussi.

– Pardon ?

– Excuse mon langage. Écoute, Jeff. Va aussi loin que possible et laisse le jury trancher. Ce « flic irréprochable » a entravé une enquête fédérale menée par le FBI sur ces assassinats de flics. Et ce n'est pas la première fois qu'il essaye de nous mettre des bâtons dans les roues.

Tom de la Flors tapotait sur son bureau avec son stylo. Ce Dominick Falconetti avait un sale caractère. Il n'aimait pas du tout sa façon d'être, et c'était encore pire depuis le fiasco de l'affaire du Vorace. Ses supérieurs et lui avaient besoin d'un sérieux avertissement. Ils avaient merdé la dernière fois et cela lui avait coûté sa nomination au poste de juge fédéral.

– Qu'il évacue sa colère chez lui pendant quelque temps, en regardant les feuilletons de l'après-midi à la téloche, ajouta de la Flors. Et que le préfet et son boss en profitent pour s'interroger sur le bien-fondé du jugement de leur agent irascible et sur le bénéfice qu'en retire leur brigade spéciale.

– Je ne ferai pas le forcing, je te le dis tout de suite, répondit Jeff avec lassitude. Carson Trunt ne voudra pas s'aventurer sur ce terrain.

Trunt était le procureur du 8e Circuit judiciaire de Bradford County, qui abritait le pénitencier de l'État de Floride. À ce titre, il instruisait tous les crimes, tels que les voies de fait, commis au sein des institutions de l'État. Jeff savait qu'il serait difficile d'expliquer à un jury, devant un tribunal fédéral, pourquoi le gouvernement américain voulait condamner un policier de l'État de Floride qui avait frappé un détenu dans un pénitencier de l'État de Floride, alors que, pour une raison quelconque, l'État de Floride lui-même ne voulait pas s'occuper de cette affaire.

De la Flors serra les dents.

– Il y a une vidéo montrant ce flic en train de tabasser un détenu et tu as peur que les gens pensent que tu vas trop loin ? (Il expira à fond et changea de ton.) Je pense que tu n'as rien à te reprocher. Tu fais ton boulot, c'est tout. Carson Trunt fait preuve de négligence. Mais évidemment, il y a des élections cette année, pas vrai ?

Il raccrocha et secoua la tête d'un air incrédule en regardant Mark Gracker qui était assis en face de son bureau, en train de se curer les ongles avec le coin d'une carte de visite.

– Ils ne sont pas très chauds, là-bas.

Gracker hocha lentement la tête, mais il savait qu'il valait mieux ne rien dire pour le moment.

– Vous feriez bien d'utiliser rapidement les éléments que vous avez ici.

Foutus péquenauds du Sud, se dit de la Flors en passant la main dans ses cheveux clairsemés. Pas étonnant qu'ils aient perdu la guerre. *Des Kleenex et des gâteaux*. C'était un tribunal ou une kermesse ?

60

Bill Bantling souriait tandis que les gardiens le ramenaient dans sa cellule, tout au fond de ce couloir qui lui paraissait moins gris et sinistre qu'une heure plus tôt. La discussion avec son avocat s'était bien passée. Mieux que prévu, à vrai dire.

Apparemment, les chances de pouvoir remettre les pieds dans un tribunal à la suite d'une requête post-condamnation étaient d'environ 450 contre 1. À en croire les camarades de détention de Bill et les gros cossards de gardiens affectés à son secteur. Certains détenus avaient rédigé dix, quinze, trente articles 3, autant de requêtes n° 2254 déposées devant la cour fédérale, d'innombrables demandes en tout genre, plus ou moins bidon, portant des noms latins impossibles à prononcer. Évidemment, l'avocat de Bill l'avait assuré qu'il avait beaucoup plus de chances que les autres, mais c'était parce que Neil Mann voulait être payé d'avance.

Ses chances d'obtenir un nouveau procès après une audience étaient maintenant de 50 contre 1. Certes, ce n'était pas encore gagné, mais Bantling était prêt à signer des deux mains pour ce prix. Ajoutez quelques jours de vacances loin de cet enfer, une excursion sur les routes de campagne de Floride, des retrouvailles avec quelques vieux amis, et ce serait une vraie fête. Et puis, il y avait ce petit bonus auquel il ne s'attendait pas :

une inculpation fédérale et une suspension pour le chef des inspecteurs. Nom de Dieu ! Un vrai carton !

On allait bien s'amuser. Il avait de quoi démolir cette chère et douce Chloé, pas si douce que ça. De quoi l'enfermer dans une cellule, à son tour, avec des rats pour compagnons et où, une fois par semaine, d'anciens amis ou amants viendraient la voir si elle avait de la chance. Si elle ne devenait pas dingue, encore une fois. Dans ce cas, on la mettrait dans une cellule blanche et capitonnée, et elle ne recevrait pas de visite avant longtemps. Ce serait peut-être même encore mieux. Il ricana. Il savait qu'il pouvait y arriver, malgré les probabilités. Il avait les aveux de Lourdes Rubio qui réclamait le pardon sur papier à en-tête. Et il avait cet enregistrement. Chloé, elle, n'avait personne. Absolument personne. Ils étaient tous morts, ses petits larbins, ses acolytes. Il n'y avait plus qu'elle. L'ultime témoin.

La porte de sa cellule de deux mètres sur trois se referma violemment. Il était de nouveau enfermé. Mais pas pour longtemps. Le moment était venu de faire sa valise. De prendre sa brosse à dents et d'enfiler son beau costume. Car il rentrait à la maison.

Et quand il retournerait à Miami, la semaine prochaine, il s'occuperait d'une autre petite affaire. Il savait qu'il y avait une deuxième personne dont le vœu le plus cher était de le voir pourrir en prison pour un crime qu'il n'avait pas commis. Une personne qui avait tenté elle aussi d'influer sur son avenir. Quand il pourrait enfin écouter cet enregistrement, il aurait la confirmation de ce qu'il soupçonnait depuis peu, et il s'occuperait de ce nouveau protagoniste. Il lui restait quelques cartes à jouer au niveau du bureau du procureur et de ses tout nouveaux amis du ministère de la Justice. Des potins intéressants qu'il pourrait échanger dans le cadre du grand marchandage judiciaire si le vent ne lui était pas favorable cette fois.

Bantling n'avait pas encore de visage à mettre sur ce nom. Mais bientôt, les flics découvriraient l'identité de celui qui était un des leurs, il le savait. Celui qui était tapi dans leurs rangs. L'homme connu dans certains cercles redoutables uniquement par son surnom.

Cop Killer.

61

Dans ce cas, tu dois le faire.

Les paroles de son père résonnaient encore dans sa tête quand les portes de l'ascenseur s'ouvrirent au troisième étage. C. J redressa les épaules et se fraya un chemin vers la sortie pour plonger dans la masse grouillante qui envahissait les couloirs du palais de justice après le déjeuner, quand débutaient les audiences de l'après-midi.

Le juge Chaskel avait réquisitionné une des plus grandes salles de tribunal afin d'accueillir les journalistes mécontents. Son ordonnance interdisant à la presse de publier des informations liées à cette affaire avait été très efficace, trop sans doute, et sa décision de dernière minute de se réfugier dans son bureau avec la représentante du procureur et l'avocat de la défense n'avait pas été très appréciée par les médias. Afin d'éviter une avalanche de plaintes évoquant le droit à l'information et la liberté de la presse, Chaskel avait décidé d'ouvrir les portes de cette audience, mais l'ordonnance restait en vigueur. Dieu soit loué, Neil Mann avait trop peur d'exaspérer le juge, et il n'était pas assez futé pour entonner avec la presse l'air du « On nous a tous méprisés ». Cela aurait pu faire naître un courant de sympathie envers son client (qui en avait bien besoin), mais il n'avait pas joué cette carte.

C.J. marcha vers la porte de la salle de tribunal en compagnie de Rose Harris, la main tendue devant elle pour signifier qu'elle ne ferait aucune déclaration. À son grand soulagement, elle remarqua que Rose avait adopté la même politique. Bien que collègues depuis dix ans, dont cinq au sein des *Major Crimes*, elles n'avaient jamais été très amies. Et les événements de ces dernières semaines avaient provoqué de nouvelles tensions dans leurs relations. Mais il était nécessaire de présenter un front uni devant Chaskel et la presse, voilà pourquoi elles avançaient côte à côte, en poussant l'une et l'autre un chariot rempli de dossiers. C.J. savait que Rose n'appréciait pas le fait que les condamnations qu'elle avait obtenues à l'encontre de Bantling reposent sur celle obtenue par C.J., car si celle-ci était annulée, la sienne subirait à coup sûr le même sort.

Rose était une femme coriace – aussi bien dans une salle de tribunal qu'à l'extérieur – qui avait su utiliser ses griffes et sa cervelle pour gravir tous les échelons du bureau du procureur en surpassant des hommes qui travaillaient là depuis des années. Elle avait hérité des dix autres meurtres attribués au Vorace car C.J. lui avait transmis le dossier. Il était indispensable que C.J. s'occupe elle-même de l'affaire du meurtre de la jeune Prado, mais instruire les autres affaires aurait été un suicide psychologique. Un mois passé dans une salle de tribunal avec Bantling, c'était suffisant. Dès que C.J. avait obtenu la première condamnation, Rose avait pris le relais. Mais aujourd'hui, l'histoire semblait sur le point d'être réécrite et personne ne s'en réjouissait.

Travis Cormier, de l'administration pénitentiaire, lui tenait la porte ouverte, et l'espace d'un instant, C.J. hésita. Comme un cheval qui sent instinctivement qu'il ne doit pas tenter de sauter un obstacle. Ses jambes refusèrent d'avancer. Elle savait qu'il était déjà là. Elle sentait sa présence.

– Alors, vous entrez ou pas ? demanda Travis d'un ton impatient. Cette porte ne tient pas ouverte toute seule.

Elle ne laisserait pas Bantling jouer avec sa santé mentale. Elle était forte.

– Oui, oui, j'arrive, répondit-elle. Je croyais avoir oublié quelque chose.

Elle ravala la peur qui remontait de son ventre et continua d'avancer en interdisant à ses jambes de trembler.

La salle était déjà presque remplie de curieux et de journalistes, mais C.J. ne les voyait pas. Elle ne voyait que le dos de Neil Mann et ses cheveux noirs, raides comme des baguettes, qui avaient besoin d'être coupés. Debout devant la table de la défense, engoncé dans sa veste qui faisait des plis sous les bras, il était penché vers l'homme assis, qu'elle n'apercevait pas encore, mais qui l'attendait.

Mann avait déposé une requête pour que son client ne comparaisse pas avec des menottes et des fers aux pieds et le juge Chaskel lui avait donné satisfaction. L'administration pénitentiaire avait donc équipé son détenu vedette des gadgets les plus sophistiqués en matière de surveillance électronique. Vêtu d'un costume, assis de manière nonchalante, les jambes croisées, il portait à la cheville un bracelet électronique et autour de la taille, sous sa chemise, une ceinture capable d'émettre une décharge électrique assez puissante pour mettre à genoux un homme de 150 kilos, en quelques secondes, si le gardien chargé de le surveiller appuyait sur un bouton de sa télécommande. Bantling était arrivé de Raiford avec son escorte : quatre sergents, un lieutenant et deux gardiens, dans une fourgonnette blindée suivie d'un autre véhicule. Personne ne voulait porter le chapeau au cas où il prendrait la clé des champs ou rentrerait au bercail avec un trophée de plus à son tableau de chasse. Tout ce petit monde était aligné derrière la table de la défense, de manière bien visible, près du box des jurés. La porte de derrière et celle conduisant au bureau du juge étaient également sous bonne garde.

C.J. s'obligea à lever les yeux, lentement, et elle aperçut les longs doigts blancs qui pianotaient délicatement sur la table en bois. La seule chose qu'elle ne voyait pas, c'était le visage, toujours caché par le buste de l'avocat. Elle était comme hypnotisée par ces doigts. Malgré la distance, elle aurait juré qu'elle entendait le cliquetis des ongles sur le bois, et un très léger sifflement.

– Levez-vous ! brailla Hank, l'huissier.

Elle n'avait plus le temps de réfléchir. La porte menant au bureau du juge s'ouvrit à la volée et Chaskel apparut pour se diriger d'un pas vif vers son estrade. C.J. s'empressa de remonter l'allée centrale.

– L'usage des téléphones portables est interdit durant les débats, sous peine de confiscation de l'appareil. L'honorable juge Leopold Chaskel III va siéger. Asseyez-vous et faites silence !

Hank tenait ce rôle depuis plus de trente ans et quelque part en chemin, il avait perdu le manuel de la diplomatie. Depuis, il traitait tout le monde de la même manière. Comme de la merde.

Le juge consulta sa montre, puis observa C.J. qui se dépêchait de rejoindre sa place. Sans un mot, il la regarda passer devant lui pour venir s'asseoir à la table de l'accusation, à côté de Rose Harris.

Il la laissa s'installer et déballer ses dossiers. Le silence régnait dans la salle ; les gens attendaient de voir si le juge allait lui ordonner de se presser. Elle entendit quelques soupirs appuyés sur les bancs derrière elle. Rose tapotait sur son bloc avec son stylo. C.J. avait envie de l'étrangler.

Comment en est-on arrivé là ? Comment suis-je devenue le souffre-douleur de la classe ? Celui à côté de qui personne ne veut s'asseoir ? Rose et elle n'étaient peut-être pas les meilleures amies du monde, mais elles se respectaient autrefois. C.J. s'était présentée un million de fois devant le juge Chaskel et il l'avait toujours appréciée, du moins le pensait-elle ; il ne lui avait jamais reproché d'avoir quelques minutes de retard. Mais aujourd'hui, il la foudroyait du regard du haut de son perchoir. Était-elle trop sensible ou est-ce que tout avait réellement changé ?

La tête plongée dans ses boîtes de dossiers, elle n'avait toujours pas vu le visage de Bantling, mais elle savait qu'il souriait. Intérieurement, en tout cas. Car elle était prête à parier qu'il affichait un air misérable, comme pour crier : Aidez-moi, je suis victime d'une machination ! à l'adresse du juge et de son avocat, des journalistes et de tous ceux qui l'observaient.

– Je suis navrée, Votre Honneur, dit C.J.

– Sommes-nous prêts maintenant ? demanda le juge.

– Oui, Votre Honneur, répondit Rose.

– Oui, monsieur le juge, dit C.J. d'une petite voix.

Elle aurait pu attendre. Attendre que Bantling aille témoigner à la barre, attendre d'être obligée de le regarder. Mais elle n'attendit pas.

Elle avait espéré découvrir le visage d'un vieil homme décati, un homme brisé.

Espoir déçu.

Ses yeux d'un bleu glacial l'attendaient quand elle tourna la tête pour lui faire face. Ils la transpercèrent. Son visage était blême, mais ce n'était pas le visage d'un vieillard, et encore moins celui d'un homme brisé. Le front appuyé dans la main, dans une pose dramatique, il tourna la tête, si bien que le juge et les caméras ne pouvaient voir son expression. Et il articula quelques mots, les premières paroles qu'il lui adressait depuis trois ans :

– *Content de te revoir.*

62

Neil Mann était nerveux. À tel point que sa lèvre inférieure tremblait légèrement. C'était un tic qui l'accompagnait depuis l'enfance, chaque fois qu'il se sentait angoissé. D'ailleurs, c'était une des raisons pour lesquelles il évitait de plaider.

Il avait besoin de ce client. Ça ne lui rapportait pas beaucoup d'argent, mais un maximum d'exposition médiatique. Bill Bantling pouvait le propulser dans la stratosphère des clients célèbres, des consultations à 450 dollars de l'heure et des apparitions à la télé en tant qu'expert.

Mais voilà que ce rêve était sérieusement menacé.

Cette affaire, de celles qui font les grandes carrières, lui était tombée dans le bec. La lettre de Bill était arrivée un mercredi et il avait reconnu immédiatement le nom. Puis Bill lui avait transmis le mea-culpa rédigé par Rubio. C'était à ce moment-là que Neil avait décidé d'investir dans un nouveau costume, en vue de l'audience d'aujourd'hui.

Il avait discuté avec Rubio au téléphone. Elle lui avait raconté sa conversation avec un Victor Chavez ivre et surexcité dans un bar de South Beach, une semaine environ après l'arrestation de Bantling. Victor ne savait pas encore que Rubio avait accepté de défendre Bantling quand il lui avait parlé de l'information anonyme transmise à la police selon laquelle il y avait de la drogue dans la Jaguar de Bantling. Rubio avait ensuite parlé à Neil de l'enregistrement de la police, en lui expliquant qu'elle avait délibérément négligé cet élément, puis saboté le procès. Évidemment, il s'était offert de sauter dans un avion pour venir la voir, ça s'imposait, mais elle refusait de le rencontrer. Neil ne voulait pas insister, de peur de l'effaroucher. Elle lui avait proposé l'attestation, authentifiée par notaire, et une copie de l'enregistrement. Et elle avait dit qu'elle viendrait témoigner à l'audience, si celle-ci avait lieu. À ses frais, avait-elle insisté. Neil n'aurait rien à débourser.

C'était un cadeau des dieux. Du moins le croyait-il.

La cassette ne lui était pas parvenue. Au début, il ne s'était pas inquiété car Rubio lui avait paru très prudente, très secrète. Peut-être avait-elle décidé de la lui apporter en main propre. Elle lui avait récité tout ce que contenait l'enregistrement, mot pour mot, il n'avait donc pas besoin de posséder la cassette avant l'audience. C'est-à-dire aujourd'hui.

Il l'avait appelée et avait laissé un message sur son répondeur pour lui indiquer la date de l'audience. Mais il n'avait pas eu de nouvelles. Alors, il l'avait rappelé, mais cette fois, il n'y avait plus de répondeur ; la ligne avait été coupée. Alors, Neil avait commencé à paniquer. Le mercredi, il avait fini par craquer et avait engagé un détective privé, qui avait contacté Neil le samedi pour lui annoncer la nouvelle. Neil avait passé le week-end à essayer de trouver un moyen pour sauver cette affaire qui était censée lancer sa carrière.

– Bien, dit le juge Chaskel en se calant au fond de son fauteuil en cuir, maintenant que tout le monde est là, ne perdons plus de temps. Monsieur Mann, c'est à vous. Veuillez appeler votre premier témoin à la barre.

Neil Mann se leva de manière hésitante ; ses doigts qui

frottaient nerveusement le bord de la table laissaient des traces de transpiration sur le bois verni.

– Il y a un problème, Votre Honneur. Je réclame un aparté.

Le juge Chaskel se redressa dans son fauteuil.

– Vos témoins sont-ils là, oui ou non ? Je vous ai dit la semaine dernière que je n'étais pas d'humeur à supporter ces petits jeux. Surtout maintenant que l'accusé est ici et que des dispositions exceptionnelles ont été prises.

– Le problème concerne justement les témoins, Votre Honneur. (La lèvre inférieure de Neil tremblait de plus belle.) Je viens de l'apprendre ce week-end et je ne sais pas comment procéder. Je pensais que nous pourrions en discuter en…

– De quoi s'agit-il, monsieur Mann ?

– Il s'agit de Lourdes Rubio, Votre Honneur. Un détective privé que j'avais engagé m'a appelé ce week-end…

– Laissez-moi deviner, dit le juge. Elle a changé d'avis, elle ne veut plus venir.

– Elle a été assassinée.

Les flashs crépitèrent, les journalistes quittèrent la salle en courant pour alerter leurs rédactions. Le cirque était de retour en ville.

63

– Dans mon bureau, dit le juge sans même ciller. Immédiatement.

Les journalistes demeurés dans la salle de tribunal se levèrent pour protester, mais le juge n'en avait rien à faire. Il descendit de son estrade en coup de vent, avec Neil Mann sur ses talons, lui-même suivi de la sténographe qui jonglait avec son matériel et du greffier. Deux gardiens de prison se rapprochèrent de Bantling.

– C'est incroyable. Tout bonnement incroyable. Assassinée ? dit Rose en secouant la tête, d'une voix enrouée par la stupeur. Allons-y, C.J. (Elle se leva en rassemblant ses dossiers.) Le juge n'est pas d'humeur à attendre. Essayons de savoir ce qui s'est passé.

Mais C.J. était incapable de bouger. Elle restait assise à sa place, les yeux fixés sur les dossiers posés devant elle, craigant de vomir si elle se levait. Elle battit des paupières et vit Lourdes assise face à elle, de l'autre côté de son bureau, dans son cabinet au milieu de nulle part. Elle se souvenait du mépris affiché par Lourdes quand elle avait voulu la convaincre de divulguer des informations peut-être protégées par le secret professionnel. Des informations, supposait C.J., qui pourraient éventuellement la conduire jusqu'à un autre fou. Mais Lourdes avait refusé.

Assassinée ? Lourdes n'était pas simplement morte.

Ce n'était pas un accident de voiture, ni un cancer ni une hémorragie cérébrale. C'était un meurtre. Quand ? Où ? Y avait-il un lien avec elle ? Avec cette affaire ? Donnait-elle l'impression de tenir ce raisonnement aux yeux de tous ceux qui l'observaient dans cette salle de tribunal ? Offrait-elle l'image d'une coupable ? Elle n'avait pas fait part à la cour de son entrevue avec Lourdes, il y avait plus de quinze jours, car légalement elle n'y était pas tenue. Et elle s'était dit que Lourdes évoquerait certainement cette rencontre elle-même, aujourd'hui. Que faire maintenant ?

– Je suppose que Neil n'a pas pensé à informer son client avant d'annoncer la nouvelle au monde entier, dit Rose à voix basse en jetant un regard vers la table de la défense. Bantling semble avoir reçu un coup sur la tête. Tant mieux.

En effet, Bantling regardait fixement le bureau du juge devant lui, les coudes sur la table, serrant et desserrant les poings comme s'il faisait un gros effort pour se contrôler. Son sourire avait disparu. Un autre gardien vint prêter main forte à ses deux collègues qui flanquaient l'accusé.

– Tu es toute pâle, C.J. Tiens, bois un peu d'eau, dit Rose d'un ton impatient en poussant vers elle un gobelet en plastique. Et allons-y avant que Chaskel pique sa crise. C'est affreux à dire, mais ce n'est peut-être pas une mauvaise chose, cette histoire. Pour nous, du moins. Sans Lourdes, la requête de la défense ne tient plus debout. La nouvelle preuve de Bantling vient de mordre la poussière. Il se pourrait qu'on rentre à la maison beaucoup plus tôt que prévu.

64

– Je peux savoir ce que ça signifie ? aboya Chaskel en direction de Neil Mann dès que C. J. eut refermé derrière elle la porte du bureau.

– Votre Honneur, je viens d'apprendre…

– Non. Vous l'avez appris ce week-end. *Moi*, je viens de l'apprendre, dans une salle de tribunal pleine de journalistes. (Il reporta son attention sur C.J., qui regardait fixement ses pieds.) Vous étiez au courant, vous aussi ?

Elle leva la tête, et en voyant son air hébété, Chaskel répondit lui-même à sa question.

– Apparemment, non, dit-il. Que s'est-il passé, monsieur Mann ?

– Je n'avais plus de nouvelles de Mlle Rubio depuis l'audience de Huff.

– Et vous n'avez pas songé à m'en avertir ?

– Elle vivait recluse, Votre Honneur. Je ne me suis pas inquiété avant cette semaine. Plutôt que de réclamer un report et prolonger le calvaire de M. Bantling, j'ai engagé un détective privé pour retrouver Mlle Rubio. Afin d'obtenir une injonction auprès de cette cour, au cas où il aurait fallu l'obliger à témoigner. Le samedi, le détective m'a appelé pour m'annoncer que Mlle Rubio était morte depuis une quinzaine de jours, à la suite, visiblement, d'un cambriolage qui aurait mal tourné dans son cabinet. La police continue d'enquêter, mais aucun suspect n'a été arrêté pour l'instant. Personne n'a été prévenu ici car elle avait rompu tout lien avec ses anciens collègues en partant. Sa mère est morte l'an dernier et elle n'entretenait aucune relation avec les autres membres de la famille. Je suis navré, monsieur le juge, dit-il en guise de conclusion.

Lui aussi baissa les yeux.

– J'aurais dû en être informé avant de siéger.

– Je ne savais pas comment procéder, Votre Honneur. D'ailleurs, je ne sais toujours pas quoi faire. C'est la dernière chance de M. Bantling.

– Ce n'est pas mon problème, rétorqua Chaskel avec un soupir de frustration. Laissez-moi réfléchir. Nous avons l'attestation de Rubio.

– C'est un témoignage sur foi d'autrui. L'accusation ne peut pas soumettre un document à un contre-interrogatoire, Votre Honneur, dit Rose.

– Elle est morte, mademoiselle Harris.

– Justement. Pardonnez-moi d'être aussi brutale, mais l'accusation n'y est pour rien. Je suis navrée, mais nous conservons le droit d'interroger ce témoin. Un témoin dont les déclarations pourraient entraîner, nous dit-on, l'annulation d'une condamnation pour onze meurtres !

– Je n'ai pas entendu l'accusation protester quand il s'agissait d'accepter le témoignage de l'agent Chavez lors du procès, souligna le juge.

– C'est différent. L'agent Chavez a été soumis à un contre-interrogatoire vigoureux de la part de la défense quand il est venu témoigner à la barre. Son témoignage est donc admissible, d'après la loi.

– Que suggérez-vous, alors ? Que j'ignore tout simplement la nouvelle preuve présentée par M. Mann et que je renvoie M. Bantling sur la chaise électrique ? Parce que le témoin dont la déposition pouvait l'innocenter, sa propre avocate qui a reconnu des malversations, a été assassinée ?

Il se tourna vers Neil Mann, dont le visage s'était légèrement éclairé.

– L'enregistrement de la police est un document officiel, ajouta le juge. Les archives des services municipaux de Miami Beach pourront nous le fournir. Je suis sûr que M. Mann saura trouver une astuce juridique qui nous permettra d'écouter cette bande. N'est-ce pas ?

Les yeux de l'avocat replongèrent vers le sol.

– Je n'ai pas cette cassette, Votre Honneur. Mlle Rubio devait me l'apporter. L'original a été effacé depuis longtemps. La police ne conserve les enregistrements qu'un mois. Mlle Rubio m'a confié qu'elle avait obtenu sa copie le vingt-neuvième jour.

Le visage de Chaskel se figea.

– Vous vous moquez de moi ? Forcément. Je fais des acrobaties pour accorder toutes les chances à votre client et vous n'avez même pas ce foutu enregistrement qui a tout déclenché ? Comment est-ce possible ?

Le juge se tourna vers Rose et C.J.

– L'accusation a eu accès aux dossiers de Rubio. Que contenaient-ils ?

– Aucune allusion à une quelconque cassette, répondit Rose.

C.J. sentit son estomac se soulever.

– En effet, monsieur le juge, confirma-t-elle. Il n'y avait aucune cassette dans les dossiers.

Ça au moins, c'était la vérité.

– Nom de Dieu, quel merdier, soupira Chaskel. (Il passa la main dans ses cheveux.) Il faut que je fasse des recherches. Vous aussi. Je veux tout le monde dans mon bureau demain matin à 9 heures. Et j'aimerais qu'on se préoccupe un peu de la loi. La vie d'un homme est en jeu ; on n'a pas intérêt à se tromper.

65

Quand C.J. traversa la rue pour regagner son bureau, elle connaissait tous les détails les plus sinistres et les plus terrifiants. La presse les déversait sur toutes les chaînes, n'hésitant pas à interrompre la diffusion des *soaps* et des jeux pour tenir le public informé. C'était à qui obtiendrait et diffuserait en premier les effroyables images du lieu du crime. Pour faire preuve d'intégrité, quelques chaînes décidèrent de flouter le corps de Lourdes, ne montrant que le tapis maculé de sang sur lequel elle gisait. D'autres étaient plus préoccupées par l'audience que par la déontologie et, bien entendu, la diffusion de ces images provoqua un débat… qui entraîna de nouvelles diffusions des images en question.

Le cadavre de Lourdes avait été découvert le vendredi après-midi, alors qu'elle ne s'était pas présentée au tribunal depuis une semaine. Mais personne ne semblait s'en être aperçu, à part peut-être ses clients brutalement abandonnés. C'était la femme de ménage qui avait trouvé le corps. Lourdes avait succombé à de multiples blessures à l'arme blanche ; son sac à main et sa montre avaient disparu, on lui avait arraché ses boucles d'oreilles. Apparemment, elle avait été victime d'un vol. Le dernier à l'avoir vue était un client qui s'était rendu à son cabinet le vendredi matin précédent le long week-end du President's Day, juste avant qu'une violente tempête de neige s'abatte sur la région dans l'après-midi. Le corps n'ayant été découvert qu'au bout d'une semaine, du fait de la décomposition qui avait commencé, il n'était pas possible de déterminer avec précision le jour de la mort, mais on estimait que celle-ci était survenue entre le vendredi après-midi et le mardi matin.

C.J. avait quitté le cabinet de Lourdes à 14 h 30 ce vendredi, en pleine tempête de neige. Elle entendait encore le vent souffler dans ses oreilles ; il l'avait enveloppée quand elle était sortie et avait fait claquer la porte du cabinet derrière elle.

Elle avait vérifié et vérifié encore les dates. Il n'y avait aucun doute. Glacée d'effroi, elle n'osait même plus réfléchir. Elle ne posait aucune question, elle ne passait aucun coup de téléphone. Elle ne voulait pas en savoir davantage. Hélas, en tant que procureur, elle serait forcément tenue au courant.

Est-ce que « multiples blessures à l'arme blanche » signifiait qu'on lui avait tranché la gorge ? Le meurtrier avait-il tiré sur sa langue pour lui faire une cravate colombienne ? Avait-on retrouvé d'autres indices ou des empreintes sur place ? Si oui, les avait-on identifiées ? Étaient-ce les siennes ? Y avait-il des suspects ? Y avait-il des témoins, des gens qui auraient vu une femme aux cheveux blond foncé repartir au volant d'une Blazer de location ?

Chaque question s'accompagnait d'une sinistre constatation : c'était peut-être *elle* la réponse. Elle n'avait parlé à personne de son entrevue avec Lourdes cet après-midi-là, des paroles belliqueuses qui avaient été échangées et du sujet de cette discussion : William Bantling et la dénonciation anonyme qui l'avait expédié derrière les barreaux. Son silence, une fois qu'on l'aurait découvert, paraîtrait extrêmement suspect. On se demanderait pourquoi elle s'était rendue au cabinet de Lourdes, tout d'abord, et pourquoi elle n'avait rien dit devant la cour.

Elle risquait une sanction pour outrage, ou pire maintenant. Il n'y avait aucune échappatoire et elle avait de plus en plus de mal à respirer.

Derrière la porte verrouillée de son bureau, elle enfouit son visage dans ses mains.

Tout le monde était mort : Chavez, Lindeman, Ribero et maintenant, Lourdes. Tout le monde, sauf elle. Elle était l'ultime témoin d'un redoutable complot qui s'était retourné contre ses auteurs. Il ne faudrait pas longtemps, elle le savait, avant que d'autres personnes établissent le lien irréfutable.

Inutile de chercher des réponses. Au lieu de cela, enfermée dans son bureau, elle se noyait dans les questions de droit et les jurisprudences, en ignorant les coups frappés à la porte par Marisol, les coups de téléphone de Jerry Tigler et des journalistes avides. Tôt ou tard, quelqu'un songerait à poser les questions qu'elle n'osait formuler et des doigts pointeraient vers elle. À ce moment-là, Marisol ne serait plus la seule à tambouriner à sa porte. Il y aurait Manny ou Chris Masterson, ou la police du Colorado ou le FBI.

Ou pire encore.

Il y avait quelqu'un, quelque part, qui connaissait les réponses. Quelqu'un qui avait éliminé les témoins, l'un après l'autre. William Bantling n'aurait jamais tué Lourdes, son unique chance d'échapper à la peine de mort. Mais quelqu'un ne voulait pas que cette cassette réapparaisse. Quelqu'un qui, même sans cette cassette, ne voulait pas que Chavez continue à dévoiler des secrets, que la mauvaise conscience de Lindeman le trahisse un jour, ou que la peur de Ribero l'expédie devant un tribunal pour avouer la vérité.

La vérité, c'était que Bantling avait été victime d'un coup monté, en effet. Un coup monté par une personne qui savait ce qui arriverait lorsque Chavez et consorts ouvriraient le coffre de la Jaguar. Ils découvriraient une femme nue, le cœur arraché, victime du serial killer surnommé le Vorace. Une personne qui avait mis ce corps dans le coffre.

C. J. se remémora le soliloque de Greg Chambers dans l'obscurité de sa chambre mortuaire peinte en noir, tandis qu'elle avait le visage appuyé contre l'acier froid de la civière. *Ne t'imagine pas que je vais te révéler de vieilles recettes de famille et que je vais faire des aveux détaillés à la dernière minute pour que tout devienne clair, car je ne le ferai pas. Tu vas emporter quelques questions sans réponse dans la tombe.*

C'était lui qui avait fini dans la tombe. Chambers était mort. Cela signifiait que c'était *quelqu'un d'autre*, de bien vivant, qui avait transmis ce tuyau à la police, trois ans plus tôt. C. J. avait toujours supposé que c'était lui.

L'étage commençait à se vider. Elle entendit d'abord la bousculade des secrétaires à 16 h 30, puis les procureurs des *Major Crimes* qui fermaient l'un après l'autre leur attaché-case et passaient devant sa porte pour franchir les portiques de détection et se diriger vers les ascenseurs. La nuit tomba peu à peu sur le bâtiment. À 21 heures, elle sut qu'elle était seule à l'étage. À 23 heures, elle sut qu'elle était seule dans l'immeuble.

Elle ne voulait pas rentrer seule chez elle. Pas cette nuit, avec les pensées folles et terrifiantes qui lui couraient dans la tête. Elle ne pouvait pas trouver refuge auprès de Dominick. L'hôtel était une possibilité, mais il y aurait plein d'inconnus et la sécurité laisserait à désirer. Ici, au moins, il y avait un gardien et des systèmes de sécurité. Exception faite des procureurs et des agents de police, nul n'avait le droit de pénétrer dans l'immeuble en dehors des heures d'ouverture.

Alors, sur les coups de 1 heure du matin, elle se refit du café pour s'attaquer à la lecture de la montagne de dossiers qu'elle avait rassemblés et à la rédaction du mémorandum le plus important de sa vie. Le travail l'aiderait à traverser les heures les plus sombres de la nuit, jusqu'à ce que la lumière du petit matin lui permette de rentrer chez elle pour se changer en quatrième vitesse.

Après quoi, elle reviendrait ici. Pour neutraliser un monstre, avant que l'autre ne parvienne jusqu'à elle.

66

Assis à son bureau, le juge Chaskel lisait et relisait les épais dossiers éparpillés devant lui. Il avait les yeux qui lui brûlaient à force de parcourir ces caractères trop petits, et aussi à cause du manque de sommeil. Il les essuya avec la serviette humide que Janine lui avait apportée en même temps que son déjeuner, tout à l'heure. À 2 heures du matin, il avait décidé d'aller se coucher, pour s'apercevoir qu'il n'arrivait pas à trouver le sommeil. Il avait tourné et viré dans son lit jusqu'à ce que Lucienne, son épouse, l'expédie finalement dans la chambre d'amis sur les coups de 5 heures du matin. C'était à ce moment-là qu'il avait officiellement renoncé au sommeil et chaussé de nouveau ses lunettes à double foyer pour se remettre à lire. Les décisions de la Cour suprême ne tenaient jamais en deux pages. C'était plutôt vingt, trente ou quarante pages, truffées de questions complexes.

Il savait que les affaires qu'il avait choisies seraient identiques à celles que présenteraient l'accusation et la défense dans la matinée. Eux aussi avaient dû passer une nuit blanche devant leurs ordinateurs pour effectuer des recherches ; l'un cherchant un moyen d'arrêter cette machine, l'autre un moyen de la faire avancer. Et il voulait être prêt.

Il ne s'était pas trompé. Dès le matin, il avait été

assailli d'arguments juridiques semblables à des rafales de mitraillette. Et ces foutus journalistes, avec leurs caméras et leurs micros, étaient là pour tout voir et enregistrer. Alors, malgré la fatigue, il se félicitait d'avoir renoncé au sommeil.

Nom de Dieu ! Le juge Chaskel posa brutalement ses lunettes sur le bureau et se massa les yeux. Il avait dirigé, croyait-il, un des procès les plus propres qu'ait jamais connus ce tribunal, malgré la pression médiatique. Rapide. Intelligent. Judicieux. Il avait résisté à la pression des journalistes qui voulaient en faire un marathon ou un mauvais feuilleton télé, et bombarder son visage à la télé comme dans d'autres affaires judiciaires ultra médiatisées du passé. L'accusé avait posé de gros problèmes, mais il les avait réglés en ne tolérant aucun cinéma dans sa salle de tribunal, et sur ce point, les cours d'appel lui avaient déjà donné raison. Il avait géré la première requête de Bantling réclamant un nouveau procès, son premier article 3 ; il avait enterré toutes les questions, bien proprement, en rédigeant un avis succinct et inattaquable. Là encore, les cours d'appel s'étaient rangées de son côté. Et soudain, alors que le dénouement semblait proche, alors que la piste d'envol semblait dégagée, quelqu'un avait saboté l'avion, semblait-il. Il avait été victime d'un subterfuge à l'intérieur même du tribunal, de la part de ceux sur qui il comptait pour faire fonctionner le système.

Onze femmes assassinées. Si la justice était parfois blanche ou noire, il n'en allait pas de même des vies humaines. C'était ce qu'il y avait de plus frustrant quand on était juge. Les textes rédigés en tout petits caractères oubliaient parfois le prix humain. C'était facile de tout voir sous forme de chiffres et de dates quand il n'y avait aucun visage en face de vous dans le box des témoins, quelqu'un qui levait les yeux vers vous pour supplier de faire le bon choix. Car la justice telle que la concevaient la loi et « la juste décision », ce n'était pas la même chose. Comment pouvait-il ne pas penser à ces onze femmes mortes, alors que les conditions de leurs meurtres atroces étaient encore si présentes dans son esprit, que les cris à vous fendre le cœur de leurs mères résonnaient encore dans son tribunal ? Des meurtres décrits avec des détails insupportables par le médecin légiste, page après page, dans la déposition qui était maintenant posée devant lui. Difficile de sauter ce passage pour se concentrer sur les questions de droit, sans trébucher sur ces mots, sur ces jolis visages morts réduits désormais à un nom de famille dans un dossier d'appel.

S'il acceptait l'attestation de Lourdes Rubio comme preuve, il n'aurait d'autre choix que d'accorder un nouveau procès à la défense. Les faits étaient accablants, et une fois que ces aveux auraient acquis un statut officiel, il ne pourrait plus ignorer leur contenu. Les cours d'appel non plus. Et il y aurait un effet multiplicateur : les ondes de choc de cette annulation dans l'affaire Prado provoqueraient l'annulation des dix autres condamnations, il le savait. Il n'y avait qu'un seul seul remède : un nouveau procès, dont l'issue serait beaucoup plus incertaine que le premier.

À l'inverse, s'il rejetait cette attestation, à moins que l'accusé puisse prouver un « abus de pouvoir de la part de la cour », ce qui était quasiment impossible, l'affaire serait close, définitivement.

Autrement dit, la balle était dans son camp.

Les ultimes tentatives de Lourdes Rubio pour venir en aide à son ancien client ne changeaient rien aux preuves que le juge Chaskel avait vues et entendues dans la salle à l'époque ; on ne pouvait pas nier que Bantling était coupable. Voilà pourquoi c'était si frustrant, nom d'un chien ! Même si tout ce qu'elle affirmait était exact, si l'arrêt du véhicule reposait sur une « mauvaise » information – une dénonciation qui n'était pas reconnue par un texte de loi écrit noir sur blanc –, il savait que, légalement, cette attestation pouvait faire disparaître le corps d'Anna Prado du coffre de la voiture, mais pas objectivement. Par ailleurs, les affirmations selon lesquelles l'assistante du procureur cherchait à se venger d'un crime commis dix ans plus tôt suscitaient l'étonnement, mais il devait avouer qu'il s'interrogeait au sujet de C.J. Townsend depuis quelque temps. Autrefois, il se reposait sur elle, il prenait tout ce qu'elle disait pour argent comptant. Plus maintenant. Elle n'avait pas été très franche à propos de l'agression dont elle avait été victime et des accusations absurdes de Bantling. Or, s'il y avait une chose qu'il détestait dans un procès, c'était le manque de franchise. On pouvait s'attendre à ce genre de comportement de la part de la défense, mais pas d'un procureur des *Major Crimes*. Visiblement, il avait placé la barre trop haut.

C.J. Townsend l'avait plongé dans un sacré pétrin. Toutes les deux, d'ailleurs : Rubio et elle. Mais il n'y avait plus que Townsend pour payer la note.

Il essuya encore une fois ses yeux larmoyants et but une dernière gorgée de café. Il se leva et enfila sa robe noire, dont le poids voûta ses épaules qui lui semblaient fragiles tout à coup, et il sortit de son bureau.

Tandis qu'il parcourait à pas lents le couloir désert qui conduisait à la salle de tribunal pour affronter ce cirque, il récita une prière muette. Il voulait être sûr de faire le bon choix. Et si jamais il se trompait, il implorerait le pardon de Dieu.

67

La porte située au fond de la salle de tribunal s'ouvrit soudainement et le juge Chaskel marcha d'un pas décidé vers l'estrade. Il surprit Hank, l'huissier, en pleine conversation avec un des gardiens, près du box. Crier « Levez-vous ! » paraissait un peu vain maintenant, Hank se contenta donc d'aboyer un « Assis ! » tout aussi inutile, étant donné que la plupart des personnes présentes dans la salle n'avaient pas quitté leur siège.

Les médias avaient fait officiellement leur retour, dans toute leur splendeur. À grands renforts de micros sur perche, de caméras et de camions satellite, chaque chaîne de télé avait fait valoir ses droits dès l'ouverture de la salle de tribunal ce matin. On était maintenant en milieu d'après-midi et bien que l'attente dure depuis plus de 7 heures, nul n'était décidé à abandonner sa place durement acquise.

Les reportages alternaient entre des retransmissions en direct du palais de justice, sous le soleil de Miami, et devant le cabinet de Lourdes Rubio à Breckenridge dans le Colorado. Les caméras s'attardaient sur le petit panneau « À louer » apposé désormais derrière une des fenêtres. Le but était de donner une impression d'abandon, de désolation, mais les caméras captaient parfois, par inadvertance, les images d'autres journalistes en train de faire exactement la même chose et l'effet tombait à l'eau.

Les télés diffusaient également les images du chef de la police de Breckenridge qui tentait de prendre un air grave, mais ne parvenait pas à masquer son excitation face à cette meute de journalistes qui se pressait à sa conférence de presse. Savourant cette gloire passagère, il déclara d'une voix forte et pleine d'une surprenante assurance : « L'enquête se poursuit. Nous privilégions pour l'instant l'hypothèse du vol, sans toutefois exclure d'autres pistes. Lourdes a trouvé la mort dans des conditions très brutales. Nous demandons au public de ne pas hésiter à nous appeler pour nous fournir des renseignements. »

L'utilisation du prénom de la victime était censée conférer à l'enquête un parfum de compassion, mais le chef de la police l'avait prononcé de manière erronée. Ces images passaient toutes les vingt minutes en moyenne, chaque fois que la dramatique qui se jouait au tribunal devenait trop technique et perdait de son intérêt. Elles étaient entrecoupées d'images d'archives montrant Lourdes au cours des procès de Bantling, trois ans plus tôt.

Manny était arrivé accompagné de Chris Masterson et de Steve Yanni un peu après 9 heures, il avait écouté les débats pendant environ deux minutes, en bâillant, puis il avait fait passer un mot à C.J. dans lequel il promettait de revenir avec des renforts lorsque les querelles juridiques seraient officiellement terminées. C.J. avait laissé un message à Marisol pour qu'elle bipe Manny et lui demande de revenir cet après-midi, mais après coup, elle se dit que ce n'était peut-être pas une très bonne idée. Et maintenant, Marisol en personne se tenait au fond de la salle, coincée entre l'Ours et la moitié des forces de police de Miami, dessinant un large sourire plein de dents avec ses lèvres fuchsia. C.J. regarda si elle apercevait Dominick, mais en vain. Il ne pouvait pas être là, compte tenu de l'identité de l'accusé.

Toutes les caméras étaient maintenant braquées sur le juge Chaskel, visiblement fatigué et préoccupé. À 13 heures, il avait déclaré qu'une décision serait annoncée à 15 h 30, et il était revenu à sa place à l'heure exacte, évidemment. Il était maintenant 15 h 31 et bien que la salle de tribunal soit pleine comme un œuf, on aurait entendu une mouche voler.

Comme toutes les personnes présentes, C. J. essayait de déchiffrer les rides profondes qui barraient le visage du juge, creusaient son front et affaissaient les coins de sa bouche. Elle sentait le sang battre à ses tempes et elle avait les mains moites. Peut-être parviendrait-elle à atteindre la sortie la première si Chaskel lui adressait un froncement de sourcils pour lui indiquer que sa sinistre mise en garde était sur le point de se vérifier : la situation allait devenir délicate pour elle. Mais son visage marqué ne dévoilait aucun indice. Il contemplait sa salle de tribunal tel un roi assis sur un petit trône ; son regard ne s'arrêtait sur personne en particulier, ni sur les caméras. Finalement, ses yeux se posèrent sur le document qui se trouvait devant lui.

C.J. avait fait de son mieux ce matin ; elle pensait avoir offert une argumentation solide et convaincante. Rose lui avait succédé pour enfoncer le clou. Neil Mann n'était pas de taille à rivaliser avec elles, ni à affronter les questions subtiles du juge Chaskel qui, selon ses propres termes, s'était fait « l'avocat du diable l'espace d'un instant ». Il se livra à une faible démonstration et sa lèvre inférieure tremblait si violemment que C.J. crut qu'il allait se mettre à pleurer.

Mais la justice était une chose curieuse. Très souvent, les argumentations les plus solides ne faisaient pas le poids face aux affaires les plus émouvantes. Les juges étaient censés se montrer impartiaux et ne s'intéresser qu'à la loi, mais C.J. savait que Chaskel ne pouvait pas ignorer une condamnation à mort. C'est pourquoi elle croisa les doigts sous son classeur et adressa une nouvelle prière à saint Christophe.

– L'accusé a déposé une requête après condamnation pour obtenir réparation, conformément au code de procédure criminelle de l'État de Floride, articles 3.851 et 3.850, annonça le juge en choisissant ses mots avec soin, non pas pour les caméras mais pour le greffier. La requête de M. Bantling repose sur deux motifs. Le premier est une accusation d'incompétence au niveau de l'assistance juridique. Il affirme que l'inefficacité de son avocate, Lourdes Rubio, l'a privé d'un procès équitable. Le deuxième motif à l'origine de cette requête serait, toujours selon l'accusé, la découverte d'une nouvelle preuve. M. Bantling affirme que cette preuve, obtenue récemment, si elle avait été présentée lors du procès, aurait probablement conduit à un acquittement. Pour étayer ces deux affirmations, l'accusé a joint à sa requête une attestation certifiée émanant de Lourdes Rubio.

« Dans cette attestation, Mlle Rubio avoue être entrée en possession d'une certaine preuve, à savoir un enregistrement de la police, après que M. Bantling avait été arrêté et qu'elle avait été choisie pour lui servir d'avocate, mais avant le début du procès. Ce coup de téléphone à la police de Miami Beach le 19 septembre 2000, le soir de l'arrestation de M. Bantling, aurait été passé quelques minutes avant que l'accusé soit interpellé par l'agent Victor Chavez pour infraction au code de la route. Voici, en substance, le contenu de cet appel :

"Standardiste : *Police secours, j'écoute.*

– J'appelle au sujet d'une voiture, une Jaguar XJ8 noire, dernier modèle, qui roule dans Washington Avenue, en venant de Lincoln Road, en direction du sud. Il y a deux kilos de cocaïne dans le coffre et elle se dirige vers l'aéroport. Elle va prendre la voie express McArthur, au cas où vous la laisseriez filer dans Washington.

Standardiste : Quel est votre nom, monsieur ? D'où appelez-vous ?"

« Après cela, la communication a été coupée. Le témoignage de l'agent ayant effectué l'interpellation confirme que M. Bantling conduisait une Jaguar XJ8 noire récente, de manière imprudente, lorsqu'il a été aperçu dans Washington Avenue vers 20 h 15, ce soir-là. Dans son attestation, Mlle Rubio affirme que cet appel anonyme a servi de base à cette interpellation illégale. Pour étayer cette affirmation, elle évoque sa conversation avec l'agent Victor Chavez, en dehors du tribunal, et au cours de laquelle il aurait confirmé cette version des faits. Mlle Rubio prétend que ce renseignement n'était pas suffisant, sur un plan légal, pour justifier l'interpellation de M. Bantling. Par conséquent, la fouille du véhicule qui a suivi était elle aussi illégale, et le fruit de cette fouille – la découverte du corps d'Anna Prado, puis des preuves matérielles rassemblées lors de la perquisition effectuée au domicile de M. Bantling –, étaient de ce fait viciées et irrecevables. Dans son attestation, Mlle Rubio précise que, compte tenu des sentiments de compassion que lui inspirait l'assistante du procureur, C.J. Townsend, elle-même victime d'une agression sexuelle quelques années plus tôt, elle a délibérément caché cette information à son client et à la cour. Elle déclare ne pas avoir présenté cette preuve, avoir négligé les contre-interrogatoires des témoins et ne pas avoir défendu son client avec zèle.

« L'accusé, à travers l'attestation de Mlle Rubio, présente une théorie très intéressante, et très troublante, qui nécessite assurément un examen approfondi. Cette cour a donc ordonné une nouvelle audience afin d'examiner la véracité et l'ampleur des allégations de Mlle Rubio. Celle-ci devait venir témoigner devant ce tribunal, avant d'être soumise à un vigoureux contre-interrogatoire de la part de l'accusation. Malheureusement, nous nous trouvons confrontés à un problème factuel. Entre le moment où la requête de M. Bantling a été déposée et cette audience, Mlle Rubio est décédée. En termes légaux, le témoin n'est plus disponible. De plus, l'agent de police responsable de l'interpellation, dont elle critiquait le témoignage et les motivations, est décédé lui aussi. Toutefois, ses déclarations faites lors du procès de M. Bantling sont recevables en tant que preuves pour cette audience, et elles le seraient également dans le cas d'un nouveau procès, conformément aux lois relatives aux témoignages sous serment. Pour finir, l'enregistrement de la police servant de base aux deux motifs évoqués dans la requête de l'accusé ne peut être présenté, ni par la défense ni par l'accusation, car la police de Miami Beach détruit tous les enregistrements au bout de trente jours.

« Le problème juridique qui se pose à cette cour est le suivant : les allégations de Mlle Rubio sont graves et si elles étaient avérées, elles justifieraient sans doute un nouveau procès. Mais cette attestation, bien que certifiée et attestée, demeure une déclaration formulée en dehors du tribunal. En d'autres termes, il s'agit d'une preuve par ouï-dire. Mlle Rubio ne peut déposer en tant que témoin, ni subir le contre-interrogatoire de l'accusation ; la véracité et la fiabilité de ses affirmations ne peuvent être examinées et sa crédibilité vérifiée devant un tribunal. De ce fait, la question juridique que j'ai posée à la défense et à l'accusation, et sur laquelle je les ai entendues s'exprimer toute la matinée, est la suivante : ce témoignage par ouï-dire est-il recevable dans le cadre d'une audience concernant un accusé condamné à mort ? »

Le juge s'interrompit et l'attente fit vibrer l'atmosphère de la salle de tribunal. Il posa les yeux sur son royaume, regarda les caméras qui l'observaient depuis un moment, comme s'il répétait mentalement, une dernière fois, ses paroles avant de les prononcer. Le front plissé, il replongea dans ses notes, mais pendant une fraction de seconde, son regard s'arrêta, non pas sur les caméras, ni sur l'accusé, mais sur C.J. Ce fut fugitif, mais l'effet produit durerait éternellement. Elle se tenait devant lui, dépouillée de son statut de procureur digne d'estime. Il la condamnait. Pour ce qu'elle avait fait, et pour ce qu'il était obligé de faire maintenant, à cause d'elle.

– L'admissibilité des preuves dans le cadre d'une audience de ce type est laissée à la seule discrétion du tribunal. Il n'existe aucune exception à la loi sur le ouï-dire qui permette d'admettre l'attestation de Mlle Rubio. L'enregistrement de la police ne peut être produit devant la cour, et de ce fait, il n'existe pas aux yeux de la loi. Il ne reste donc à cette cour que le témoignage incontesté de l'agent Victor Chavez et les mêmes questions que celles examinées et rejetées lors du précédent article 3 de l'accusé. Sur un plan juridique, compte tenu de la malheureuse et inopportune disparition de Lourdes Rubio, les circonstances restent identiques. Il n'existe aucune exception fourre-tout à la loi sur le ouï-dire dans l'État de Floride. Si une déposition ne rentre pas dans le cadre d'une exception reconnue, elle est irrecevable. Cette cour a exploré les questions d'équité fondamentale à l'égard de l'accusé étant donné qu'il s'agit d'une condamnation à la peine de mort, mais en conclusion, on peut estimer que si elle accédait à la requête de l'accusé et lui accordait un nouveau procès, cette nouvelle preuve ne conduirait probablement pas à un acquittement, du fait qu'elle est irrecevable.

« Le grief concernant l'incompétence de la défense doit être rejeté pour la même raison. L'accusation a le droit d'interroger Mlle Rubio sur ses motivations et ses compétences. Comme elle ne peut pas le faire, les affirmations contenues dans cette attestation sont irrecevables, elles aussi.

« Par conséquent, la requête de l'accusé est rejetée. La condamnation à la peine capitale est confirmée. La séance est levée. »

Sur ce, le juge sortit aussi vite qu'il était entré. C.J. savait qu'il ne la regarderait plus jamais de la même façon.

68

La salle de tribunal sembla exploser autour de lui, les caméras se braquèrent sur son visage, les questions fusèrent de toutes parts, des journalistes se piétinèrent pour se précipiter dans le couloir.

– Je suis désolé, Bill.

C'est tout ce que Mann parvint à murmurer, en évitant le regard de son client.

– Désolé ? Qu'est-ce qui s'est passé, bordel ? cracha Bantling.

– Le juge a rejeté la requête. C'est fini, Bill. Je suis désolé.

– Comment ça, « c'est fini » ?

– Les déclarations de Rubio ne seront pas retenues.

– Vous disiez que c'était du tout cuit, Neil. J'aurai droit à un nouveau procès, hein ? Avec un nouvel avocat ?

Neil détestait ces moments. Sincèrement. Devoir annoncer aux clients qu'ils avaient perdu, qu'il n'avait rien pu faire pour eux. Habituellement, il s'agissait d'une décision écrite qu'il devait traduire au téléphone et il réussissait plus ou moins à atténuer le choc, et sa responsabilité, mais là, ça s'était passé en direct. Nom de Dieu, ce type n'avait donc pas entendu le juge ?

– Non, Bill. Le juge a rejeté l'intégralité de la requête. Il a décrété que ces déclarations n'étaient pas recevables puisque personne ne pourra entendre l'enregistrement. Ce sont des témoignages par ouï-dire. Ils sont morts en même temps que Rubio.

– Alors, qu'est-ce que ça veut dire, concrètement ?

Les gardiens étaient en train de démêler un jeu de chaînes. Malgré le vacarme qui régnait dans la salle de tribunal, il entendait leur tintement reconnaissable.

Neil soupira en manipulant les papiers étalés devant lui.

– Ça veut dire que vous allez retourner dans le couloir de la mort. Ça veut dire aussi que vous pouvez encore faire appel de cette décision, mais à votre place, je ne compterais pas trop dessus.

Pas avec lui, en tout cas. Les économies de Bantling fondaient comme neige au soleil, et après ce qui s'était passé aujourd'hui, Neil Mann ne risquait pas d'être assailli de coups de téléphone de futurs clients ni de propositions lucratives de la part des chaînes de télé pour servir de consultant.

– Pas question que je retourne là-bas. J'exige une audience !

– Vous venez de l'avoir.

– Ma salope d'avocate me fait un coup foireux et ça ne compte pas ?

– Elle est morte, Bill. Les témoins morts ne parlent pas du fond de leurs tombes ; on ne peut pas leur faire subir un contre-interrogatoire. C'est problématique dans un procès. Voilà pourquoi la mafia essaye toujours de les liquider dans les films. Sans témoin, pas de procès.

C'est à ce moment-là qu'une lueur surgit dans l'esprit de Bill Bantling. Ses yeux balayèrent rapidement l'assistance, comme ceux d'un animal affolé, dans une cage.

– Il faut que je parle aux inspecteurs, lâcha-t-il.

À trois mètres de là, un sergent en uniforme marron examinait les fers qu'il tenait dans les mains ; visiblement, il laissait quelques minutes à l'accusé pour s'entretenir avec son avocat avant de l'embarquer.

– Falconetti et Alvarez. La brigade du FDLE qui s'est occupée de mon affaire. Les gars qui recherchent le tueur de flics maintenant.

Mann le regarda d'un air perplexe.

– L'agent Falconetti a été suspendu à cause de ce qui s'est passé avec vous. Il ne fait plus partie de la brigade spéciale. Pourquoi voulez-vous leur parler, d'abord ?

– Alvarez, dans ce cas. Le costaud qui était avec Falconetti. Ou n'importe quel inspecteur de la brigade. Il faut que je leur parle !

– De quoi s'agit-il, Bill ? (La curiosité de Mann avait été piquée au vif.) Vous savez que tout ce que vous leur direz pourrait être retenu contre vous s'il y avait une nouvelle audience.

En même temps, songeait-il, une repentance de dernière minute et des aveux sur la manière dont il avait tué toutes ces filles, cela ne manquerait pas de faire revenir les caméras.

– Organisez une rencontre, dit Bantling. Ici même. Ils auront très envie d'entendre ce que j'ai à leur dire. Ne les laissez pas me ramener à Raiford aujourd'hui.

Son regard se posa alors sur C.J., au moment où celle-ci passait devant l'estrade pour se diriger vers la porte par laquelle le juge était sorti, laissant ses dossiers, sa mallette et les journalistes avides d'interviews à l'autre salope de procureur. Elle espérait échapper à la presse et à une ultime confrontation avec lui. Elle espérait qu'on l'aurait réexpédié illico en enfer quand elle ressortirait des toilettes où elle voulait aller se cacher, et qu'elle ne serait pas obligée de voir la situation tourner au vinaigre. Malheureusement pour elle, la porte était verrouillée maintenant que le juge était parti et la séance levée. Elle lui tournait le dos et essayait de se fondre dans le décor, en attendant que Hank, l'huissier, lui ouvre. Manque de chance, celui-ci ne fut pas assez rapide.

– Il reste encore un singe ! lui lança-t-il.

Elle ne se retourna pas, mais Hank, si. Tout comme la sténographe et le greffier.

– C'est toi la prochaine, et tu le sais ! cracha Bantling, suffisamment fort pour attirer l'attention générale.

Neil agrippa son client par le bras, en prenant conscience tout à coup qu'il n'était pas menotté.

– Bill, vous aggravez votre cas, murmura-t-il. Ne lui parlez pas.

– Va dire à Alvarez que je sais qui ils recherchent ! ajouta Bantling. Je sais qui est son fameux Veste Noire. Et je sais pourquoi il tue tous ces flics !

– Nom de Dieu, dit Neil en lâchant instinctivement le bras de son client pour reculer d'un pas.

– On le sait, toi et moi. Pas vrai, Chloé ?

Les personnes encore présentes dans la salle de tribunal s'étaient arrêtées et retournées vers Bantling. Toutes à l'exception de C.J. Les conversations moururent peu à peu pour laisser place à un silence gêné et stupéfait. Hank parvint enfin à détacher son regard de la scène qui se déroulait devant lui pour déverrouiller la porte.

– Allez au diable ! lança-t-elle en se retournant vers Bantling.

Sa voix était faible, mais ses paroles étaient fortes. Elle refusait de baisser les yeux. Souviens-toi… il a peur de toi. Elle ouvrit la porte.

– On se retrouvera là-bas, Beany. Mais pour moi, ce sera moins douloureux. Trois minutes au maximum, à ce qu'il paraît. Avec toi, je suis sûr qu'il prendra son temps ! brailla Bantling d'une voix débordante de fureur.

Il fut très rapide. Il passa devant un Neil Mann en état de choc pour foncer vers la porte qui se refermait lentement derrière C.J., en sachant qu'elle pouvait entendre son souffle dans son dos, tandis qu'elle fuyait devant lui. Encore une fois. Le claquement de ses talons sur le sol dallé la trahissait.

Il parvint à atteindre le box des témoins. C'est à ce moment-là que le sergent appuya sur la télécommande de la ceinture électrifiée. cinquante mille volts terrassèrent instantanément Bantling qui s'écroula à genoux en se tordant de douleur, tous les muscles contractés, le laissant aveugle et sourd pendant une minute. Des cris jaillirent autour de lui, auxquels se joignirent les jappements effrayés de son avocat et les braillements des gardiens qui réclamaient des renforts, tout en se jetant sur lui, avec leurs menottes, leurs chaînes et leurs radios qui grésillaient. Il fallut cinq hommes pour parvenir à le maîtriser, à lui passer les menottes aux poignets et les fers aux pieds, avant de le ligoter sur un fauteuil roulant. Tout cela sous les cris d'effroi des spectateurs qui le regardaient se contorsionner comme un dément. La réalité lui apparaissait clairement tout à coup. Il était condamné, dans tous les sens du terme. Elle avait gagné. Et tandis qu'ils le bâillonnaient avec la sangle de cuir et le poussaient hors de la salle de tribunal, il eut une ultime pensée. Une seule. Il s'y accrocherait jusqu'au jour où ils viendraient le chercher pour l'attacher solidement sur ce lit de mort.

On se retrouvera là-bas, Chloé. Je serai juste derrière toi, je te suivrai jusqu'en enfer.

69

Elle courait, sans s'arrêter. Le plus vite possible. Devant les salles de tribunal fermées et une greffière hébétée qui sortait la tête de son bureau au moment où elle passait. Elle n'entendait pas le bruit de ses talons hauts qui résonnaient sur le sol en pierre, ni les cris affolés de Janine et de la sténographe dans la salle 6-8, ni les braillements des gardiens arrivés en renfort. Tout ce qu'elle entendait, c'était cet homme qui courait dans son dos, son souffle rauque dans sa nuque, dans ses oreilles, dans sa tête. Ses longs doigts blancs frôlaient sa veste, caressaient ses cheveux, tentaient de la toucher une dernière fois. Et malgré son envie de lui faire face, elle fuyait.

Lancée à toute allure, elle atteignit la porte à double battant qui donnait sur le hall principal, avant de se rappeler qu'elle était verrouillée. De l'extérieur. Un condamné à mort se trouvait dans l'enceinte du palais de justice et tout le bâtiment était cadenassé pour empêcher une tentative de fuite. Elle se cogna dans la porte et la secoua violemment, à bout de souffle ; trop effrayée pour s'arrêter, pour se retourner et l'apercevoir devant elle, avec son sourire presque parfait, les mains tendues vers son cou.

Il n'y avait aucune issue. Absolument aucune. Elle était prise au piège dans ce couloir, dans ce bâtiment, dans cette prison qu'elle avait elle-même construite.

Fermant les yeux de toutes ses forces, elle continua à secouer la porte pour l'obliger à s'ouvrir, avant de s'écrouler contre les battants. Les cris furieux provenant de la salle d'audience se déversèrent dans le couloir : elle constata alors que le martèlement des pas s'enfuyait dans la direction opposée.

– C.J. ?

C'était Chris Masterson.

Il s'était arrêté à quelques mètres d'elle, avec sur le visage une expression à la fois inquiète et perplexe. Il tendait les mains vers elle comme s'il essayait de calmer un animal blessé et terrorisé.

– On l'a eu, C.J. On l'a maîtrisé.

70

– Tu vas adorer, Dommy Boy ! Tu peux me croire ! s'exclama Manny en entrant dans le salon de Dominick. Devine un peu qui veut faire copain-copain avec la police maintenant ?

Il balaya la pièce du regard en faisant la moue.

– Bon Dieu, tu as foutrement besoin d'une femme de ménage. C'est un vrai chantier, ici. Et c'est *moi* qui dis ça.

Dominick ignora la remarque.

– Tu veux une bière ? demanda-t-il.

– Avec plaisir. Si tu arrives à en trouver une dans tout ce bordel. Bon, écoute-moi, dit Manny tandis que Dominick se dirigeait vers la cuisine. Je vais résoudre tous tes problèmes, mon vieux. Le Vorace veut négocier.

– Quoi ?

– Il veut quitter le couloir de la mort, ce qui n'est pas près d'arriver, mais ça pourrait t'ôter une sacrée épine du pied quand le juge Guthrie entendra ça. Au fait, tu as regardé l'audience à la téloche ?

– Évidemment.

Dominick revint de la cuisine avec deux bouteilles de bière à la main. Après un moment d'hésitation, il posa la question qui l'avait taraudé toute la journée :

– Elle va bien ?

– Townsend ? Elle a fichu le camp avant que ça

dégénère méchamment. Masterson est allé la voir. Ça va. Mais elle est un peu secouée, forcément. Tu devrais l'appeler.

Dominick ne dit rien.

– À toi de voir, ajouta Manny avec un haussement d'épaules. (Il n'était pas conseiller conjugal, après tout.) Donc, tu as vu ce connard, je suppose. On l'a tous vu, en direct. Quinze gardiens assis sur ce type, la sténographe qui chiale et le greffier qui hurle. Et son avocat, ce crétin de Mann, qui s'avance vers nous, en tremblant comme une feuille, pour nous annoncer que Bantling veut négocier. Il paraît, tiens-toi bien, qu'il sait qui est Veste Noire.

– Hein?

Dominick se redressa dans son fauteuil et se pencha en avant.

– Oui. C'est ce qu'il prétend, du moins. Bien sûr, entre-temps, ils avaient ligoté Bantling, avec un tas de chaînes partout, même Superman n'aurait pas pu le libérer. Ils l'avaient attaché sur un fauteuil roulant avec une ceinture électrifiée et une lanière en cuir dans la bouche pour l'empêcher de mordre. Les gars du pénitencier étaient prêts à ramener ce salopard à Raiford, lorsque son avocat vient nous raconter cette histoire de Veste Noire, à Chris et à moi, suffisamment fort pour que les journalistes entendent. Résultat: on annule le voyage de retour et on lui réserve une nuit d'hôtel supplémentaire à la prison d'en face. Mais il a fallu qu'on mette le juge dans le coup parce que les gars de l'administration pénitentiaire voulaient rien entendre s'ils n'avaient pas d'autorisation. Bref, on a dû accrocher un panneau «Entrée interdite» sur la porte pour empêcher que ce connard de Gracker se pointe avec ses copains fédéraux et foute la merde comme avec Valle. Il était pas heureux, crois-moi. Disons, pour résumer, que je risque de partager un peu de temps libre avec toi, vu les noms d'oiseaux que je lui ai balancés.

– Alors, que dit Bantling ?

– Reste assis, Dom. Il raconte que son cinglé de psy, Chambers, l'a fait entrer dans un club. Un truc d'amateurs de *snuff movies*. Comme les pervers sexuels qui donnent dans la pornographie enfantine, ces types-là aiment échanger des films et des histoires, eux aussi, sauf que c'est pas des images de gosses, mais des images de gens qui se font buter. En direct.

– Je sais ce qu'est un *snuff movie*, Manny.

– Évidemment, Bantling dit que *lui* n'a jamais tué qui que ce soit, vu qu'il n'est pas le Vorace. Mais il affirme que ces types, *eux*, sont tous dingues. Ils appartiennent à un club créé par Chambers et chacun à leur tour, ils éliminent des gens pour s'amuser. Et ils filment tout en direct. Il prétend qu'il a vu leurs putains de vidéos de merde sur Internet.

– Comment Bantling s'est-il trouvé mêlé à ça ?

– Lui aussi avait un lot d'images à échanger. Des photos le montrant en train de violer des femmes. Sans doute que quelqu'un a été intéressé. Ils le surnommaient : le Tombeur de ces dames.

Dominick regardait fixement un point invisible sur le mur du fond, derrière Manny. Sa main serrait la bouteille de bière et sa mâchoire était crispée. L'Ours but une gorgée avant de continuer ; il se sentait très mal à l'aise.

– Ce type a reconnu, en souriant, qu'il était un violeur impénitent. Je suis censé lui décerner un bon point parce qu'il n'est pas aussi monstrueux que les gens qu'il fréquente ? J'ai bien cru que Chris allait lui arracher la tête, mais tu as déjà essayé et, franchement, ce n'était pas une très bonne idée, vu qu'il y avait une caméra dans le couloir. Alors, on l'a laissé parler.

Il y eut un long silence, pendant que Dominick pensait à Dieu sait quoi et que Manny buvait une autre gorgée de bière. Finalement, Dominick demanda :

– Quel rapport entre ce club de cinglés et Veste Noire ?

– Approchez, fans de JFK ! Une nouvelle théorie du complot vient d'arriver ! Bantling prétend qu'il a été victime d'un coup monté. Il dit que Chambers était le véritable Vorace et que c'est lui qui l'a piégé, la première fois, pour le faire accuser des meurtres des filles. Et maintenant, affirme-t-il, il se fait piéger par le *complice* de Chambers.

– Son complice ?

– Oui, tu as bien entendu. Bantling affirme que Chambers avait un complice qui l'a aidé à assassiner toutes ces femmes. Le plan, c'était d'envoyer Bantling griller sur la chaise pour des crimes qu'il n'a pas commis. Ce qui mettrait fin, je suppose, à son appartenance au club. Tout allait comme sur des roulettes jusqu'à ce que l'avocate de Bantling, Rubio, envoie à son ex-client un message d'amour dans lequel elle lui dit qu'elle a été nulle lors du procès mais qu'elle va tout arranger. Elle lui parle d'un enregistrement de la police, cette cassette dont personne n'avait jamais entendu parler avant. Quelques semaines plus tard, il y a une épidémie de morts subites.

Dominick sentit son estomac se soulever. Il repensait à sa conversation avec C.J. le soir où elle avait fichu le camp. La mort violente de Lourdes Rubio ne lui avait pas échappé. Les pièces du puzzle commençaient à s'assembler, mais il ne le voulait pas.

– Des témoins, c'est ça ? demanda-t-il.

– Je suppose. Bantling fait remarquer que Chavez et Ribero avaient bossé sur cette affaire.

– Comme presque tous les flics de Miami et de Miami Beach.

– Oui, je sais. J'ai pas gobé son histoire, moi non plus. Sauf que Rubio a été refroidie, elle aussi.

– Un cambriolage qui a mal tourné, répondit Dominick, presque sur un ton de défi.

– Coïncidence ? Malchance ? dit l'Ours en haussant les épaules. J'ai déjà vu des trucs plus bizarres.

– Pourquoi les tuer ?

– Pour maintenir le statu quo, j'imagine.

– Afin que Bantling reste en taule ?

Manny hocha la tête et finit sa bière.

– On l'expédie sur la chaise. Rideau. C'est sa théorie.

– Ça me semble tiré par les cheveux, dit Dominick. Si le but, c'est de laisser mourir Bantling pour que ce club reste secret, pourquoi ne pas liquider Bantling en taule, tout simplement ?

– Tu veux mon avis ? Trop compliqué. Impossible d'atteindre un prisonnier avec toutes ces mesures de sécurité, surtout dans le couloir de la mort. Il est bouclé vingt-quatre heures sur vingt-quatre. De plus, un assassinat commandité, ça veut dire un témoin supplémentaire. Mieux vaut le laisser mourir de sa belle mort, si je puis dire, sur la chaise ou avec une aiguille dans le bras. C'est plus poétique. Mais là, c'est moi qui parle. Bantling n'a pas été aussi bavard, surtout avec ce machin dans la bouche.

– Merde, cracha Dominick en se renversant dans son fauteuil.

Il massa son bouc qui avait recommencé à pousser de manière désordonnée et qu'il devrait raser de nouveau pour se présenter au tribunal la semaine prochaine.

– Comme je le disais, reprit Manny, les amateurs de complot vont se réjouir. Les gars du pénitencier tapaient du pied ; ils étaient impatients de ramener leur célèbre prisonnier au bercail, alors on l'a renvoyé. Masterson s'occupe des saloperies sur Internet. Connaissant cet enfoiré, il doit être en train de surfer sur les sites de cul, aux frais du contribuable.

– Qui d'autre pouvait connaître l'existence de cette cassette ?

– Tous ceux à qui Rubio ou Bantling ont pu en parler.

Dominick ne dit rien pendant un moment, puis il demanda :

– Qu'est-ce que tu en penses ?

– Moi ? Je pense que Bantling sait que dalle, si tu veux la vérité. Premièrement, c'est lui le Vorace, aussi sûr que deux et deux font quatre. J'ai jamais cru que Chambers, cette tapette de psy, était un Hannibal Lecter. Par contre, c'était un vrai maboule. Toutes les infos qu'on possède après des mois d'enquête et des milliers d'heures de boulot indiquent qu'on a affaire à une guerre des gangs, peut-être financée par les cartels, comme tu le disais. Les cravates colombiennes, les liens avec la drogue, les flics ripoux qui trempaient dans des histoires de came et de blanchiment d'argent, les enquêtes des Affaire Internes. On n'a pas encore coincé Veste Noire, mais ça ne va pas tarder et Bantling le sait, comme tous ceux qui lisent le journal. Alors, il essaye de se servir de nous. LBJ n'a toujours pas refait surface, mais les écoutes signalent du mouvement autour des boîtes de Valle. C'est juste une question de temps avant que quelqu'un fasse un faux pas. Je mise sur Brueto. Grim ne le lâche pas et il pense qu'il va finir par craquer s'il ne veut pas se retrouver fauché. Néanmoins, ajouta l'Ours en se massant la nuque, cette histoire de club pour amateurs de *snuff movies* me semble intéressante. Je suis certain que des gens sont capables d'inventer un truc pareil.

Dominick ne parvenait pas à chasser les images qui envahissaient son cerveau. Il imaginait des individus assis chez eux, en train de regarder simultanément un autre être humain se faire tuer devant leurs yeux, en temps réel. Quelqu'un qu'ils ne connaissaient pas, qu'ils n'avaient jamais vu. Une mère, peut-être, ou une fille, un père, un grand-père… dont l'existence n'avait aucune valeur à leurs yeux et dont la mort n'était qu'une source d'excitation. Dominick avait vu ce genre de photos. C'étaient des images qui, ensuite, ne vous quittaient plus. Elles s'insinuaient dans vos rêves, elles teintaient votre réalité. Très vite, il devenait impossible d'imaginer une limite à ce qu'un être humain pouvait infliger à un autre être humain. Si ça n'avait pas été déjà fait, c'était qu'on n'y avait pas encore pensé. Alors, oui, peut-être que ces individus avaient formé un club pour partager leurs expériences et se nourrir les uns des autres.

– Nom de Dieu, dit Manny, ton môme peut louer *Face à la mort,* au vidéoclub du coin, ces films où on voit des gens mourir pour de bon, bouffés par des crocodiles ou pulvérisés en mille morceaux parce que leur parachute ne s'est pas ouvert. Des images filmées par un type qui a assisté à la scène et distribuées ensuite par quelqu'un d'autre qui trouvait ça divertissant. Les gens sont dingues, Dom ! Les malades, c'est pas ce qui manque sur terre. Et maintenant, Internet les aide à se trouver. Aux Douanes, ils ont une liste des clubs de pornographie enfantine avec des milliers de pédophiles à travers le monde qui s'échangent des photos de gamins de trois ans. Des centaines d'organisations font du trafic de trucs qui te fileraient envie de gerber. L'esclavage des enfants existe encore de nos jours, ici, aux États-Unis. Alors, franchement, un club de *snuff movies*, ça ne m'étonnerait pas. Et je ne serais pas surpris que Bantling soit président d'une section locale.

Dominick restait muet. Il déchirait consciencieusement l'étiquette de sa bouteille de bière et regardait les petits bouts de papier tomber par terre.

– À force de montrer tout le monde du doigt, Bantling n'avait pas assez de ses deux mains. À l'écouter, tout le monde voulait sa peau. L'adjointe du procureur, Rubio, Chambers et maintenant son complice fantôme, qu'il n'a même jamais vu, de son propre aveu. Tu vois le topo ? Son procureur, son avocat de la défense, son psy… à ton avis, qui est l'homme masqué, d'après lui ? Pas la peine d'être prix Nobel pour le voir venir.

– Attends, laisse-moi deviner, dit Dominick, sourcil dressé. Moi.

– Allons, un peu de modestie. Remarque, ça se pourrait.

– Il a donné un nom ?

– Bien sûr que non ! C'est ce que je te dis : il sait que dalle. Il nous a juste donné un surnom. Celui utilisé sur Internet par ce fameux complice, paraît-il. Des fois, j'ai l'impression d'être dans un épisode des *Soprano* : tout le monde a un putain de surnom ! Veste Noire, le Vorace, le Tombeur de ces dames, le Fils de Sam, Big Joey, Little Joey, Louie Sac-à-Merde… (Il secoua la tête.) Bon, tu es prêt ?

– Vas-y.

– Cop Killer. Original, hein ?

– Cop Killer ? C'est quoi, ce surnom ?

– D'après Bantling, le complice de Chambers a choisi ce surnom non pas parce qu'il tue des flics, mais parce que *c'est* un flic. Un flic qui tue. Tu piges ?

71

La pièce s'était déroulée à la perfection jusqu'à présent, l'intrigue avait suivi son chemin tortueux jusqu'au rebondissement, qui avait surpris les spectateurs, mais aussi les acteurs. Le moment du grand finale était arrivé ; il était temps de réunir les fils de la dizaine de ballons qu'il avait lancés ici et là, pour en faire une jolie gerbe bien propre. Une fin hollywoodienne pour tout le monde. Afin que les citoyens effrayés puissent de nouveau dormir tranquilles, sans avoir à verrouiller leurs portes.

À moins que…

Appuyé contre la voiture, il réfléchissait, en faisant tourner la pomme rouge dans sa main, la frottant contre sa chemise pour la faire briller dans le soleil éclatant.

Il pourrait aussi laisser les choses en l'état. Un vrai suspens à la *Qui a tué J.R. ?* Ou bien une conclusion mystérieuse dans le genre *Quatrième dimension*, sans « À suivre », sans aucune réponse.

Il pourrait la laisser vivre.

Le public avait la mémoire courte. Dans quelques mois, on ne parlerait même plus de Veste Noire dans les ascenseurs. Au lieu de : « Vous vous rendez compte ? Un autre flic a été tué à Miami ! », on entendrait : « Est-ce que deux ou trois flics n'ont pas été tués à Miami Beach, il y a quelque temps ? » La brigade spéciale serait démantelée et l'affaire finirait par être classée, oubliée. Peut-être qu'un autre inspecteur, nouvellement nommé, se jurerait de poursuivre l'enquête, tandis qu'il gravissait les échelons, jusqu'à ce qu'il soit muté. Alors, le cycle recommencerait et la poussière s'accumulerait sur le dossier pendant encore vingt ans.

Ou bien alors, il pouvait tout ficeler, sauf elle, et laisser un seul ballon s'échapper. Cette fin pourrait se révéler aussi cruelle que celle dont il avait rêvé. Il la laisserait sombrer dans la culpabilité et la haine de soi jusqu'à la fin de ses jours, rongée par sa responsabilité dans la mort de cinq personnes et d'une sixième prochainement : Bantling. La culpabilité, il le savait, équivalait à une condamnation à mort. Cette peine finirait par la dévorer.

Il n'était pas nécessaire qu'elle meure car il savait que jamais elle ne parlerait. Si elle avait eu, à un moment donné, l'occasion de soulager sa conscience, elle l'avait laissée passer depuis longtemps, avec l'ultime article 3 invoqué par Bantling. Elle n'avait eu aucun scrupule à se présenter devant cette cour et à refaire son numéro afin d'envoyer un faux coupable dans le couloir de la mort. Alors, non, sa mort n'était pas nécessaire, elle était simplement justifiée. C'était l'heure des règlements de comptes.

Avec le couteau qu'il utiliserait pour la tuer, il coupa un morceau de pomme et le goba. Il avait trop à faire pour s'offrir un vrai déjeuner ; il suivait les pistes sous le soleil éclatant. Il regardait les jeunes enfants jouer dans le petit square de l'autre côté de la rue, pendant que leurs mères dégénérées discutaient entre elles ou avec leur portable, sans se soucier de leur progéniture et des nombreux inconnus sans visage qui se cachaient derrière des sourires chaleureux, autour du bac à sable et des balançoires.

Mais *elle* savait. Elle savait que la mort était là, à

l'attendre, encore une fois. Comme dans un jeu vidéo pervers, elle lui avait déjà échappé à deux reprises en tuant un ennemi et en envoyant l'autre aux oubliettes, mais ils continuaient à la traquer et elle commençait à manquer de vies.

Mieux valait en finir maintenant, éliminer tous les déchets en même temps, se dit-il en prenant le portable jetable. Il lui suffisait de composer un numéro pour tout mettre en branle. Et ficeler l'affaire avec un joli ruban rouge ; la police n'aurait plus qu'à tout résumer dans un ultime rapport.

La sonnerie retentissait dans son oreille lorsqu'il entendit une petite voix :

– Vous êtes policier ? demanda le garçonnet aux cheveux châtains qui s'était approché de lui sans bruit et regardait d'un air intrigué la voiture banalisée.

À ses côtés, une fillette d'environ cinq ans frottait son nez rougi par un coup de soleil. Sa petite sœur, sans doute.

C'était comme voler un bonbon à un bébé. S'il avait voulu.

– Oui, dit-il en fermant son téléphone.

Maman n'était pas dans les parages, évidemment.

– Où est votre pistolet ? demanda le garçon aux yeux écarquillés.

– Dans la voiture. Tu veux le voir ?

Le garçon hocha la tête.

– Maman dit qu'on doit pas parler aux inconnus, dit la fillette, hésitante.

Elle tripotait l'ourlet de sa robe et jetait des regards par-dessus son épaule, vers le terrain de jeux.

– Oh, je ne suis pas un inconnu. Je suis votre ami, dit l'homme avec un sourire doux.

Et, comme pour le prouver, il glissa la main dans la poche arrière de son pantalon et sortit son insigne éclatant.

72

Ricardo Brueto regarda le numéro qui s'affichait sur son téléphone portable et son cœur s'emballa. Il hésita un moment et le laissa sonner, car il savait ce que ça signifiait, il savait que, dès qu'il aurait répondu, plus rien ne serait pareil. Peut-être avait-il envie de repousser cet instant, encore un peu.

La sonnerie s'arrêta.

Il s'essuya la bouche avec sa main et jeta des regards inquiets autour de lui dans le club pour voir si quelqu'un l'observait. Mais il n'y avait personne, juste deux barmen qui étaient passés chercher leur paye et le personnel du Channel qui nettoyait la piste de danse et le bar avant l'ouverture. Il contempla le téléphone dans sa main, puis se dirigea vers le réfrigérateur installé derrière le comptoir pour prendre une Budweiser. Il décapsula la bouteille et en vida la moitié d'un trait, en regrettant de ne pas être déjà ivre, dans cet état où l'on prenait facilement des décisions sans se soucier de l'avenir. Mais il n'avait pas assez bu. Pas encore. Il termina sa bière d'un coup et se servit un petit verre de Jack Daniel's.

Puis il retourna s'asseoir sur son tabouret de bar en attendant que le portable, qu'il tenait toujours dans sa main, vibre. Il savait très bien que cela se produirait avant la fin de la soirée, et il savait qu'il ne pourrait pas l'ignorer une deuxième fois. Non, impossible. Il avait un choix à faire, un point c'est tout. Répondre au téléphone, ce serait prendre une décision. Ces salopards étaient des malades, il ne pouvait pas refuser ce qu'on lui demandait de faire. Et ensuite, il ne pourrait plus reculer.

Le DJ effectuait des essais de son dans les enceintes au-dessus de sa tête, mais Rico ne l'entendait pas. Il n'entendait que les cris de son nouveau-né dans une oreille et Angelina dans l'autre, qui lui murmurait qu'ils devaient changer de vie. Aller à Chicago, chez sa sœur à elle. Prendre un nouveau départ, avant qu'on l'arrête de nouveau, ou pire.

Deux cent mille dollars. Un sacré paquet de fric. Il pourrait s'offrir une super bagnole et peut-être même payer une maison à Angelina et des tonnes de couches à Rico Jr. Il pourrait s'acheter le respect de ceux qui ne le craignaient pas déjà. Il se servit un autre Jack Daniel's en se demandant pourquoi il avait attendu jusqu'à maintenant pour répondre à ces putains de questions. Pourquoi il prenait les décisions les plus importantes de sa vie entre deux sonneries de téléphone.

Angelina avait raison, il le savait. S'ils restaient ici, à Miami, l'histoire se répéterait. Ses enfants porteraient ses cicatrices. À douze ans, ils feraient partie d'un gang, ils se battraient dans les rues, et un an plus tard, ils emporteraient un Beretta dans leur cartable. À dix-sept ans, ils auraient déjà des enfants et, parfois, ils regretteraient d'être nés. Ils n'iraient nulle part, ils ne deviendraient personne. Ils ne s'échapperaient pas de cette vie, car c'était impossible. Le moment était venu. S'il devait le faire, s'il devait essayer d'arranger les choses pour tout le monde, c'est maintenant qu'il fallait partir.

Ses pensées commençaient à s'obscurcir, l'alcool l'aidait à mieux respirer. Il était moins à cran. Il se servit un autre verre. Dans une heure, ça commencerait à s'animer dans cette putain de boîte. Mais moins qu'avant. Depuis que ces flics s'étaient fait buter, c'était sacrément calme dans le quartier, il ne se passait plus rien ; les gens allaient plus au nord ou carrément en dehors de la ville pour trouver ce qu'ils cherchaient. Tout le monde était nerveux. Alors, forcément, il aurait dû se douter que le coup de téléphone allait arriver. Et puis, si la période de sécheresse se prolongeait, et si les flics continuaient à lui coller au train nuit et jour, Rico avait des raisons d'être nerveux lui aussi car il risquait de faire les frais d'un accord de paix global. Raison de plus pour répondre à cet appel. Au moins, il pouvait se dire que ce n'était pas lui qui sucerait le canon d'un Magnum quand tomberait la nuit.

Il avait une réputation à Miami. Il avait des liquidités. Personne ne lui marchait sur les pieds. Supprimer un salopard qui l'avait mérité, ce n'était pas si terrible. Le monde pouvait se passer d'une ordure, et lui pouvait vivre avec ça sur la conscience. Quitte à déclencher une guerre qui ne s'arrêterait jamais.

La musique se mit à marteler les enceintes. DJ Ivo s'échauffait dans sa cabine. Le sol s'électrifia, des lumières clignotantes mitraillaient les coins les plus sombres de la boîte. Pour Rico, c'était toujours un moment étrange : il attendait que la nuit commence, il regardait les gens arriver peu à peu.

Sa main vibra tout d'abord, puis la sonnerie retentit. Insignifiante au milieu de la musique, pourtant Rico n'entendait qu'elle. Il regarda le numéro qui s'affichait et avala d'un trait ce qui devait être son cinquième Jack Daniel's. La pendule avait dépassé les 20 heures tout à coup et il s'aperçut qu'il n'avait toujours pas pris de décision. Il inspira à fond, les yeux toujours fixés sur le téléphone. Après la troisième sonnerie, il répondit.

– Oui, j'écoute.

Il sortit pour poursuivre la conversation.

73

– Je vais vous dire une bonne chose, monsieur Lowell. Loin de moi l'intention de vous donner des conseils sur la manière de mener cette affaire, mais je peux vous dire comment *je* gère mon tribunal. Avec moi, on ne joue pas au con.

Le juge Guthrie se tourna vers la sténographe et lui adressa un petit clin d'œil pour s'assurer que cette dernière phrase ne figure pas dans le compte rendu.

– Votre serial killer, qui se prétend *victime,* se déchaîne en plein tribunal, il faut cinq gardiens pour le maîtriser et vous voulez quand même faire pendre cet inspecteur pour une simple gifle ?

Nick Lowell, l'adjoint du procureur, se racla la gorge. Il n'aimait pas se retrouver dans cette position ; sa crédibilité était en danger, mise en doute par un juge fédéral, alors que les autorités, celles qui l'avaient obligé à poursuivre cette affaire, étaient confortablement assises dans leurs bureaux, trois étages plus haut, invisibles.

– Il existe une vidéo, Votre Honneur, dit-il.

– Oui. Je l'ai vue. L'image est neigeuse, on ne distingue pas grand-chose de l'action. Pour moi, c'est une simple gifle. Je ne dis pas que c'est bien, mais je vous le demande : croyez-vous obtenir une condamnation avec ça ? Franchement ? Regardez cet homme !

Le juge brandit un exemplaire du *New York Times* de

la veille, avec à la une la photo de William Bantling ligoté sur son fauteuil roulant alors qu'on le poussait hors du tribunal, menotté et les fers aux pieds, avec une sangle en cuir dans la bouche.

– Je vous le dis d'emblée, monsieur Lowell, vous pouvez le qualifier de victime jusqu'à la fin des temps, un serial killer ne franchira la porte de *mon* tribunal que paré de ses plus beaux habits. Je ne tolérerai pas ce qui s'est passé à Miami. Alors, préparez-vous, monsieur Lowell, car c'est *comme ça* que votre jury le verra. Et c'est comme ça que *je* le verrai. Alors, je vous le demande encore une fois : espérez-vous vraiment faire condamner cet inspecteur ou peut-on considérer, tous ensemble, que cet homme faisait simplement son travail, et qu'il a pris sa tâche un peu trop au sérieux ? Laissons ses supérieurs lui faire les gros yeux.

Le message était clair. Nick Lowell devrait porter à bout de bras ce dossier, seul. Et le juge veillerait à ce qu'il ne gagne pas.

Pendant ce temps, Lester Barquet ne cessait de hocher la tête, comme un prédicateur.

– À mon avis, dit-il en ricanant, le jury regrettera que l'agent Falconetti ne lui ait pas filé une raclée. En outre, permettez-moi de vous rappeler, Votre Honneur, que quatre fonctionnaires de l'administration pénitentiaire, aux états de service irréprochables, déclareront que les « blessures » de M. Bantling (il symbolisa les guillemets avec ses doigts) n'étaient pas aussi graves qu'il l'affirme. Il y a là, assurément, une question de crédibilité, Votre Honneur.

– Je peux vous dire, d'ores et déjà, qui sortira vainqueur de ce face-à-face dans mon tribunal. Même s'il est de Miami, déclara le juge Guthrie, ce qui provoqua quelques rires étouffés. Alors, si vous voulez poursuivre malgré tout, monsieur Lowell, je vous conseille de ne pas me faire perdre mon temps. Nous procéderons à la sélection du jury demain matin.

– Demain matin ?

– Oui. M. Barquet me dit que son client est prêt à se présenter dès que nécessaire. Le ministère de la Justice et vous devriez prier pour que les jurés ne lisent pas les journaux.

– Votre Honneur, c'est un peu plus compliqué pour moi, dit Lowell en se massant la nuque comme si elle le démangeait.

– Je veux me débarrasser de cette affaire dès demain, monsieur Lowell.

Le juge le regarda en plissant les yeux et Nick Lowell comprit que ses plaidoiries devant le juge Guthrie ne seraient pas une partie de plaisir à l'avenir. À vrai dire, c'était tout le Bureau du procureur qui allait en baver dans les semaines à venir, voire plus.

– Je ne veux pas que ça traîne, ajouta Guthrie. Tout délai supplémentaire serait un déni de justice.

– Je vous prie de m'accorder un instant, Votre Honneur. Je dois passer un coup de téléphone, dit Lowell en se levant.

Qu'ils aillent se faire foutre ! Il ne laisserait pas sa carrière et son palmarès de condamnations être réduits à néant par une bureaucratie qui ne pensait qu'à venger l'ego blessé d'un individu.

– Prenez tout votre temps, répondit le juge Guthrie, tandis que Lowell sortait précipitamment de son bureau. Oh, dites à votre patron de ne plus m'envoyer ce genre de merdes, conclut-il avec un sourire et un nouveau clin d'œil adressé à la sténographe.

74

Le Nextel posé à ses côtés gazouilla. Dominick n'aurait jamais cru qu'il serait heureux d'entendre ce son. Mais aujourd'hui – et aujourd'hui seulement, peut-être – c'était une douce musique.

– Falconetti, j'écoute.

– Félicitations, dit la voix douce à l'autre bout du fil.

À cause du vacarme qui régnait dans la pièce, il avait failli ne pas l'entendre. C'était C.J. Il sentit sa poitrine se serrer.

– Félicitations à toi, répondit-il en quittant la salle de la brigade pour sortir dans le couloir.

– Hé, où il va comme ça ? beugla Marlon Dorsett.

– Il est de retour depuis deux minutes et il fait déjà une pause, l'enfoiré ! s'esclaffa Manny.

Dominick dénicha un coin tranquille. Les voix moururent derrière lui.

– Il est trop tôt pour me féliciter, dit-elle. Il peut encore faire appel.

– Chaskel a fait du bon boulot, m'a-t-il semblé. J'ai regardé l'audience sur Court TV. Quand j'ai appris l'histoire de Rubio, je n'y croyais pas. Quel timing !

– Oui. (C.J. se racla la gorge avant de continuer.) Tu en sais sans doute plus que moi, puisque tu as regardé Court TV. C'est un cambriolage qui a mal tourné.

– À ce qu'il paraît. Mais il n'y a aucun suspect, pour l'instant.

– Bref, Manny m'a appelée pour m'annoncer que tu ne serais pas jugé, finalement, dit-elle pour s'empresser de changer de sujet. Voilà une excellente nouvelle.

– Pas pour certains.

– De la Flors a donné son feu vert pour les *nolle pros* ?

Nolle pro était, dans le jargon, l'abréviation de l'expression latine *nolle prosequi*, signifiant que le gouvernement renonçait officiellement aux poursuites.

– Tu rigoles ? Il préfère que je me ruine pour essayer d'obtenir un acquittement, à raison de trois cent cinquante dollars de l'heure. Mon avocat m'a dit qu'il avait eu une attaque en apprenant la décision du juge. Il paraît que la conversation s'est terminée dans les insultes. Geyer a dit à son collègue du Southern District d'aller se faire foutre.

– Je parie que Mark Gracker n'était pas très heureux, lui non plus.

– Il y aura droit, lui aussi. Un jour. En attendant, je suis censé faire profil bas. Tout le monde m'a à l'œil.

Il s'interrompit. Il avait beau essayer de rester indifférent, il n'y arrivait pas. Il avait beau essayer de ne pas s'inquiéter pour elle, c'était plus fort que lui. Il aurait voulu s'en empêcher, mais il demanda, en baissant la voix :

– Comment tu vas ? J'ai vu ce qui s'était passé à l'audience.

– Je t'interdis de regarder Court TV à l'avenir. Je vais bien. J'ai un autre procès qui approche. Et toi, tu es de retour ?

Elle détournait encore la conversation. Elle fuyait devant cet autre problème et Dominick devait ronger son frein.

– Oui. C'est mon premier jour. Mais je ne dirige plus la brigade spéciale. Fulton m'a remplacé.

– Vous en êtes où ?

– On a quelques pistes, mais ça n'a rien donné jusqu'à maintenant. Fulton continue à travailler sur la théorie de la guerre des gangs, car c'est ce qu'il y a de plus logique, mais personne ne veut parler, sauf pour se réjouir de la mort de quatre flics. Valle trempe dans des affaires louches, c'est certain. Il blanchit de gros paquets de fric par le biais de ses boîtes de nuit, mais pas moyen de faire parler qui que ce soit. Black espère qu'on pourra au moins le coincer pour ça, avant que les fédéraux ne tentent leur chance.

Il s'interrompit. Il savait ce qu'elle pensait, à qui elle pensait.

– Ne t'inquiète pas au sujet de Bantling, reprit-il. Cette statuette, même s'il n'a jamais reconnu l'avoir envoyée, venait bien de lui. C'est un jeu, il s'amuse à te rendre folle. Quand il te l'a envoyée, il savait déjà qu'il te reverrait lors de l'audience. Rubio lui avait transmis ses confessions et il n'est pas idiot. Avec une info pareille, il était sûr d'avoir droit à une nouvelle audience et à un petit séjour à Miami.

C.J. ne voulait pas qu'il la protège, mais Dominick se surprit à essayer, encore une fois. Il ne lui parla pas de l'ultime tentative de Bantling, à la dernière minute, pour échapper à la chaise électrique en affirmant que Chambers avait un complice, quelque part, qui brûlait d'envie de réduire tous les témoins au silence. Aucune de ces allégations n'avait pu être confirmée. Masterson n'avait rien trouvé sur Internet, aucune plainte n'avait été déposée, aucune enquête n'avait été ouverte au niveau de la Poste ou des Douanes. Rien non plus au niveau d'Interpol. Aucun élément ne venait corroborer cette histoire d'étrange réseau international de *snuff movies*.

– Je suis désolée, Dominick. Pour tout. Je veux que tu le saches.

– Non, pas de ça, C.J.

C'est tout ce qu'il trouva à répondre. *Je ne t'ai pas demandé d'être mon héros.* Alors, il s'abstiendrait.

– Je ne voulais pas t'entraîner dans…

– Justement. C'est ça, notre problème.

C.J. sentit sa poitrine se comprimer et son corps se recroqueviller. Ces mots faisaient mal.

– Je voulais juste te dire que j'étais désolée, répéta-t-elle d'une voix étranglée.

Elle ferma les yeux, avec force, elle aurait tant voulu revenir en arrière, jusqu'à ce dimanche matin, au lit, avec le journal étalé entre eux, jusqu'à ce week-end à Key West où ils s'étaient promenés en se tenant par la main. Il y avait tant de souvenirs. Elle aurait voulu en revivre un, juste un.

– Moi aussi, dit Dominick. Mais il y a certaines choses qu'on ne peut pas réparer.

Il ferma les yeux et frappa dans le mur du plat de la main, au-dessus de sa tête. Il n'avait plus rien à donner. Il entendit C.J. renifler.

– Ne travaille pas trop, dit-il. Bonne chance pour ton procès.

– Dominick…

Sa voix n'était plus qu'un murmure. Elle regardait les gouttes de pluie serpenter sur la fenêtre de son bureau.

– J'ai eu tort. J'ai besoin de toi, parvint-elle à articuler.

Mais c'était trop tard. Il avait raccroché.

75

Les mauvaises herbes recouvraient le jardin, devant et derrière, à hauteur de la taille, masquant des jerricans de propane vides et des pièces de voiture et de vélo rouillées. Une palissade délabrée dissimulait aux regards des voisins de Liberty City la porte de la véranda branlante dont le toit s'était affaissé ; l'arrière était délimité par le parking d'un supermarché définitivement fermé. Par cette nuit sans lune et nuageuse, la maison semblait posée là, comme abandonnée, en retrait de la rue ; des panneaux de contreplaqué maculés de graffiti protégeaient les fenêtres et les portes. Parfois, un souffle de vent ou un petit animal invisible se faufilait au milieu des herbes hautes en produisant un léger bruissement, mais c'était le seul signe de vie, à l'extérieur comme à l'intérieur.

Sous tous les angles, la maison était invisible. Si quelqu'un avait été assez stupide pour venir fouiner par ici, histoire de jeter un coup d'œil à l'intérieur, il n'aurait rien vu. De toute façon, ça n'avait aucune importance. Liberty City, berceau des émeutes raciales qui avaient enflammé Miami pendant trois jours dans les années quatre-vingt, restait un quartier défavorisé gangrené par le crime. Par ici, les gens ne voyaient jamais rien, même quand ça se passait sous leur nez.

Il se fondit dans l'obscurité à l'arrière de la maison ;

ses doigts trouvèrent rapidement les serrures et la pince-monseigneur les fit sauter aisément, l'une après l'autre. Le bois céda avec un petit craquement, semblable au frémissement des herbes hautes, et la porte de derrière s'ouvrit pour le laisser entrer.

Dans une pièce qui était de toute évidence la cuisine, il alluma sa lampe électrique et avança discrètement dans le couloir. Il s'arrêta derrière la porte et écouta ; le bruit de sa respiration hurlait dans ses oreilles. Il se demanda s'il était capable de le faire, finalement. À l'intérieur, il entendait les échos d'une conversation, puis des rires, brefs, suivis de nouvelles voix et d'un nouvel éclat de rire en boîte. Les éclairs lumineux d'un téléviseur filtraient sous la porte et dansaient sur ses baskets. À part cela, la maison était silencieuse, forcément. Il glissa la clé dans la serrure et serra son Magnum dans son poing, prêt à s'en servir si jamais ça tournait mal.

La poignée tourna avec un « clic » et il poussa la porte, violemment. Elle s'ouvrit dans un grincement, heurta le mur de l'autre côté et rebondit légèrement.

Jerome Sylvester Lightner, alias Lil' Baby, alias LBJ, l'homme le plus recherché de Floride, était affalé sur une pile de cousins sales, dans un vieux canapé. Il regardait d'un œil mort un vieil épisode de *Seinfeld*. Des bouteilles vides de Colt 45 et de rhum Parrot Bay jonchaient le sol de la pièce sans fenêtre, à côté d'emballages de hamburgers, de sachets de chips, de nombreuses petites cuillères tordues, de boîtes de Coca broyées, noircies et incrustées d'une substance visqueuse jaunâtre. L'endroit empestait la pisse, la merde, et l'odeur âcre, piquante, du crack. À cet instant, le caïd de vingt et un ans, numéro un au hit-parade du FBI, ne faisait pas honneur à sa réputation.

Il fallut cinq bonnes secondes aux oreilles de LBJ pour informer son cerveau embrumé que la porte s'était ouverte et qu'il y avait quelqu'un dans la pièce avec lui.

Il tourna la tête, lentement, et son regard vitreux trahit peut-être de la colère tout d'abord, puis de la surprise en découvrant l'arme pointée sur son visage.

– C'est quoi, ce bordel ? essaya-t-il d'articuler, mais les mots se bousculèrent dans sa bouche.

Le crack engourdissait tous ses sens. C'est peut-être mieux pour la suite, se dit Rico. Ce sera sans doute moins douloureux. LBJ tomba du canapé, sur le dos ; ses pieds nus pédalaient sous lui comme un personnage de dessin animé, éparpillant les boîtes de Coca et les emballages Burger King. Il recula vers la porte ouverte, espérant découvrir un miracle derrière, afin d'échapper au destin qu'il voyait se présenter à lui, bien qu'abruti par la drogue.

– Ferme ta gueule et va dans la salle de bains. Ce sera pas si terrible, dit Rico en sortant de sa poche une paire de gants en latex.

Avec le canon de son Magnum et le talon de sa chaussure, il obligea LBJ à se décoller de la porte et à entrer dans la petite salle de bains.

Mais le caïd à la réputation de tueur de sang-froid *savait* que ce serait terrible. Il se mit à pleurer.

– Bute-moi, mec, supplia-t-il.

– Pas possible, dit Rico. Celui qui vit par l'épée…

– Il a dit que je serais à l'abri ici, gémit LBJ.

– Il a menti, répondit sèchement Rico.

Sur ce, il referma la porte de la salle de bains et sortit le couteau spécial. L'œuvre du diable allait commencer.

76

– Réveille-toi, Belle au Bois Dormant, dit Manny dans le Nextel. Joyeux retour parmi nous !

Et il se mit à fredonner l'air de *Emmène-moi au bal*.

Dominick prit l'appareil sur la table de chevet et répondit sans ouvrir les yeux.

– Bon Dieu ! Heureusement que ce n'est pas toi qui me réveilles tous les jours. Quelle heure est-il ?

– 3 h 07 précisément. Je suis vexé, je croyais avoir une voix sexy, le matin.

– C'est bon, je suis réveillé. Et maintenant, j'aimerais savoir pourquoi tu m'appelles à cette heure-ci, bordel !

– Écoute bien, car même moi j'ai eu du mal à y croire. La brigade de l'IMPACT qui s'occupe du blanchiment d'argent a récupéré un gros paquet de fric cette nuit en utilisant un indic payé par la DEA, en Colombie. Devine à qui ce coursier a apporté deux cent mille dollars ? Freddy « Fat » Mack, du BB Posse.

– Fat Mack ?

– Ça te dit quelque chose ? Encore un putain de surnom. C'est le même Fat Mack qui dirige la boîte le Maniac pour le compte de Roberto Valle depuis que son frère du Posse, Elijah Jackson, a décidé d'aller nager avec les poissons. Le même Fat Mack qu'on a enregistré en train de gérer le business de Valle et de débiner les Latin Kings. Le monde est petit. Maintenant qu'il risque quarante ans de taule pour blanchiment d'argent et recel, plus les accusations de racket et corruption, le grand méchant Mack n'est plus aussi grand ni aussi méchant. Il a craché le morceau, Dommy. Il a donné la seule personne qui pouvait lui valoir une réduction de peine, à condition qu'il vive assez longtemps pour voir une salle de tribunal. Devine qui il nous a balancé quand Masterson l'a fait pleurer ? Cette fois, tu peux deviner.

– Je suis bien content de ne pas me réveiller avec toi, répéta Dominick. Roberto Valle ?

– Mieux que ça ! Le salopard le plus recherché d'Amérique, Dommy ! LBJ. Lil' Baby Jerome. Cet enfoiré de Veste Noire. Ce tueur de flics qui a déclenché tout ce bordel en butant Victor Chavez. Ensuite, Fat Mack a dirigé les opérations au Maniac, il a indiqué à Chris où étaient les livres de comptes et il a confirmé les écoutes. Arrivé à ce stade, il a pris le temps de réfléchir et il a compris que son espérance de vie était assez courte désormais, alors il a réclamé un avocat en chialant. On a l'adresse de la planque de LBJ. Masterson est sur le coup. C'est à Liberty City. Putain ! Liberty City, Dommy ! On découvre en fin de compte qu'il était sous notre nez depuis le début ! Au bout de la rue, bordel de merde.

– Qui s'en occupe ?

– Fulton a appelé le SRT. Mais il leur faut trente ou quarante minutes pour s'organiser. Je fonce sur place, et toi aussi. J'ai prévenu Dorsett et Grim.

– File-moi l'adresse, dit Dominick en se levant prestement pour se diriger vers la penderie. J'arrive.

77

Rico essuya du revers de la main la sueur qui couvrait son visage, mais elle continua à couler dans son cou et sur son T-shirt déjà trempé par la transpiration. Son survêtement Nike en nylon était maculé de sang. Des litres de saloperie de sang. Il regarda une fois de plus ce qu'il avait fait, dans la baignoire, et il déglutit avec peine. Sa langue était sèche, il avait un goût de cuivre dans la bouche. Il repoussa un violent haut-le-cœur et se demanda si cette amertume au fond de sa gorge disparaîtrait un jour.

Dans la pièce sans fenêtre derrière lui, Jerry Seinfeld lança une réplique et le public du studio s'esclaffa.

Il n'avait plus le temps de réfléchir à ce qu'il venait de faire pour du fric. Ce moment était passé, il se retrouvait là maintenant, prisonnier à tout jamais de cet instant horrible, que ça lui plaise ou non. Il pensa à l'alternative, il savait que c'était lui qui aurait pu se retrouver allongé dans cette baignoire. Il ouvrit son portable et composa le numéro.

– C'est fait.

Il prononça juste ces mots.

Il retraversa la cuisine, sans prendre la peine de fermer la porte derrière lui, et la lumière du téléviseur éclaira le couloir. Il remarqua que ses mains tremblaient encore légèrement, et il se demanda combien de temps il faudrait pour que ça s'arrête. Combien de temps il faudrait pour qu'il accepte ce qu'il avait fait et passe à autre chose. Il poussa la porte, sortit dans la nuit et l'entendit se refermer derrière lui avec un bruit sourd.

– Pas un geste, enfoiré !

La lumière aveugla Rico et le plaqua contre le mur de la maison. Il mit sa main devant son visage en plissant les yeux. Il tournait la tête dans tous les sens pour trouver une échappatoire, mais la lumière l'empêchait de voir. Les doigts de son autre main caressèrent l'acier froid de la crosse du Magnum glissé dans son pantalon.

– Pas un geste, j'ai dit ! Police !

Rico comprit alors qu'il ne pourrait jamais améliorer son sort. Son fils grandirait sans connaître son père ; il ne changerait pas l'histoire, il ne battrait aucun record. Une heure plus tôt, il trouvait que deux cent mille dollars, c'était un gros paquet de fric pour tuer quelqu'un, mais à cet instant, il aurait abandonné jusqu'au dernier cent.

Il entendit les gémissements d'Angelina, il vit la déception sur le visage de sa mère qui secouait la tête, penchée au-dessus de son cercueil. Et juste avant qu'une pluie de balles le transperce, il pria en silence pour que Dieu lui pardonne tous ses péchés.

Mais même lui savait que c'était trop tard.

78

– Coups de feu ! Coups de feu ! Je signale des coups de feu au niveau de la 58e Rue et de Fifth Court !

Les paroles de Jimmy Fulton explosèrent dans le Nextel. Presque aussitôt, la radio se fit entendre dans la voiture de Dominick. La voix de la régulatrice paraissait étrangement calme et contenue par rapport aux mots qu'elle prononçait : « Appel à toutes les unités. On signale des coups de feu au 5 750 Fifth Court. Je répète : 5 750 Northwest Fifth Court, au niveau de la 58e Rue, à Liberty City. Un agent du FDLE réclame des renforts immédiats. »

Quand un appel indiquait qu'un policer avait besoin d'aide, tous ses collègues laissaient tomber ce qu'ils étaient en train de faire pour se précipiter. Qu'ils soient occupés à patrouiller, à verbaliser un chauffard ou à interrompre une bagarre. Les cris résonnaient dans le Nextel de Dominick et dans sa radio de bord. De partout. Simultanément, des sirènes retentissaient dans toute la ville, des voitures de police fonçaient dans les rues et sur les routes, gyrophares allumés.

Très vite, le devant de la maison devint un océan de voitures de patrouille et de confusion. Des voisins étaient sortis de chez eux pour connaître la cause de cette agitation. La présence d'un ou deux véhicules de police dans leur rue ne suffisait pas à éveiller leur intérêt, mais une cinquantaine, plus d'autres qui continuaient d'arriver, ça voulait dire que c'était du sérieux. Des agents en uniforme jaillissaient des voitures, arme au poing, avec leurs radios qui braillaient. Dominick avisa Fulton, en train d'aboyer des ordres dans son Nextel à l'arrière de sa voiture, entouré d'un petit groupe de policiers.

– Où est l'équipe, bordel ? Où est le SRT ? Je veux qu'on entre dans cette putain de baraque ! hurlait-il, hors de lui.

Le SRT était l'unité spéciale d'intervention du FDLE.

– Que s'est-il passé ? demanda Dominick en accourant et en bousculant les agents.

– On a un mort à l'extérieur. Sans papiers. Mais on dirait Brueto, le chef du gang des Kings. L'équipe de surveillance l'a paumé ce soir, ils croyaient qu'il était peinard chez lui. Il a dégainé un putain de Magnum ! Masterson l'a vu sortir de la maison et l'a abattu. Je ne sais pas ce qu'il y a à l'intérieur, mais je ne veux plus attendre pour le découvrir !

Quelques années plus tôt, Fulton avait dirigé le SRT et il connaissait son affaire.

– OK. Allons-y, dit Dominick.

Ses nerfs projetaient des décharges d'adrénaline dans ses poumons et son cerveau. Pénétrer dans une maison sous le feu ennemi, ça vous faisait toujours réfléchir.

– Le temps d'aller chercher mon gilet, ajouta-t-il.

– J'ai des flash-bangs dans mon coffre, dit Fulton.

Un flash-bang était une grenade offensive utilisée par les commandos de la police.

– Je prends le commandement de la deuxième équipe, déclara Manny qui venait de les rejoindre au pas de course.

– OK. J'entre par-devant, dit Fulton. Dorsett s'occupera des fenêtres nord. Dom, tu vas sur le côté sud. Prenez cinq hommes chacun. Demandez à un gars d'arracher ces planches de contreplaqué. Dom balancera le flash-bang à mon signal. Ensuite, on entre. Personne ne doit sortir. Compris ?

Moins de trois minutes plus tard, le flash-bang explosa et des éclairs lumineux jaillirent sous les planches qui masquaient les fenêtres. Le bois étouffa la détonation assourdissante.

– Police ! Police ! Tout le monde à terre ! hurlèrent Fulton et Manny, tandis que les équipes s'engouffraient dans la maison et envahissaient chaque pièce l'une après l'autre, en braillant dans leurs radios.

– Living-room RAS !

– Cuisine RAS !

– Salle de bains… couloir… RAS !

Manny fut le premier à trouver la pièce du fond.

– Ça bouge par ici ! Tout au fond. La télé est allumée, cracha-t-il dans sa radio.

Il y eut un bref moment de silence, puis les cris reprirent de plus belle lorsque l'équipe s'engouffra dans la pièce.

– Police ! À terre !

– RAS.

– Une porte fermée !

– Derrière toi, l'Ours ! (C'était la voix de Fulton.) Ouvre-la !

Dominick entendit le craquement du bois dans sa radio et des voix qui braillaient : « Police ! Police ! », toutes en même temps.

Puis un silence soudain, inquiétant, pendant au moins une seconde.

– Merde ! s'écria quelqu'un.

– Nom de Dieu, dit quelqu'un d'autre.

– Que se passe-t-il ? Parlez, bordel !

C'était la voix de Marlon.

– La vache, dit Manny, écœuré. C'est pas beau à voir.

– On a retrouvé LBJ, dit Fulton. Mais apparemment, les Kings sont arrivés avant nous.

– Oh, merde ! Il est mort ? demanda Dominick.

– Attends. Je crois qu'on a un gars au cœur fragile, dit Manny. Hé, va dégueuler ailleurs, mon pote ! C'est une scène de crime ici, bordel ! Fous le camp dehors ! (Après une seconde de silence, il reprit, d'un ton plus calme :) « Mort », c'est pas vraiment le terme qui convient, Dommy Boy. J'ai jamais vu autant de sang. Ce salopard me regarde du fond de la baignoire avec des yeux écarquillés et une jolie cravate.

– On l'a fait taire, dit Fulton. Dom, ramène ton cul en vitesse. Je crois que l'enquête est terminée. On a une guerre sur les bras.

79

– Vous vous foutez de moi, Andy ! dit Dominick, une semaine plus tard en franchissant les portes de la salle de tribunal à la suite d'Andy Maus, l'assistant du procureur, pour se retrouver dans le hall grouillant de monde. Quatre mois de boulot et vous allez les laisser vous damer le pion ?

– Je n'ai pas le choix, Dom, répondit Andy en se dirigeant à grands pas vers l'escalator bondé, sans doute avec l'espoir de se perdre dans la foule pour mettre fin à cette conversation. Les fédéraux ont la priorité. Ils ont autorité sur nous et ils possèdent un acte d'accusation fédéral. Je ne pourrai traduire Valle devant une cour d'État que lorsqu'ils en auront fini avec lui et, à cause de son planning surchargé, jamais le juge Surace ne me laissera perdre mon temps, surtout pour une affaire qui a déjà été traitée par une cour fédérale. Vous l'avez entendu à l'instant. Je ne peux même plus convoquer Valle pour lui dire bonjour sans une assignation et une horde de marshals. Le jeu n'en vaut pas la chandelle, les gars.

– Ça veut dire qu'ils vont récolter les inculpations pour blanchiment d'argent, racket et corruption, en même temps que les gros titres, et nous, il nous reste les cadavres et des tonnes de rapports à rédiger ? dit Manny. Ça craint.

– Pourquoi êtes-vous si contrariés ? Ce n'est pas comme si vous aviez perdu l'affaire.

À cet instant, Mark Gracker sortit à son tour de la salle de tribunal, juste derrière l'assistant envoyé par de la Flors pour surveiller les débats, assis au dernier rang. L'homme du FBI avait retrouvé son grand sourire et son regard balayait le hall, sans doute à la recherche de Dominick. Il voulait fanfaronner. Dominick savait que certaines choses méritaient qu'il sacrifie son boulot, mais Gracker n'en faisait pas partie. Malgré tout, si jamais leurs yeux se croisaient à cet instant, il n'était pas sûr de garder son sang-froid. C'est pourquoi il préféra concentrer son attention sur Maus.

– Ça se passera au niveau fédéral, disait celui-ci. Les inculpations pour blanchiment d'argent, racket et corruption, c'est pas mal pour un caïd des cartels. S'il est condamné, il sera envoyé en taule, sans doute dans un endroit pas très agréable. Ils ont expédié Gotti à Leavenworth pour racket. Il faut voir les choses en face : vous n'aviez presque rien. Qui sait ? Peut-être que Valle se mettra à table. Peut-être qu'il nous dira qui a commandité ces meurtres. À condition qu'il le sache.

Andy Maus s'arrêta en haut de l'escalator et se retourna ; son visage était déformé par une grimace de frustration, causée par cette conversation ou par la situation, difficile à dire.

– Écoutez, ajouta-t-il en baissant la voix d'un ton. Je vais être franc avec vous, les gars. Veste Noire est mort, en ce qui concerne l'enquête. Brueto et LBJ ne sont plus là, et Fat Mack est fini depuis que quelqu'un l'a jeté au milieu des prisonniers avec une cible dans le dos.

– Ils étaient censés le placer en isolement, dit Manny.

– Mais ils ne l'ont pas fait, donc il est mort. Dieu merci, Masterson a pris sa déposition et vous avez les livres de comptes pour corroborer les écoutes. Sans cela, Valle ne serait pas derrière les barreaux à l'heure qu'il est. J'aurais bien aimé me garder l'inculpation pour blanchiment d'argent, mais c'est comme ça. C'est la guerre dans les rues maintenant et les gens ne parlent plus. Ils tirent. Toutes les nuits. Il ne reste plus personne, il n'y a plus aucun témoin pour venir à la barre. On a épluché les « Sales listes », les AI s'occupent de tous les flics qui bossent à l'extérieur. On a fait ce qu'on pouvait.

– Cette réponse est merdique dit Manny.

– Je n'en ai pas d'autre, les gars. Laissez les gangs régler tout ça et tapez-vous sur l'épaule pour vous féliciter d'avoir conduit Valle jusque-là. Personne n'avait jamais réussi, conclut-il dans l'escalator qui l'emportait vers l'étage inférieur.

Il se retourna, ajusta sa veste de costume et leur adressa un petit signe de la main, avant de se diriger vers l'escalator suivant, presque en courant.

Dominick sentait les yeux de Gracker dans son dos, à l'autre bout du hall surpeuplé, il devinait son sourire qui s'élargissait sur ses grosses joues rouges. Pas question de se retourner pour faire plaisir à ce salopard obèse. Gracker lui paierait ça plus tard. Comme on disait dans la famille italienne de Dominick : la vengeance est un plat qui se mange froid. Cette pensée l'aidait à ne pas devenir fou.

– Tirons-nous d'ici, l'Ours, dit-il à Manny en suivant le chemin emprunté par Maus.

C'est au premier étage qu'il la vit. En fait, ce fut Manny qui l'aperçut d'abord.

– Maître ! *Hola !* s'exclama-t-il.

Le seul procureur ou avocat que l'Ours avait plaisir à voir était C. J. Dominick se retourna dans l'escalator et soudain, elle était là.

– Salut, dit-elle d'une petite voix.

Elle semblait fatiguée et elle avait maigri. Elle serrait un gros paquet de dossiers contre sa poitrine. Dominick savait que dans les périodes où les cauchemars atteignaient leur apogée, elle refusait de fermer les yeux, tout simplement. Elle semblait passer plusieurs semaines sans dormir, tenant le coup grâce à des petites siestes de vingt minutes au cours de la journée. Pour la détendre, il lui passait ses films comiques préférés et lui massait le dos pendant des heures.

– Salut, répondit-il.

Manny sentit que le moment était venu de s'éclipser.

– Il paraît que les fédéraux ont mis la main sur Valle, dit-elle. Désolée.

– On ne peut pas gagner à tous les coups. (Il leva la tête et leurs regards se croisèrent enfin.) Tu arrives à dormir ?

– Oui, mentit-elle en détournant la tête et en repoussant ses lunettes cerclées de métal sur son nez, sans doute pour masquer ses cernes. Je suis en plein procès. Tu sais ce que c'est.

– Encore ? Eh bien, bonne chance.

Il se retourna vers le hall qui approchait rapidement.

– Tu me manques, lui glissa-t-elle dans son dos.

– Toi aussi, répondit-il.

Il quitta l'escalator, plongea au milieu de la foule pour se diriger vers les portes vitrées et disparut dans la douceur de l'après-midi.

80

C.J. sortit lentement de la salle de tribunal pour se diriger vers les ascenseurs, en traînant derrière elle, sur son chariot, un autre lot de boîtes de dossiers, un autre accusé. L'huissier lui souhaita une bonne soirée et verrouilla les portes derrière elle, brutalement.

À cette heure, les escalators du palais de justice avaient cessé de fonctionner depuis longtemps. C.J. manœuvra son chariot pour contourner un panneau jaune indiquant : « Attention ! Sol mouillé » et prit l'ascenseur pour regagner le hall du rez-de-chaussée. Elle sortit du bâtiment par l'arrière et descendit la rampe d'accès destinée aux handicapés, en passant devant la masse imposante de la prison du comté.

Ce soir, elle avait fait condamner un garçon de vingt ans pour deux meurtres et dans une salle d'audience vide, elle avait écouté le juge prononcer une double peine d'emprisonnement à perpétuité. Demain matin, à 10 heures, elle avait rendez-vous avec les parents d'une victime dans une autre affaire d'homicide et, toute la semaine, elle avait des auditions relatives à une vieille affaire de meurtre que la municipalité de Miami venait d'élucider grâce à une information provenant de la banque de données scientifiques du FDLE à Tallahassee. Le reste de son agenda était identique pour les six mois à venir. Seuls les noms changeaient.

Elle salua d'un signe de tête le gardien du Bureau du procureur, indifférent, plongé dans la lecture d'un magazine *people* à côté des détecteurs de métaux dans le hall désert et elle se dirigea vers les ascenseurs. Elle avait mal à la tête et ses épaules s'affaissaient sous le poids invisible qu'elle devait supporter en permanence. Il était presque 22 h 30 et une fois de plus, elle était la dernière à revenir du champ de bataille en tirant derrière elle une nouvelle dépouille sur son chariot pliant. Le travail était devenu sa prison, mais c'était aussi son unique refuge. Sa pénitence.

Elle savait, avec une certitude absolue, après l'éclat de Bantling devant la cour, qu'elle ne pourrait pas abandonner ce travail tant que la condamnation à mort n'aurait pas été exécutée, malgré son impérieuse envie de fuir. Elle consacrerait sa vie à ce seul objectif : maintenir cet individu en prison et achever la tâche qu'elle avait entreprise. Et pendant qu'elle y était, elle enverrait d'autres criminels derrière les barreaux. Sa fonction définissait son existence désormais ; elle l'enfermait, à cinquante mètres des assassins, des violeurs, des voleurs, des dealers.... derrière quelques portes en acier, Cinquante mètres seulement séparaient les gardiens de ce zoo de béton gris, entouré d'épais barreaux, de l'autre côté de la rue.

Les couloirs du bâtiment du Bureau du procureur étaient aussi vides que ceux du palais de justice qu'elle venait de quitter. Elle se faufila dans le labyrinthe de Formica du secrétariat des *Major Crimes*, précédée par les capteurs de mouvements fluorescents qui repéraient sa présence et se réveillaient avec un léger bourdonnement pour éclairer son chemin au fur et à mesure. Dans le petit coin de monde appartenant à Marisol, elle remarqua en passant une photo de Manny Alvarez le jour de la remise des diplômes à l'école de police, une vingtaine d'années plus tôt. Apparemment, il n'avait jamais eu de cheveux. Dans un autre cadre, posé juste en face, Marisol en grande « tenue de soirée », boa et tout le tintouin, lui souriait.

Arrivée dans son bureau, C.J. alluma sa lampe de travail et se laissa tomber dans son fauteuil pour passer en revue une épaisse pile de courrier et de messages.

L'affaire Veste Noire était peut-être classée, mais elle n'avait pas été résolue, même si Dominick, Manny et Andy Maus essayaient de la convaincre du contraire pour la rassurer. Et même si le reste de l'équipe avait plié bagage pour passer à autre chose, elle ne pouvait pas en faire autant. Quelqu'un lui avait envoyé ces trois petits singes pour une raison bien précise, c'était un message. Quelqu'un voulait que Bantling reste derrière les barreaux. Quelqu'un savait ce qui s'était réellement passé cette nuit-là sur la voie express. Quelqu'un connaissait la vérité au sujet du Vorace.

Quelqu'un qui était toujours là, en liberté.

Alors qu'elle feuilletait une épaisse requête (sollicitant l'annulation des aveux d'un inculpé), son biper sonna. Elle sursauta, décrocha l'appareil de sa ceinture et le jeta sur le tas de documents éparpillés devant elle. Le petit écran luisait dans la semi-pénombre de la pièce, tandis que l'appareil avançait par à-coups à chacune des vibrations qui accompagnaient la sonnerie.

Bon Dieu ! Ce truc lui mettait les nerfs en pelote. Elle le détestait. Elle passa la main dans ses cheveux et, finalement, elle reprit le biper. Cette semaine, elle était de garde pour toutes les affaires de coups de feu tirés par des policiers, vingt-quatre heures sur vingt-quatre et sept jours sur sept. Elle sentait les décharges d'adrénaline dans son cœur. Elle inspira à fond et composa le numéro qui s'affichait sur le petit écran. À l'autre bout du fil, on décrocha à la première sonnerie.

– C.J. Townsend, Bureau du procureur. Quelqu'un m'a bipée…

– C.J. ? C'est Chris Masterson, dit une voix haletante. Ah, la vache, je suis content de vous avoir enfin ! J'ai déjà appelé Andy Maus, mais il s'est absenté pour un séminaire. Je suis désolé de vous appeler, sincèrement, mais… (Il hésita, sa voix tremblait, il essayait de trouver les mots appropriés.) Bon Dieu, C.J., on en a un autre ! C'est affreux. L'horreur. (Il s'interrompit de nouveau.) C'est Dom…

81

– Bonne nuit, mademoiselle Townsend ! dit le gardien en lui ouvrant la porte vitrée qui donnait sur le parking. Vous êtes sûre que vous voulez pas que je vous accompagne jusqu'à votre voiture ?

C.J. le repoussa d'un geste et traversa en courant le parking désert. Ses talons produisaient des petits bruits secs sur le sol graveleux. Pendant qu'elle fourrageait dans son sac en priant pour qu'elle n'ait pas oublié ses clés dans son bureau, son autre main essuyait les larmes qui ruisselaient sur ses joues et brouillaient sa vue. Dans sa précipitation, elle avait laissé tous ses dossiers et son ordinateur, et elle avait même oublié sa veste. Elle entendit le gardien marmonner des paroles désagréables, tandis qu'il refermait et verrouillait la porte derrière elle.

Dans la journée, ce quartier du centre grouillait d'activité et les places de parking valaient de l'or. Mais le soir, c'était un désert pavé, abandonné sous l'autopont de la voie express Dolphin. Un spectacle de désolation.

Elle sentit son cœur remonter dans sa gorge et s'efforça de déglutir, tout en courant vers sa voiture. Elle devait réfléchir au lieu de paniquer. Peut-être que ce n'était pas vrai, peut-être qu'il y avait une erreur d'identité. Les larmes jaillirent de plus belle. *Je vous en supplie, mon Dieu, faites que ce ne soit pas lui…*

Sa place de parking était située près du bâtiment du

Bureau du procureur, mais sur le côté, le long de la 13e Rue, une petite voie à sens unique. Loin du hall brillamment éclairé, masqué en partie par les feuilles tombantes d'un palmier. De l'autre côté de la 13e Rue s'étendait le no man's land du parking réservé aux jurés, qui venait butter contre une haie d'épais fourrés et l'autopont de la voie express.

Ses doigts tremblants trouvèrent enfin le méli-mélo de clés et de porte-clés au fond de son sac. Juste à côté, elle sentit le petit revolver calibre .22 que son père lui avait acheté quelques années plus tôt. Celui dont elle ne se séparait jamais, où qu'elle aille, sauf dans la salle de tribunal, car les armes y étaient interdites.

Elle sortit ses clés de voiture et déverrouilla les portières à distance. Les cours d'autodéfense et quatorze ans d'histoires horribles lui avaient appris que les moments où une femme était le plus distraite, et donc le plus vénérable, c'était en entrant chez elle ou aux abords de sa voiture. C. J. veillait à ne jamais baisser sa garde, même sur un parking de supermarché bondé un samedi après-midi.

Elle ouvrit rapidement la portière et s'engouffra dans sa voiture en lançant son sac sur le siège du passager. Assise au volant, elle actionna la fermeture des portes pour se protéger de la nuit qui l'entourait. Elle retint son souffle et, d'une main tremblante, elle mit le contact.

Le bourdonnement des parasites et un souffle enregistré emplirent la Jeep Cherokee pendant un instant. Son regard se posa sur la console stéréo. Une cassette tournait dans le lecteur.

La chair de poule se propagea sur ses bras et elle sentit ses petits cheveux se hérisser dans sa nuque. La voix trop calme de la régulatrice de la police brisa le ronronnement électrique du silence magnétique.

« Police secours, j'écoute.

– J'appelle au sujet d'une voiture, une Jaguar XJ8

noire, dernier modèle, qui roule dans Washington Avenue, en venant de Lincoln Road, en direction du sud. Il y a deux kilos de cocaïne dans le coffre et elle se dirige vers l'aéroport. Elle va prendre la voie express McArthur, au cas où vous la laisseriez filer dans Washington.

– Quel est votre nom, monsieur ? D'où appelez-vous ? »

Un déclic mit fin à la conversation.

C. J. demeura paralysée. Le seul bruit qu'elle entendait désormais, c'étaient les battements de son cœur. Puis il y eut un bruissement de tissu sur la banquette arrière et un visage familier se leva pour s'encadrer dans le rétroviseur.

– Bonsoir, C.J., murmura-t-il dans l'obscurité derrière elle. Ou puis-je t'appeler Chloé, ce soir ?

82

Dominick éteignit son ordinateur portable et ferma l'épais dossier posé devant lui. Les rapports d'enquêtes contenus dans des chemises vertes et les classeurs à soufflets portant la mention VESTE NOIRE FDLE 03-0 566 492 recouvraient encore la grande table en merisier, mais plus pour longtemps. La brigade spéciale avait été officiellement démantelée, chacun avait été renvoyé dans son service. Dès demain, la Brigade de répression des fraudes quitterait son long exil au bout du couloir. Les photocopieuses repartiraient, les ordinateurs et les secrétaires seraient affectés à d'autres tâches. Les photos des quatre policiers assassinés avaient déjà été décrochées et rangées dans leurs dossiers respectifs, où elles resteraient pour l'éternité, sous la responsabilité et la vigilance constantes des responsables des archives du FLDE et du Bureau du procureur, chargés de veiller à ce que ces terrifiants clichés ne se retrouvent pas dans les pages d'un journal quelconque ou sur Internet. Une photo de l'autopsie du corps de Gianni Versace avait atteint la somme de deux cent cinquante mille dollars au plus fort du déchaînement médiatique en 1997. Celles d'un flic mutilé, en uniforme, atteindraient un joli prix, sans aucun doute.

Dominick se rassit dans son vieux fauteuil grinçant, celui qu'il avait apporté avec lui du Bronx, dix-sept ans plus tôt, et il se frotta les yeux. Il alluma une Marlboro pour accompagner son café réchauffé au micro-ondes et en inspirant la fumée âpre dans ses poumons, il commença à se détendre légèrement. Il avait oublié le nombre de fois où il avait arrêté de fumer dans sa vie. C'était presque risible, pensait-il. Il avait repris cette sale manie alors que l'affaire Veste Noire était classée et qu'il avait sauvé sa carrière. Alors que toute cause de stress avait officiellement disparu de sa vie.

Pour la dixième fois de la journée au moins, Dominick repensa à C.J. Il la revoyait telle qu'elle lui était apparue ce matin, au tribunal. Les bras chargés de dossiers, se jetant à corps perdu dans un nouveau procès à haute tension. Aux yeux du monde, elle offrait l'image d'une personne sûre d'elle et calme. Mais lui n'était pas dupe.

Les pensées de Dominick le ramenèrent ensuite vers son père, jusqu'à ce jour où il avait annoncé à son fils et à son épouse qu'il arrêtait les patrouilles. Ce jour où il leur avait menti en leur affirmant, avec un sourire confiant, que tout irait bien, il en était convaincu. *C'est du bidon, cette affaire. Un simple malentendu. Je reprendrai le boulot dans une semaine ou deux, au plus.* Le lendemain après-midi, en rentrant de l'école, Dominick avait découvert son cadavre dans la baignoire.

C'était le son du désespoir qu'il avait entendu dans la voix de C.J. C'était cela qui lui avait rappelé son père. Et qui lui faisait peur maintenant. Il lui avait promis, un jour, que tout irait bien et ce n'était pas vrai. Il s'en voulait terriblement d'avoir trahi sa promesse. Peut-être avait-il été trop brutal, trop émotif, trop radical quand il avait rompu.

La sonnerie de son portable l'arracha à ses pensées. C'était Manny.

– Dommy Boy ! Tu viens par ici pour boire un verre ou vais-je être obligé de dire oui pour aller acheter des meubles.

– Ce soir ?

– Il y a des soldes nocturnes chez Rooms to Go. Quelle chance, hein ? J'aurai droit à un super rabais sur un salon complet si je l'achète avant les douze coups de minuit.

– Ne fais pas ça, l'Ours, dit Dominick en secouant la tête. Te voilà prévenu.

– On va commencer par vivre ensemble. Mais je lui ai dit qu'elle n'aurait pas de caillou au doigt tant que je ne trouverai pas à bouffer sur la table en rentrant tous les soirs, dit-il en riant. Ça risque pas d'arriver. Marisol est tout juste bonne à réserver une table au restau. Et encore.

– Fais gaffe. Il y a les plats à emporter. Et le micro-ondes.

– Comment ça se fait que j'arrive pas à me trouver une *mami* canon qui aime cuisiner des *picadillos* en tablier et en string ?

– Arrête ! J'imagine la scène.

Marisol Alfonso vêtue d'un string en Spandex rose, transpirant au-dessus des fourneaux, ce n'était pas une image qu'il avait envie de voir ce soir. Ni aucun autre jour, d'ailleurs.

– Je rentre chez moi, à Miami Beach, dit Dominick. Je pensais aller au Big Pink pour manger un morceau. Et toi, tu es où ?

– Je suis encore au boulot. Justement, c'est de ça dont je voulais te parler.

– Attends, laisse-moi deviner. Tu veux bosser pour le FDLE. Je ne sais pas si j'ai encore beaucoup d'influence, mon vieux. Rappelle-moi dans quelques années, quand mes supérieurs auront oublié que j'ai été inculpé à un moment donné.

– Je me dis que ce serait marrant de bosser avec toi, Dommy, mais ma retraite est plus grosse que la tienne et je me tape de vraies heures sup', contrairement à vous autres de la police d'État avec vos semaines de boulot qui durent un mois. Je préfère rester à la Municipale, merci quand même. Puisqu'on parle de ton misérable service... Je voulais garder la surprise pour le dîner, mais je ne peux plus attendre. Maintenant que je suis de retour derrière mon bureau, mon lieutenant me pourrit la vie, évidemment. Il m'en veut toujours à cause de ce que j'ai dit sur sa fille. Il me fait chier pour savoir ce qui s'est passé la semaine dernière. Son frère bosse aux AI à l'étage du dessus. Il trouve ça bien qu'on ait enfin fait notre boulot, mais il ne comprend pas pourquoi il nous a fallu tout ce temps, et pourquoi on n'a pas placé Lindeman sous surveillance quand Elijah Jackson a craqué et commencé à balancer des noms, il y a plusieurs mois déjà. On aurait pu sauver ce pauvre type, il avait des gosses et bla-bla-bla. Tu sais ce que c'est, tout le monde a un avis sur tout. Ce connard plus que les autres.

Dominick sentait monter sa colère. Les Affaires Internes avaient étouffé l'affaire Lindeman pendant des semaines. Veste Noire avait déjà tué deux flics ripoux quand Elijah Jackson avait été arrêté. Personne aux AI n'avait pensé à informer un membre de la brigade spéciale que l'un d'eux avait été désigné par un mouchard, et c'était peut-être ça qui lui avait coûté la vie.

– Dis à ton lieutenant et à son frère que la prochaine fois, les AI devraient être plus francs du collier. Et plus rapides.

– C'est ce que je lui ai dit. Et c'est là qu'il m'a sorti que le problème de communication venait du FDLE et de la brigade spéciale, pas des AI.

– Mon cul ! Quand ils nous ont refilé le nom de Lindeman, il était déjà six pieds sous terre.

– Il dit que c'est faux, Dommy. Il paraît qu'ils ne nous ont pas refilé son nom parce qu'on l'avait déjà. J'espère que tu es bien assis, mon pote. Le jour où Jackson s'est fait coffrer pour trafic par les gars de la Municipale, devine qui s'est pointé pour aider les gars des Stups à le convaincre de lâcher quelques noms ? Y compris celui de son boss, Valle, et de l'honorable père de famille Sonny Lindeman ?

– Qui ?

– Chris Masterson, carrément ! Jackson était, paraît-il, dans le collimateur de l'IMPACT. C'est Masterson qui lui a indiqué qu'il risquait vingt-cinq ans de taule au minimum. C'est Masterson qui l'a poussé à moucharder, après un entretien en privé. C'est Masterson qui l'a convaincu de dénoncer Valle comme son patron et Lindeman comme le gros bras. Ensuite, Masterson a dit aux gars de la Municipale de garder les honneurs car il ne voulait pas compromettre une enquête de l'IMPACT et un indic.

Manny marqua une pause, avant de lâcher cette dernière réflexion :

– En tout cas, c'est l'explication qu'il a donnée.

83

Dominick se passa les mains dans les cheveux en essayant de rassembler les événements mentalement. Les questions assaillaient son cerveau tels des moustiques horripilants qui exigeaient qu'on les écrase ou qu'on y réponde.

Pourquoi Masterson aurait-il caché à la brigade spéciale qu'il avait réussi à faire parler Jackson ? Pourquoi leur aurait-il caché que Lindeman était un ripou, quand il s'était rendu sur la scène du crime, la nuit où Lindeman avait été tué ?

Il sortit du meuble de classement qui se trouvait derrière lui la masse de documents confidentiels portant la mention : IMPACT OPÉRATION SNOWSHOE. Ses doigts feuilletèrent ces pages qu'il avait quasiment mémorisées, sans rien trouver. Rien qui indique qu'Elijah Jackson était visé par une enquête de l'IMPACT.

Sa bouche devint sèche et il se renversa dans son fauteuil en tirant sur les poils de son bouc. *Il suffisait de savoir où chercher.* Il prit une autre boîte de dossiers derrière lui. Celle-ci contenait plus de cent rapports sur des policiers ayant figuré sur la « Sale Liste » du CCS, la Brigade anti-association de malfaiteurs de la police Miami-Dade depuis ces cinq dernières années. Il les passa en revue pour finalement s'arrêter sur l'épais dossier de l'agent Bruce Angelillo. Le plaignant était un dealer récidiviste qui jouait sa vie et affirmait avec colère qu'après avoir été arrêté par Angelillo dans la 36e Rue pour une infraction au code de la route, celui-ci lui avait confisqué les six kilos de cocaïne qui se trouvaient dans son coffre. Cette plainte avait provoqué l'ouverture d'une enquête qui avait duré six mois, jusqu'à ce que l'affaire soit finalement classée sans suite, en avril de l'année dernière lorsque le dealer en question avait disparu. En l'occurrence, « classée sans suite » était une autre façon de dire : « On n'a rien pu prouver. » Dominick décrocha son téléphone.

– Lynn, j'écoute, dit une voix au bout du fil.

La sonnerie n'avait même pas retenti.

– Marty, c'est Dom Falconetti du FDLE. Désolé de vous déranger si tard.

Marty Lynn était sergent au CCS. Dominick le connaissait bien.

– Pas de problème, Dom. Qu'y a-t-il ?

– J'aurais besoin de parler à un de vos inspecteurs.

– Maintenant ?

– Oui, si c'est possible. Haskill, Bobby Haskill. Je suis en train de mettre de l'ordre dans un rapport.

– Je vais l'appeler. Vous êtes à quel numéro, Dom ? Je lui demanderai de vous rappeler tout de suite.

– Je suis encore au bureau. 305-470-5512.

– C'est noté. Oh, au fait, Dom. Félicitations pour l'affaire Veste Noire. C'était pas du gâteau.

– Ouais. Merci, Marty.

Dominick raccrocha.

Cinq minutes plus tard, le téléphone sonna.

– Agent Falconetti ? Ici Bob Haskill, police de Miami-Dade.

– Bonsoir, Bob. Je sais qu'il y a quelques mois, vous avez parlé de Bruce Angelillo avec des gars de la brigade spéciale qui enquêtait sur Veste Noire. Je suis en train de boucler le dossier et…

– Félicitations.

– Merci. Je suis en train de tout boucler donc et j'ai une ou deux questions. Ce rapport sur Angelillo… Je vois qu'après le dépôt de la plainte, le CCS a tenté de monter un coup.

– Oui. L'IMPACT nous a aidés. Ils nous ont filé la came qui servait d'appât. Comme c'est écrit dans le rapport, Angelillo se doutait de quelque chose. Il n'a pas mordu à l'hameçon et le plaignant a ensuite disparu. On n'avait rien.

Dominick retint son souffle quelques secondes avant de poser la question suivante car il craignait de connaître déjà la réponse.

– Bobby, vous vous souvenez du nom du gars qui s'est occupé de cette affaire à l'IMPACT ?

– Ouais. C'était un gars de chez vous. Masterson. Chris Masterson.

Dominick sentit son estomac se nouer.

– Merci, Bobby, dit-il d'un air absent, avant de raccrocher.

Son regard se posa, de l'autre côté de la grande table, sur l'endroit où Chris Masterson s'était assis une dizaine de fois, lors des réunions et après. Jamais il n'avait mentionné ce coup monté visant une des victimes de Veste Noire.

Masterson savait *avant* que Lindeman soit assassiné que celui-ci figurait sur la « Sale Liste » car c'était lui qui avait fait cracher ce nom à Elijah Jackson.

Masterson avait croisé le nom d'Angelillo un an plus tôt dans le cadre d'une enquête de l'IMPACT et il ne l'avait dit à personne.

Masterson possédait l'expérience des Stups. C'était lui qui avait rédigé les demandes de mises sur écoute de Valle et Brueto, à partir des enquêtes de l'IMPACT qu'il avait dirigées et d'informations qu'il possédait déjà.

Masterson avait appartenu aux Stups. Il avait monté

des opérations à Bogota, à Cali. Il avait immédiatement reconnu la cravate colombienne et son symbolisme.

C'était Masterson qui avait poussé Fat Mack à dénoncer Valle. À avouer où se planquait LBJ. Et Fat Mack était mort le soir même en se retrouvant parmi tous les détenus de la prison.

C'était Masterson qui tenait l'arme qui avait tué Brueto.

Dominick passa les mains dans ses cheveux encore une fois. Tout s'assemblait. *Il suffisait de savoir où chercher*. Dans cette affaire, quelqu'un avait tenté d'attirer son attention sur les mauvaises pistes, les mauvaises personnes. Il repensait à ce que lui avait dit Manny après l'audience de Bantling.

Cop Killer. D'après Bantling, le complice de Chambers a choisi ce surnom non pas parce qu'il tue des flics, mais parce que c'est un flic. Un flic qui tue.

Le Vorace. Masterson avait travaillé pour la brigade spéciale chargée de traquer le Vorace dès sa création. Il avait accès à tous les rapports originaux. Il avait participé à l'enquête, aux interrogatoires. Il s'était rendu sur les lieux où avaient été assassinés les flics et les victimes du Vorace. Il avait fouillé le domicile du Vorace trois ans plus tôt. Il avait découvert les enregistrements pornos et sadiques. Il avait emporté les pièces à conviction. Et quand C.J. avait échappé en pleine nuit aux griffes d'un fou, c'était encore Masterson qui avait examiné les lieux. Il avait été un des premiers à arriver au cabinet de Chambers. Un des premiers à ne découvrir aucun élément pour corroborer les déclarations initiales de C.J., selon lesquelles il existait au moins une autre victime.

Nom de Dieu. Sa poitrine se comprima. *Était-il en train d'extrapoler de manière aberrante ? Avait-il des hallucinations ? Tirait-il des conclusions grotesques ?* Mais si son raisonnement était juste, la question suivante était forcément : pourquoi ? Pourquoi Chris Masterson voudrait-il liquider quatre flics ?

Dominick savait mieux que personne qu'il n'existait pas de « pourquoi » logique, parfois. Le Tamiami Strangler tuait des prostituées parce qu'il les trouvait sales. Jeffrey Dahmer mangeait ses victimes pour qu'elles fassent partie de lui. Ted Bundy n'avait jamais pris la peine d'offrir une explication rationnelle à ses crimes et jamais on n'en avait trouvé une qui puisse répondre de manière satisfaisante à la question. William Bantling n'avait jamais avoué sa culpabilité. Mais il s'agissait de serial killers.

C'est alors que Dominick pensa à autre chose et son sang se glaça. Il entendit la grosse voix de Manny, assis dans son salon, quelques semaines plus tôt.

Un club d'amateurs de snuff movies. *Comme les pervers sexuels qui donnent dans la pornographie enfantine, ces types-là aiment échanger des films et des histoires, eux aussi, sauf que c'est pas des images de gosses, mais des images de gens qui se font buter.*

Aucun élément concernant un tel club n'était apparu car c'était Masterson qui s'était occupé de cette info. Dominick savait maintenant pourquoi ils n'avaient découvert aucune piste.

84

– Chris ! C'est Dom. Réponds, bordel !

Dominick frappa le volant du plat de la main. Le Nextel gazouilla de nouveau, mais toujours pas de réponse.

Allez, allez. Il regarda le parking désert du FDLE autour de lui, en se demandant ce qu'il devait faire de ce renseignement. Ce renseignement qu'il essayait désespérément de comprendre. Il n'arrivait pas à chasser ce mauvais pressentiment qui l'avait submergé tout à coup. Dès que l'ampoule s'était éclairée dans son cerveau, il avait découvert des choses demeurées dans l'obscurité jusqu'alors. Des choses qui le terrifiaient. *Je n'entends rien. Je ne vois rien. Je ne dis rien.*

Son instinct le poussait à parler avec Chris, pour essayer de trouver une explication rationnelle à une étrange succession de faits qui n'étaient sans doute que des coïncidences. Très souvent, l'IMPACT menait des opérations secrètes avec d'autres services de police. Peut-être qu'en partageant ses informations, il aurait pu compromettre une enquête de plus grande envergure.

Si Chris était déjà en communication, la sonnerie du Nextel lui indiquerait « correspondant en ligne. » Il était là, mais il ne répondait pas. Peut-être avait-il coupé la sonnerie. Peut-être était-il dans une autre pièce ou bien alors il avait oublié l'appareil dans sa voiture et il n'entendait pas qu'on l'appelait. Dominick bloqua le numéro de Chris en position « alerte » afin que l'appareil continue à l'appeler, tout en l'empêchant de passer un autre appel tant qu'il n'avait pas répondu à celui de Dominick. Puis il contacta Jack Betz, le responsable technique du FDLE.

– Dominick ! Vous avez repris le boulot depuis dix minutes et déjà vous dérangez les gens chez eux ! s'exclama Jack en riant. J'espère que vous n'avez pas besoin de moi ce soir. J'ai loué *Terminator 3*.

– Ça se pourrait. J'essaye de joindre Chris Masterson, mais il ne répond pas.

– Vous l'avez mis en « alerte » ?

– Oui, mais ça ne change rien. Il faut absolument que je lui parle. On a un moyen de le localiser ?

– Je suis bien content de ne pas être dans votre brigade. Il est presque 23 heures. Vous êtes le roi des emmerdeurs. L'appareil est dans sa voiture ?

– Je ne sais pas.

– Mais il a son téléphone avec lui ?

– On peut le savoir ? demanda Dominick.

– Nextel le peut. C'est un nouveau système. Quel est son numéro ?

– 305-219-6774.

– Patientez un peu. Je les appelle et je vous rappelle.

Il suffisait de savoir où chercher.

Victor Chavez. Sonny Lindeman. Lou Ribero. Lourdes Rubio. Les indices étaient là, sous ses yeux, mais Dominick n'avait pas voulu les voir. Il ne voulait pas leur donner un sens, alors il les avait ignorés. Il avait ignoré les liens évidents entre les victimes. Il avait ignoré ce que Bantling avait dit à Manny au sujet de Chambers, des clubs d'amateurs de morts violentes et des cop killers. Il avait même ignoré son propre instinct, depuis l'affaire du Vorace, quand il avait suspecté un lien avec des policiers. Tous les meurtres du Vorace étaient rattachés à des enquêtes policières confidentielles, des scènes de crime, des saisies de drogue. Mais après la mort de Chambers, il avait été plus facile de se dire que Bantling était effectivement le Vorace. Inutile de chercher plus loin. Même si c'était pour découvrir la vérité.

Dominick ferma les yeux. Il ne voulait pas que C.J. soit impliquée. Ni à l'époque ni maintenant. Il refusait de croire qu'elle était capable de truquer un dossier. Alors, il avait ignoré tous les indices et il avait choisi, opportunément, de relier Veste Noire à la guerre des gangs, au trafic de drogue et à Roberto Valle. Puis il avait ronchonné pour la forme quand l'affaire avait été confisquée par le FBI, et il n'avait pas cherché plus loin. Encore une fois.

Trois minutes plus tard, le téléphone sonna dans sa main. C'était Jack.

– Dominick ? On a localisé son téléphone. Chris doit faire des heures sup'. Évitez de lui passer un savon. Il est encore dans le bâtiment du Bureau du procureur.

85

Elle tendit la main vers la poignée, mais c'était trop tard. Il avait passé le bras gauche autour du repose-tête et il lui plaquait le dos contre le dossier. Elle laissa échapper un petit cri, tandis que ses doigts continuaient à s'agiter dans le vide, à la recherche de la poignée.

– Tiens, tiens, dit-il. J'ai l'impression que tu ne m'attendais pas. Du moins, pas ce soir.

Le visage juvénile de Chris Masterson émergea de l'obscurité à l'arrière de la voiture et se glissa entre les deux sièges.

– Désolé pour tous ces faux-semblants, reprit-il avec un sourire. Tu n'es pas une femme facile à coincer, C.J. Jamais les mêmes horaires. J'ai remarqué ça. Tu as de bonnes raisons, évidemment. Tu savais que ton passé reviendrait te hanter, tôt ou tard. Et me voilà.

Elle sentait cette main ferme qui enserrait sa gorge. Elle ne l'étranglait pas, mais elle aurait pu. Malgré cela, C.J. demeurait étrangement calme. Elle inspira profondément et se cala au fond de son siège ; son cœur battait à tout rompre et son cerveau fonctionnait à plein régime.

Le Nextel gazouilla dans la voiture. « Chris ! C'est Dom. Réponds, bordel ! » Les paroles de Dominick envahirent la Jeep. Le simple fait d'entendre sa voix et de savoir qu'il était vivant lui donnait envie d'éclater en sanglots et elle se mordit la lèvre pour résister.

– Quelle ironie, hein ? commenta Chris, après un moment de confusion. Sacré timing.

– Pourquoi ? demanda-t-elle.

C'était le seul mot qui lui venait à l'esprit.

– Tu es une femme intelligente, C.J. Ce n'est pas moi qui te sous-estimerai cette fois.

– Je ne comprends pas, dit-elle. Je vous jure que je ne comprends pas !

Il se rapprocha ; son visage était tout près d'elle désormais. Elle sentit ses doigts se refermer un peu plus autour de sa gorge. Il pouvait lui briser le cou s'il voulait.

– On en est à combien de cadavres maintenant ? Quatre ? J'ai rajouté ce connard d'Angelillo gratuitement, alors je ne le mets pas sur ta note. Mais ils sont tous morts, C.J. Tous ceux qui partageaient ton petit secret. Ils ne peuvent plus parler. Bientôt, Bantling ne sera plus qu'un souvenir, lui aussi. Maintenant, il n'y a plus que toi. Et moi.

Il lui cracha ce dernier mot au visage.

– Je sais ce que tu as fait. Je sais que tu n'es pas innocente, alors ne te fous pas de ma gueule.

Un éclat dans sa main droite attira le regard de C.J. Baissant les yeux autant qu'elle le pouvait, elle découvrit, entre ses doigts recouverts de latex, un couteau à dents de scie, recourbé à l'extrémité. Des images jaillirent dans son cerveau. *Victor Chavez. Sonny Lindeman. Lou Ribero.* Toutes ces scènes de crime, tout ce sang.

C'était curieux : une partie d'elle-même accueillait presque avec soulagement la fin du combat, la fin de cette effroyable interrogation. Comme chez de nombreuses victimes qui étaient passées dans son bureau, c'était la peur de l'inconnu qui l'avait paralysée, qui l'avait transformée, ces derniers mois. Maintenant, elle voulait en finir. Les autres avaient eu leur châtiment, ils avaient payé le prix de leurs péchés. Peut-être que son tour était venu de s'avancer pour poser sa tête sur le billot.

– Je sais que tu dois te poser des questions depuis le début, C. J. Je sais que tu dois te réveiller en sursaut la nuit en te demandant pourquoi tous les éléments ne s'emboîtent pas parfaitement, alors que Greg est mort et enterré. Pourquoi il manque encore des pièces. Mais tu ne pouvais pas demander un avis extérieur. Tu ne pouvais pas retourner voir les gars et leur dire : « Aidez-moi », car tu avais ton secret. Ça t'a empêchée de dormir ? Tu as passé de longs moments devant la fenêtre, à te demander quand il te rattraperait ? Ou bien ça a commencé seulement quand les morts se sont multipliés ?

– Non, non…

Le cerveau de C.J. s'embrouillait en essayant de discerner les liens où apparaissait le visage de Chris.

La cassette s'arrêta avec un déclic et le lecteur recracha son terrible contenu.

– Vous… C'est vous qui avez donné le tuyau à la police.

Le tuyau anonyme qui avait tout déclenché. Elle revoyait Chris dans son bureau après qu'il avait prêté serment et fait sa déposition, racontant comment il avait fouillé le domicile de Bantling et découvert les cassettes pornographiques et les autres preuves. Elle revoyait ses initiales sur le sachet scellé contenant les divers bijoux de femme retrouvés dans la chambre de Bantling. Les petits souvenirs de ses nombreuses conquêtes. Ses trophées. C'était le visage souriant et préoccupé de Chris qui l'avait fait revenir dans la salle de réunion déserte, dans l'ancien bâtiment du FDLE, où les pièces à conviction avaient été soigneusement alignées devant elle comme des sucreries devant un enfant de cinq ans. C'était Chris qui l'avait ensuite laissée seule avec ces preuves, en violation des procédures. Il savait qu'elle n'était pas innocente car il l'avait piégée. Et il savait que

Chavez et Ribero avaient menti à la barre lors du procès de Bantling car c'était lui qui avait appelé la police. Présent sur les lieux ce soir-là, il avait deviné que Lindeman était impliqué lui aussi.

C.J. commençait à suffoquer sous la pression des doigts de Chris.

Le Nextel gazouilla de nouveau. « Chris, tu es là ? Réponds, vieux ! »

– Maintenant, tout est clair. À moins que ton ex ne t'ait rien dit ? Peut-être qu'il ne t'a pas mise au courant avant de sortir de ta vie, dit Chris en observant les yeux de C. J. Le bon docteur Greg avait un ami. Un très bon ami. Un ami très proche. Tu m'entends ? Tout s'emboîte maintenant ? En fait, il avait plusieurs amis, tous fascinés par son travail. Je dois finir ce qu'on a tous commencé.

Il balaya du regard le parking désert et se retourna vers le Graham Building qui, aux yeux de C.J., semblait se trouver à des kilomètres de là. Pourtant, quelques minutes plus tôt, elle était à l'intérieur, derrière des portes verrouillées, dans la lumière. Avant de prendre une décision. Elle avait instruit suffisamment de procès pour savoir que la plupart des victimes se faisaient la même réflexion au moment où elles comprenaient qu'elles étaient en danger, où elles voyaient approcher à toute vitesse la seconde qui allait bouleverser leur vie ou y mettre fin. Quand les phares de la voiture venant en sens inverse franchissaient le terre-plein central et fonçaient droit sur elles : *Si seulement j'étais resté un peu plus longtemps dans cette soirée*... Quand des pas faisaient crisser les cailloux dans leurs dos sur ce chemin désert qui traversait le parc : *Si seulement je n'avais pas pris ce raccourci*... Quand l'ex-conjoint, désespéré, surgissait sur le parking du supermarché en brandissant une arme à feu : *Si je lui avais menti en lui disant qu'on pouvait continuer à vivre ensemble*... Les victimes consacraient toujours leurs dernières minutes à réfléchir à ce qu'elles auraient pu et auraient dû changer. Parfois, une simple décision faisait la différence. *Et elle, qu'aurait-elle changé ?*

– On dirait que Dom a un problème urgent sur les bras, ce soir, commenta Chris lorsque le Nextel se manifesta de nouveau. Ça pourrait être amusant de l'écouter s'exciter sur une affaire, pendant que je serre ton cou entre mes mains. Ça ferait une super vidéo. Je pourrais gagner une fortune avec ça. Très vite, j'ai pigé que Dom n'avait aucune idée de ce que tu avais manigancé, C.J. Tu n'as jamais raconté à personne ce que vous aviez fait, ces flics et toi. C'est un gars intelligent et je savais que si le petit cadeau que je t'ai envoyé à ton bureau ne faisait pas tilt dans son esprit, c'était qu'il ne se doutait de rien. Ce pauvre gars se fait arrêter en essayant de découvrir la vérité, pour t'aider, alors que toi, tu savais tout depuis le début. Je parie que c'est ça qui vous a séparés, tous les deux. Les secrets et les mensonges.

Il regarda de nouveau autour de lui.

– Parfois, dit-il, la sécurité fait du zèle par ici. Et pour ce que j'ai prévu, j'ai besoin de discrétion. Je connais quelques personnes qui seront ravies de revoir ton visage.

86

Oh, bon sang. Ça ne tenait pas debout. Un ami ? Chambers avait un ami. Un très bon ami…

Un amant ?

En fait, il en avait plusieurs, tous fascinés par son travail.

Son cerveau la ramenait péniblement vers une époque à laquelle elle essayait d'échapper, de toutes ses forces, depuis trois ans. Une époque où elle était seule avec un monstre. Un monstre qui avait endossé le déguisement d'un visage familier et amical. Un monstre qui lui souriait avec des yeux bleus compréhensifs et un visage doux et rond. Un monstre qui connaissait toutes ses pensées, tous ses cauchemars, toutes ses peurs, tous ses désirs, tous ses secrets les plus intimes. Car elle les lui avait confiés. Une fois par semaine, pendant dix ans, elle lui avait tout raconté, dans des fauteuils en cuir souple, derrière les portes closes de son cabinet pittoresque de Coral Gables.

Le Dr Gregory Chambers apparaissait encore dans ses cauchemars ; elle était assise dans la salle d'attente bleu et jaune, avec son sol de carreaux mexicains, ses plantes vertes luxuriantes et la musique classique d'ascenseur diffusée en sourdine. Accompagné de son patient psychopathe et asocial, Billy Bantling, ils tendaient leurs mains gantées vers elle, en riant, pendant qu'elle se débattait pour tenter de leur échapper.

Bill Bantling avait violé son corps pendant quatre heures de supplice. Mais pendant dix ans, Gregory Chambers avait violé son esprit. Sans qu'elle le sache. Voilà ce qui était le plus déstabilisant, le plus invraisemblable, le plus infâme. Elle ignorait ce qui se passait. Au cours de ces séances hebdomadaires, en tant que thérapeute il avait nourri, alimenté et encouragé ses sentiments ; il avait cultivé son esprit comme un jardin qui a besoin d'entretien, il avait manipulé ses pensées pour réaliser son fantasme pervers. Parfois, en sortant de son cabinet, elle se sentait mieux ; parfois, elle était épuisée et vidée émotionnellement, mais elle avait l'impression d'être purifiée, elle se disait qu'une partie d'elle-même pourrait peut-être guérir, finalement. En réalité, il venait de prendre ce dont il avait besoin. Et elle l'avait payé pour ça, elle l'avait remercié. Pendant des années, elle avait tenté désespérément de comprendre. *Pourquoi avait-elle été choisie ?*

Aujourd'hui, ses pensées la ramenaient en arrière. Dans l'obscurité de cette chambre mortuaire, il y a trois ans, ligotée sur une table en métal froid – l'odeur du champagne éventé dans ses cheveux emmêlés, l'odeur de sa peur qui imprégnait sa peau –, son cerveau luttait contre les drogues puissantes qu'il lui avait administrées, pour tenter de comprendre des paroles qui n'avaient aucun sens. Des paroles angoissantes qu'elle ne pourrait jamais oublier.

Bill et toi, vous représentiez un cas d'école parfait. Un magnifique sujet de thèse. La femme violée et son violeur. Que se passerait-il si on inversait les tables ? Si la persécutée devenait la persécutrice ? Quelle voie choisirait-elle ? Jusqu'où irait-elle pour se venger ?

Maintenant, elle comprenait. Les réponses qu'elle avait volontairement cessé de rechercher étaient là, devant elle ; elles se balançaient devant ses yeux, en équilibre précaire, depuis le début.

Chambers avait organisé les meurtres de onze femmes pour tester sa théorie, sa thèse.

Des amis qui tous étaient fascinés par son travail...

Chris Masterson l'avait aidé à prouver sa théorie. Il avait provoqué une interpellation qu'il savait illégale en donnant à la police un renseignement insuffisant sur le plan juridique. *Pour voir jusqu'où elle irait. Dans quelle mesure elle violerait les règles pour être certaine que justice soit faite.* Il s'était emparé des preuves qui la lieraient de manière irréfutable à Bantling, dans les rapports de police, et il lui avait offert l'occasion de les faire disparaître en la laissant seule face à ces pièces à conviction. *Pour voir jusqu'où elle irait.* Elle confierait ses sentiments à Greg au cours d'une séance pleine de larmes, et Greg le répéterait ensuite à Chris. Les obstacles seraient mis en place. Ou enlevés. *Pour voir jusqu'où elle irait pour se venger...*

Depuis le début, la manipulation de sa santé mentale n'était pas simplement un jeu pervers pour Greg Chambers. C'était son travail.

Et il avait un disciple.

87

– Tu vois ? Des fois, ils font du zèle.

C.J. regarda dans le rétroviseur. La porte principale du bâtiment du Bureau du Procureur s'était ouverte et le gardien était sorti sur le perron en s'étirant et en bâillant. Il s'assit sur une jardinière et alluma une cigarette en observant l'obscurité qui l'entourait. L'air était humide et la fumée flottait autour de lui comme un nuage sale et vaporeux. Il se leva pour regarder en direction du parking, où la Jeep était toujours stationnée.

La main gauche de Chris agrippa la nuque de C.J. Le couteau brillant était appuyé sur son cou ; les dents aiguisées de la pointe recourbée lui souriaient.

– Allume tes phares et démarre en douceur. On ne va pas très loin, je prendrai le volant ensuite. Si tu ne vas pas où je veux, si tu tentes quoi que ce soit, je te plante la lame dans le cou. Ça fera très mal. On n'est pas dans un film, tu ne vivras pas assez longtemps pour être secourue par un policier ou un bon samaritain. Si tu essayes d'alerter le gardien, j'ajouterai un cadavre de plus à ton total, une fois que j'en aurai fini avec toi. C'est compris ? Contrairement à ce que tu as pu croire à une époque, je ne suis pas un chic type.

C.J. hocha lentement la tête. Elle sentait le contact du couteau dans son cou, l'extrémité recourbée frottait contre sa peau. Sa main tremblante heurta la grappe de clés qui pendait près du volant. Elle pensa à son sac, au revolver de son père tout près d'elle, à quelques dizaines de centimètres seulement, mais elle n'avait aucune chance de s'en saisir. Elle alluma les phares et quitta lentement sa place de parking en marche arrière. Le gardien se rassit sur la jardinière et reporta son attention sur le bâtiment.

– Sors du parking et tourne à droite dans la 14e. Respecte bien les feux. On va passer sous la voie express et faire le tour du pâté de maisons. Ensuite, tu tourneras à droite et je prendrai le volant.

La barrière électronique se souleva pour la laisser sortir du parking et elle tourna dans la 14e Rue toujours encombrée dans la journée, juste devant l'entrée du parking souterrain du Cedars Sinai Hospital. Arrivée au croisement avec la 12e Avenue, elle s'arrêta au feu rouge. Elle tremblait de la tête aux pieds. Elle entendait la respiration lente de Chris à côté d'elle et elle savait qu'il essayait de lire dans ses pensées. Il appuya un peu plus le couteau sur sa gorge et C.J. sentit quelques gouttes de sang chaud couler dans son cou.

Si elle tournait à gauche, elle serait tout près du Jackson Memorial Hospital et du Ryder Trauma Center, où certains des meilleurs chirurgiens de Floride rebouchaient les trous dans la peau laissés par les balles des membres de gangs belliqueux partis en expédition punitive un samedi soir et réparaient les rates et les foies quand une voiture venait embrasser le rail de sécurité sur l'autoroute. Peut-être qu'avec un peu de chance, elle réussirait à foncer à l'entrée des urgences et qu'ils pourraient la rafistoler une fois de plus. Ils ôteraient le couteau planté dans son cou et ils injecteraient le sang de quelqu'un d'autre dans ses veines. Peut-être qu'ils retrouveraient toutes les pièces pour les remettre à leur place avec du fil, des agrafes et de nouveaux morceaux.

Si elle roulait tout droit dans la 14e, pendant un peu

plus d'un kilomètre, elle pourrait expédier son cadavre directement dans les locaux en brique de la morgue de Miami-Dade. La fourgonnette aurait un voyage de moins à faire cette nuit.

Si elle partait en marche arrière, elle percuterait la clôture de fil barbelé qui entourait la prison de Dade County. Sa place était peut-être là, finalement.

Et puis, il y avait l'option finale. En tournant à droite, elle roulerait vers une mort violente, entre les mains d'un meurtrier exercé. Dès qu'il prendrait le volant et qu'il contrôlerait la situation, il la conduirait dans une caravane à Florida City ou dans une cabane perdue au cœur de la mangrove des Everglades, et il pourrait se servir de la plus terrible des armes contre elle. Le temps. Il existait une règle d'or dans la police, une règle que les représentants de l'ordre expliquaient aux jeunes enfants dans les écoles, juste après leur avoir dit qu'il ne fallait jamais toucher à une arme. C'était cette même règle qu'elle avait prêchée aux côtés des inspecteurs dans des réunions d'informations sur les crimes sexuels et qu'elle avait entendue répétée, maintes et maintes fois, dans les cours d'autodéfense pour les femmes : *Ne montez jamais dans la voiture*. Laissez-le vous tirer dessus dans la rue, laissez-le vous pourchasser avec une batte de base-ball, hurlez, débattez-vous, mais *ne montez pas dans la voiture*. Car une fois que vous êtes montée, c'est foutu.

Des larmes silencieuses coulaient sur ses joues. C'était fini. Elle était déjà éparpillée en un million de morceaux et rien ni personne ne pourrait la remettre sur pied. Comme un enfant qui a subi de graves sévices de la part d'un parent et qui, placé dans une famille d'accueil, a été maltraité de nouveau, certaines âmes ne peuvent être sauvées. Les dégâts sont trop importants, trop profonds, impossible de les réparer. Pendant quinze ans, elle avait fui des fantômes déguisés en clown qui continuaient à lui rendre visite toutes les nuits. Même si le monde extérieur pensait qu'elle aurait dû guérir depuis le temps, elle ne parvenait pas à avancer. Son thérapeute s'était joint à lui. Le parent adoptif qui était censé la sauver de son désespoir avait orchestré son décès psychologique et, avec un sourire doux et patient, il avait manipulé sa santé mentale pour servir ses propres desseins pervers. Et aujourd'hui, il y en avait encore un autre. Un autre ami, un autre traître qu'elle ne comprenait pas. Un autre qu'elle n'avait pas vu venir.

Elle tourna à droite. Le couteau se retira, comme si Chris avait conscience du combat qu'elle avait mené et connaissait l'issue.

– Je ferai ça vite, murmura-t-il. Je te le promets. Sache que je t'ai toujours bien aimée, C.J.

La voiture qui roulait devant eux s'engagea sur la voie express et disparut. Il n'y avait plus rien entre elle et l'autopont, et plus de temps pour réfléchir. Intérieurement, elle hurlait : *Faites quelque chose ! Courez ! Sautez en marche ! Trouvez un flic ! Rentrez dans un arbre ! Mais ne montez jamais dans la voiture…*

Et enfin, cette ultime pensée :

Ne le laisse pas décider de ta fin. Ne le laisse pas contrôler ça.

Pas question. C'était elle, et personne d'autre, qui prendrait cette décision.

Elle ferma les yeux une seconde et repensa à Dominick, à un dimanche matin au lit avec les journaux. Et elle accéléra.

88

– Salope !

En une fraction de seconde, il devina ce qu'elle allait faire, avant même qu'elle agisse. Avec sa main gauche, il agrippa le repose-tête au moment où la voiture faisait un bond en avant et la force d'inertie le projeta en arrière sur le siège.

Il n'y eut aucun bruit avant que la Jeep percute le garde-fou en ciment. Aucun hurlement de freins, aucun crissement de pneus sur le bitume comme lorsqu'une voiture essaye d'éviter un obstacle à l'ultime seconde. Uniquement un choc assourdissant, puis le craquement, le couinement du métal qui se déchire et se froisse comme un accordéon.

Il sentit son corps rebondir sur la banquette, cogner le toit, puis son visage s'écrasa contre le dossier. Les airbags explosèrent avec un grand *pop !*, comme une centaine de parachutes qui s'ouvrent en même temps ; les vitres volèrent en éclats et une pluie de verre s'abattit sur lui.

Puis ce fut le bruit imposant du silence. Mais juste un instant.

Il secoua la tête pour essayer de chasser le brouillard qui l'entourait et reprendre ses esprits. Il entendit C.J. qui gémissait.

Espèce de salope ! Le sang cognait à ses tempes. Il

regardait autour de lui dans l'obscurité. Il porta sa main à son visage et sentit le sang chaud couler entre ses doigts. Il palpa la plaie béante qui barrait son front, parsemée de minuscules débris de verre.

Le couteau. Il avait disparu. Il espérait qu'il lui avait planté dans le cou avant qu'elle fonce dans le mur, mais les gémissements lui indiquaient que c'était impossible.

Les hurlements d'une sirène foncèrent sur la voiture et il vit les lumières bleues éclairer l'arrière du siège devant lui. Il fit glisser sa main sur le plancher, cherchant à tâtons dans le noir, au milieu des éclats de verre, mais il n'était pas là. À la place, il prit son insigne.

Puis Dominick Falconetti lui colla une arme sous le nez en hurlant :

– Descends, ordure !

89

Dominick avait repéré la voiture banalisée du FDLE, la Grand Prix noire, garée dans la 13e Rue, sur le parking réservé à la police en face de la porte de la prison qui servait au transport des détenus, et il avait senti son estomac se nouer. Elle ressemblait à la sienne.

Peut-être a-t-il amené un prisonnier.

Peut-être est-il venu interroger un détenu.

Peut-être qu'une de ses affaires secrètes est jugée actuellement, sans que personne ne le sache.

Dominick essayait de passer en revue toutes les explications possibles, mais aucune n'était aussi convaincante que celle qu'il refusait de voir. Celle qui l'avait conduit jusqu'ici, en roulant à 150 km/h sur la voie express Dolphin, sirène hurlante et gyrophare allumé. Celle qui lui faisait maintenant balayer du regard les nombreux parkings entourant le tribunal et le Bureau du procureur, à la recherche de la voiture de C.J.

Quand il l'avait appelée chez elle, son répondeur s'était mis en marche après la quatrième sonnerie. Ça voulait dire qu'elle était absente ou qu'elle filtrait les appels. Elle ne répondait pas non plus sur son portable ou au bureau, et il l'avait bipée plusieurs fois sans succès. Peut-être était-elle en plein procès, avait-il pensé. Les bipers et les portables étaient interdits dans la salle de tribunal. À moins qu'elle soit partie dîner. Ou peut-être qu'elle ne voulait pas lui répondre, vu la manière dont il l'avait quittée l'autre jour au tribunal. Mais au fond de lui, il savait qu'aucune de ces explications n'était la bonne. Il savait qu'il lui était arrivé quelque chose. La présence de la voiture de Chris Masterson le confirmait.

Et voilà qu'elle était introuvable. *Bon Dieu, C.J. ! Où es-tu ?*

En tournant dans la 14e Rue, il aperçut l'arrière de sa Jeep, juste au moment où elle tournait dans la 12e Avenue, en direction de la voie express, comme si elle rentrait chez lui. L'espace d'un instant, la peur qui enflait en lui s'apaisa, relâchant l'étau d'angoisse qui lui comprimait la poitrine.

Il se passa la main dans les cheveux et laissa échapper un petit soupir de soulagement. Il ralluma son gyrophare.

Même si elle ne voulait plus lui parler, il l'obligerait à s'arrêter sur le bas-côté. Il la mettrait en garde en lui racontant ce qu'il avait appris ce soir ; il lui parlerait des monstres déguisés en amis, des clubs d'amateurs de *snuff movies* et des escadrons de la mort, de ces hommes habités par le mal. Il lui dirait qu'il comprenait ce qu'elle avait fait pour envoyer Bantling derrière les barreaux et qu'il regrettait de ne pas le lui avoir dit plus tôt.

Ensuite, il l'installerait en lieu sûr et il repartirait traquer un autre tueur. Un des siens. Il lui dirait qu'une fois que ce serait fait, quand tout serait terminé, il voulait partir avec elle – en Californie, à Hawaï, à Hong-Kong –, là où la souffrance n'était pas. Où elle n'aurait plus peur et où des cadavres ne les réveilleraient pas à 3 heures du matin. Un endroit où le passé ne les suivrait pas. Un endroit où il pourrait la réparer, si elle voulait bien le laisser faire. Car il ne voulait pas revivre ce qu'il avait vécu quand il avait perdu Natalie.

Arrivé au feu de la 12e Rue, il tourna à l'endroit où C.J. avait disparu quelques secondes plus tôt. Et là, sous ses yeux, comme au ralenti, la Jeep Cherokee percuta de plein fouet le muret en ciment de la voie express.

90

– Descends, ordure ! cria Dominick en pointant son arme sur la silhouette recroquevillée à l'arrière de la Jeep accidentée, tandis qu'il tendait le cou pour examiner l'avant du véhicule.

La tête de C.J. reposait contre l'airbag gonflé ; elle avait les yeux fermés. *Tout ce sang…* À côté d'elle, sur le siège du passager, il vit un couteau de chasse à dents de scie avec une lame incurvée, maculé de rouge. La Jeep avait percuté l'obstacle en ciment à environ 80 km/h et tout l'avant avait été enfoncé. Un jet de vapeur blanche s'échappait du radiateur pulvérisé. Il flottait autour de l'épave une odeur d'essence et de caoutchouc brûlé.

– Non, Dom, tu te goures complètement, dit cette chose à l'arrière qui avait été son ami, son collègue.

Un des siens.

– J'ai bien compris, Chris. Fais exactement ce que je te dis. Place tes mains en évidence et descends de cette putain de bagnole !

C.J. émit un son comme si elle essayait de parler.

– C.J., l'ambulance va arriver dans une seconde ! Ne bouge pas, surtout ! lui cria Dominick, sans bouger la tête ni la main qui tenait l'arme.

Il savait qu'il ne devait pas quitter des yeux l'arrière de la Jeep.

– Je suis pas armé, Dom. J'ai rien du tout sur moi. Pas la peine de flipper, dit Chris en glissant sur la banquette vers la portière, du côté conducteur.

Les débris de verre crissèrent sous lui.

– Je sais ce que tu as fait, dit Dominick.

– Je n'ai rien fait. Elle me ramenait chez moi, c'est tout.

– Je suis au courant de tout, espèce de salopard ! De tout ! Je sais comment tu as piégé Lindeman avec les AI, Elijah Jackson et Fat Mack. Je sais que tu as baisé Angelillo et je suppose que sa mort, c'était pour lui faire payer les six kilos de came envolés, le pognon de Valle. Je sais que c'est toi et Ricky Brueto qui avez liquidé ces flics.

Le survêtement en nylon de Brueto était peut-être imbibé du sang de LBJ, mais c'était Masterson le cerveau. Il pouvait connaître les feuilles de route de tous les flics. Il savait décoder les appels radio. Grâce à son insigne et à son visage familier, il pouvait se faire ouvrir les portières des voitures de patrouille.

– Des flics, Chris ! Des flics, bordel de merde !

Le visage de Chris s'assombrit. Tel un mari infidèle surpris avec du rouge à lèvres sur sa chemise, il avait poussé le mensonge aussi loin que possible, il s'était lui-même acculé dans un piège. Et maintenant, réfugié sur la banquette arrière, il montrait les dents.

– Oh, je suis prêt à parier que tu ne sais pas tout, boss.

– Descends ! hurla Dominick en ouvrant la portière arrière. Avant que je te bute pour te sortir de force !

– Je suis pas armé, Dom.

Chris leva les mains au-dessus de la tête avant de descendre. Dominick le retourna et le plaqua violemment contre la voiture. Il brûlait d'envie de lui faire la même chose qu'à Bantling.

– Je suis pas armé, tu peux y aller. Fais ce que tu veux, dit Chris, la joue écrasée contre le toit de la Jeep.

La main ferme de Dominick lui appuyait dans la nuque.

– Vas-y, embarque-moi. Et pendant que tu y es, mets les menottes à ta copine aussi. Elle va venir avec nous. Dis-moi, c'est quoi la peine pour une tentative de meurtre ?

Dominick ne répondit pas, mais son regard se posa brièvement sur le siège avant.

– Si tu sais tout, reprit Chris, tu sais forcément ce qu'elle a fait. Tous ces flics qui ont menti, c'était à cause d'elle. Elle a envoyé un innocent dans le couloir de la mort. Elle l'a sacrifié pour pouvoir se venger.

Dominick avait reculé d'un pas et ôté sa main de la nuque de Chris comme si celui-ci était devenu électrique tout à coup. Avec sa manche, il essuya la sueur qui perlait au-dessus de sa bouche, tandis que son autre main tenait toujours le Beretta. L'arme tremblait légèrement. Il n'avait pas encore passé les menottes à Chris et ce dernier savait qu'il réfléchissait, à ses paroles.

– Ça m'a tout l'air d'un crime, reprit Chris en se retournant lentement pour faire face à Dominick, les mains levées. (Plusieurs sirènes approchaient.) Ça ressemble à une tentative de meurtre avec préméditation. Elle est bonne pour une douzaine d'années derrière les barreaux. Plus s'ils décident de faire un exemple. Et si les fédéraux lui mettent le grappin dessus… La vache ! C'est une violation des droits civils. Ça vaut presque la peine que j'aille en taule, moi aussi, ajouta-t-il en ricanant.

Il guetta la réaction sur le visage de Dominick qui imaginait les conséquences de ces accusations : le beau visage triste de C.J. en combinaison orange, les fers aux pieds, assise du mauvais côté de la barrière dans cette salle de tribunal où elle faisait quasiment la pluie et le beau temps jadis.

– Va à l'arrière de la voiture ! ordonna Dominick en poussant Chris dans le dos.

Il avait hurlé ces mots. Peut-être voulait-il ainsi étouffer ce que disait Chris. Car il savait que ce n'étaient pas des paroles en l'air.

– Mais je risque pas d'aller en taule, Dom. Si tu sais tout, tu sais que j'ai un tas de saloperies à vendre aux personnes concernées, dit Chris en avançant, les mains toujours levées. Je connais tous les noms, de la Colombie au Mexique, et même jusqu'à Singapour ! Je sais qui trafique et qui est corrompu. Je connais des noms qui t'étonneraient, tu voudrais même pas le croire. Je peux même faire beaucoup plus. Je peux désigner à nos chers amis du FBI un groupe dont ils ne *veulent* même pas connaître l'existence, je parie. Des types qui vivent et bossent comme moi. Qui pensent comme moi, Dom.

Arrivé à l'arrière de la voiture, Chris se retourna vers Dominick. Les sirènes étaient plus nombreuses maintenant ; celles des voitures de pompiers, plus graves, s'étaient jointes à celles des ambulances. Elles approchaient rapidement. Regardant Dominick droit dans les yeux, il baissa la voix :

– Des types qui ont du fric et du pouvoir, des gens célèbres qui aiment voir les gens mourir. *Ils aiment ça.* Ils prennent leur pied. Et ils paient pour ça. Certains sont parmi les hommes les plus recherchés au monde, d'autres ont commis des crimes qui n'ont pas encore été découverts, mais ce jour-là, Jeffrey Dahmer passera pour un enfant de chœur. Je suis prêt à parier que cette info me vaudra une nouvelle identité et une nouvelle vie tranquille, quelque part. Dans un coin peinard où en lisant les journaux, j'apprendrai que ta copine a demandé sa mise en liberté conditionnelle.

– À terre ! Bras et jambes écartés ! brailla Dominick en pointant son arme devant lui.

– Peut-être que je lui rendrai visite quand elle rentrera chez elle dans quelques années, dit Chris en s'agenouillant.

Il regarda vers l'avant de la Jeep, derrière Dominick. Son visage se figea lorsqu'il la vit.

Dominick tourna la tête pour suivre le regard de Chris. C.J. était là, debout près du pare-chocs arrière, du côté passager, l'air hébété. Le sang qui s'échappait d'une large plaie à la tête ruisselait sur son visage, collait ses cheveux châtains et tachait ses vêtements. Elle était couverte de petits éclats de verre qui scintillaient dans la lumière des réverbères. Elle se tenait légèrement penchée en avant, un bras replié contre le ventre. L'autre pendait le long de son corps, dans l'obscurité.

– Ta gueule ! Allonge-toi sur le sol ! ordonna Dominick. Sa voix avait marqué une seconde d'hésitation.

Son arme resta pointée sur Chris, mais sa tête se retourna vers C.J.

– L'ambulance arrive ! Va t'asseoir !

Les ombres bougèrent autour d'elle et le revolver qu'elle tenait le long de son corps apparut dans la lumière.

– Nom de Dieu, C.J. ! s'écria Dominick.

L'inquiétude écarquilla les yeux de Chris, mais très vite, ils redevinrent deux fentes provocantes. Il savait qu'elle avait tout entendu. Le revolver tressaillit dans sa main.

– Je connais le système aussi bien que toi, Dom, dit-il, mais ses yeux ne quittaient plus C.J. Alors, vas-y, embarque-moi. On verra bien où ça nous mène.

À cet instant, Dominick comprit que Chris avait raison. Il réussirait à vaincre le système car il connaissait toutes les règles. Depuis le début, il savait combien ça lui coûterait pour négocier un arrangement, ce qu'il faudrait pour dénoncer C.J. et il avait soigneusement mis ces informations de côté pour le jour où il en aurait besoin, comme on planque de l'argent dans un mur. Des secrets qu'il distribuerait par petits bouts, des morceaux bien juteux qui le conduiraient là où il voulait aller.

Dominick s'aperçut alors que la vérité ne serait jamais dévoilée. Les « pourquoi » ne trouveraient sans doute jamais de réponses. Pas cette nuit.

Ce qui se produisit alors fut si rapide que, des années plus tard, Dominick se demanderait toujours dans quel ordre les choses s'étaient déroulées. Il entendit C.J. hurler. Il perçut un mouvement furtif lorsque Chris, agenouillé, glissa les mains dans son dos. Il s'entendit crier lui aussi, mais curieusement, il avait oublié ses paroles. Il sentit l'adrénaline monter en lui, s'emparer de son cœur et le projeter dans sa gorge. Il entendit la détonation assourdissante d'une arme à feu et sentit l'odeur âcre de la poudre, il reconnut son goût brûlant au fond de sa gorge.

Mais Dominick n'aurait su dire ce qui s'était passé d'abord. Quelle action avait provoqué la chute tragique des autres dominos. Ce fut un simple instant, une seconde dans l'écoulement du temps. Mais au moment même où la chose se produisait, il savait qu'il se repasserait la scène toute sa vie.

91

Le silence était absolu ; tous les bruits avaient été anéantis par la déflagration. Dominick sentait les battements furieux et irréguliers de son cœur dans sa gorge à vif. Le sol sous ses pieds semblait se tordre. Il battit des paupières et, peu à peu, les bruits revinrent, l'écho du coup de feu se fondit dans les hurlements des sirènes qui devenaient de plus en plus forts, comme si quelqu'un montait le son d'une radio.

Il se retourna vers C.J., pétrifiée elle aussi. Des larmes coulaient sur son visage ensanglanté, sa bouche tremblante était entrouverte. Sans un mot, il rengaina son arme et s'approcha du corps qui gisait sur la chaussée. Il s'accroupit pour le fouiller rapidement et trouva l'arme qu'il cherchait. Après une seconde d'hésitation, il se servit du bas de son polo pour sortir le calibre .36 de l'étui de cheville et le déposer à côté de la main tendue de Chris. Il prit soin de ne pas marcher dans la flaque de sang qui commençait à se former sous sa nuque et à se répandre, rouge et visqueuse, sur le bitume sale. Les yeux de Chris regardaient fixement le bord du trottoir, comme s'il observait le sang qui s'échappait de son front et coulait entre ses yeux, jusque dans le caniveau. Son pied était secoué de soubresauts involontaires.

– Il allait te tuer parce que tu avais découvert ses liens avec Ricardo Brueto, dit Dominick, sans la regarder.

Brueto faisait du trafic de drogue et il aidait Valle à blanchir l'argent. Masterson servait d'intermédiaire avec les cartels. Tu étais sur le point de le dénoncer. Tu m'as appelé. Tu as volontairement provoqué un accident pour l'immobiliser. Je suis arrivé et je l'ai arrêté. Il a sorti une arme. Je l'ai abattu.

Dominick gardait les yeux fixés sur le corps. Au moins, la dernière partie de cette histoire était vraie... non ? Il avait vu le « mouvement furtif » comme on disait dans les rapports de police, ce geste d'une fraction de seconde qui indiquait au policier attentif que le suspect était peut-être armé. Ce geste qui justifiait une riposte mortelle. Chris avait porté sa main à sa cheville en s'agenouillant. Et Dominick savait qu'il possédait un étui à la cheville. Il aurait dû le fouiller quand il l'avait fait descendre de voiture, mais tout s'était passé si vite...

Mais alors, pourquoi l'arme était-elle toujours dans son étui ? Et non pas dans la main de Chris ?

Les sirènes hurlaient de plus belle.

– Voilà toute l'histoire, conclut-il.

Il essuya la sueur sur son visage et s'approcha de C.J., toujours immobile.

– Donne-moi ton arme, dit-il.

Elle tendit le calibre .22 dans sa main tremblante. Délicatement, il l'obligea à desserrer les doigts autour de la crosse, il remit le cran de sécurité et glissa le revolver dans son dos, dans la ceinture de son pantalon. Puis il passa son bras autour de ses épaules secouées de frissons incontrôlables pour l'entraîner à l'écart du corps, à l'écart du sang qui coulait sur la chaussée, à l'écart de ce secret qui était désormais le leur.

Il la fit asseoir au bord du siège avant de la Jeep accidentée et s'accroupit devant elle. Tout doucement, il repoussa les cheveux qui barraient le visage de C.J. pour examiner sa plaie au front. C'était une blessure profonde parsemée d'éclats de verre et qui continuait de saigner. Il caressa son bras droit, qu'elle gardait plié contre son estomac. Son poignet semblait cassé. Idem pour la pommette droite et sans doute aussi le nez. Peut-être même souffrait-elle de contusions internes, à voir la façon dont elle se tenait penchée en avant.

– Où est mon ambulance, bordel ? cria-t-il dans son Nextel. J'ai besoin de cette putain d'ambulance ! Au 1 350 Northwest dans la 12e Rue. À la hauteur de la 12e Avenue ! (Il se retourna vers le corps de Chris Masterson, qui avait définitivement cessé de bouger.) J'ai une victime ! Un policier.

Ce mot avait un goût amer dans sa bouche. L'homme couché sur la chaussée n'était pas un policier. Il n'était pas digne de porter ce titre, ni cet insigne.

Dominick ferma les yeux en essayant de ne plus penser à ce que lui-même venait de faire, à toutes les limites qui avaient été franchies. Des limites qu'il ne pourrait jamais effacer, ni franchir en sens inverse. Et il repensa à son père, à cet instant tragique dans la cuisine, il y a bien longtemps.

– Pourquoi ? demanda C.J. à voix basse, en larmes, quand elle leva enfin la tête.

Dominick réfléchit. Ce « pourquoi » pouvait s'appliquer à tant d'autres questions.

Il prit le visage de C.J. entre ses mains, délicatement, en sachant que plus jamais il ne le lâcherait, tandis que les sirènes débouchaient enfin dans la 12e Avenue et que des agents en uniforme bleu jaillissaient de leurs voitures de patrouille.

– Parfois, répondit-il dans un murmure enroué, il n'y a pas de pourquoi, je crois.

ÉPILOGUE

– Il vous faut au moins deux moteurs si vous voulez aller en mer, déclara Buddy, le vendeur à la cravate froissée et à la chemise tachée de sueur.

Il plissa les yeux dans le soleil et ajouta :

– Si jamais y en a un qui tombe en rade, vous voudrez pas rester coincés au large.

Dominick hocha la tête en balayant du regard le pont du SeaRay Sundancer de dix mètres. Le bateau sentait encore le plastique et la moquette neuve.

Assise sur le banc à l'arrière, C.J. l'observait. Il faisait le tour lentement, inspectant tous les gadgets et les équipements high-tech.

– C'est l'endroit idéal pour recevoir, madame Falconetti, dit Buddy en s'adressant enfin à elle. Regardez, il y a même des emplacements exprès pour poser les verres !

– Oh ! fit-elle et elle capta le sourire de Dominick.

Depuis un an, il n'y en avait pas eu beaucoup. Peut-être seraient-ils plus nombreux maintenant. Le Bureau du procureur de Broward avait enfin terminé son enquête et publié ses conclusions sur la mort de Chris Masterson, ce matin même. Aucune poursuite ne serait engagée.

Au cours de sa carrière, C.J. avait été amenée à répondre plusieurs fois à cette question : en faisant usage de son arme, l'agent de police avait-il de bonnes raisons de penser que sa vie, ou celle d'une autre personne, était en danger ? On confiait des armes aux policiers en leur demandant de les utiliser si nécessaire. Ils avaient tous les pouvoirs. Le citoyen lambda n'en avait aucun. Pour s'assurer que ces pouvoirs n'avaient pas été utilisés abusivement, dès qu'un coup de feu était tiré par un policier, celui-ci devenait suspect et une enquête criminelle était ouverte. Les deux alliés – la police et les procureurs – devenaient alors des adversaires.

Le cas de Dominick ne faisait pas exception. Bien au contraire. Il y avait des circonstances aggravantes : la victime était un policier et le seul témoin avait été la fiancée, avant de devenir l'épouse, de celui qui avait tiré. Dominick était donc doublement suspect. Et bien qu'il ait conservé son poste au FDLE et continué à porter son arme, C.J. savait que cette enquête planait au-dessus de sa tête comme une enclume.

Mais ce matin, il avait débarqué dans son bureau, alors qu'elle revenait du tribunal, avec un grand sourire et les conclusions de l'enquête. Puis, sans lui dire où ils allaient, il l'avait fait monter dans sa voiture et l'avait conduite ici, chez ce vendeur de bateaux de Pompano Beach. C.J. avait lu le document pendant le trajet.

Malgré ses cinquante pages de faits et de conclusions, elle savait que certaines questions resteraient sans réponse car il n'y avait plus personne pour y répondre. Par le biais d'IMPACT, Chris Masterson avait été lié à la fois à Angelillo et à Lindeman. Mais la vraie nature de leurs relations ne serait jamais connue. Comme le FBI refusait d'accorder la moindre réduction de peine à Robert Valle, pas même une seule minute, celui-ci avait refusé, évidemment, d'évoquer ses rapports – s'il en existait – avec Chris Masterson. D'après l'ensemble des témoignages recueillis et des preuves réunies, on en conclut que Masterson gérait l'argent des cartels, mais aucun élément concret ne vint étayer cette hypothèse. Toutes les pistes conduisaient à des impasses. C.J. savait que c'était toujours comme ça.

– Alors, qu'en penses-tu, chérie ? demanda Dominick. Ça te plaît ?

C.J. le regarda. Elle remarqua son étrange sourire et elle comprit le sens véritable de sa question.

Buddy sentait qu'il était sur le point de conclure une vente.

– Si vous descendez dans la cabine, je vous montrerai la superbe cuisine. Il y a une cuisinière et un four à micro-ondes, de quoi préparer de bons petits plats pour votre pêcheur affamé.

– Buddy, vous pouvez nous laisser seuls un instant, ma femme et moi ? Je crois que je l'ai prise au dépourvu.

– C'est le moins qu'on puisse dire, confirma C.J. quand le vendeur fut redescendu sur le parking.

– Alors, tu te sens prête ? demanda Dominick en regardant autour de lui.

– Je ne savais pas que *toi*, tu étais prêt.

Elle avait vu les cartons empilés à l'arrière de la 4Runner, mais elle n'avait rien dit. Il avait empaqueté et déménagé tout son bureau.

– Surtout aujourd'hui, ajouta-t-elle. Alors qu'ils viennent de te disculper.

Dominick secoua la tête et dit :

– Je ne peux plus retourner bosser. J'ai attendu jusqu'à aujourd'hui, mais je ne peux plus continuer.

Les gens n'avaient pas changé, mais aux yeux de Dominick, ce n'était plus le même travail. Les frontières étaient devenues floues. Il avait attendu le verdict pendant un an, en sachant que même s'il était déclaré non coupable, cela ne l'innocenterait pas pour autant. Pendant un an, il s'était repassé mentalement cette décision d'une fraction de seconde, en sachant qu'il avait sans doute fait le bon choix, ce qui ne l'empêchait pas d'appuyer encore et toujours sur le bouton « play ». Il voulait que ça cesse.

– Fulton et moi avons décidé de confier l'enquête sur les *snuff-movies* aux Mœurs. Ils sont meilleurs que nous pour enquêter sur Internet, ajouta-t-il. Peut-être que la chance leur sourira.

La perquisition au domicile de Masterson et l'examen de son ordinateur n'avaient rien donné. Sans doute avait-il une planque quelque part, mais il était peu probable que quelqu'un la trouve un jour. Chris était trop intelligent. Et, comme il l'avait dit à C.J., il n'était pas seul ; il y avait d'autres personnes impliquées, des personnes qui veilleraient à ce que ça n'arrive jamais.

Dominick laissa échapper un soupir et regarda autour de lui.

– Le moment est venu d'aller de l'avant. L'heure a sonné.

C.J. ne dit rien.

– Ce bateau nous conduira jusqu'aux Keys, dit-il.

D'un mouvement de tête, il désigna le port de l'autre côté du parking, là où étaient amarrés les voiliers et les bateaux à moteur suffisamment gros pour mériter le nom de yachts.

– Ceux-là, reprit-il, nous conduiraient au bout du monde. On pourrait en acheter un d'occasion. Vendre tout ce qu'on possède et vivre comme des nomades.

Le regard de C.J. suivit celui de Dominick. Un nouveau départ. Une nouvelle vie. Un moyen de laisser derrière eux les criminels, les appels en pleine nuit et les cauchemars qu'ils partageaient désormais. Si Dominick avait pris cette décision maintenant, ce n'était pas totalement une coïncidence. L'exécution de Bantling devait avoir lieu dans une semaine.

– Alors, qu'en dites-vous, madame Falconetti ? demanda-t-il avec un petit sourire en coin en prenant ses mains dans les siennes. Le moment est venu pour toi aussi ?

C'était si bon de sentir les mains de Dominick. De voir son sourire. Ça n'avait pas de prix. S'il suffisait de dire oui…

– Oui, répondit-elle après un long silence. (Elle appuya sa tête contre son torse et contempla l'eau bleue.) Je crois que le moment est enfin venu.

Au bout de la rangée de cellules vides, un robinet gouttait avec la régularité d'une trotteuse de pendule. Après presque un mois passé dans cette fosse en ciment sombre et infestée de moisissure, Bill Bantling croyait devenir fou à force d'entendre ce bruit. Fou à lier. *Mais évidemment, c'était ce qu'ils voulaient, pas vrai ?*

Ils étaient venus le chercher dans l'aile Q, il y avait environ trois semaines. Le gouverneur avait finalement signé l'ordonnance et en l'espace de quelques heures, la prison avait été placée en phase I : une date avait été fixée pour l'exécution et on avait transmis des communiqués à la presse. Il fut immédiatement transféré au sous-sol, dans une cellule qui jouxtait la salle d'exécution, tandis que les mesures de sécurité étaient renforcées et que tout le personnel se préparait pour le grand jour.

Au cours de ces années passées dans le couloir de la mort, Bill avait vu descendre de nombreux prisonniers. Sur un tableau installé près du poste de garde, à l'extrémité de l'aile Q, figuraient les noms de tous les condamnés du couloir de la mort, avec à côté les crimes qui leur avaient valu cette sentence. Dans un coin à part, on notait les noms de ceux que l'on conduisait au sous-sol. Certains de ces condamnés étaient parfois remontés, sauvés *in extremis* par un procès en appel ou un gouverneur compatissant. Les autres étaient effacés du tableau.

Hier avait débuté la phase II. La dernière semaine. Le

sergent Dick et le directeur de la prison avaient programmé une répétition avec l'équipe de gardiens qui participerait à l'exécution. Il les avait entendus dans le couloir tout l'après-midi, tripotant les différentes pompes à injection suspendues dans la salle, vérifiant le générateur de secours et testant la ligne téléphonique reliée à la résidence du gouverneur pour s'assurer qu'elle fonctionnait. Tout cela en échangeant des plaisanteries vulgaires, à son intention, il le savait.

Soudain, il entendit le tintement familier des clés au bout du couloir, et des bruits de pas venant dans sa direction. Une décharge d'adrénaline inattendue le traversa de la tête aux pieds. C'était peut-être le jour de la grande répétition. Qu'ils aillent se faire foutre ! Ils n'avaient qu'à trouver un mannequin pour tester leurs seringues.

Le tintement s'arrêta.

Le sergent Dick apparut à travers les barreaux.

Trois gardiens se tenaient derrière lui. Les yeux du sergent se plantèrent dans ceux de Bantling. Après un long silence, il dit :

– Faut croire que c'est ton jour de chance, enfoiré, dit-il en crachant un glaviot jaune par terre. On te déménage. Apparemment, tu vas retourner faire un tour dans le Sud. Le bureau du gouverneur vient d'appeler. Ton appel a été accepté. Tu as droit à un nouveau procès.

Remerciements

J'aimerais remercier les personnes suivantes pour l'aide inestimable qu'elles m'ont apportée sur ce projet, certaines ont déjà été mises à contribution plusieurs fois, et pourtant elles décrochent encore leur téléphone, même quand elles savent que c'est moi qui les appelle : le Dr Reinhardt Motte, des services de médecine légale de Broward County ; l'agent Bruce Songdahl, de la police de Miami Beach et ses collègues ; le sergent Travis J. Baird et le lieutenant Andrew P. Smith, de l'administration pénitentiaire de Floride ; les agents spéciaux du FDLE, et particulièrement Ed Royal, Chris Vastine, Larry Masterson et l'assistant du procureur, Michael Mann ; Esther Jacobo, chef de la brigade des violences domestiques ; Gail Levine, avocat auprès du Bureau du procureur de Miami-Dade ; Ivonne Sanchez-Ledo, Division Chief ; John Perikles, adjoint du procureur à la brigade anti-gangs du comté de Miami-Dade ; Marie Perikles, conseillère juridique au Bureau du General Inspector de Miami-Dade ; l'assistante du procureur Julie Hogan ; Anita Gay, adjointe du procureur au Bureau de Southern District ; Michael McManus, chef des opérations de la brigade des stupéfiants au Mexique et en Amérique centrale ; M. Edward Hogan et, pour finir, maître Rose Marie Antonacci-Pollock.

J'aimerais également remercier quelques personnes

chères qui m'ont offert leur temps et leur savoir, sans hésitation ni réserve. Je suis particulièrement reconnaissante à maître Lynn Broder et maître Julie Hogan, et à mon frère, John Pellman, Jr.

Merci également à mon éditrice, Jennifer Hershey, pour son énorme travail et ses encouragements incessants ; et mon agent, Luke Janklow, pour son dévouement et son soutien sans faille.

Enfin, j'aimerais profiter de cette occasion pour remercier tous les amis et les gens de ma famille qui m'ont encouragée à partir du jour où j'ai pris un stylo, surtout mon incroyable mari, mes enfants, mes frères et sœurs, et mes parents, John et Thea Pellman. J'ai une chance phénoménale de posséder un groupe de supporters aussi étonnants et dévoués, qui m'encourage et m'apporte l'inspiration au quotidien, ce qui ne cessera jamais de me surprendre.

RÉALISATION : PAO ÉDITIONS DU SEUIL
IMPRESSION : BRODARD ET TAUPIN À LA FLÈCHE
DÉPÔT LÉGAL : AVRIL 2007. N° 62069 (40695)
IMPRIMÉ EN FRANCE

Collection Thriller

P1110. Funérarium, *Brigitte Aubert*
P1477. Le Dernier Testament, *Philip Le Roy*
P1478. Justice imminente, *Jilliane Hoffman*
P1479. Ce cher Dexter, *Jeff Lindsay*
P1480. Le Corps noir, *Dominique Manotti*
P1481. Improbable, *Adam Fawer*
P1562. La Morsure du dragon, *Jean-François Susbielle*
P1563. Rituels sanglants, *Craig Russell*
P1564. Les Écorchés, *Peter Moore Smith*
P1603. Pour adultes seulement, *Philip Le Roy*
P1604. Offre publique d'assassinat, *Stephen W. Frey*
P1605. L'Heure du châtiment, *Eileen Dreyer*
P1681. Ultime Témoin, *Jilliane Hoffman*
P1682. Los Angeles, *Peter Moore Smith*

Collection Points

DERNIERS TITRES PARUS

P1618. My rendez-vous with a femme fatale.
Les mots français dans les langues étrangères
Franck Resplandy
P1619. Seulement l'amour, *Philippe Ségur*
P1620. La Jeune Fille et la Mère, *Leïla Marouane*
P1621. L'Increvable Monsieur Schneck, *Colombe Schneck*
P1622. Les Douze Abbés de Challant, *Laura Mancinelli*
P1623. Un monde vacillant, *Cynthia Ozick*
P1624. Les Jouets vivants, *Jean-Yves Cendrey*
P1625. Le Livre noir de la condition des femmes
Christine Ockrent (dir.)
P1626. Comme deux frères, *Jean-François Kahn et Axel Kahn*
P1627. Equador, *Miguel Sousa Tavares*
P1628. Du côté où se lève le soleil, *Anne-Sophie Jacouty*
P1629. L'Affaire Hamilton, *Michelle De Kretser*
P1630. Une passion indienne, *Javier Moro*
P1631. La Cité des amants perdus, *Nadeem Aslam*
P1632. Rumeurs de haine, *Taslima Nasreen*
P1633. Le Chromosome de Calcutta, *Amitav Ghosh*
P1634. Show business, *Shashi Tharoor*
P1635. La Fille de l'arnaqueur, *Ed Dee*
P1636. En plein vol, *Jan Burke*
P1637. Retour à la Grande Ombre, *Hakan Nesser*
P1638. Wren. Les Descendants de Merlin I, *Irene Radford*
P1639. Petit manuel de savoir-vivre à l'usage des enseignants
Boris Seguin, Frédéric Teillard
P1640. Les Voleurs d'écritures *suivi de* Les Tireurs d'étoiles
Azouz Begag
P1641. L'Empreinte des dieux. Le Cycle de Mithra ,I, *Rachel Tanner*
P1642. Enchantement, *Orson Scott Card*
P1643. Les Fantômes d'Ombria, *Patricia A. McKillip*
P1644. La Main d'argent. Le Chant d'Albion II
Stephen Lawhead
P1645. La Quête de Nifft-le-mince, *Michael Shea*
P1646. La Forêt d'Iscambe, *Christian Charrière*
P1647. La Mort du Nécromant, *Martha Wells*
P1648. Si la gauche savait, *Michel Rocard*
P1649. Misère de la Ve République, *Bastien François*
P1650. Photographies de personnalités politiques
Raymond Depardon
P1651. Poèmes païens de Alberto Caeiro et Ricardo Reis
Fernando Pessoa

P1652. La Rose de personne, *Paul Celan*
P1653. Caisse claire, poèmes 1990-1997, *Antoine Emaz*
P1654. La Bibliothèque du géographe, *Jon Fasman*
P1655. Parloir, *Christian Giudicelli*
P1656. Poils de Cairote, *Paul Fournel*
P1657. Palimpseste, *Gore Vidal*
P1658. L'Épouse hollandaise, *Eric McCormack*
P1659. Ménage à quatre, *Manuel Vázquez Montalbán*
P1660. Milenio, *Manuel Vázquez Montalbán*
P1661. Le Meilleur de nos fils, *Donna Leon*
P1662. Adios Hemingway, *Leonardo Padura*
P1663. L'avenir c'est du passé, *Lucas Fournier*
P1664. Le Dehors et le dedans, *Nicolas Bouvier*
P1665. Partition rouge
poèmes et chants des indiens d'Amérique du Nord
Jacques Roubaud, Florence Delay
P1666. Un désir fou de danser, *Elie Wiesel*
P1667. Lenz, *Georg Büchner*
P1668. Resmiranda. Les Descendants de Merlin II, *Irene Radford*
P1669. Le Glaive de Mithra. Le Cycle de Mithra II
Rachel Tanner
P1670. Phénix vert. Trilogie du Latium I, *Thomas B. Swann*
P1671. Essences et parfums, *Anny Duperey*
P1672. Naissances, *Collectif*
P1673. L'Évangile une parole invincible, *Guy Gilbert*
P1674. L'époux divin, *Fransisco Goldman*
P1675. Petit dictionnaire des étymologies curieuses
Pierre Larousse
P1676. Facéties et Cocasseries du français
Jean-Loup Chiflet
P1677. Ça coule sous le sens, expression mêlées
Olivier Marchon
P1678. Le Retour du professeur de danse, *Henning Mankell*
P1679. Romanzo Criminale, *Giancarlo de Cataldo*
P1680. Ciel de sang, *Steve Hamilton*
P1681. Ultime Témoin, *Jilliane Hoffman*
P1682. Los Angeles, *Peter Moore Smith*
P1683. Encore une journée pourrie
ou 365 bonnes raisons de rester couché, *Pierre Enckell*
P1684. Chroniques de la haine ordinaire 2, *Pierre Desproges*
P1685. Desproges, portrait, *Marie-Ange Guillaume*
P1686. Les Amuse-Bush, *Collectif*
P1687. Mon valet et moi, *Hervé Guibert*
P1688. T'es pas mort !, *Antonio Skármeta*
P1689. En la forêt de Longue Attente.
Le roman de Charles d'Orléans, *Hella S. Haasse*